CÓATL

Antonio Guadarrama Collado

CÓATL

EDICIONES B
GRUPO ZETA

Barcelona • Bogotá • Buenos Aires • Caracas • Madrid • México D. F.
Montevideo • Quito • Santiago de Chile

Cóatl

1a. edición: septiembre, 2008
2a. reimpresión: agosto 2009
D.R. © 2008, José Antonio Guadarrama Collado

D.R. ©2008, Ediciones B México, S.A. de C.V.
  Bradley 52, Colonia Anzures. 11590, México, D.F.
  www.edicionesb.com
  www.edicionesb.com.mx

ISBN: 978-970-710-383-2

A Gloria, mi madre,
que ya se fue
en busca de la gloria.

I

l sonido de las cadenas arrastrando por el piso jamás taladró tanto ni fue tan lúgubre en el recién construido monasterio de la *Ordo Praedicatorum* en Atotonilco, como la madrugada del primero de noviembre de 1556. Justo al dar la medianoche los siete frailes provinciales de la *Ordo Frátrum Minórum*, acusados de herejía[1] y traición a la corona española de Felipe II,[2] fueron ingresados —con las cabezas cubiertas con tapujos negros y encadenados de pies y manos— al pequeño monasterio tras un recorrido a pie de diecisiete leguas desde México. La comitiva, dirigida por otros diez frailes de la Orden de Predicadores, llevaba por mandato entregar a los confinados a más tardar antes del amanecer. Fray Alonso de Azanza los recibió en la entrada con su hábito blanco, túnica, escapulario, capucha, capa negra y una cruz de Calatrava que le colgaba del cuello.

—*Laudare, Benedicere, Praedicare* —dijo al abrir la pesada puerta de madera. (El lema de la Orden Dominicana: Alabar, Bendecir y Predicar.)

– 9 –

Sin pronunciar una sola palabra, uno de los encomendados mostró reverencia, agachó la cabeza y le entregó una carta. Fray Alonso de Azanza la leyó con tranquilidad. Respiró profundo, se peinó la barba tupida con los dedos de la mano izquierda, frotó con los de la derecha la cruz de Calatrava que pendía de su cuello; luego caminó hasta uno de los confinados y lo miró de pies a cabeza con desprecio. Uno de los verdugos le indicó con la mirada que él, ése, el primero en la fila, era fray Francisco de Bustamante, el hereje al que debían castigar con mayor rigor.

—¿Vos sois, pues, quien ha tenido por beneplácito contradecir a la Iglesia y a la corona española? —preguntó mientras caminaba a su lado.

El provincial de la *Ordo Frátrum Minórum* (Orden de Frailes Menores) no respondió. Dos frailes salieron del monasterio: uno con un paquete de antorchas apagadas en los brazos que luego repartió, y el otro las fue encendiendo. Los muros de la iglesia se alumbraron y una parvada de pajarillos asustados por las flamas emprendió el vuelo. El viento forcejeó con las llamas. La luna se perdió tras un nubarrón. Fray Alonso de Azanza dio media vuelta y ordenó que lo siguieran. Los condenados a muerte escucharon la enorme y pesada puerta de madera cerrarse a sus espaldas. El ruido de las cadenas se intensificó al entrar al pasillo. Las sombras de los convictos y los verdugos en la pared eran monumentales. Nadie habló; sólo se escuchaban las cadenas taladrando el piso que se fue tatuando con las gotas de sangre que escurrían de los pies de los condenados a una muerte lenta. Tenían los pies hinchados y cortados por la caminata. Sólo habían bebido un poco de agua a mediodía cuando uno de los frailes dominicos se compadeció de ellos al detenerse a descansar. Los dolores en las abrasiones de las muñecas y tobillos eran descomunales. Las cadenas eran demasiado cortas e impedían dar pasos largos. Al bajar por unas escaleras estrechas, uno de los frailes encadenados tropezó y se golpeó la frente con el muro. El verdugo a su lado lo azotó con una fusta para obligarlo a incorporarse.

Francisco de Bustamante volteó al saber que uno de los suyos estaba siendo flagelado. Tras el tapujo sólo pudo distinguir unas cuantas siluetas. Empuñó las manos con ira. Luego de un recorrido largo y tardo llegaron a una mazmorra improvisada, anteriormente el comedor. Era grande: medía alrededor de diez metros por veinte, las paredes tenían más de cuatro metros de alto. Las escaleras en forma de ele hacían esquina con dos muros. Las ventanas habían sido selladas. Al techo lo sostenían unas enormes vigas de madera de pino.

—Sabéis bien que es demasiado tarde para arrepentirse —dijo fray Alonso de Azanza y movió la cabeza de arriba a abajo. Tenía las manos a su espalda. Miró con soberbia los tres nudos en el cordón del hábito del franciscano, símbolo de pobreza, obediencia y castidad—. Pero si queréis que la muerte os llegue pronto debéis confesar quién más os acompaña en esta empresa de intentar independizar a la Nueva España.

Fray Francisco de Bustamante permaneció en silencio. Alonso de Azanza le quitó el tapujo de la cabeza, lo observó de frente, bajó la mirada al pecho del fraile hasta llegar al Cristo de San Damián que le pendía del cuello y se lo arrancó de un jalón; luego con el dedo índice le dibujó una *tau*.[3]

Las laceraciones causadas por las flagelaciones le habían dejado a Bustamante una telaraña de sangre en la cara.

—¿Cuál era vuestro objetivo con ese sermón a los indios? ¿Liberarlos a ellos o liberaros a vos mismo? ¿Acaso pretendías convertirte en emperador de la Nueva España? Vaya que sois ambicioso. ¡Respondedme!

El dominico comenzaba a perder la paciencia frente al silencio de Bustamante. El duelo de miradas entre ambos era sin más la respuesta a todo. Ni Bustamante pensaba responder ni Azanza le perdonaría la vida o la muerte lenta.

—Maldito hereje —agregó fray Alonso de Azanza y lo abofeteó una y otra vez hasta cansarse.

Notó que se había manchado la mano con la sangre del condenado; hizo un gesto de disgusto y se limpió con la sotana. Ahora se encontraba enfurecido. Le quitó la fusta a uno de los verdugos y comenzó a azotar a Francisco de Bustamante.

—¡Confesad! ¡Os lo ordeno!

Un hilo de sangre llegó al suelo. Bustamante permaneció firme. Azanza no pudo contener su rabia y lo empujó con un pie para derribarlo. Al concluir que no lograría obligarlo a que dijera una sola palabra ordenó que a todos los encadenaran a los muros con los brazos extendidos, les quitaran los tapujos y les azotaran cien veces a cada uno.

La tortura terminó cuando el sol cruzó el horizonte, pero ninguno de ellos supo a qué hora amaneció pues en la mazmorra no entraba un solo rayo de luz. Cuando los verdugos abandonaron la mazmorra, fray Juan de García y Lope susurró: «Si no despierto os ruego que oren por mi alma». Fray Martín de la Vega añadió: «Que Dios Padre tenga misericordia».

Las horas y los días transcurrieron con lentitud. Pronto perdieron la noción del tiempo. El primero en morir fue fray Gonzalo de Villasana. Murió colgado de los brazos, cual si hubiese sido crucificado. Azanza dio la orden de que ninguno fuese removido. A los pocos días la pestilencia se hizo insoportable. Las ratas comenzaron a invadir el lugar, y no conformes con comer la carne de los que iban muriendo, les mordisqueaban las heridas a los sobrevivientes cuando perdían la conciencia. Bustamante sólo se reincorporaba cuando sentía que le roían alguna llaga o cuando el dominico fray Pedro de Ortega le llevaba agua y pan.

—Os informo que pronto vendrán por vosotros —susurró mientras le daba de beber. Además de curarle las heridas a hurtadillas, fray Pedro de Ortega había enviado de manera clandestina a uno de los criados a la capital para que informara a los franciscanos del acontecimiento.

—Vuestra lealtad será compensada —respondió fray Francisco de Bustamante con dificultad.

—No os sabría decir si lo que hago sea lealtad o traición —dijo fray Pedro de Ortega mientras le daba un trozo de pan a fray Francisco de Bustamante—. Os recuerdo que esto pone mi vida en peligro. Pero sí os aseguro que mi devoción a Dios Nuestro Señor no va por caminos de esta índole.

—Mi tiempo expira. Es menester mío escribir algo. Os lo ruego, hombre de buena fe, ayudadme.

—Así lo haré —respondió.

Pedro de Ortega tenía por tarea cuidar la entrada a la mazmorra y darle de beber y comer a los prisioneros para mantenerlos al límite de la vida y la muerte, y así prolongar su penitencia, en particular la de fray Francisco de Bustamante. Asimismo, debía informar a fray Alonso de Azanza de todo lo que ellos decían. Pero de tanto estar con los condenados a muerte optó por callar y comunicar que entre más tiempo pasaba menos hablaban los presos. En cuanto tuvo la oportunidad introdujo papel, pluma y tinta al calabozo y desencadenó a fray Francisco de Bustamante para que escribiera.

—Os lo ruego —dijo Pedro de Ortega con miedo— no os demoréis con vuestro escrito. Mi vida corre gran peligro.

—Es menester que alumbres un poco para que pueda escribir —dijo Bustamante y se tocó la muñeca derecha.

Caminó con lentitud a la escalera. Pedro de Ortega temió que lo traicionara e intentara escapar. Bustamante se sentó en uno de los escalones con mucho cuidado. Ortega sintió un aire de tranquilidad y permaneció en silencio mientras Bustamante redactaba con mucha dificultad una carta dirigida a los franciscanos. Al terminar la enrolló y la ató con un listón que Ortega le proporcionó.

—Os traje esta pequeña caja de madera. Ocupadla. Os prometo enviarla lo más pronto posible. Fray Francisco de Bustamante la guardó y agradeció las atenciones.

En ese momento se escucharon voces en el pasillo. La hora de lo anunciado había llegado. Ortega lo sabía, pero no imaginó que fuese precisamente en ese momento. Reconoció las voces. Sin duda alguna eran cuatro. Caviló por un instante en traicionar a los frailes dominicos y arriesgar la vida. Calculó el tiempo. Era insuficiente. ¿Podría contra todos ellos? ¿Cómo? ¿Los golpearía? Desencadenar a los presos —que para entonces estaban demasiado débiles—, pelear contra los dominicos, subir por la escalera, recorrer los pasillos del monasterio, llegar a los caballos, ensillarlos e huir sin destino era imposible. Seguramente no llegaría ni al final de los pasillos. Entonces también lo encadenarían a él junto con los presos y lo dejarían ahí hasta morir.

—Os lo ruego —dijo temeroso Pedro de Ortega— dejadme encadenarlo una vez más. De no ser así, ambos moriremos hoy mismo.

Bustamante aceptó y caminó hacia la pared. Era en realidad la única opción a su favor. Además se encontraba demasiado débil para pelear. Las voces en el pasillo se intensificaron. Pedro de Ortega supo que no había más tiempo. Temió por su vida. No podía salir con la pequeña caja en manos. Sintió temor por lo irreversible. Caviló que dadas las circunstancias no alcanzaría su objetivo y puso la caja de madera bajo la sotana de uno de los frailes muertos que colgaba de las cadenas en los muros.

—Perdonad mi cobardía —dijo mientras escondía la caja.

Ya sin fuerzas, Bustamante alzó los brazos para que Pedro de Ortega lo encadenara a la pared. Pero el fraile dominico, que en ese santiamén comenzó a sudar de miedo, no le apretó las muñecas. Incluso se cercioró de que las manos de fray Francisco pudiesen liberarse con facilidad: «Esto es lo más que puedo hacer por vos».

—No os preocupéis. Bastante has hecho ya. Id con Dios.

Ortega tomó su antorcha y se incorporó.

—Fray Pedro, vuestra encomienda ha terminado —dijo uno de los frailes que entraron al calabozo—. Retiraos.

—¿Qué os ocurre? ¿Por qué tanto apuro? —respondió asustado. Sabía perfectamente lo que ocurriría, pero fingió no tener idea.

Y sin dar explicaciones le ordenaron una vez más que se retirara. Ortega demoró su salida. Miró de reojo a los sobrevivientes y con la mano derecha les otorgó la bendición. Subió por las escaleras que pronto comenzaron a derrumbar los demás frailes. Una polvareda ahogó el lugar. Fray Francisco de Bustamante tuvo entonces la certeza de que la hora de su muerte había llegado. Cerró los ojos esperando que en cualquier momento lo mataran a él y a los cuatro sobrevivientes. Pero eso no ocurrió. De pronto escuchó una voz frente a él:

—Que Dios Nuestro Señor os perdone vuestra herejía —dijo el fraile y le dio la espalda.

Los provinciales de la Orden de Predicadores subieron por una escalera improvisada de madera que luego también retiraron. Fray Francisco de Bustamante y los demás sobrevivientes vieron lentamente desde el interior de la mazmorra cómo el hueco, la única salida, fue sellada para siempre.

II

S i imaginar su propia muerte no le provocaba escalofríos al arqueólogo forense Diego Augusto Daza Ruiz, estudiar un cadáver en medio de la madrugada menos le estremecía ni afligía. Se encontraba frente a siete restos óseos en lo que parecía ser el sótano de un antiguo monasterio dominico. Sin haber tocado un solo esqueleto, se aventuró a calcular y responder al insistente detective: «Trescientos. Quizá cuatrocientos años. No puedo asegurar nada, aún». Diego Augusto Daza Ruiz respiraba con lentitud, con mucha paciencia, parecía no tener prisa.

—Necesito saber cómo y en cuánto tiempo puedes hacerte cargo de estos cuerpos —dijo con mucha seriedad el detective.

—¿Qué ocurrió aquí? —preguntó Daza dudando si debía o podía cuestionar.

—Lo que ves —Endoque evitó dar demasiada información en ese momento, pensó que sería más conveniente que el padre Urquidi se responsabilizara de dar detalles al joven arqueólogo—. La iglesia pretendía hacer algunas remodelaciones; luego, al parecer, hubo un derrumbe y encontraron esto. Como sabes, muchas de estas cosas no se hacen públicas. Me llamaron para iniciar una investigación y aquí estamos los dos.

—Pero esto le corresponde al INAH.[4]

—¿Quién te entiende? —respondió el detective con el ceño fruncido—. Primero me dices que te mueres por llegar a ser un arqueólogo reconocido y ahora me sales con esta idiotez.

En ese instante, el detective Delfino Endoque pensó que había realizado una mala elección cuando el director de la ENAH[5] le mostró la lista de candidatos, entre los cuales resaltaba Diego Augusto Daza Ruiz como el más honesto y profesional.

Diecinueve horas antes, Delfino Endoque había recibido una llamada de parte del padre Gregorio Urquidi Montero, quien le urgió que se trasladara al pueblo ese mismo día. Le pidió que no llegara en auto. El padre lo esperó en las afueras de Atotonilco. Cuando vio llegar el autobús en que venía el detective privado, bajó de su carro e hizo señas para que el camión se detuviera. Endoque traía una mochila y un libro de Francisco Martín Moreno en la mano.

—¡Delfino, qué gusto verte de nuevo! —exclamó el padre Urquidi.

—Padre, el gusto es mío —dijo y ambos se dieron un abrazo fraternal—. Dígame. ¿Para qué soy bueno?

—Pues tengo un caso que seguramente te interesará.

—¿Aquí?

—Así es, en este pueblo tan pequeño. Mira cómo es la vida, yo que pensé que en un lugar como Atotonilco jamás ocurriría algo de esta magnitud.

Una gran curiosidad invadió todos los sentidos de Endoque. Ambos abordaron el automóvil del padre.

—Como ya sabes, estoy encargado de una parroquia en México. Pero esta mañana, como a las seis, me llamó Gumara, la encargada de la limpieza de la iglesia de Atotonilco. Lloraba, casi ni le pude entender. Sólo que me dirigiera lo más pronto posible al pueblo. Y, ¿qué más te puedo decir, Fino? Mejor velo tú mismo.

El pueblo era pequeño y solitario; tenía en sí un aire de misterio. Endoque se preguntó de qué vivía la gente. El padre Urquidi estacionó su automóvil y bajó sin esperar. Endoque lo siguió. No entraron a la iglesia en sí, sino a lo que para el detective parecía ser un convento. Los pasillos eran largos y las paredes altas con techo en forma de medio cilindro. Sus pasos hacían eco. El sacerdote se detuvo en una puerta de madera de grandes proporciones y agregó: «Te vas a sorprender».

Al abrir apareció frente a ellos un enorme hueco en el piso. El sacerdote y el detective bajaron por una escalera portátil, fabricada con pedazos viejos de madera. Todo daba señas de que en algún momento de la historia alguien mandó tapar lo que había sido, quizás, el sótano con, aún sin contarlos, casi media docena de esqueletos en línea, rodeando las paredes. Y a un lado, el cadáver del padre Juan Carlos Palomares. Aparentemente asesinado de un fuerte golpe.

—¿Quién más sabe de esto?

—Gumara. Sólo ella.

—¿Es de confianza?

—No lo sé. Por lo pronto está llorando en la capilla. Tiene órdenes de no salir y no dejar entrar a nadie. Por otra parte, debo llamar al arzobispo. Esto es muy serio. Si alguien mató al padre Juan Carlos, lo tenía muy bien planeado. Esto no estaba así. Para hacer un hueco de esta magnitud se necesitaba tiempo, fuerza y por supuesto la confianza y el permiso del sacerdote.

—¿Y si él estaba haciendo esto por su cuenta? —preguntó Endoque.

—Podría ser, pero, ¿con qué fin?

—No sé, padre, dígame usted. ¿Sabía él de la existencia de estos cuerpos?

—No tengo idea, Fino. Como te puedes dar cuenta, él era muy joven aún, además tenía poco en la parroquia, menos de un año. Hay cosas que no se deben saber, ni por nosotros.

—Permítame hablar con esa mujer.

Endoque subió por la escalera de palos de madera y llegó a la capilla donde Gumara seguía llorando y rezando. «Padre nuestro que estás en el cielo.» Endoque se detuvo en la entrada por un instante con la expectativa de que Gumara notara su presencia y dejara de rezar. Delfino se cansó y la interrumpió. Gumara dio un brinco de susto.

—Disculpe, usted. Soy el detective Delfino Endoque. Necesito hacerle algunas preguntas.

Gumara dejó el llanto a un lado y se sentó en una de las bancas. Se persignó cual si se preparara para una confesión frente a un cura. «Ave María Purísima.» Besó su rosario y escuchó con cuidado las preguntas que el detective le hacía.

—Cuénteme, paso a paso, qué ocurrió aquí.

—Pos —Gumara dudó por un instante; miró al Cristo en la cruz de pies a cabeza y continuó—: resulta qui hace una semana vino a la parroquia un siñor qui dicía llamarse Mauro. El padre Juan Carlos lo recibió con harto gusto, luego lo llevó a su oficina. Hablaron harto tiempo. El padrecito mi pidió qui lis priparara café y qui fuera al mercado por carne y verduras pa' qui les cocinara. Cuando regresé con la comida calientita ya no estaban en la oficina del padrecito, sino en el cuarto grande. Le estaban dando hartos golpes al piso con los pies, yo hasta pensé qui estaban bailando. También escuché qui hablaban de mucho dinero. Toqué la puerta pa' darles de comer y el invitado ni quiso; dijo qui ya era tarde y se despidió del padrecito. Regresó tres días después. Entre él y el sacristán se metieron en el cuarto grande todo el día. Yo li pregunté al Isidro, el sacristán, quí estaban haciendo y mi dijo qui iban a remodelar el antiguo monasterio pa' qui los niños del pueblo pudieran estudiar el catecismo, pero qui no se lo contara a naiden, pos a según esto era una sorpresa pa' los fieles. El padre Juan Carlos mi prohibió qui entrara a ese cuarto. Y así anduvieron dando martillazos por dos días. Hasta qui ayer, en la tarde, ya casi de nochecita, escuché un ruido harto juerte, como si se anduviera cayendo la iglesia. El padre mi ordenó qui mi fuera, y qui regresara hoy en la mañana. Y pos, siempre le hago caso al padrecito. Llegué hoy tempranito, como a las seis, y le preparé el desayuno, no lo encontré en su oficina, entonces lo busqué por todas partes hasta llegar a los pasillos del convento, en donde vi la puerta abierta. Por más qui el padre mi dijo qui no me acercara no pude contener la tentación y me asomé. Casi mi caigo en el gujero ése tan grandote qui hicieron. Y casi mi muero del susto. Desde arriba se podía ver todito. Lo encontré tirado en el piso. Le hablé, le grité, pero el padrecito Juan Carlos, qui Diosito lo tenga en su santa gloria, no mi respondió. El santo padrecito, qui yo creo que ya se imaginaba qui la muerte andaba rondando, desde endenantes mi dijo qui si pasaba algo le llamaıa al padre Urquidi.

—¿Usted sabe dónde está el sacristán? —preguntó Endoque.

—A ése parece qui si lo tragó la tierra. Lo jui a buscar hoy en la mañana y mi dijeron qui no saben andónde está. A mí si mi hace qui entre él y el tal Mauro mataron al padrecito.

—¿Dónde vive?

—Allá por los nopales.

—¿Cómo llego a los nopales?

—Se va asté por este camino todo derecho, pasa por el lago y sigue hasta qui si acabe el camino. Entonces va a ver un titipuchal de nopales. Ahí nomás le pregunta a los chamacos dónde vive el Isidro y ellos lo llevan con su mujer.

Delfino Endoque decidió finalizar el interrogatorio y regresó a la oficina con el padre Gregorio Urquidi, quien se encontraba revisando algunos papeles. El sacerdote tenía puestos unos anteojos viejos que sólo usaba para leer. Por un instante, a Endoque le pareció estar viendo a un civil, casi podía jurar que aquel hombre de cincuenta y dos años tenía la apariencia de un profesor o de algún erudito. Le impresionaba la agilidad con que se movía de un lado a otro como un hombre de treinta o cuarenta. Lo recordó joven, quería guardar esa fotografía en la memoria, la evocación del hombre que le había dado todo su apoyo diecinueve años atrás, cuando el joven Mauricio Ruisánchez —ahora con el nombre de Delfino Endoque— a sus cortos dieciséis años había sido víctima de un crimen imperdonable y jamás resuelto.

Por aquel tiempo el padre Urquidi llevaba dieciséis años pagando la dolorosa pena de haberse enamorado de su media hermana. La conoció de la manera más dramática. La vio entrar a su casa con un exiguo equipaje y una cascada de lágrimas en el rostro. Su padre, Salomón Urquidi Labastida, había confesado días atrás a su familia que por algunos años vivió en bigamia y que del fruto de su mentira nació la hija que jamás pudo concebir con su esposa, quien tras el tercer parto perdió toda posibilidad de engendrar un hijo más. Llevaba consigo el luto de la muerte de su amante, ocurrida días antes a su confesión. Su esposa, Lucía Magdalena Montero de Urquidi, no pudo más que tragarse la masiva congestión de rabia que le arrebataba la felicidad y aceptar las órdenes de su esposo de admitir la entrada a la casa de la huérfana que llevaba el nombre de Joaquina, sin el apellido Urquidi. El dolor y el enojo que cargaba Magdalena no le permitieron ver que su hijo más joven había quedado fulminado por la belleza de la triste adolescente, un año menor que él. En ausencia de Salomón —siempre concéntrica en no ser obvia frente a su marido— la enfurecida esposa les prohibió a sus tres hijos varones y a Joaquina que tuvieran siquiera un cruce de palabras. «Al primero que vea platicando con esta bastarda lo mato.» Todos, incluyendo a la servidumbre, obedecieron la regla al pie de la letra; excepto Gregorio, quien para ese momento se encontraba estúpidamente enloquecido por la hermosura de la nueva inquilina. Se ocupó de perseguirla por toda la casa, de noche y de día. La espió por los pasillos y por el jardín; mientras dormía, cuando despertaba y por la ventana mientras se bañaba. En una de esas ocasiones Joaquina se descubrió observada y dio al mirón la escena más lasciva que encontró en su repertorio: se masturbó en la regadera. Y casi sin darse cuenta, ella también se esclavizó como una loca a las miradas furtivas que la perseguían por todas partes. Pronto, Gregorio se dedicó a complacerle cada uno de sus caprichos con tal de escuchar el tono de su voz e inhalar el aroma que emanaba de su piel. Joaquina encontró en él el talón de Aquiles de su enemiga Magdalena y, en venganza, desbocó el indomable río de atrocidades que atrofiarían el futuro de la familia. Tejió un interminable rosario de malentendidos que llevaron a Salomón Urquidi y a Magdalena Montero a una batalla campal. Gregorio se convirtió en la marioneta que siguió devotamente todas sus instrucciones con la esperanza de algún día besar sus labios.

Poco antes de terminar el año, Joaquina y Gregorio Urquidi se enredaron entre sábanas en una de las recámaras. Acto seguido, la pérfida concibió un hijo y, en cuanto se enteró de que estaba encinta, buscó la oportunidad de acercarse a Magdalena y decirle al oído con toda perversidad: «Estoy esperando un hijo y es de tu querido Gregorio». Magdalena perdió el piso a partir de esa noche y comenzó a poner santos y veladoras por toda la casa. «El demonio está aquí, tengan cuidado que el demonio está aquí», decía a todas horas. Fueron meses de inconsolable pena para Magdalena. Cuando Salomón llegó de uno de sus tantos viajes sospechosos, sin imaginar la magnitud de lo que venía, les cuestionó a sus hijos y a los criados qué había causado la demencia de su esposa y lo único que consiguió fue enterarse de que Joaquina había dado a luz.

A principios de 1957 nació un niño en una de las recámaras de la casa. Furiosa porque su hijo no había sido registrado con los apellidos del progenitor, sino con los de la abuela, Joaquina tuvo la perfidia de restregarle a su padre que el infante era su nieto doble. «Como a ti te gusta: doble familia, doble esposa. Aquí tienes tu regalo. Un nieto doble. Es hijo de Gregorio, tu hijo», dijo y lo señaló. No había nadie más que ellos tres en la habitación. Gregorio Urquidi no se movió al ver que Salomón, enfurecido, estranguló a Joaquina hasta arrancarle el último aliento. Al darse cuenta de que su hija ya no respiraba, el nuevo homicida salió del cuarto y dio la orden de que todos abandonaran la casa y permanecieran en un rancho de la familia en Torreón, con la excusa de que era urgente que llevaran a Magdalena a otro lugar y que no volvieran hasta nuevas instrucciones. Esa tarde se hizo cargo del infante: lo envió a la ciudad de México, pero le hizo creer a su hijo Gregorio que al pequeño también lo había matado. Joaquina y el supuesto cadáver del infante fueron enterrados clandestinamente en el jardín. Esa misma semana mandó remodelar la casa por completo y ordenó poner un patio de concreto sobre las tumbas furtivas y una pequeña capilla en el centro. Luego vendió la casa. Ese mismo año abandonó a Magdalena, que no supo más de él. Tras un maratónico vía crucis psicológico Gregorio Urquidi Montero ingresó al seminario por órdenes de su padre.

Dieciséis años después de todo esto, Gregorio seguía conservando el acta de nacimiento de su hijo. A principios de 1973 se encontró a Mauricio Ruisánchez, un joven que había sido testigo de un crimen y necesitaba huir de las autoridades. Gregorio Urquidi le dio una nueva identidad, la de su hijo «muerto»: Delfino Endoque de la Cruz y Garza, quien se convirtió en su confidente por diecinueve años contados a cuentagotas. Endoque ahora tenía treinta y cinco años en la espalda.

—Fino. Pasa —dijo el padre Urquidi al verlo en la puerta.

—¿Qué sabe usted del sacristán?

—Muy poco. Por eso estoy buscando información. Pero no encuentro nada. No sé de dónde salió el tal Isidro o si en realidad fue bautizado con ese nombre.

—Gumara dice que llegó de Papantla, Veracruz, hace un año, y que el primero que le ayudó fue el padre Juan Carlos.

—Así es, hijo. Tengo entendido que llegó solo —agregó el padre—; luego se juntó con una india. No sé cómo se llame. El problema es que ahora resulta que nadie sabe su apellido.

Endoque notó en el padre una preocupación y un temor irreconocible.

—Estamos en un grave problema, hijo —dijo Urquidi—. Hablé por teléfono con el arzobispo hace unos minutos. Tengo órdenes de comunicarle al pueblo que el padre Juan Carlos Palomares, que Dios tenga en su santa gloria, falleció de un paro cardiorrespiratorio; luego darle santa sepultura; además, traer a un arqueólogo para que estudie los esqueletos; y posteriormente enviar un informe completo. Y eso no es lo peor de todo, hijo: encontré este documento, es una carta escrita en 1556 por fray

Francisco de Bustamante, provincial de los franciscanos de México. Hace mención de unos *Memoriales* escondidos en Papantla, Veracruz, redactados por fray Toribio Paredes de Benavente. Sé, estoy seguro, que cuento con tu total discreción.

El padre Urquidi tenía los codos sobre el escritorio. Se había quitado sus viejos anteojos para hablar con Endoque, quien por primera vez en su vida notaba la presencia de un irreversible temor en la mirada del sacerdote. Ambos estuvieron callados por unos minutos, había un silencio total en el lugar. En ocasiones se escuchaba algún perro ladrar.

—Necesito que traigas a un arqueólogo en el que podamos confiar.

Endoque encendió un cigarrillo sabiendo que el padre Urquidi no se lo impediría. Había demasiados secretos entre ellos y más confianza de la que presumían en público. Caviló en los pasos a seguir: en la forma de camuflar su llegada al pueblo, de encontrar al tal Isidro, a su cómplice y los *Memoriales*. De pronto le vino a la mente un nombre: «la ENAH», dijo en voz alta. «Claro. La Escuela Nacional de Antropología e Historia. ¿De dónde más?» Se puso de pie.

—Hoy mismo regreso con un arqueólogo, a más tardar en la madrugada. Se lo aseguro.

—¿Quieres que te acompañe, hijo?

—No se preocupe. Voy y vengo en unas cuantas horas. Además, me sirve de terapia. Usted sabe que disfruto mucho andar en carretera.

Aunque tiempo para pensar no le faltaba, decía que lo usaba para poner en orden sus ideas. Pasaba la mayor parte de sus días en soledad. Vivía en un departamento, en Coyoacán, con su perro Maclovio, un pastor alemán que había comprado a precio de alhaja. Se desvivía por él; sin importar la hora en que se durmiera, despertaba puntal para llevarlo a caminar y prepararle el desayuno: una pechuga de pollo, una chuleta de res y croquetas remojadas en caldo. Lo llevaba consigo a casi todas partes. Lo bañaba una vez por semana. Pasaba largas horas enseñándole trucos o técnicas de pelea y búsqueda. Para orgullo de Fino, Maclovio poseía una habilidad inverosímil para aprender, como muy pocos animales. Ambos habían generado una intolerancia descomunal a estar separados. Maclovio sufría de depresión cuando su amigo Endoque se ausentaba. Por su parte, Fino perdía la concentración pensando cómo estaría su inseparable compañero. Por lo mismo aprovechó el regreso a la capital para ver cómo estaba el perro que desde la madrugada se encontraba solo en el departamento.

Al llegar, Maclovio ya lo estaba esperando en la ventana. Comenzó a ladrar en cuanto detectó el olor de Endoque y corrió en busca de unas pantuflas, las puso en la entrada y se sentó hasta que la puerta se abrió.

—¿Qué haces, muchacho? —dijo Endoque al verlo y le acarició la cabeza y las orejas—. ¿Cómo te portaste?

Maclovio fue a la recámara y regresó con una pequeña canasta en el hocico —donde Delfino depositaba su cartera, llaves y papeles en cuanto llegaba— y la puso frente a su amigo; esperó a que él entregara sus pertenencias, ladró con gusto y se llevó la canasta para ponerla en una mesa; luego siguió con vehemencia al detective hasta el estudio y se sentó frente al escritorio mientras su dueño buscaba en una agenda telefónica algunos números. «Tenemos en las manos un caso muy interesante, mi querido amigo.» Maclovio lo observaba cual si comprendiera palabra tras palabra lo que Endoque decía. Incluso ladraba en forma de respuesta. «Tendremos que salir de la ciudad por algunas semanas. Así que ni esperes ver a tus novias.» Delfino se dirigió a su recámara, sacó una maleta —preparada con anterioridad para este tipo de situaciones— y caminó al baño para rasurarse. Hizo una mueca al notar que una vez más había olvidado reparar la gotera. La cubeta debajo de la regadera se encontraba llena. Marcó un número telefónico.

«Buenas tardes, doña Estelita. Debo salir urgentemente de la ciudad. No arreglé la gotera. Ya ve usted mi mala memoria. Le encargo que le llame al plomero, por favor. Le dejo dinero donde ya sabe. Me llevo a Maclovio. No se preocupe. Eso sí, le ruego saque toda la comida del refrigerador antes de que se eche a perder. Llévesela. Nos vemos.»

Al terminar salió de su departamento —olvidó rasurarse— y se dirigió a la Escuela Nacional de Antropología e Historia. Conocía poco al director, habían mantenido una breve conversación trivial meses atrás. Pese a que no llevaban una relación lo suficientemente estrecha, le comentó que necesitaba al mejor de sus alumnos graduados para un asunto estrictamente confidencial. En la lista apareció el nombre de Diego Augusto Daza Ruiz.

—Precisamente acaba de completar hace unos meses un diplomado en antropología forense impartido por los más destacados doctores en la materia: el maestro Jorge Arturo Talavera González, de la Dirección de Antropología Física del INAH; la doctora Patricia Hernández Espinoza, de aquí de la ENAH, quien dio una majestuosa presentación sobre las generalidades del sistema esquelético humano; la doctora Josefina Bautista Martínez, también de la ENAH, quien presentó osteología fetal e infantil, y craneometría y osteometría de referencia; el doctor Felipe de Jesús Cobos, de la Procuraduría General de Justicia Militar, quien presentó miología esquelética facial; la doctora Blanca Briseño Patlanis, del Servicio Médico Forense del Distrito Federal, quien expuso odontología forense; y…

El detective Delfino Endoque lo interrumpió bruscamente: «Necesito a este joven. ¿Dónde está?».

—En Templo Mayor.

Si de algo pecaba el detective, era que difícilmente daba las gracias o se despedía. El director se incomodó al verle de espaldas en la puerta sin un gesto de agradecimiento. Si los buenos modales no iban con Delfino Endoque, menos hacer alarde de paciencia. Odiaba el tránsito de la ciudad, le enfurecían los estancamientos viales y los semáforos que duraban cuarenta segundos en horas pico. Detestaba a los conductores que obstruían la vialidad: «¡Tenías que ser microbusero! ¡Avánzale, idiota!», gritó.

Cuarenta minutos más tarde llegó a Templo Mayor. Preguntó por Diego Augusto Daza Ruiz. Lo encontró limpiando con una escobilla uno de los últimos descubrimientos arqueológicos.

—¿Diego Augusto Daza Ruiz?

El joven arqueólogo alzó la mirada y se acomodó los anteojos empolvados: «¿Quién lo busca?».

—Delfino Endoque, detective privado.

El arqueólogo voluntario perdió la concentración y se puso de pie al escuchar la presentación del detective: «A sus órdenes», dijo sin saber qué añadir. Nadie que no tuviera una relación directa con el INAH, tenía autorización para entrar hasta esa área. Sintió temor y Delfino lo notó.

—No es nada malo. No te preocupes, el director de la ENAH sabe de mi presencia. Te ha colgado un rosario de grandes adjetivos.

—Gracias —respondió Daza mientras limpiaba sus anteojos empolvados.

—¿Y cuánto te pagan aquí? —preguntó Fino.

—Pues..., uno hace esto por amor al arte.

—¿Cuánto?

—Soy voluntario.

—Tengo un trabajo para ti. Se trata de siete restos óseos. Hay mucho dinero. La Iglesia está de por medio.

—¿Para cuándo necesitan esto?

—Hoy. Vamos. Es tu gran oportunidad. No la desperdicies.

—Pero...

—Está bien, ya encontraré a alguien más.

—¡Espere! —dijo Daza cuando vio que el detective le daba la espalda—. Déme un minuto para despedirme.

—¿Quieres una fiesta de despedida? Diles que tienes una emergencia y que luego vuelves.

En realidad no necesitaba despedirse. El olvido de los demás ya se le había hecho hábito. La semilla del abandono había brotado tras el divorcio de sus padres. Aún no tenía la certeza de quién se encontraba más ausente: si su padre, a quien hacía años no veía, o su madre, perdida en sus libros de superación personal. Decir adiós le parecía más que doloroso, innecesario. Brincaba de cama en cama desde los veintidós, cuando vio por última ocasión a su novia de toda la adolescencia. Aquel idilio de pubertad germinó en la secundaria de la forma más ingenua y cursi posible. Duró siete años. Se prometieron amor y lealtad hasta la muerte. Siempre concéntricos en no repetir la historia de sus padres evitaron las discusiones y el acoso. «Nada de celos», decían. Sin darse cuenta, se descubrieron solitarios y se acompañaron hasta la madurez como dos buenos amigos con título de novios. Una noche, Diego olvidó llamarle por teléfono, pero Isabel no le dio importancia. El hecho se repitió días más tarde. Luego fueron tres, cuatro noches sin llamadas telefónicas ni visitas. Al final, el descuido tomó proporciones considerables: se veían una o dos veces por mes. Cuando se dieron cuenta, tenían seis meses sin saber uno del otro, situación que pronto los llevó al pozo de la indiferencia. Como escribiera alguna vez el escritor cubano Eliseo Alberto: «De esa temporada más o menos íntima apenas quedó en pie una indiferencia mutua, ni siquiera un odio recíproco, y ambos llegaron por razonamientos diferentes al consuelo lúcido del olvido, que es en el fondo el peor de los rencores disponibles». Un año después se encontraron por casualidad en un supermercado y ambos decidieron fingir que el descuido había sido un obstáculo para articular un ¡hola! «Decir adiós es quizá más fácil que decir hola cuando no se quiere», pensó al escabullirse detrás de un anaquel de la tienda. Luego rebotó en su mente el gran dilema del querer. ¿Qué es mejor: querer como uno quiere o querer como quieren que uno quiera? ¿Qué acaso el querer a su manera no es lo que cuenta? Él seguía queriendo a Isabel, a su manera. A su única e inconfundible forma de quererla: de lejos, y lejos... Si la saludaba en ese momento se vería obligado a deambular en un intercambio de disculpas. O quizá, descubrir que alguien ya habitaba en el corazón de Isabel. Y para finalizar la charla llegaría el falso e indiscutible «que te vaya bien, estamos en contacto». O en su defecto el rencoroso adiós: «no te quiero ver en mi vida, púdrete».

—¿Quieres o no? —insistió Endoque.

Total. ¿De quién necesitaba despedirse?, se preguntó Daza. Confirmó una vez más que, para él, decir adiós era un acto eludible. Tomó su mochila y abordó la camioneta con el detective Delfino Endoque. Maclovio lo saludó con un ladrido. «¿Me va a permitir que me dé un baño?», dijo Diego y le mostró las manos llenas de polvo. Delfino arrancó la camioneta y lo llevó a su casa para que el joven arqueólogo se hiciera cargo de su higiene y preparar una maleta. La casa del arqueólogo se encontraba en un desorden total. Había réplicas arqueológicas y libros por todas partes. Fino aprovechó el tiempo para hacer un par de llamadas. Confirmó con el padre Urquidi su llegada a más tardar a la medianoche. Se comunicó con la encargada de la limpieza de su departamento. «No se olvide de la gotera, doña Estelita.» Luego entró a la cocina y abrió con toda confianza el refrigerador. Estaba vacío. El fregadero, por el contrario, se encontraba lleno de trastes sucios.

En menos de una hora ya iban camino a Atotonilco. Diego Daza intentó hacerle plática, pero Endoque se mostró indiferente. Se limitó a responder sólo preguntas que tenían que ver con la investigación.

Antes de la medianoche llegaron al pueblo —que a esas horas parecía pueblo fantasma— y ambos fueron recibidos por el padre Urquidi en la entrada de la parroquia. Sin más que una breve presentación, los tres entraron al antiguo monasterio. El padre llevaba un quinqué en la mano. «A donde vamos no hay luz», dijo el padre Urquidi y miró al arqueólogo. Bajaron por unas escaleras oscuras. La pintura de las paredes se encontraba en un desgaste total. El arqueólogo dedujo que las imágenes en los muros pertenecían a una majestuosa obra de arte del siglo XVI, destruida por el tiempo y el descuido de los encargados del lugar. Caminaron por los pasillos del antiguo monasterio —Daza no perdió tiempo para observar el techo en forma de cilindro y las enormes puertas de madera— hasta lo que parecía ser el sótano. El aroma del lugar comenzó a hipnotizar al arqueólogo. Sabía que estaba a punto de encontrar algo que cambiaría su carrera. El padre Urquidi abrió la antigua puerta de madera y los tres se encontraron frente al enorme hueco en el piso. Daza calculó una profundidad de cuatro metros. Observó con mucho cuidado y encontró restos óseos dispersos por todo el lugar. «No toquen nada», dijo mientras bajaban por la escalera de palos de madera. A un lado de ésta yacían algunos pedazos de concreto del derrumbe. El quinqué alumbraba con dificultad. Daza no se sorprendió al ver el cuerpo del padre Juan Carlos Palomares. Respiró profundo, miró al padre Urquidi y al detective Endoque. Preguntó qué había ocurrido y Endoque dio una respuesta inverosímil.

—El padre Juan Carlos Palomares apareció muerto ayer en la mañana —dijo el padre Urquidi al notar que Delfino Endoque evitaba dar detalles—. No sabemos si su muerte fue un accidente o parte de un crimen. La Iglesia pagará de muy buena manera por tus servicios y, por supuesto, por tu discreción.

—Lo más seguro es que *esto* no fue un accidente —agregó Daza mientras señalaba la viga a un lado del cuerpo del padre—. Tal vez no pretendían matarlo, pero las circunstancias fueron otras. Si observan la pared, hay marcas de la viga que se derrumbó, pero no creo que ésta haya causado su muerte, está demasiado lejos. Lo más probable es que ya habían ingresado al lugar y sin esperarlo se les vino el piso encima; luego arrastraron la viga y trataron de… no sé…, fingir que ésta lo golpeó. Todo depende. Observen la tierra. El sacerdote cayó bocabajo y lo voltearon. El problema es que en medio de toda esto de manera negligente movieron algunos de los restos óseos mientras caminaban. Se puede ver que caminaron con descuido. Incluso al hacer la primera perforación dejaron que el concreto cayera sobre estos restos óseos que vemos aquí. La reconstrucción será muy complicada.

Diego se encontraba más entusiasmado que preocupado. Ignoró por un momento al finado Juan Carlos; alumbró poco a poco el lugar —evitando así pisar alguna evidencia— y dirigió su atención a los restos óseos que yacían por todos lados.

—Puedo aventurarme y deducir que quienes hayan sido estas personas, fueron enterradas vivas en este sitio que, aunque parezca un sótano, era sin duda una especie de salón. Cualquier cosa menos un sótano. Si observan los muros podemos concluir que aquí hubo unas seis ventanas, mismas que obviamente fueron selladas con ladrillos. Por este lado encontramos que también existieron unas escaleras que fueron derrumbadas antes de que el lugar fuese sellado, posiblemente de manera clandestina. Puedo asegurar que pasaron días muy largos. Tal vez algunos de ellos perdieron en algún momento su lucidez. También podemos pensar que algunos murieron de asfixia; otros, quizá, de hambre. No podemos asegurar nada aún, son sólo conjeturas. Algo que podemos esperar es que algunos de los restos óseos sólo hayan sido tocados por roedores y por agua saturada de minerales, que haya fosilizado y conservado los restos en un estado casi perfecto para su estudio científico.

Daza sacó una cámara fotográfica y comenzó a retratar cada uno de los esqueletos sin tocarlos.

—¿Cuál será el paso a seguir? —preguntó el padre Urquidi.

—Necesitaré algunos enseres y un espacio para estudiar los huesos. También tendremos que enviarlos a un laboratorio para su fechado con carbono 14.

—¿Qué es eso? —cuestionó el sacerdote.

—Carbono radiactivo. El carbono se encuentra en la naturaleza de tres formas moleculares: 12, 13 y 14. El carbono 14, que es radiactivo, es el menos común. Cuando un ser vivo muere deja de absorber carbono y el carbono catorce comienza a reducirse. Un científico puede saber a qué velocidad se reduce y así calcular la antigüedad de una muestra, contando cuántos átomos de carbono 14 le quedan. Se trata de un cálculo aproximado, porque sólo se puede determinar una franja de tiempo.

—¿Cuánto tiempo tardará? —preguntó el padre Urquidi.

—No sé, podría tomar meses —respondió dudoso el joven arqueólogo y miró por todo el lugar.

—Dos meses —sentenció Endoque.

—¿Dos meses? Es muy poco tiempo para...

—Es demasiado —interrumpió Endoque con seriedad—. No olvides que estamos en busca de los responsables de un crimen.

—Siendo así —agregó Diego Daza preocupado— necesitaré la herramienta lo más pronto posible.

—Cuenta con eso —respondió el padre Urquidi—. Con respecto a tus honorarios, ten por seguro que la Iglesia sabrá gratificar tu labor.

—¿Hay algo más que deba saber? —preguntó Daza.

El padre Gregorio Urquidi suspiró profundo, se cruzó de brazos, miró detenidamente las paredes, los restos óseos y el cadáver del padre Juan Carlos Palomares, y añadió: «Será mejor que no hagas tantas preguntas en este momento. Termina esto y después te daremos más información. Por el momento vamos a que te muestre el lugar donde podrás descansar. Al amanecer tendrás tiempo para trabajar con más tranquilidad».

Faltaban sólo unas cuantas horas para que amaneciera y el arqueólogo pensó que dormir en ese momento era lo más innecesario. Aceptó ser guiado a lo que a partir de ese momento sería su lugar de descanso. Dejó su mochila y algunos enseres sobre la cama y regresó a la mazmorra, intrigado por lo qué había ocurrido ahí. ¿A quién pertenecían las osamentas? ¿Por qué los habían encerrado vivos? ¿Serían europeos o americanos? ¿Quién los habría mandado encarcelar? El simple hecho de encontrarse a solas era ya una ventaja. Daza no toleraba estar mucho tiempo con gente mientras trabajaba. Sabía que la presencia del sacerdote o del detective obstruiría su labor, por eso decidió hacer las primeras observaciones en el privilegio de la soledad, en medio de una madrugada fría. Se dio tiempo de caminar con más tranquilidad por los pasillos del antiguo monasterio y observar la pintura en sus muros. Imaginó a los monjes subiendo y bajando por las escaleras. Siempre en un silencio total. Escalofriante. ¿Quiénes habrán sido los castigados? ¿Y por qué? ¿Qué tipo de tortura recibieron antes de morir? Al llegar a la mazmorra se detuvo por un instante y observó, desde arriba, el enorme hueco en el piso. Buscó algún tipo de herramienta con la cual se habría hecho la primera penetración. La luz era escasa. No encontró ni un martillo ni una pala o mazo. Bajó por la escalera de madera y se sentó sobre los escombros para observar el interior del calabozo. Se detuvo por un largo momento a ver las cadenas que colgaban de los muros. «¿Cuánto tiempo habrán permanecido encadenados?», se preguntó.

A partir de esa madrugada fría y solitaria, Diego Augusto Daza Ruiz puso en un baúl su necesidad de descanso y ocupó su tiempo en analizar cada uno de los restos óseos que encontró: los contó, los fotografió y los limpió; los guardó en cajas independientes conforme los estudiaba y luego los envió a un laboratorio en Florida para su fechado con carbono radiactivo. Todo de forma secreta y tramitado por la Iglesia.

El padre Urquidi se dio a la tarea de convencer al pueblo de que un supuesto paro cardiorrespiratorio le había arrebatado la vida al padre Juan Carlos Palomares; y que el par de forasteros se encargaría de la remodelación de la iglesia. Farsa que Delfino Endoque aprovechó para entrar y salir con libertad al pueblo, y platicar con la gente, haciéndose pasar por contratista. Deambulaba por Atotonilco charlando y haciéndose amigo de quien podía en la plaza, las tiendas, las calles y la única cantina del lugar. No obstante, frente al arqueólogo seguía manteniéndose en la total indiferencia. Se limitaba a hablar sólo de cuestiones laborales.

Endoque se ausentó un par de semanas. Volvió al cumplirse los dos meses. Esa mañana ambos desayunaban en una fonda del pueblo. Endoque le dio un sorbo a su café y preguntó sin preámbulos:

—Y bien, ¿qué resultados me tienes? —partió con las manos un trozo de pan.

Ambos habían pedido huevos estrellados bañados en salsa verde, frijoles refritos y café.

—El arco púbico femenino tiene una abertura mayor a noventa grados y el masculino una menor a noventa grados —dijo el arqueólogo sin probar el desayuno—. Al analizar la pelvis de cada una de las osamentas (que determina el sexo), y observar las escotaduras ciáticas descubrimos que las siete personas en el calabozo eran hombres. También le pedí apoyo a una bioarqueóloga, que combina la arqueología con la antropología forense y la historia, para que determinara la edad de cada osamenta por medio del estado de cierre de las suturas craneales. El promedio fue de setenta y cinco años de edad. Otro amigo mío, bioarqueólogo y patólogo forense, descubrió por medio de los dientes —que dan una información extremadamente amplia—, su crecimiento, patología, estilo de vida, alimentación, y que a pesar de su edad tuvieron un nivel de desgaste reducido, es decir, que tenían una dieta suave, preparada y llena de proteínas. Descubrir todo esto fue posible debido a que las células del cuerpo pierden oxígeno tras la muerte; luego, comienzan a partirse y liberan todas sus toxinas. En forma simultánea, las bacterias del propio cuerpo empiezan a consumirlo, pues los sistemas que las mantienen controladas ya no funcionan; los órganos se abren y sueltan ácidos y otros desechos contaminantes. Desde afuera las bacterias externas, parásitos e insectos hacen su trabajo. Por esto las osamentas se encontraron deterioradas, mas no incompletas. Los cuerpos sólo fueron tocados por roedores y por el agua (que estaba saturada de minerales), y que fosilizó los restos y los conservó en un estado casi perfecto para su estudio científico, hasta un determinado punto.

—Esto nos dice que... —Endoque se acercó lentamente a Daza y lo miró fijamente.

—Todo indica que... —Daza hizo una pausa y miró a la encargada de la fonda que se encontraba dándole vueltas a la sopa con un cucharón de madera; bajó el tono de voz para evitar ser escuchado— ahí se llevó a cabo un crimen.

—Eso ya lo sé —respondió Endoque sin dejar de comer.

—¡No! —interrumpió el arqueólogo que seguía sin probar su alimento—. Estoy hablando de otro crimen.

Endoque, quien en ese momento hundía un trozo de pan en una de las yemas de los blanquillos, levantó la mirada y dejó de masticar: «¿De qué hablas?».

—La mazmorra no fue descubierta hace dos meses como creímos al principio —el arqueólogo tomó una cuchara, la introdujo en su taza de café y comenzó a girarla lentamente—. Seré más claro. Los restos óseos que encontramos en ese calabozo..., o mejor dicho, esas personas murieron por diferentes motivos: los primeros desangrado por tortura, flagelación probablemente; otros por infecciones y enfermedades, pulmonía, fiebre, diarrea; y los últimos por asfixia o sed. Ahora, lo que nosotros encontramos fueron siete cuerpos sobre el piso. Lo que no supimos en un principio fue que todos ellos, excepto uno, murieron encadenados a los muros, como si hubieran sido crucificados. Y así permanecieron sus restos, durante años, hasta que fueron cayendo uno a uno por su propio peso; puedo asegurar que muchos de ellos ya en estado esquelético. Otro dato importante es que debido a su postura y estado de encarcelamiento (me refiero a que todo el tiempo permanecieron en estado vertical y con los brazos extendidos), defecaban y orinaban de pie. Poco, pero lo hacían.

—¿Y eso qué quiere decir? —preguntó Endoque que aún no lograba entender el punto del arqueólogo forense.

—Envié diferentes muestras pequeñas de excremento al laboratorio en Florida y... —Daza hizo una pausa y comenzó a comer sin concluir su información.

—¿Y?

—Hasta hace poco había un prisionero más en esa mazmorra. Puedo asegurar que estuvo ahí por algunos años, no sé con exactitud cuántos, tal vez diez. O quince. Lo que sí puedo certificar es que el calabozo fue abierto hace ya varios años. Posiblemente el padre Juan Carlos Palomares lo tenía encadenado y éste se liberó y lo mató. O... —el arqueólogo partió un pedazo de pan, lo hundió en la yema del huevo y se lo llevó a la boca—. Quizás él descubrió la existencia del prisionero y por eso fue asesinado. Tengo la certeza de que luego del crimen sacaron al prisionero (tal vez salió por sí solo) e intentaron limpiar el área donde permaneció por años, es decir, que barrieron y acomodaron uno de los restos óseos en ese sitio (lugar donde originalmente debió morir, cosa que no ocurrió, ya que éste permaneció por muchos años en el centro de la mazmorra) y movieron unas cuantas piedras para despistar.

—Esto significa que...

—Todo esto puede significar muchas cosas —interrumpió Daza.

Endoque dudó por un instante de la inocencia del padre Urquidi, pero desechó la idea de su mente, aquel hombre que tanto le había ayudado no era capaz de matar una mosca. «¿Cómo? No, él no», pensó. Todo se complicaba. Las investigaciones hasta ese día no tenían nada que ver con ese nuevo prisionero.

—Ya no debemos seguir en este lugar —dijo Endoque con seriedad mientras se rascaba la cabeza—. Debemos conducir nuestra atención a Papantla, Veracruz, donde supuestamente se encuentran enterrados unos *Memoriales*.

—¿*Memoriales*? ¿De quién? ¿Por qué no mencionó eso al principió?

—Cállate y escucha. Ya investigué. La persona más indicada para que nos lleve a esto es un historiador llamado Gastón Peralta Moya. Al parecer tiene gran devoción por la cultura totonaca. Los lugareños dicen que está obsesionado por el culto a los dioses aztecas y todo eso. Aquí está su dirección y teléfono. Quiero que lo busques y le digas que estás haciendo tu tesis. Gánatelo, hazte su amigo, su confidente, su alumno más leal, no lo contradigas jamás. No le digas nada sobre esto. Ni de mi existencia. Navega con bandera de inocente.

—¿Y qué se supone que debo decirle? —disparó Daza con sarcasmo—, ¿que no sé de dónde saqué la información, pero que quiero encontrar unos *Memoriales* escondidos? ¿Y si me pregunta qué dicen los *Memoriales* le contesto que no sé, que no tengo idea, que por eso los estoy buscando?

Daza hizo una pausa y fijó su mirada en la de Delfino Endoque: «Yo no puedo seguir si no me dicen qué es lo que estoy buscando».

—Yo tampoco lo sé —respondió Delfino.

—Sí. Por supuesto que usted y el cura lo saben. Necesito información para llegar con el señor...

—Gastón Peralta Moya —completó Endoque.

—Así es. ¿Qué le digo si me pregunta cómo me enteré de la existencia de los *Memoriales*?

—El padre Urquidi encontró una carta muy antigua en una de las pertenencias del padre Juan Carlos Palomares.

—¿Dónde está? ¿Qué dice? Necesito estudiarla.

—Eso no es posible. La envió al arzobispado. Lo que sí te puedo contar es que ésta trata sobre unos *Memoriales* escondidos en algún lugar en El Tajín. Hay un mito papantleco —suspiró Endoque e hizo un gesto de incertidumbre— acerca de una princesa llamada Nimbe. La gente del pueblo habla mucho de ella. Dile al historiador que has estado investigando sobre esto para hacer una tesis.

—¿Quién escribió los *Memoriales*? —insistió Daza.

—Fray Toribio Paredes de Benavente.

—¿Y la carta?

—Fray Francisco de Bustamante.

III

l abrir los ojos dudó por un instante si esa oscuridad en que se hallaba era la sala del purgatorio o la ergástula del infierno. Y si ése era el infierno, ¿debía ser tan frío y oscuro? ¿Dónde estaban las grandes llamas de fuego de las que tanto se hablaba? ¿Por qué sentía tanto frío en los huesos? Buscó con la mirada alguna imagen identificable. Imposible. Sólo encontró un hilo de luz, tan débil, que a duras penas logró distinguir un par de piedras en el piso. La pestilencia era insoportable. El olor a humedad, orines, mierda, vómito, sangre y cuerpos en descomposición le provocó náuseas. Él mismo hedía de tal manera que sin poder controlarlo se encontró arqueando jugo gástrico, pues no había ingerido alimento en muchas horas. Se movió con dificultad. ¿Qué hacía en el piso? No recordaba haberse desmayado. La penumbra donde estaba le impedía recuperar la noción del tiempo y el lugar.

La incomodidad que algunas piedras provocaban en su pecho le exigió voltearse boca arriba. Ahora el problema se encontraba en su espalda: una piedra de mayores proporciones le taladraba la espina dorsal. Se quejó de una forma taciturna. Hacía días que su vida se había vuelto taciturna. La habían hecho de esa manera. Oía sólo (además de su respiración) los pasos sigilosos y escurridizos de las ratas. Hizo un gran esfuerzo por incorporarse.

Fue entonces —al estar sentado en el piso— que su breve estado de conciencia le hizo ver que no estaba en un calabozo del infierno, sino en el infierno de aquella mazmorra donde lo habían encerrado los frailes dominicos semanas atrás. Hizo un nuevo intento por reconocer algunas sombras pero fracasó. Para corroborar que aún estaba vivo dejó escapar la primera palabra que llegó a su boca: «Agua». Tenía sed. Mucha. Sabía que si de algo moriría, sería de sed. ¿Cuánto hacía que había bebido agua? ¿Unas horas? ¿Un día? ¿Una semana? Parecía que había pasado una eternidad desde el momento en que Pedro de Ortega le mojó los labios con una esponja.

«Agua.»

Recordó. Estaba en el piso gracias a que fray Pedro de Ortega, el dominico, le había dejado las cadenas sobrepuestas en las muñecas. Pero recordar no era en ese momento lo que mejor le venía. No se trataba de una pesadilla, en realidad estaba en una mazmorra. Y pronto, muy pronto, llegaría el fin. ¿El fin? O, ¿su fin? O, ¿el principio? ¿Del fin? Lo absoluto. Esa entidad infinita, intemporal, cuyo valor designativo varía con cada filosofía. ¿En verdad existía el más allá? ¿Y la materia? Un cuerpo muere y se pudre, se consume, se pierde, se vuelve polvo. ¿Y el alma? Comenzó a dudar de la tan mencionada existencia de ésta, su continuidad después de la muerte del cuerpo y su destino impostergable al fin. ¿Al fin? Entonces, si después de la muerte del cuerpo todavía existía una continuidad, ése no era el fin; era la antesala del principio de una eternidad. ¿Había en realidad una cascada que separara la vida y muerte del cuerpo del nacimiento o libertad del alma en una perpetuidad? Purgatorio. Cielo. Infierno. ¿En verdad existía todo eso? No conocía a alguien que hubiera vuelto del más allá para comprobar la existencia de tan populares destinos. En cambio, él sí conocía un infierno: el resultado de una guerra entre franciscanos y dominicos. La lucha por el poder, las limosnas, la tierra, el dominio de la fe los había llevado a un ir y venir de dimes y diretes: cartas dirigidas (muchas veces interceptadas) al rey de España y al Papa en turno acusándose unos a otros. Eso era el infierno: una persecución y masacre de indios infieles y españoles herejes,[6] desobedientes de las órdenes de la Santa Iglesia Católica Romana. Ésa, la que persiguió durante siglos a los judíos en el nombre de Jesús y que olvidaba (mejor dicho: quería que el mundo olvidara) que a Jesucristo —un judío— lo habían matado los romanos. Éste era el infierno. Lo había vivido y sufrido. De nada sirvió que Pedro de Ortega le hubiese dejado los brazos libres si ya no tenía fuerzas. Incluso él mismo había fingido un desmayo mientras los frailes destrozaban la escalera antes de sellar el hueco.

«Agua, quiero agua.»

Fray Francisco de Bustamante evocó que justo cuando el último tablón tapó el hoyo donde había estado la escalera, se derrumbó sobre los huesos débiles de sus rodillas para llorar de miedo y de rabia. La carta, su última plegaria, sus últimas palabras, se quedarían ahí, junto con él, para siempre. Nadie sabría la verdadera forma y motivo de su muerte. Estaba seguro de que el arzobispo de la *Ordo Praedicatorum*, Alonso de Montúfar, se las arreglaría para inventar cualquier historia. O simplemente para borrarlo de la historia. En España podría decir que fray Francisco había muerto longevo y en santa paz en su cama en la Nueva España.

Lanzó un gemido opaco cuando una de las tantas ratas le mordió una de las heridas en su pierna. Se la quitó de encima con un manotazo. La rata se mostró indiferente a la reacción del fraile y pronto regresó en busca de otro pedazo de carne. Bustamante sintió su presencia y, aun sin ver, la pescó como pudo. Ésta se defendió con un mordisco, pero el fraile, enojado, la puso en el suelo, cogió una piedra con la mano derecha y la azotó una y otra vez hasta reventarle la cabeza.

Suspiró.

¿Cuánto tiempo había pasado? ¿Y los demás sobrevivientes? ¿Seguían ahí? ¿Vivos?

—Fray Juan… Fray Silvano… Fray…

Nadie respondió.

Con gran dificultad se puso de pie; caminó a tientas a un lado del frío muro. De pronto sintió una mano helada y tiesa. Un tenebroso escalofrío recorrió todo su cuerpo. Se detuvo y respiró profundo. La tocó una vez más. Siguió a tientas por el hombro, el cuello, hasta llegar al rostro de aquel cuerpo inerte. «¿Fray Matías?», preguntó, y al sentir las arrugas tiesas de su compañero supo que ya se había ido. «Que Dios, Nuestro Señor, os tenga en su santa gloria, hermano», dijo por inercia y le acarició los ojos.

Si bien seguir caminando y continuar reconociendo a cada uno de los frailes lo zambulló en las aguas del pánico, descubrir poco a poco que ya todos habían muerto lo ahogó en el diluvio de la melancolía. Claramente le había augurado Alonso de Azanza que él, Francisco de Bustamante, sería el último en morir en esa mazmorra. Por lo mismo lo habían cuidado más que a los demás para que su salud no decayera. Comenzó a dudar de la bondad de Pedro de Ortega. ¿Y si eso era parte del plan? Ganarse su confianza para obtener información. ¿Para qué le había ayudado a redactar una carta y la había dejado ahí? ¿Y si le había mentido y en verdad se había llevado el documento?

«¡La carta!», dijo de pronto, y se agachó para buscar a gatas la caja. «¿Dónde está?», se preguntó desesperado. Siguió tentando entre las piedras, la mierda, el vómito, la sangre y las ratas que se peleaban por los pedazos de carne muerta, hasta llegar a la caja de madera. La abrió en cuanto pudo y antes de tocar la carta se limpió las manos con lo que le quedaba de vestidura. No descartaba la posibilidad de que alguien encontrara aquel documento. Por lo mismo evitó ensuciarla. La tocó ligeramente con los dedos; la olió y la enrolló para regresarla a su lugar. Suspiró. No sabía por qué. Que la carta estuviese ahí no era en realidad una garantía. Pero por otra parte quiso quedarse con la idea de que Pedro de Ortega no lo había traicionado, al menos no de esa forma. No. Ni siquiera tuvo tiempo de leer lo que Bustamante escribió. Él lo había ayudado. Si no, entonces, ¿por qué le había dejado los brazos libres? Para escapar. Sí.

Volteó la mirada en busca del único hilo de luz, proveniente del agujero sellado. Caminó de regreso con la caja de madera entre sus manos. Se detuvo un instante para calcular la altura. Parecía imposible llegar sin escalera hasta aquel pequeño orificio en el techo. Luego, ¿cómo rompería la madera que tapaba el hueco?

«Los escombros —pensó—. Si amontono los restos de la escalera de concreto, quizá pueda llegar hasta ese orificio y con una piedra pegarle hasta que se haga más grande.»

Intentó levantar una de las piedras pero le fue imposible, estaba demasiado débil para un esfuerzo de tales dimensiones. Se sintió exhausto. Se sentó sobre los cascajos de la escalera y terminó acostado. Deseaba profundamente que todo eso fuese una pesadilla. Cerró los ojos nuevamente con la esperanza de que al abrirlos se encontraría de vuelta en su casa de Toledo, donde había nacido en 1485, y donde había conocido a Emilia. «¡Emilia, Emilia!» Aún después de tantos años —toda una vida—, y tanta distancia, la seguía recordando, la conservaba viva en su recuerdo. «¿Cómo olvidarte, Emilia?»

Tal cual lo deseó, perdió el conocimiento y en sus sueños demenciales se vio frente a ella. Qué bonito pelo ondulado. Y sus pecas salpicándole el rostro. Hacía años —desde que se conocieron en los fantásticos laberintos de la infancia— que adoraba aquellos ojos verdes. Esa tarde, ambas familias estaban reunidas para celebrar el pronto inicio de Emilia Horcasitas y Lizana en el noviciado.

La noticia le cayó como balde de agua fría al joven Francisco de Bustamante, pues Emilia no le había comentado nada al respecto. «¿Por qué, Emilia?» Nadie en aquella reunión notó la pena que sumergía a Francisco en un abismo por no saber qué hacer. No era posible. Él definitivamente estaba imbécilmente enamorado. ¿Y ella? «¡Ay, Emilia, mi Emilia del alma! ¿Qué habéis hecho? Todos celebran vuestra decisión. Y ahora, ¿qué hago?» No podía creer que en verdad su querida Emilia estaba dispuesta a entregar su vida al clero. Quiso pensar que era una broma de muy mal gusto, pero la presencia del obispo, amigo de ambas familias, le señalaba todo lo contrario.

¿Y si se aventuraba a confesarse sosamente enamorado de la doncella? ¿Quién se lo impediría? ¿Sus padres? ¿Los padres de Emilia? ¿El obispo? ¿Ella? ¿Qué haría con su pena? La encontró tan feliz que dudó que ella cambiara de opinión. Y en un arranque de estupidez se levantó de su silla y llamó la atención de todos los presentes. Sintió las miradas como punzadas en los riñones. Cada sonrisa en la sala parecía decirle que de ninguna manera intentara arruinar la noche.

—Quiero anunciaros que yo, Francisco de Bustamante, también he decidido ingresar a la Orden de Frailes Menores.

Tras un breve silencio el obispo se puso de pie y aplaudió; acto seguido, todos los presentes también aplaudieron; se pusieron de pie y caminaron hacia Francisco para felicitarlo. Entre los tantos apareció Emilia con su pelo ondulado y sus ojos inmensamente verdes para otorgarle un abrazo.

«Felicidades, fray Francisco de Bustamante», le susurró al oído.

Si bien la noticia anterior le había caído como balde de agua helada, el elogio de Emilia le zarandeó la cuerda floja en que se sostenía.

—Hago esto porque el amor que siento por vos no tiene futuro —le dijo al oído con las piernas tiritando y evitando dar fin al abrazo en el que se encontraban.

—No digáis eso, por amor a Dios y respeto a nuestro santo obispo.

—Es nada más que la verdad —respondió y clavó su mirada en los ojos verdes de su querida Emilia—. Os amo como un demente.

—Callaos —respondió Emilia y salió de la sala lo más pronto que pudo.

Los presentes se encontraban más que felices por ambas noticias, a tal punto que no notaron que Emilia salió al jardín apresuradamente y que Francisco la siguió hasta tomarla del brazo y detenerla en medio de los rosales.

—¿Por qué habéis hecho esto? —dijo al saber que ésa era su única y última oportunidad para convencerla de que renunciara a los votos—. Vos sabéis que os amo con demencia. Os lo he demostrado en todo momento y en todo lugar. Os he entregado mi vida desde la tarde que os confesé mi amor y con una sonrisa me entregaste vuestro guante blanco en ofrenda y pediste tiempo para pensar; y las noches que os esperé para que salieras al balcón y me dijeras que os ibais a la cama, y que entonces pensarías en mi propuesta; en aquel primer beso que nos dimos cuando caminamos por las calles de vuestra casa; en las caricias apasionadas que tuvimos aquella tarde en que os hice acto de varón en las caballerizas y entre las hierbas del campo a un lado del río, o bajo las sábanas de vuestra habitación, cuando como un ladrón entraba por la ventana de vuestro balcón en medio de la noche, o en la biblioteca de la casa de mis padres, cuando todos celebraban la misa dominical, y entre tantas y tantas pláticas. Os obedecí cuando suplicaste que callara nuestro amor, pues, según vuestra promesa, pronto, muy pronto les confesaríamos a nuestras familias que nos amábamos con delirio. Vamos, decidles a todos la verdad.

—No puedo.

—Respondedme: ¿Sentís lo mismo que yo?

Emilia cerró los ojos y dejó escapar una lágrima. «Mirad que tantas veces os soñé», quiso decir, pero para ella ya era demasiado tarde. ¿Cómo retractarse frente a todos? Mandar llamar al santo obispo no era cosa de juegos.

—Lo siento. No puedo amaros —agregó temblorosa.

—Si vos queréis, nos fugamos en este momento.

—No.

El joven Francisco pensó que si ya había llegado tan lejos no tenía por qué limitarse en tan crucial y único momento de su vida y se apresuró a besarla. Tuvo tiempo suficiente para saborear sus labios, olfatear su piel y estrujar su fino cuerpo hasta que ella se sintió descubierta al escuchar un ruido entre los matorrales.

—Esto no está bien —susurró tras la caricia de sus labios y fingió un deseo por liberarse de aquellos brazos que le rodeaban el cuerpo.

—Tenéis razón —murmuró Francisco, mientras rozaba sus labios con los de ella—. Debemos entrar y confesarles a todos que lo anunciado será imposible.

—¡No! —sentenció Emilia con el dedo índice apuntando a los ojos del joven Bustamante—. No os atreváis. Os lo prohíbo terminantemente. Os confesaré algo. Pero debéis prometer que no repetiréis palabra alguna. Mi padre se encuentra arruinado y por lo tanto inmensamente destrozado. Su deseo es que ingrese a la vida religiosa, deseo que no puedo ni debo desobedecer. El obispo se ha mostrado tan gustoso con la noticia de mi noviciado que ha ofrecido todo su apoyo a mi padre para que pueda viajar a las nuevas islas en cuanto su majestad, Fernando de Aragón, quien ha recibido el título de Rey Católico por parte del papa Alejandro VI, y nuestra reina Isabel de Castilla autoricen la empresa.

—¿De qué estáis hablando? —Francisco caminó dos pasos atrás.

—¿Qué, acaso no os habéis enterado? —respondió Emilia y comenzó a caminar en el jardín. Francisco avanzó a su lado sin quitar la mirada de aquellos labios, cuyo sabor conocía bastante bien—. Un marino genovés que se dice Cristóbal Colón, y que ha recibido de la reina Isabel y el rey Fernando el rango de Almirante de la Mar Océana, tras un largo viaje, en busca de un camino que le llevara a la India, ha navegado hacia el oeste por el océano y ha encontrado islas desconocidas, sin civilización ni corona. Aquel que se dice Cristóbal ha vuelto hace un par de años. Dicen que ha traído consigo animales jamás vistos, comidas exóticas, frutas y hierbas extrañas. También se rumora que en aquellas islas abundan grandes tesoros; y que los primeros que vayan tendrán el permiso de Su Majestad y del santo papa Alejandro VI para colonizar y adquirir riquezas. ¿Vos sabéis lo que esto significa? Mi padre, don Emiliano de Horcasitas, hombre culto y conocedor de mundo me ha contado que hasta el momento sólo han habido tres papas nacidos en tierras de Castilla: Damaso I, de 366 a 384; Calixto III,[7] de 1455 a 1458; y nuestro bien querido y respetado Alejandro VI, recién elegido el 26 de octubre de 1492.[8] También me ha confiado que algunos cardenales han ayudado a Alejandro VI para convertirse en Papa y a su vez ayude a los reyes de Castilla y Aragón a conquistar aquellas islas.

—¿Pero qué cosas estáis diciendo? Eso es una gran mentira. El papa Alejandro VI ha comprado el papado como muchos otros.

—Mi padre me ha dicho que el Papa necesita de monjas y sacerdotes para enviarlos a esas tierras antes de que otros reyes intenten llegar a ellas. Además se dice que el Papa quiere dejar este legado antes de que le ocurra cualquier cosa. Por lo mismo ha promulgado unas Bulas a favor de los reinos de Castilla y Aragón.

—Yo he escuchado rumores de que el papa Alejandro VI, a pesar de ser originario de los territorios de la Corona de Aragón, no tiene buenas relaciones con el rey Fernando porque teme que en sus afanes territoriales quiera incluir parte de los estados pontificios. Y que para remediar las malas relaciones le ha concedido el título de Rey Católico y los permisos para colonizar aquellas islas.

—¿Cómo es eso? ¿De dónde has sacado tantas mentiras? Mira que las posibilidades de que otro hombre nacido en Castilla o territorios de estos reinos llegue a ser Papa son remotas. Ya os lo dije: en los últimos años los papas han sido franceses, italianos y romanos. Si el actual Papa fuese italiano, aquellas islas serían cedidas a su reino, aunque éstos no tengan el poder del que gozan nuestros reyes.[9]

—Pero el Papa no puede hacer una concesión, donación o investidura de unas tierras que no le pertenecen. ¿Qué derecho asiste al papa Alejandro VI para disponer de esa manera de las nuevas tierras? ¿Cuál es la naturaleza jurídica de ese acto de disposición? Vos has dicho que aquel hombre, que se dice Colón, ha tratado con gente de dichos rumbos. Eso significa que están habitadas.

—Pero son islas. Y como *islas* dependen feudalmente de Roma.[10] Además, los que habitan esas tierras son bárbaros e infieles.

—La falta de inteligencia y de razón no son motivo para que los infieles pierdan sus tierras.

—Ya os lo he dicho: la cristiandad necesita de nosotros para evitar que la herejía se expanda por aquellos territorios. Debo obedecer los deseos de mi padre —finalizó y se dio media vuelta.

—Emilia, Emilia —la siguió el joven—, no hagáis esto. Yo puedo hablar con mi padre para que ayude a vuestra familia.

—Mi familia no necesita de vuestras limosnas —espetó Emilia indignada.

La indiferencia de la doncella hirió, como una daga, el corazón del joven Bustamante quien a partir de esa noche se dio a la tarea de buscarla con más insistencia que nunca. Caviló, en algunas ocasiones, en tomarla por la fuerza, llevársela de ahí, para que desertara de aquellas intenciones de convertirse en monja. Pero en cuanto ella aparecía frente a él, los ojos lucíferos de Emilia lo hipnotizaban por completo alejándolo de cualquier pretensión. Sólo deseaba volver a tocar sus labios, comer de su aliento, acurrucarse en su pecho.

El tiempo corría imperioso y la fecha en que la doncella se vestiría de novicia se encontraba cada vez más cercana. Debía impedirlo. Todo resultaba tan simple y tan complicado. ¿Por qué tenía que ingresar al convento si a fin de cuentas su padre pronto emprendería el viaje al Nuevo Mundo? El reloj lo apresuraba. En pocas semanas él también debería ingresar a la Orden Franciscana, tal cual lo había prometido en su arranque beligerante. ¿Realmente tenía vocación para convertirse en fraile?

«¿Por qué?», pensó al despertar entre las tinieblas escalofriantes de la mazmorra. Jamás se había quejado de haber entrado a la orden, ni siquiera el día que ingresó. Pero ahora, derrumbado sobre un montón de piedras, con el estómago vacío, los labios secos, la piel partida, las heridas infectadas y la certeza de que pronto, muy pronto, moriría, no le quedaba duda de que tanto sufrimiento no valía la pena por el amor ni el desamor de una mujer. «¿Qué fue supuestamente lo que hice? —se preguntó— ¿Una ofrenda? ¿Un acto de despecho? ¿Un sacrificio? ¿Para quién? ¿El amor realmente requiere de sacrificios? ¿Qué acaso amar no es simplemente dar? ¿Qué es lo que realmente le interesa al ser humano: dar o recibir? Cuando la gente da, espera recibir algo a cambio, por pequeño que esto sea, incluso una sonrisa, y quizás eso sea lo conveniente del asunto. Y si así es, sigue siendo por conveniencia: alimentación del alma, del ego, felicidad propia. Entonces, volviendo a la raíz, uno ama porque quiere, espera, exige que lo amen; da ofrendas por amor, para luego recibir ofrendas. ¿Y por desamor también? Siendo así, ¿es valido que uno dé amor sin esperar nada a cambio? ¿Aunque dicha ofrenda sea vilmente despreciada?

¿Qué hay de que *por amor todo se vale*, o *el amor todo lo puede*? ¿Y la dignidad, se otorga en sacrificio por amor? Si la otra persona lo desprecia a uno, no merece ese arranque de idiotez llamado sacrificio. Punto final. En las tinieblas de la mazmorra en que me encuentro no hay cabida para pensar en el amor ni en el desamor. No vale la pena desgastarme. Mi vida se acaba. Vaya tontera que fui a hacer, aquella noche», murmuró.

Francisco de Bustamante pensó en lo bien que se encontraría en Toledo en esos momentos, disfrutando de los bienes de su familia a la cual jamás le faltó nada.

—¡Emilia! ¡Emilia! —dijo en un par de gritos secos, con la mirada al techo—. Donde quiera que os encontréis, os digo esto: ¡Consumíos en el infierno! Yo no debía morir de esta manera. Yo no debía morir aquí. No así.

Los hilos de su lucidez ya se encontraban destrozados para esas horas. Y pensar en algo bondadoso le resultaba imposible y absurdo.

—Absurdo. Sí —se puso de pie y comenzó a caminar con lentitud, aún sin poder ver por donde deambulaba—. Por una estúpida pena de amor me fui a meter a un monasterio, que más tarde me trajo a estas tierras, con indios apestosos y tercos, con españoles degenerados por la ambición y con frailes obsesionados por el dominio de la fe y sus riquezas.

Luego de tambalearse al caminar se detuvo por un instante para agacharse y levantar una piedra que lanzó sin dirección y sin fuerza: «Todo esto es un error», dijo, y se tropezó. Sin poder controlar sus movimientos fue a dar al suelo, de donde no se levantó: «Yo no debería estar aquí», sollozó con la desolación más grande que había sentido en la vida.

De pronto llegaron a su mente decenas de recuerdos, entre los cuales apareció la mañana en que salió de su casa en Toledo para tomar el hábito de San Francisco en la Provincia Seráfica de Santiago. Aún deambulaban por el laberinto de sus sentimientos la pena incorregible de no haber podido convencer a su querida Emilia de desistir, así como la irracional y pueril idea de que sin ella la vida amorosa resultaba inexistente, pues sólo con ella podría ser feliz. «Sólo con esos lindos ojos verdes…», pensaba, cuando fray Tomás de Valadez lo interrumpió:

—¿Cuál es vuestro motivo para ingresar a la Orden Franciscana?

El joven Francisco tragó saliva y miró a sus compañeros que también ingresaban ese día: «Servir a Dios», respondió.

—El servir a Dios, nuestro Padre Celestial, es una tarea de toda la vida. Y eso implica, como lo estableció el papa Gregorio VII, celibato obligatorio; amar a Dios sobre todas las cosas. Un fraile no puede ni debe pensar en tener actos de varón. El deseo de fornicar puede ser dominado por medio del estudio y la sabiduría. Si vos deseáis el amor de una hembra o las riquezas mundanas no podéis servir a Dios como frailes. ¿Alguno de vosotros encuentra algún impedimento de dicha magnitud para seguir adelante con la empresa que estáis a punto de iniciar?

Todos respondieron a una sola voz: «No».

—Siendo así —fray Tomás de Valadez sonrió, alzó la mano derecha y continuó—, os doy la bienvenida en el nombre del Padre, del Hijo y del Espíritu Santo.

—Amén.

—Seguidme —fray Tomás de Valadez marchó suntuoso—. Os llevaré a vuestras celdas para que se deshagan de sus pertenencias y reciban sus nuevos y únicos atuendos a partir de hoy hasta el último día de su existencia. Podrán descansar lo que queda de la mañana para luego ser guiados al comedor donde el obispo os dará la bienvenida en la comida. Más tarde oficiará una misa en vuestro honor. Mañana lunes comenzaremos las clases de teología y filosofía.

El pasillo que llevaba a las celdas se le hizo interminable a Francisco de Bustamante. Cada vez que una puerta se cruzaba en su camino el joven volteaba la mirada indiscretamente para husmear y toparse con las miradas de los jóvenes que ya tenían tiempo en el monasterio, entre los que se encontraban: Martín de Valencia, Francisco de Soto, Martín de Jesús, Juan Suárez, Antonio de Ciudad Rodrigo, Toribio Paredes de Benavente, García de Cisneros, Luis de Fuensalida, Juan de Ribas, Francisco Jiménez, Andrés de Córdoba y Juan de Palos.

Ahora, derrumbado en la mazmorra maloliente y helada, aún después de tantos años, seguía recordando los nombres de cada uno de ellos. Evocaba con exactitud las interminables discusiones sobre ética, teología y filosofía:

—¿Qué es más importante para la Iglesia: la fe o la obediencia? —preguntó Bustamante.

—La obediencia del pueblo no garantiza la fe; en cambio, si se obtiene la fe, por consecuencia llegará la obediencia —respondió Martín de Valencia.

—No. A la Iglesia lo que le interesa es la obediencia, no la fe. La fe se encuentra en lo palpable; la obediencia en lo invisible.

—¿Pero qué cosas estáis diciendo? —preguntó Luis de Fuensalida—. La fe no depende de lo visible o lo invisible, sino del conocimiento.

—Entonces estáis dándome toda la razón —insistió Bustamante—. La fe se obtiene del conocimiento total; la obediencia de la ignorancia.

—Eso es incorrecto —disparó Toribio Paredes—. Para que los pueblos crean en Dios deben saber de él.

—¿Y qué es lo que saben? —insistió Bustamante.

—Los milagros de Nuestro Señor —interrumpió Andrés de Córdoba.

—¿Y qué prueba tienen de ello? —preguntó Antonio de Ciudad Rodrigo, apoyando a Bustamante.

—Los feligreses carecen de conocimiento, sólo están al tanto de lo que la Iglesia les enseña. La única fuente que existe para hablar de los milagros de Dios está en la Biblia, esa que utiliza la Iglesia para atemorizar al hombre. Además muy pocos fieles tienen acceso a la Santa Biblia. ¿Cuántos de los que vosotros conocen tienen un Biblia en casa? Aún no tenemos un medio de divulgación intensivo para producir el número de Biblias que se necesitan para que cada uno de los hombres de la tierra tenga una en sus manos. Esperemos que algún día se invente una máquina que pueda reproducir libros de forma masiva. Y suponiendo que la Biblia sea distribuida en todas las casas, sigue siendo algo invisible. Cualquier texto es visible para un ignorante. No hay necesidad de comprobarle su veracidad, sólo hay que exigir obediencia. Y lo que lo hace más visible son las imágenes y la Iglesia. La imagen de Jesús que Lotario de Segni, Inocencio III, dio al mundo lo hizo un Dios visible, aunque se diga que es el hijo de Dios, es quien representa a Dios en la tierra. Por otro lado, quienes saben de buena tinta la verdadera historia de la Iglesia romana se han vuelto a la herejía. Han dejado de obedecerla, pero han ganado la fe en lo que ellos conocen. El ejemplo está en un hombre que se dice Martín Lutero. No sé mucho de él, pero bien se ha mencionado que ha retado a la Santa Iglesia. En conclusión, la Iglesia se vale de la ignorancia del pueblo para que se le crea y obedezca. Si a los fieles se les entregara la verdadera historia de la cristiandad, ellos tendrían criterio propio y dirigirían su fe, sin intervención de la Iglesia, en diferentes direcciones. Algo catastrófico para la

Iglesia es que dependa económicamente de la obediencia de los pueblos para sobrevivir. No olvidéis que las grandes riquezas de la santa sede se han obtenido gracias a la fe, esa máscara de la obediencia.

—Pero vosotros estáis hablando de los malos cristianos —agregó García de Cisneros—. Nosotros somos una nueva generación que no se dejará corromper frente a las riquezas ni a la mala fama que pesa sobre la Iglesia.

«Pipiolos —dijo Bustamante, poniéndose de pie con dificultad, y caminó de acuerdo con su poca orientación al centro de la mazmorra—. Éramos unos pipiolos ingenuos. ¿Me escucháis? Fray Matías, fray Silvano, fray Juan, fray Martín. Os estoy hablando a ustedes —acusó con enojo señalándolos con el dedo índice. Sin darse cuenta, Francisco de Bustamante cayó en el abismo interminable del delirio que lo hacía vagar por los pasillos inexplorados de su lucidez. Por fin, sin importarle nada en absoluto, impugnaba cuanto le llegaba a la mente, todo aquello que jamás había tenido valor de decir—. Miraos dónde vinieron a dar. ¿De qué os sirvió tanto discutir sobre la ética humana y las formas de evangelizar a los infieles, si vosotros mismos se dejaron corromper por la codicia y la envidia? Ahora estáis muertos. Y el mundo sigue igual. ¿Cuántos de vosotros defendieron su fe sin ensuciar vuestra dignidad? Todos anduvimos por ahí con una doble moral: sirviendo a Dios y Lucifer. Podéis engañar al mundo con vuestros escritos y sermones, pero no a uno de vosotros. Yo fui testigo de todos vuestros pecados. Muchos de ustedes estuvieron a favor de la esclavitud, promovieron el abuso a los indios, extorsionaron a las masas a cambio del perdón celestial. ¿Y a vosotros, quién os entregó el perdón? Buscamos insaciablemente el dominio de la fe, destruyéndoles sus templos a los infieles y construyendo iglesias sobre sus escombros, para controlar las limosnas; holgamos con indias siempre que hubo oportunidad; fuimos responsables de las muertes de quienes se rehusaban a adoptar la religión; vendimos nuestros principios a aquel que ofrecía el oro y el moro; peleamos sin descanso contra los dominicos; y olvidamos el propósito inicial: predicar el mandamiento universal: el amor y el respeto al prójimo.»

De pronto dejó escapar un vendaval de carcajadas. Cayó de rodillas y las carcajadas que hacían gran eco se confundieron entre sollozos y lágrimas. A él, que en todos sus años de fraile había hecho suyo el mandamiento de no vivir en el pasado, en ese momento le resultaba imposible dejar de lado los recuerdos. Sin evitarlo, regresó al día en que recibió como encomienda viajar al Nuevo Mundo a predicar la palabra de Dios.

Había escuchado infinidad de historias acerca de las Américas. Entre ellas, una que mencionaba a un tal Hernando Cortés que decía haber logrado rendir a un gran imperio en una ciudad de nombre México-Tenochtitlan, gracias al amparo de la virgen de Guadalupe,[11] de quien se manifestaba fielmente devoto y que llevó estampada en un estandarte a aquellas tierras.

Para entonces ya habían partido los frailes conocidos, años más tarde, como los doce apóstoles de México, entre quienes se encontraba fray Toribio de Benavente.[12] Le resultaba imposible creer que en aquellos lugares, según las crónicas, se llevaban a cabo sacrificios humanos para honrar a los dioses paganos.

El día en que zarpó la escuadra de galeones rumbo a las Américas, Francisco de Bustamante tuvo el tétrico presentimiento de que jamás volvería a tierras españolas. Pese a que permaneció las primeras horas de pie en la cubierta, observando cómo su vieja España se desvanecía lerdamente en el fondo del horizonte, no logró dibujar en la pizarra de su imaginación un viaje de regreso a casa. La ausencia de las gaviotas, un par de horas más tarde, le hizo concluir que otra parte de él quedaría nuevamente en el naufragio. No quiso probar bocado. La nostalgia que había reprimido por años, por fin salió a flote en medio del océano que Colón había conquistado cincuenta años atrás. Se miró las manos, de arrugas abundantes, y sintió por primera vez el peso de sus cincuenta y siete años de edad.

Sin sospecharlo pasó una de las tardes más largas y tranquilas de su vida en la cubierta —entre marineros que limpiaban los tablones del piso y narraban crónicas sobre las guerras que habían ganado a los indios salvajes—, pensando cómo moriría. Se imaginó naufragando en el océano; herido por una lanza en el pecho; decapitado, tal cual contaban los tripulantes conocedores del Nuevo Mundo; anciano y enfermo en la cama de su casa, en Toledo, España; de muchas formas, menos sumergido en las tinieblas de una mazmorra.

Ni siquiera pensó que su muerte sería tan dolorosa cuando cayó en cama por dos semanas debido a las fiebres intolerables que le provocaron las comidas rancias que hubo de comer en la travesía que duró más de tres meses. Caviló que jamás llegaría a las Américas si seguía alimentándose de tal forma. Desde el primer día, tras las náuseas que le causaron el sube y baja del navío, supo que no toleraría los menoscabos del trayecto. Si bien los mareos se presentaron como el propedéutico de su malestar, el nauseabundo estado del galeón, sus camarotes y la comida terminaron siendo el dedo que le aguijoneaba la garganta en todo momento. Los diminutos espacios en los pasillos, de un metro sesenta de alto y ochenta centímetros de ancho, y compartimentos de un metro sesenta de alto por uno cincuenta de ancho, le provocaban tal claustrofobia que prefería pasar la mayor parte del tiempo asoleándose en cubierta. Aun siendo un hombre de letras, en todo el viaje no abrió un solo libro debido a lo mal que se sentía al intentar concentrar su mirada en algo pequeño, como las palabras impresas de algún texto.

Cuando libró las fiebres de la enfermedad que le había derrumbado en cama, consumió un caldo de pescado que pronto le provocó una diarrea de tres días. Nuevamente, tras sobrevivir con agua, se atrevió a llevarse a la boca el mismo caldo que, otra vez, lo enfermó por dos días. Ya casi esquelético, pese a que los marineros le habían preparado otro tipo de comida, se aferró a luchar contra el caldo de pescado que tanto malestar le causaba. Se sentó en una de las bancas de la cubierta con el pocillo entre las piernas y le dio un sorbo. Aguantó las náuseas, mantuvo el líquido en la boca por un par de minutos y lo escupió sin haberlo tragado. Repitió el acto por más de dos horas hasta que el recipiente estuvo vacío y el vómito quedó desparramado en los tablones de la cubierta cocinado por el sol. Luego mandó pedir otra porción. Ya había logrado lo más difícil: sostener el asqueroso sabor en su paladar.

—¿Queréis morir de hambre? —le preguntó uno de los marineros que no comprendía por qué sólo a Francisco de Bustamante le hacía daño el caldo; y por qué insistía en que le dieran otra porción.

—No —respondió el provincial—. Quiero complacer a mi santa y difunta madre que tantas veces deseó que aprendiera a comer pescado.

«¿Qué haréis, melindroso, el día que no encuentres otra cosa que comer?», le insistía su madre al infante que había sido Francisco Bustamante cuarenta y tantos años atrás.

Finalmente, tras desperdiciar cuatro pocillos de caldo de pescado, logró mantener una pequeña porción en la vacía bolsa del estómago, sin sufrir los síntomas que lo habían derrumbado en una cama maloliente. A partir de ese día tragó, literalmente, todo lo que le daban de comer. Sabía que en las Américas la alimentación sería distinta a la que acostumbraba.

Y si no se adaptaba terminaría muriendo de hambre. Tal cual lo auguró al sentir un retortijón en las tripas al despertar en medio de la mazmorra. Increíblemente, ahora deseaba tener frente a él un caldo de pescado o un plato saturado de esos camarones que tanto detestó en la juventud. «Quiero algo para comer», murmuró. Caviló por un momento en cazar alguna de las ratas que deambulaban entre los cadáveres, y tragarla como había hecho años atrás con la comida que hubo de soportar en los galeones rumbo al Nuevo Mundo.

El solo hecho de imaginar el sabor de la carne de aquellos roedores le causó unas arcadas que lo devolvieron al piso por un par de minutos. Descubrió, pues, que el peor castigo para un melindroso como él era terminar los últimos días de su vida comiendo carne de rata. Y justo cuando había claudicado, una rata pasaba lentamente frente a él, en ese preciso momento en que él atravesaba por la etapa más hambrienta de su existencia. La atrapó de un manotazo; el roedor le mordió un par de dedos pero Bustamante la azotó contra el piso hasta reventarla. Sin pensarlo un segundo la despellejó como pudo y le dio una mordida.

Su poco nivel de tolerancia le impidió siquiera masticar la carne. Terminó vomitando. Se arrepintió de haber despreciado la comida del galeón que, pese al nauseabundo estado, resultaba mil veces mejor a lo que acababa de probar su paladar.

Apeteció un trozo de pan duro, de esos que jamás probó en su travesía al Nuevo Mundo, que duró poco más de setenta días. Setenta días que al evocar y comparar con su estancia en la mazmorra resultaron verdaderamente cortos. Volvió a sus oídos el grito inolvidable de «¡Tierra firme!». Jamás sintió tanta libertad como aquella tarde que corrió a cubierta para corroborar que en realidad habían llegado. No quitó la mirada del pequeño punto que se divisaba en el horizonte hasta que tuvo frente a él la majestuosidad de una selva impenetrable a las orillas de un puerto de nombre San Juan de Ulúa. Ahí hubieron de descender de los galeones en unas canoas conducidas por otros españoles que ya los esperaban. Lo primero que hizo al bajar de la canoa fue coger un puño de arena para olfatearlo. Al alzar la mirada conoció a los mentados indios, bajos, delgados, correosos, cenizos y lampiños. Las hembras andaban con las tetas de fuera, muchas de ellas jóvenes. Bustamante sintió que la verga se le endureció. Hacía años que no fornicaba. Había escuchado a los marineros decir que en esas tierras las hembras se les ofrecían a los españoles para que les hicieran hijos como ellos, blancos, altos y barbudos. Y que a fin de cuentas, si ellas no querían holgarse con ellos, las violentaban sin temor a ser castigados. Francisco de Bustamante tenía la mirada clavada entre los gruesos muslos de una joven que hacía labores domésticas de rodillas y que dejaba ver la carnosidad de unas nalgas tostadas, cuando una voz llamó su atención.

—En el pueblo podéis encontrar una mancebía para satisfacer vuestras necesidades del cuerpo —dijo uno de los españoles que los recibió.

Reflexionó.

—¿Qué cosas estáis diciendo? —fingiendo indignación—. Hemos venido a estas tierras a evangelizar, no ha pecar de lujuria. Andad y llevadnos a nuestros destinos.

—Eso será hasta el día de mañana —respondió el encomendado—. Ya está por caer la noche y vos no queréis saber lo que es andar por estas tierras inhóspitas, llenas de pantanos, plantas extrañas, animales, insectos e indios traicioneros que matan por la espalda.

—¿Estáis hablando en serio? —cuestionó el provincial incrédulo a lo que escuchaba—. Yo tenía por sabido que las tierras ya habían sido conquistadas y que los indios eran sumisos a las órdenes de los españoles.

—No todos. Aún existen salvajes que se rehúsan a creer en Dios Nuestro Señor. Aunque les hemos destruido hartos templos dedicados a sus deidades siguen adorándolas y llevando ritos a escondidas. Vos no tenéis idea de lo que españoles como yo hemos tenido desgracia de ver. Estos indios son demoniacos.

IV

uando la luna de plata se encuentre sobre el trópico de Cáncer, un niño nacerá en el Totonacapan. La madre deberá dar a luz precisamente cuando el Trueno Viejo caiga sobre el mar y libere al dios Huracán. No puede ser ni antes ni después. De lo contrario los totonacos habrán de esperar otro año más para el ritual. Pero si ambas cosas suceden en sincronía, el recién nacido recibirá el nombre de Limaxka, y esa noche, los doce ancianos de El Tajín lo recibirán en sus brazos, lo bendecirán y entregarán los *Memoriales* —que yacen sepultados desde hace más de cuatrocientos años— a los progenitores elegidos por los dioses. Los totonacos deberán permanecer en ceremonia toda esa noche con las máscaras de cerámica, conocidas como caritas sonrientes, y preparando flores de vainilla para el príncipe naciente.

La noche anterior, conocida como la noche del llanto, los voladores deben ir en busca del palo volador o árbol de la fecundidad, *tzakatkihui*, el único en la zona que reúne las características necesarias para el cumplimiento del ritual: es alto, resistente, y además muy recto. Una vez localizado el tronco, es despojado de sus ramas y derribado a hachazos; es cargado en hombros o arrastrado sobre rodillos de madera. Los integrantes de la cuadrilla no deben permitir que ninguna mujer se le acerque o lo toque. Nadie debe brincar o jugar sobre él. Los voladores deben guardar abstinencia sexual y etílica siete días anteriores a la danza, como condición purificadora del cuerpo para celebrar el rito cósmico. Los papantlecos ofrendarán tabaco, aguardiente, gallinas o pollos vivos, antes de sembrar el palo, para que los dioses no desprendan el mortero llevándose a los voladores hasta perderlos entre los cielos.

Llegado el momento, el *kosne*, que significa el que vuela, se sentará sobre el tecomate en la primera ronda; luego se pondrá de pie en la segunda vuelta. Se orientará en reverencia hacia los cuatro puntos cardinales, empezando por el oriente, por donde amanece el mundo y la luz, girando siempre a la izquierda; el vuelo de descenso de los cuatro voladores describe trece círculos correspondientes a igual número de años que multiplicados por cuatro periodos representados por los voladores nos dan cincuenta y dos: número que compone un siglo prehispánico, al final del cual se apagarán todas las hogueras, se oscurecerá la tierra y en imponente ceremonia, el sacerdote lleno de temor y misticismo, en el templo principal romperá la noche cuando encienda el fuego nuevo. Así los totonacos sabrán que los dioses les han permitido morar sobre la tierra otro siglo. Los padres del recién nacido deberán guardar los *Memoriales* hasta que él culmine su adolescencia y pueda liderar a los totonacos. Pero sólo si nace en la noche del Trueno Viejo, de otro modo los *Memoriales* deberán permanecer sepultados los años que sean necesarios.

—¿Y dónde se encuentran los *Memoriales*?

—¿Dónde? ¿En verdad te interesa saber dónde se encuentran? —sonrió el historiador Gastón Peralta Moya.

—¡Claro! Podemos buscarlos —respondió en ese instante el arqueólogo forense Diego Augusto Daza Ruiz.

—¿Cómo crees, muchacho? —sonrió Gastón Peralta Moya y se limpió un colmillo con un palillo de dientes—. Recuerda que en la historia nada existió si no es comprobable. Ya sabes cómo son estos indígenas que se inventan mitos. Podrías perder tu tiempo.

El mesero se acercó a su mesa para servir más café. Peralta Moya pidió que le trajeran más crema y Daza Ruiz otra pieza de pan. Se encontraban en unos de los balcones del restaurante desde donde se podía ver con claridad el quiosco en el centro de la plaza, el mural en homenaje a la cultura totonaca, y el palo de los voladores en la entrada de la iglesia. Era una mañana calurosa de verano. Ambos llevaban buen rato discutiendo sobre la cultura totonaca y sus mitos. Peralta Moya aseguraba que aunque la historia de la princesa Nimbe le parecía interesante dudaba de su autenticidad. Daza insistió en que Peralta Moya le brindara su apoyo.

—No te puedo asegurar mucho —agregó Peralta Moya—. Lo que quieres hacer es muy difícil. Realizar investigaciones arqueológicas en esta zona es casi imposible.

—Debe haber una forma —insistió Diego Daza.

—Sí, claro, si lo hace el INAH.

Diego se puso de pie, miró desde un balcón a la gente que caminaba en el centro de Papantla, sacó un billete y lo puso sobre la mesa para pagar la cuenta. Alcanzó a ver a una joven que se recargaba en el barandal del quiosco. Estaba sola. Parecía triste.

—Déjame ver qué puedo hacer, dame tu teléfono —añadió Peralta Moya—, y yo te llamó.

El joven arqueólogo forense sacó un bolígrafo, anotó sus datos en un papel y agregó:

—Como ya le mencioné hace unos minutos, soy de la ciudad de México, pero vine a Papantla para iniciar esta investigación. No me iré hasta encontrar esos *Memoriales*. Me hospedaré en el cerro de la Jarana.

—Me gusta escuchar eso. Se ve que en realidad te interesa lo que haces —dijo Peralta Moya y le extendió la mano en signo de aprobación.

Ambos caminaron hasta la puerta en donde se despidieron. Gastón Peralta Moya se dirigió a una camioneta que pronto abordó.

—¿Quieres que te lleve a alguna parte? —preguntó Peralta Moya desde su camioneta.

—No es necesario. Gracias. Quiero darme una vuelta por la ciudad. Nuevamente, gracias por concederme esta entrevista.

En seguida un chillido de llantas se escuchó y la camioneta de Peralta Moya se alejó. Diego, que alcanzó a ver la mano del historiador que se despedía, caminó hasta el quiosco y con rapidez subió por las escaleras. Al llegar se encontró a la joven de espaldas. Seguía viendo a la nada.

—Bonita ciudad —dijo, al no encontrar en su repertorio algún verso que halagara a la dama, que pareció no interesarse en hablar con él ni con nadie.

—Si tú lo dices.

—Hola, me llamo Diego pero mis amigos me dicen Daza —sonrió; la joven lo miró por primera vez y sintió un cosquilleo por indagar en la razón de tan raro apodo, pero él finalizó su frase—. Es mi apellido.

—Eso lo explica. Me llamo Nimbe.

—¡Como la princesa! —respondió Daza con asombro.

—Sí. Como la princesa —rió con sarcasmo.

—¡Original! —exclamó.

—Tú no eres de aquí, ¿verdad?

—¿Se me nota?

—¡Claro! Sólo los que no son de Papantla piensan que mi nombre es original. Ése es el nombre más común de la zona. Es como llamarse María. O Guadalupe.

Había mucha gente caminando en la plaza. Abundaban los vendedores ambulantes. Daza alcanzó a ver el palo volador en el patio de la iglesia, pero ignoraba que éste no era un árbol de la fecundidad, *tzakatkihui*, como le había platicado Peralta Moya, sino un poste de acero. Por un instante olvidó la presencia de la joven recargada en el barandal del quiosco.

—¿Eres de la capital? —preguntó Nimbe haciendo esta vez más obvio su tono veracruzano.

—Así es, acabo de terminar mi carrera en la Escuela Nacional de Antropología e Historia —mintió—. Estoy por iniciar mi tesis. Me interesa enfocarla en los *Memoriales* que hablan de la princesa Nimbe. Por eso vine a vivir a Papantla. Tengo apenas unas horas de haber llegado.

Nimbe no entendió lo que Diego estaba diciendo. Por un momento sintió un impulso por arrojar una carcajada.

—¿De qué hablas?

—De los *Memoriales*.

—¿Qué *Memoriales*?

—Los que narran sobre la princesa Nimbe.

De pronto apareció un joven a un lado de ellos. La rabia en sus ojos era sin más la evidencia de unos celos indomables. Nimbe lo recibió con un abrazo y un beso. Para evitar confusiones los presentó. Al novio no pareció interesarle mucho saber el nombre de aquel desconocido y le recordó a Nimbe que de no apurarse se les haría tarde. Daza sonrió y se despidió; entró a la parroquia y observó lentamente el interior. Por unos instantes recordó los años de su niñez, cuando su mamá lo llevaba los domingos a la iglesia y él corría por los pasillos. De vez en cuando el padre le llamaba la atención a los papás de aquellos chamacos latosos. Dejó escapar un soplo y se dio media vuelta sin persignarse. Mamá lo habría obligado a volverse al altar, para de rodillas pedirle perdón al Cristo en la cruz.

Al salir notó la existencia de una nueva construcción que no había visto el año anterior, era un nuevo mercado para acomodar a todos los comerciantes ambulantes del centro. Incongruentemente las calles se encontraban invadidas por más vendedores. El aroma de un platillo llamado *sacaguil* llamó su atención. Ya se había deleitado con su sabor anteriormente. Sintió un impulso por olvidar un poco los asuntos que flotaban sobre su cabeza como almas en pena. Se pasó la lengua por los labios y pronto se tapó la boca. Dio media vuelta y se dirigió a la Plaza, donde su anfitrión, el arqueólogo Israel Ramos, lo estaba esperando en el quiosco.

Tenían cuatro años de no verse: desde que Ramos había partido al Perú, en busca de aventuras arqueológicas. La travesía consistía en caminar desde El Tajín hasta los picos escarpados de los Andes peruanos, donde yace la misteriosa ciudad de Machu Picchu, a 2 200 metros sobre el nivel del mar, abandonada setecientos años atrás y escondida bajo una salvaje vegetación. El joven Israel Ramos se había prometido desde su juventud que algún grandioso día debía abandonar el nido para estirar sus alas de explorador, recorrer Centroamérica y medio Perú, llegar a la gran ciudad de Machu Picchu y tocar las piedras con sus manos, medir su temperatura, inhalar la neblina en las montañas, probar con su lengua y su garganta el sabor de la tierra roja, acariciar sus paredes, acostarse sobre el pasto y reír con la vista enterrada en el cielo; buscar agua en los acueductos, pararse en medio de los torreones de vigilancia, plazuelas, observatorios y medir el tiempo con el reloj solar. Y, sin darse cuenta, el tiempo se le hizo corto y se le olvidó a dónde iba. «No importa a dónde voy, sino de dónde vengo», decía a partir de entonces. «¿Y de dónde viene usted?», preguntaban. «De la antesala del cielo: el Machu Picchu.»

Poseía dos grandes razones para no olvidar de dónde venía. Una, haber probado el sabor de la tierra del Machu Picchu, y otra, haberse enamorado con tal intensidad de la peruana más hermosa que sus ojos totonacos habían visto, que olvidó el camino de vuelta a casa. La siguió hasta la ciudad de Lima —donde estudiaba grafología y fisionomía científica, mejor conocida como lectura del rostro—, y la enamoró tras escribirle un centenar de cartas anónimas. «Un amigo me ha enviado para que te entregue este sobre», le susurraba al oído para olfatear el aroma de sus cabellos. Un par de semanas más tarde, se convirtió en su confidente. Buscó cuantos secretos pudo para conquistarla y se ocupó de convencerla de que el galán de las cartas no le convenía, sin imaginar que ella ya lo conocía más de lo que él imaginaba. Se dio a la tarea de escribir mensajes más aburridos para que la peruanita le hiciera caso al heraldo mexicano y no al anónimo que tenía meses sin dar la cara. A ella le encantó el juego. Por más que ella preguntaba de dónde provenían las cartas, él jamás le confesó su mentira, le inventó un Juan de nadie. El día que ella le pidió que ya no le entregara más mensajes, Ramos supo que Danitza estaba profundamente enamorada de él y se la robó. Empacó un exiguo equipaje y se la llevó por el mundo hasta llegar de vuelta a Papantla. Dos semanas más tarde, Ramos recibió una llamada: «¡Qué milagro que te dignes volver a la tierra que te vio nacer!», dijo la voz tras el auricular. No tardó mucho en reconocer al interlocutor; fraguó una sonrisa y respondió: «Diego Daza».

—¡Israel Ramos! —dijo Diego al verlo en el quisco y mirándolo con alegría de pies a cabeza—. Qué viejo te ves. Mírate. Bien dicen que el amor engorda.

Los diez kilos obtenidos en los últimos años en realidad resultaron beneficiosos para el hombre enclenque que había sido Ramos en su adolescencia. Ahora que acariciaba su tercera década se veía mucho mejor que nunca; y su amigo Daza, un par de años menor que él se lo hizo saber tras un fuerte abrazo. Ramos extendió la mano para ayudarle a Diego a cargar la mochila que traía en hombros.

Camino a la casa de Israel Ramos, donde a partir de esa noche se hospedaría Diego por tiempo indefinido, platicaron largo y tendido. Todas las calles iban en subida. Ambos llevaban un paso tardo. Daza comenzó a sudar. La casa estaba en el cerro de la Jarana, uno de los más altos de Papantla. Para esto debieron subir casi ciento cincuenta escalones muy altos.

—¿Y qué ha cambiado en este lugar? —inquirió Daza mirando en varias direcciones.

—En este lugar no cambia nada. Mira nada más, me fui a Perú hace cuatro años y ese que ves ahí, don Gino, sigue igual. Tiene años con ese negocio —dijo Ramos y señaló a una pequeña cafetería—. Nunca vende nada. En ese lugar no se paran ni las moscas. Pero no se da por vencido. Todos los días abre desde temprano, saca su silla y espera la llegada de algún cliente hasta el anochecer. El ocio parece haberse apoderado de él y de ese otro hombre que ves en esa esquina: don Lupe, que lava su carro, lo aspira, lo encera, lo pule desde las seis de la mañana hasta mediodía. Lo cuida más que a su mujer. Lo compró hace muchos años. Un caso verdaderamente patético. Una prueba fehaciente de que la ignorancia no da para más.

El hombre de sesenta años lavaba un carro de los ochenta que daba la impresión de haber salido de la agencia días atrás. Ramos se sentía contento. Con frecuencia le ponía la mano en el hombro a su amigo. «Qué gusto verte, hermano», dijo al llegar. Danitza los esperaba en una mecedora de madera afuera de la casa. Daza se sorprendió frente a la belleza de la mujer que los recibió.

—Bienvenido —dijo ella, le leyó el rostro y le extendió la mano—. Mucho gusto en conocerte. No sabes cuánto me ha platicado Israel de ti. Y ahora que te conozco no tengo otra que confirmarlo.

—Pero ni siquiera hemos tenido tiempo para platicar —respondió Daza sorprendido por el recibimiento—. ¿No es demasiado apresurado tu comentario?

—¡Claro que no! —insistió Danitza—, tu rostro te delata.

—¡Te está viendo la cara! —intervino Ramos.

Todos rieron por un instante. Daza aún no tenía idea de que Danitza podía descubrir la personalidad de la gente al leerles el rostro en menos de un minuto.

—Gracias —respondió Daza mientras se limpiaba el sudor de la frente. La subida por las escaleras lo dejó exhausto; respiró profundo, entró a la casa y miró a su amigo con seriedad—. El motivo de mi investigación no es tan simple como crees, es un caso estrictamente confidencial que está relacionado con la Iglesia. Al parecer la historia de la princesa Nimbe no es un mito. Dicha historia fue narrada por un príncipe totonaco a fray Toribio Paredes de Benavente, quien escribió unos *Memoriales* que desaparecieron —o fueron enterrados— antes de su muerte. También existe una carta de fray Francisco de Bustamante, quien murió junto con otros frailes en una especie de calabozo en el monasterio de Atotonilco, donde permanecieron por más o menos cuatrocientos treinta y cinco años. El asunto es que alguien irrumpió en la parroquia e hizo un enorme hoyo en el piso en busca del calabozo donde permanecían la carta y los cadáveres. El cura de la parroquia fue asesinado. Otra particularidad es que ningún historiador ha escrito algo sobre la princesa Nimbe y la relación que tenían los dos frailes. No hay datos que divulguen el contenido de los *Memoriales* y la carta.

Daza se sentó en el sofá y miró el interior de la casa que había pasado años en obra negra. Por fin las paredes tenían yeso y pintura; y el piso un azulejo selecto: «Qué bien quedó este lugar», agregó. Mientras tanto Ramos buscó algo para mostrarle.

—Conseguí esto que te va a interesar —dijo Ramos, mostrándole un disco y un periódico—. Es el huapango más famoso de Papantla: la canción de «Nimbe», escrita por Nemorio Martínez Pasarón. Además, un texto leído en el Auditorio de la Unión Progresista de Obreros Petroleros Papantecos, durante la velada luctuosa en honor del compositor papanteco. Dice así:

Hoy, cuando la tarde envuelve el silencio redondo de su ausencia, emerge el recuerdo a la distancia de otro largo año. Aquí está el espíritu de Nemorio Martínez Pasarón tal como era en vida: paliacate rojo al cuello, hilos de plata como testimonio inocultable del tiempo —ese aliado terco de la experiencia que se aparece siempre en el último tramo de nuestro caminar—, una guitarra inseparable que le sabía untar vida al sentimiento, y un corazón generoso que se prodigaba en el afecto con humildad y simpatía.

Como todos los grandes artistas, a Nemorio nadie le enseñó a tocar la guitarra, era autodidacta; viendo y oyendo aprendió solo. Empezó a acomodar los dedos en los trastes dibujados como escalera; acariciando el diapasón abrazaba la caja sonora de la madera fina y bruñida rasgueando las cuerdas, y ésta respondía con acordes melódicos, canción tras canción.

A los 20 años formó dueto con Constantino Barrios, después con Luis Baousart, hasta que por fin apareció en la escena el famoso «Trío Totonacapan», integrado con otros excelentes artistas: Florencio Barrios y Raúl Ortega Chiconeti.

Su tío, el culto licenciado Ramón Aristeo Martínez Licona, en una ocasión en que se encontraba reunido un grupo de amigos que compartían las vibraciones del arte y la cultura, disertó sobre el tema de una novela cuyo autor, Rodolfo González Hurtado, tituló: *Nimbe, leyenda del Anáhuac*, en cuyas páginas narra la historia de un príncipe del señorío del Totonacapan llamado Itecupinqui.

Entre la audiencia de bohemios aquella noche estaba Nemorio, receptivo y sensible. La aventura del príncipe totonaca de Quiahuixtlán lo cautivó, se le metió en la piel. Nimbe desde entonces fue como una flor, o mejor, como un rosal trasplantado a nuestra tierra, a la sombra de los platanares de la costa; las raíces de sangre florecieron con el devenir del tiempo. Y Nimbe fue totonaca como su amado que una noche apasionada le imprimió con un beso las huellas de su raza.

Con su voz, con su inspiración, con su guitarra, Nemorio vistió con la túnica musical la leyenda grabada entre las piedras del sendero, desde el Anáhuac hasta el Totonacapan.

Va a ser difícil que alguien logre igualar esa composición, porque ese huapango brotado de su inspiración se convirtió en historia humedecida con la sangre ancestral de su estirpe de caballeros, se fue por todos los rumbos a recorrer el mundo, a contar en su dialecto, y en todas las lenguas después, una leyenda de amor y sacrificio, un fragmento cotidiano de esas indígenas que pasean la blancura de la luna entre los pliegues de sus enaguas, y que desde sus jacales distantes llegan al pueblo a comerciar todo lo que el hombre arranca del surco con sus manos ágiles y vigorosas.

Nimbe no sólo pinta la belleza de la mujer morena, le canta a nuestra raza, la que sabe sufrir y puede soñar. Elogia a la doncella que corona su negra cabellera con una batea rebosante de frijol, chiltepín, cilantro, vainilla, calabacitas, tomate chiquito y otras cosechas que esparcen los dulces aromas de la tierra, y que después de la vendimia retorna en la fuga de la última luz, con el cansancio enredado en la cintura, con el calor resbalando por la espalda, pero aun así, alumbrando su vereda con un manojo de cocuyos robados a la noche.

En 1955, durante la feria de Corpus Christi, se reunió un selecto grupo de amigos en la casa del señor Fernando Calderón Collado; entre los invitados estaba Blas Galindo —extraordinario músico, autor de la obra «Sones de mariachi» y, en ese entonces, director de la Orquesta Sinfónica Nacional—, quien elogió la canción en presencia del poeta Celestino Goroztiza, director del INBA.[13]

El trío formado por Juan Martínez Pasarón, Isaías Santes y Abdías García Parra, había hecho una magistral creación de «Nimbe» que impactó a tan doctos concurrentes. Así, en una servilleta de papel, el huapango de Nemorio surgió entre los pentagramas, apadrinado por uno de los más grandes músicos mexicanos a la par de Manuel M. Ponce, Silvestre Revueltas, Pablo Moncayo y Carlos Chávez.

En 1957, Nemorio formó un nuevo trío con Salvador Martínez Ornelas y Juan Martínez Parón en el requinto, con el que dio amplia difusión a su huapango. Zoyla «La Nena» Guzmán destacó por su voz y sentimiento como una de sus primeras intérpretes. Después, las voces y guitarras del trío «Los Montejo», «Los extraños», el trío «Nimbe», de Puebla, lo dieron a conocer por todo el mundo enriquecido con bellos arreglos y estilos. El ballet de la Universidad Veracruzana a cargo de Miguel Vélez Arceo y el ballet D'Luiggi, de Poza Rica, dirigido por José Luis Morales, han montado vistosas coreografías teniendo como tema central esa leyenda hecha canción.

Nemorio, voz pequeña pero bien timbrada, llena de matices, de color, y dedos que acariciaban el encordado, compuso algunas canciones como «La totonaca», «Canción de cuna» y «Lamento totonaca», pero indudablemente la que le dio fama y proyección internacional fue «Nimbe», con la que celebró y bautizó el nacimiento de su hija mayor, Nimbe Martínez Figueroa.

El 30 de agosto de 1993, unos ángeles vinieron por él para que inundara con sus serenatas todo el azul sembrado de estrellas. Setenta y seis años fueron pocos para aprender a quererlo; fueron muchos, porque impaciente, lo esperaba la eternidad.[14]

Para dar orden al nubarrón de ideas que le empapaba la cabeza, Diego Augusto Daza permaneció sentado en un sofá con los ojos cerrados. ¿Quién en realidad había sido la princesa Nimbe? ¿En verdad se trataba de un personaje de la historia totonaca o era un simple mito, una leyenda local? ¿Por qué le habían dado tanta importancia los eruditos locales en la década de los cincuenta? ¿Quién había sido Rodolfo González Hurtado y dónde podía conseguir un ejemplar de su libro: *Nimbe, leyenda del Anáhuac*? Y si todo era real, ¿dónde estaban los *Memoriales*?

Israel Ramos encendió un tocadiscos arcaico para que su amigo escuchara la canción «Nimbe», escrita por Nemorio Martínez Pasarón. De la bocina provino un sonido que parecía venir de todas partes: un fuerte soplo de viento, Diego experimentó un escalofrío, sintió que se encontraba de pie, en el centro de El Tajín. Cuatro voladores comenzaban a girar mientras otro empezó a danzar sobre el tecomate con su flautín. Al sonido del viento lo acompañó una caída de agua y el aullido de las caracolas; luego una guitarra, el requinto de Nemorio y una flauta. Daza escuchó entonces la canción «Nimbe» y la imaginó bajando por la vereda con su canasta llena de tomate, vainilla y chile.

Blanca como la luna,
se pierde por la vereda;
viene la totonaca
a vender lo que al pueblo lleva.

En su rostro moreno
hay huellas de raza mía.
Canta, totonaquita,
Nimbe, princesa mía.

Catlén cumale[a]
Tuskustya kin cumale[b]
Pakglcha, xanath, laksupín.[c]
Y así va la totonaca,
    con rumbo a cachiquín.[d]
    Hasta chalí, cumale,[e]
    Hasta chalí, Dios Kalín.[f]

Diego parecía haber quedado hipnotizado por ese huapango de Nimbe, la princesa del Totonacapan. ¿O del Anáhuac?, se preguntó. ¿Cómo supo Rodolfo González Hurtado de la princesa Nimbe? ¿Qué ocurrió con su novela, ahora imposible de conseguir? Malditas preguntas. Parecían ánimas en pena.

—A fray Toribio Paredes le decían *de Benavente* pues se creía que había nacido precisamente en Benavente. Luego los indios lo llamaron Motolinía, *el pobre* —dijo Danitza, quien se encontraba de pie con una edición de la *Historia de los indios de la Nueva*

[a] Buenos días comadre.
[b] ¿Qué vendes, comadre?
[c] Tomate, vainilla, chile chiquito.
[d] Papantla, muchas casas.
[e] Hasta luego, comadre
[f] Hasta luego, ve con Dios.

España, de fray Toribio Motolinía, editada y publicada por Editorial Porrúa, con un estudio crítico e introducción de Edmundo O'Gorman, de la Academia de Historia y de la Academia de la Lengua, realizada en México, en 1969.

Diego volvió en sí: «fray Toribio».

—Así es. Fue un religioso franciscano español. Se infiere que nació entre 1482 y 1491 ya que en sus *Memoriales*, II, cap. 24, dice haber pasado ya los cuarenta años en 1531.

—¿*Memoriales*? —preguntó Daza—. Eso quiere decir que fueron publicados.

—No del todo. De acuerdo con las conclusiones del maestro Edmundo O'Gorman, Motolinía tenía urgencia, a finales de 1540, o principios de 1541, no se sabe por qué, de hacer llegar al conde de Benavente sus *Memoriales*.

—¿Y por qué tanta urgencia por enviar los *Memoriales* al Conde de Benavente?

—Se conjetura que no le fue ajena la campaña que desde 1539 se había desatado contra las prácticas empleadas por los franciscanos en la evangelización de los indios, y más específicamente las resoluciones que sobre el particular tomó la Junta eclesiástica celebrada por los obispos en México, en 1539, con motivo de la aplicación de la bula *Altitudo divini consilii*,[15] cuya aprobación urgían los obispos hacia noviembre de 1540. Y quizá no sea mera coincidencia que en ese año los franciscanos de México perdieron dos apoyos con la ausencia de Hernán Cortés y con la muerte de Francisco de los Ángeles, cardenal de Santa Cruz, el inspirador y organizador de «los doce».[16]

«O'Gorman menciona que en un principio se creía que los *Memoriales*, ahora desaparecidos, eran una copia de fecha tardía e incompleta. Pero concluye que hay suficientes fundamentos para afirmar que la relación histórica conocida con el nombre de

Historia de los indios de la Nueva España no fue escrita por Motolinía; que probablemente fue compuesta en España no antes de 1565 por un autor anónimo y con un propósito desconocido.[17] No obstante una larga lista de testimonios de la época citan a Motolinía como autor de los *Memoriales: Relación de la Nueva España* de Alonso de Zorita; el *Sermonario* de fray Juan Bautista; la *Crónica* de Cervantes de Salazar; *Historia de la Conquista* de Gómara; *Apologética Historia* de las Casas; *Historia Eclesiástica* de Mendieta; *Noticias históricas de la Nueva España* de Suárez de Peralta; *Historia de la Provincia de Santiago de México* de Dávila Padilla; *Monarquía Indiana* de Torquemada, y *Teatro* de Vetancurt.»[18]

—Un momento —intervino Ramos—. Si los *Memoriales* fueron conocidos por todos estos personajes, quiere decir que ya se sabe lo que escribió Motolinía.

—Se sabe lo que se publicó hasta ese momento. Aún falta saber qué escribió en esa otra parte que dicen se encuentra en El Tajín. Otro dato importante es que los documentos que se tenían están hoy en día desaparecidos.

—¿Y cómo es que llegó a México?

—Se cree que entre 1491 y 1520 Motolinía tomó el hábito de San Francisco en la Provincia Seráfica de Santiago. Para 1521 ya vivía en alguno de los conventos franciscanos de Extremadura, España. Motolinía estaba afiliado a uno de los monasterios de la provincia franciscana de San Gabriel. Por petición del rey Carlos I de España y V de Alemania, el 25 de abril de 1521, el Papa León X expidió la bula *Alias felicis* concediendo licencia a fray Juan Clapión y a fray Francisco de los Ángeles para dirigirse a evangelizar a las Indias. Tarea que no se llevó a cabo en ese año ya que el primero murió y el segundo no pudo, pues tenía otro cargo. Carlos I concedió licencias a los franciscanos sin esperar la autorización del nuevo pontífice, impuesto por el mismo emperador.[19] El 9 de mayo de 1522, el papa Adriano VI expidió la bula *Exponi nobis fecisti*, en que concedió facultades a las órdenes mendicantes para evangelizar en la Nueva España. En 1523, se organizó la misión franciscana a Nueva España. Fray Martín de Valencia lo trajo a México como predicador y confesor en un grupo de doce frailes. Un dato interesante es que Carlos V no quería dejarlo ir, pues Motolinía era su confesor.[20] Llegaron el 13 de mayo de 1524 a Tecpan Tlayácac, bautizado como San Juan de Ulúa (debido a que los primeros europeos, comandados por Juan de Grijalva en 1518, llegaron a esa zona el 24 de junio, día de San Juan). Hernán Cortés los recibió en México.

—En efecto. Llegó cuando México-Tenochtitlan ya había sido conquistado —agregó Diego Augusto Daza y se dirigió al comedor donde se encontraba una olla con café caliente; sirvió un poco en una taza de barro y bebió. Hizo un gesto amargo al detectar que una vez más había olvidado complementar su bebida con azúcar.

Ramos seguía deambulando por la casa mientras Danitza hablaba. Se detuvo a un lado de la mesa y bebió del café de su compañero; hizo un gesto, le pereció demasiado dulce, lo dejó en la mesa y continuó escuchando a Danitza:

—Los indígenas nombraron Motolinía, *el pobre*, por su vida austera. En el convento de Huejotzingo, siguió defendiendo a los indígenas de los atropellos de Nuño de Guzmán e impulsó una queja de los caciques al primer obispo de México, fray Juan de Zumárraga. Se sabe que Toribio se destacaba por sus fuertes opiniones. De la misma forma en que criticaba los rituales y costumbres de los indígenas lo hacía con los conquistadores y los frailes. Condena a los españoles por su interés material, su falta de capacidad lingüística en las adaptaciones del náhuatl, incluso su indumentaria. Acusa a sus correligionarios de pobre dedicación a la evangelización de los indios. Le frustra que los médicos aztecas posean capacidades superiores a los españoles:

> Estaban aparejados los çirujanos çon sus melezinas, los quales çon más breuedad sanauan a los heridos que no nuestros çirujanos porque no saben alargar la çura porque les paguen más de los que mereçe, çomo açontesçe en nuestros naturales.[21]

—Como resultado se le acusó de intentar independizar a la Nueva España creando un estado indígena bajo soberanía del rey, pero con exclusión de los colonos españoles.

—¿Habrán sido ésas sus verdaderas intenciones al luchar tanto por los indígenas? ¿Y si en verdad él quería independizar a la Nueva España? Esto podría ser la razón de por qué escondió la otra parte de sus *Memoriales* —agregó Daza con entusiasmo mientras se tronaba los dedos.

—En 1530 se trasladó al convento de Tlaxcala y participó el 16 de abril de 1531 en la fundación de Puebla de los Ángeles, hoy en día Puebla de Zaragoza. También fue misionero en Tehuantepec, de nuevo con su amigo el padre Valencia. Volvió a Guatemala en 1534. Viajó a Yucatán de misionero con fray Jacobo de Testera y por tercera ocasión, con el mismo cometido, a Guatemala en 1543, para organizar la orden en Yucatán.

—¿Para entonces ya había redactado los *Memoriales*? —preguntó Diego Daza.

—Una parte. La cuestión de las Nuevas Leyes de Indias puso a Motolinía contra los dominicos y fray Bartolomé de las Casas. El ayuntamiento y los colonos de Guatemala le rogaron que volviera para defenderlos de los abusos de fray Bartolomé de las Casas, pero renunció en 1545 y asimismo rechazó un obispado que le ofreció Carlos V. De 1548 a 1551 fue provincial de su orden y se retiró de las labores misioneras. El 20 de noviembre de 1555 escribió, con el apoyo del provincial fray Francisco de Bustamante, una importante carta al Consejo de Indias sobre la materia de los diezmos, el buen tratamiento de los indios y el problema candente de las relaciones de los frailes con los obispos y los clérigos.

—Momento —interrumpió Diego—. Quizá fue en ese momento cuando Bustamante y Benavente hablaron del documento del Totonacapan.

—Ese mismo año, el 2 de enero de 1555, escribió una célebre *Carta al Emperador* contra fray Bartolomé de las Casas. Le llamó «importuno, bullicioso y pleitista». Le critica allí de andariego, explotador de indios y mal pastor, en lo que se pueden ver las diferencias entre las diversas órdenes:

> Quisiera yo ver a fray Bartolomé de las Casas quince o veinte años perseverar en çonfesar çada día diez o doçe indios enfermos llagados y otros tantos sanos, viejos, que nunça se çonfesaron, y entender en otras çosas muchas, espirituales, toçantes a los indios [...] Turba y destruye acá la gobernación y la república; y en esto paran sus çelos.

—La obra consta de una *Epístola proemial al conde de Benavente* sobre la historia del pueblo azteca. La obra posee gran valor etnográfico y antropológico por los datos sobre las costumbres y modo de vida, ritos y cultura de los indios. En ella defiende la Conquista, pero no deja de censurar duramente los abusos de los colonos y expresa una gran admiración por la naturaleza mexicana. Redactó un gran número de cartas y una *Guerra de los indios o Historia de la Conquista*, perdida pero muy utilizada por Francisco Cervantes de Salazar. Los *Memoriales*, publicados por L. García

Pimentel en 1903, incluyen una explicación del calendario azteca. Se han perdido algunos tratados espirituales y una *Doctrina cristiana* en lengua indígena que se supone es la impresa por Zumárraga en 1539.

—Podría ser que al final Toribio de Benavente dejó de creer en su propia religión y se convenció de que las culturas indígenas eran en sí mucho más simples y sensatas. Por lo mismo acepta escribir en sus *Memoriales* sobre la princesa Nimbe.

—Podría ser. Pero hay que tomar en cuenta que Motolinía menospreció los ritos y cultos de los indios, llamándolos: «Ciega fantasía y engaño».[22]

—¡Entonces, ¿qué escribió en los *Memoriales* para verse obligado a esconderlos?!

Ramos sonrió, alzó las cejas y los hombros.

Danitza concluyó: «De acuerdo con su biografía, «la oficial», pasó sus últimos años en México y falleció en 1569. Pero a partir de 1556 se pierde misteriosamente toda huella de la vida de Motolinía, hasta la fecha de su muerte».[23]

V

En seis de agosto de mil quinientos y cincuenta y cinco años, ubícame frente a Tenixtli, último sobreviviente del señorío de los totonacos, hijo de Xatontan, segundo señor de este señorío, que tuvo tres hijos: Tenixtli, Ichcatzintecutli e Itecupinqui, para redactar la historia de los totonacas, que Tenixtli en su lecho de muerte se dispone a detallar, no en secreto de confesión sino en forma de plegaria de que el presente, fray Toribio Paredes de Benavente, religioso franciscano, bajo el arzobispado del dominico Alonso de Montúfar, escriba en castellano el sentir e intranquilidad de los totonacos en relación con los hechos ocurridos desde el veinte y uno de junio de mil quinientos y diez y nueve años, antes de que soldados europeos fundaran cerca de Cempoala la Villa Rica de la Vera Cruz, hasta el presente día. Es imperioso señalar que lo redactado a continuación no es sin más el deseo de un hombre cristianizado, Tenixtli, que en su lecho de muerte me pide, en mi escrito narre los hechos tal cual de su boca salen:

Bien se me acuerdo que en muchas veces caminamos hartos días para llegar a Tenochtitlan, última ciudad fundada en Mesoamérica en mil trescientos e veinte e cinco años, establecida en la cuenca del Valle de México, e la más grande e hermosa que indios hayamos visto. En el año de mil quinientos e diez e nueve, durante el reinado de Moteuczomatzín Xocoyotzin, IX tlatoani de los Aztecas, en el gran Teocalli, santuario del dios Huitzilopochtli, se llevaban a cabo los preparativos para la celebración de el solsticio de verano en veinte e uno de junio, cuando el sol se colocaba sobre el trópico de Cáncer, víspera de la ceremonia de la «Renovación de fuego» dedicada a Huitzilopochtli, pues el saber decía que finalizado un ciclo de cincuenta e dos años en Tenochtitlan, el mundo estaba en peligro de dejar de existir si el dios del sol no se levantaba de nuevo; por ello era encendido en un templo en la cumbre de un cerro al que se le decía Huizachtecatl, El Fuego Nuevo que buscaba animar al sol a salir por otro ciclo de cincuenta e dos años. Al atardecer del día último del ciclo, todos los fuegos eran apagados, e sólo los sacerdotes en la cima del cerro eran los indicados para iniciar un fuego nuevo.

Es menester mío e de todos los totonacos hacerle saber a nuestros descendientes cristianizados que mi hermano Itecupinqui, sabio varón, hubo de asistir como huésped de honor representando al Totonacapan, en su calidad de príncipe heredero del basto reino de Cempoala, que hasta esos días aún se extendía hasta el mar. Con fin de cumplir la diligencia le acompañamos cuarenta totonacos, pues hubimos de llevar mantas de algodón, maxtlatl (taparabos), enaguas, penachos, rodelas (escudos redondos), plumas blancas pequeñas, piel de coyote, jaguar y venado, chalchihuites (piedras preciosas), turquesas, pepitas, maíz, chile seco, sal, hule, vainilla, copal, cacao, pescado, chicle y esclavos en forma de tributo que teníamos que pagar los pueblos dominados por lo Aztecas.

Moteuczomatzín, temeroso de los oráculos, confesó a Itecupinqui sus miedos, pues desde endenantes se dieron ocho señales durante los diez años anteriores, que anunciaban la ruina del imperio azteca. Cuentan los naturales que una columna de fuego brotó en el cielo nocturno. Todos se arrodillaron temerosos y seguros de que el fin del imperio estaba por llegar. Bien se sabe que el cobarde Moteuczomatzín imploró a los dioses su perdón. También cuentan que un grande fuego apareció en el cielo durante el día. El templo de Huitzilopochtli fue arruinado por el fuego, e que los esclavos hubieron de reparar el daño para la celebración. Dicen los aztecas que el cielo se enfureció tanto por la contradicción que dejó caer un rayo en el templo de Tzonmolco. Más tarde otro de los oráculos se cumplió: Tenochtitlan se llenó de agua. Dicen que el cielo no dejaba de llorar. Día e noche. Los caminos parecían ríos. Las moradas se perdían en las aguas furiosas. Hartos críos se los llevó lagua. Cuando las lluvias se apaciguaron e los naturales hubieron oportunidad de andar por los caminos, se aparecieron gentes extrañas, con un cuerpo e varias cabezas, rondando la ciudad. En las noches se escuchó a una llorona dirigir un canto fúnebre a los aztecas. Los indios cazaron un pájaro jamás visto en la ciudad. Cuentan indios que cuando Moteuczomatzín miró en sus pupilas, pudo ver hombres, blancos, desconocidos para estos países, bajando de grandes naves en las orillas del mar.

De la misma forma, todo esto fue relatado a mi hermano Itecupinqui por voz de Moteuczomatzín el cobarde. Yo estuve ahí. Yo lo escuché llorar, implorar por que los totonacos pactáramos una alianza para hacerle frente a los hombres blancos e barbados que habían desembarcado en otros países e que pronto llegarían a la gran ciudad México-Tenochtitlan. De muchas voces escuché que los hombres blancos se encontraban ya en la costa frente a los médanos de unas islas cercas de Cempoala. Los naturales de aquellas tierras me contaron tiempo tarde que hombres blancos habían llegado con hartos grandes animales de cuatro patas, que ahora conocemos los indios como caballos.

Moteuczomatzín Xocoyotzin, el cobarde, simulando grandeza de humildad ofreció a los hijos de Xatontan una alianza. Pero

Ichcatzintecutli, Itecupinqui y yo, Tenixtli, no teníamos como menester una conciliación con su país, pues guardábamos harto rencor hacia ellos por la muerte de nuestro señor padre Xatontan, descendiente del gran Omeácatl. Se me acuerdo que mi padre fue herido de muerte por órdenes de Moteuczomatzín por no haber entregado los tributos a su país. En resultado Chicomacatl se convirtió en el Señor de nuestro país, Cempoala, que los españoles dicen en castellano Veintena o lugar de veinte, pues en nuestra tierra se realizaba el comercio cada veinte días.

Ichcatzintecutli, Itecupinqui e yo, Tenixtli, teníamos como menester herir de muerte a Moteuczomatzín e consumar la venganza de nuestro padre, Xatontan e los abusos que el tlatoani cometía hacia nuestra tierra. Bien se me acuerdo que hubimos de hospedarnos en el palacio de Axayácatl, pero nuestra empresa era asesinar a nuestro enemigo Moteuczomatzín, el cobarde, por lo que rechazamos la invitación e pernoctamos en una de las moradas del palacio, en donde hubimos de esperar al día siguiente para nuestro propósito.

Itecupinqui tenía como menester, matar a Moteuczomatzín en la celebración e conquistar su país. Con recta memoria sé que esa noche la pasamos en vela, planeando lo que dicho tengo. Pronto escuchamos el sollozo de una india que se lamentaba. Itecupinqui se precipitó en inquirir qué ocurría. Salió en busca de aquel lamento y encontróse con una hermosa mujer morena que vestía alba túnica e lloraba en una huerta. Al abordarla ella respondió por el nombre de Nimbe. «¿Qué os ocurre?» Ella trató de huir, pues resultaba gran pecado hablar con un varón antes de la noche de la Renovación del fuego. Itecupinqui la siguió por los callejones hasta alcanzarla. Nimbe, llena de espanto, le respondió que ningún hombre podía acercársele ni tocarla sin pagar con su vida tamaño sacrilegio; luego de que Itecupinqui manifestóse indiferente a esto, ella confesóle que estaba por danzarina del dios Tezcatlipoca y que estaba comprometida con Cacamatzin, príncipe de

Acolhuacán, que hubo de ir a la guerra para castigar a los Chalcas y a vengar los agravios que éstos le infirieron a su abuelo, el ilustre Netza-hualcóyotl.

«Mi destino ha de cumplirse», dijo la hermosa danzarina.

Itecupinqui sintióse conmovido por el llanto de la danzarina y le ofreció llevarla a nuestro país, tierra próspera, cálida y llena de frutos. Luego, sin la menor expectativa, la guardia del palacio hizo presencia; Nimbe se ocultó en la morada del príncipe, quien se identificó frente a la guardia como Itecupinqui, príncipe del Totonacapan, y cuando ya todo el peligro había pasado retornó en busca de la hermosa Nimbe, pero ella había desaparecido.

VI

l día en que Endoque llegó a Papantla, Daza debió entregar cuentas claras de su investigación. Caviló que guardar algún detalle para sí sería el detonante de una caótica secuela. Le contó que se había entrevistado con el historiador Gastón Peralta Moya, y que ambos habían recorrido la zona arqueológica de El Tajín. Tenía en sus manos una libreta con apuntes y un par de libros publicados por el gobierno de Veracruz y el Instituto Nacional de Antropología e Historia. Había estudiado previamente —años atrás, mientras cursaba la carrera en la ENAH— todo sobre El Tajín; sin embargo, admitió que la información se le había empolvado y que algunos datos se hallaban extraviados en la cueva de su memoria congestionada por fechas, lugares y personajes. Escuchó detenidamente la crónica de Gastón Peralta Moya mientras caminaban a un lado de la pirámide de los Nichos y por un momento imaginó al arqueólogo José García Payón, con su pipa en la boca y su sombrero empolvado, dando instrucciones a sus ayudantes para que no dañaran el nuevo

hallazgo. Envidió no haber nacido en el siglo XVIII, cuando El Tajín yacía sepultado bajo una cubierta de vegetación nutrida por las lluvias de la selva tropical, y no había sido descubierto aún por don Diego Ruiz.

—Los totonacos que hacían sus cultivos en los acahuales o milpas sabían de la existencia de El Tajín —dijo Gastón Peralta Moya. Tenía las manos metidas en los bolsillos de su pantalón y caminaba pomposo—. Pero obviamente, no tenían intenciones de revelarlo ni al gobierno ni a los extranjeros. Hasta que un día, a fines de marzo de 1785, don Diego, tu tocayo —sonrió el historiador y le regaló una mirada cómplice a Daza—, cabo de la Ronda del Tabaco de Papantla, andaba cateando los montes de la zona, con el fin de exterminar las siembras del tabaco, como era su obligación: en el paraje llamado en lengua totonaca El Tajín, por el rumbo del poniente de Papantla, a dos leguas de distancia, entre un espeso bosque, halló un edificio en forma piramidal, éste que tienes frente a tus ojos, y lo describió: «con cuerpo sobre cuerpo a la manera de una tumba hasta su sima o coronilla: por la cara que mira al oriente tiene una escalera de piedra de sillería, como lo es toda la del edificio cortado a regla o escuadra [...] y subiendo por ella, en su medianía [...] se encuentran cuatro órdenes de nichos cuadrilongos [...] hechos con la mayor perfección».[24]

Mientras Peralta Moya describía a Daza la pirámide de los nichos, construida con inmensas piedras de cantería de pórfido, él intentaba inferir dónde podrían estar los *Memoriales* que lo habían llevado hasta ahí.

—Esto no tardó en saberse en otros países —agregó Gastón mientras señalaba con su dedo índice—, pues pronto, en 1804, el jesuita P.J. Márquez publicó un obra en italiano llamada *Due antichi monumento di architettura messicana;* en 1811 Alexander von

Humboldt también escribió en París sobre El Tajín, en una obra llamada *Essai Politique sur le Royaume de la Nouvelle Espagne*; el viajero Karl Nebel logra editar su obra *Viaje pintoresco y arqueológico sobre la parte más interesante de la República Mexicana en los años transcurridos desde 1829 hasta 1834*, en francés, en 1836, y en español, en 1840. De ahí les siguieron Francisco del Paso y Troncoso, quien realizó una expedición y a su vez determinó el lugar exacto de la Villa Rica de la Vera Cruz, descubrió la ciudad perdida de Cempoala, con sus edificios y monumentos, culminando con la exploración de la pirámide de El Tajín. En 1933 Herbert J. Spinden y su esposa, Ellen, también realizaron exploraciones de las cuales surgió la publicación *The palace of Tajín in Totonac Archeology, American Anthropology*, nueva serie, vol. 35, en la cual consignan datos sobre la pirámide de los Nichos (con trescientos sesenta y cinco nichos que coinciden con el año solar) y menciona lápidas con bajorrelieves encontrados en los contornos del monumento, entre ellas un Tlaloc con el símbolo del año y un altar vecino, de El Tajín Chico. En 1932, Enrique Juan Palacios y Enrique Meyer, publicaron *La ciudad arqueológica de El Tajín y sus revelaciones*, en la cual hacen descripciones sobre el juego de pelota sur. En 1935 García Vega continúa la reconstrucción de algunos nichos faltantes para ir consolidando la base o el primer cuerpo. Y obviamente el arqueólogo José García Payón a quien se le debe el adelanto en la exploración y restauración de los edificios de los llamados El Tajín Chico (zona norte del sitio) y El Tajín Grande (zona central).[25]

—¿Qué relación tenían José García Payón y Rodolfo González Hurtado? —preguntó Daza e hizo una mueca.

—No existen libros que divulguen esto, pero los nativos afirman que en muchas ocasiones se les vio platicando en Papantla —Gastón Peralta Moya metía y sacaba las manos de los bolsillos de su pantalón—. Y es muy probable que sea cierto, pues ambos compartían un gusto indomable por la literatura y la historia. Este escritor se aventuró a escribir una novela tomando como personajes a la princesa Nimbe e Itecupinqui, datos que ningún otro historiador o arqueólogo poseía, sólo García Payón.

—Pero… —Daza hizo una mueca, dudó un instante y continuó—. Usted dijo el otro día que se trataba tan sólo de una novela fantasiosa.

—Te mentí —respondió Peralta Moya con gran pomposidad—. Ese libro posee más verdades que la historia narrada por Bernal Díaz del Castillo.

—Entonces… ¿por qué no fue tomado con la importancia debida?

—Los totonacos lo impidieron, y al parecer el mismo García Payón.

—¿García Payón? —Daza se encontraba ahora más confundido que nunca—. ¿Por qué?

—Muchacho —rió Gastón, movió la cabeza de izquierda a derecha y fijó su mirada a la punta de la pirámide de los Nichos—, te falta callo para estas andadas. Los tenían amenazados de muerte. Los totonacos no querían que se hiciera pública la existencia de su zona arqueológica y mucho menos la de los *Memoriales*. Cuando García Payón los encontró, los guardó y los estudió por algunos meses sin decir una palabra; luego tuvo la ingenua confianza de contarle esto a su amigo Rodolfo González Hurtado, quien pronto se atrevió a escribir cuanto pudo. García Payón se molestó con él y le exigió que detuviera la edición de su material, el cual no saldría publicado en forma de novela, sino como una crónica histórica con fundamentos. González Hurtado se negó rotundamente, pero al escuchar de voz de García Payón que ambos tenían amenaza de muerte —si no detenían la edición y regresaban los *Memoriales* a su lugar—, aceptó detener la edición; pero le mintió, publicó clandestinamente una novela con el nombre de *Nimbe, la princesa del Anáhuac*. García Payón devolvió los *Memoriales* y salvó su vida, pero González Hurtado falleció poco después, aparentemente de un paro cardiorrespiratorio. Su criada, una indígena, le dio a beber un té con herbajes malignos. Su novela fue publicada, pero ignorada como documento histórico y quedó en el olvido, hasta ahora. Para entonces Nemorio, que tenía estrecha relación con González Hurtado, ya había escrito su huapango «Nimbe», el cual no tardó en ganar popularidad. «*Así va la totonaca*» —tarareó Gastón con gran gusto—. A fin de cuentas, todo esto se manejó como un simple mito local.

Para el arqueólogo forense todo esto parecía inverosímil. Dudaba. La escuela le había dejado la herencia de no creer todo lo que escuchaba si no existían pruebas tangibles. Observó firmemente la mirada de su interlocutor y por un instante quiso admitir que aquellos ojos profundos, hundidos entre un par de ojeras lóbregas eran, sin más, la prueba tangible que requería para iniciar una tesis. Se preguntó si podría incluir en la sinopsis algo así como: «Gastón Peralta Moya, historiador de México Distrito Federal, afirma que...». Dudó. «¿Afirma o asegura?»

—Por fin, ¿asegura o cree? —le preguntó Delfino Endoque cuando Daza le narraba la crónica de su plática con Gastón Peralta Moya.

—No lo sé. Parece muy seguro de sí, pero no tiene pruebas, quizá sólo se deja llevar por lo que le han contado los nativos. Creo que tiene una relación muy sólida con ellos. La gente del pueblo me ha contado que los indígenas lo respetan mucho.

—Creo… Me parece… No sé… —respondió Endoque enfurecido con los puños sobre la mesa—. ¿Qué acaso no sabes hablar
con firmeza? ¿Por qué tienes que dudar? ¡No te estoy pagando
para que me des suposiciones! ¡Necesito saber dónde están los
pinches *Memoriales*!

—Lo siento, señor, pero todo esto lleva tiempo. Necesito
ganarme la confianza del señor Peralta Moya para que me pueda contar todo lo que sabe —a Daza le temblaban las manos y
la quijada—. Yo no puedo entrar a El Tajín y hacer excavaciones
sin el apoyo de alguien de la zona. Usted debe entender que no
puedo actuar solo.

—¡Entonces para qué le estoy pagando al otro imbécil que te
acompaña!

—Ramos está haciendo investigaciones por todo el pueblo
para encontrar al tal Isidro. Él conoce a mucha gente. Pero al
parecer nadie sabe quién es él. La gente en la zona no sabe dar
y comprender la media filiación de una persona. Además, no
tenemos la certeza de que en realidad se llame así y que sea de
la zona, también puede vivir en Cazones, Tecolutla, Cerro Azul,
Naranjos o en Jalapa.

Endoque reflexionó por un momento y cambió el tono de
voz. Se dio media vuelta y levantó la silla que había derrumbado al momento de ponerse de pie. El ventilador en el techo
daba vueltas al igual que todas sus ideas. Tenía la frente húme-
da por el sudor. De cuando en cuando sacaba de su bolsillo un
pañuelo y se frotaba la frente. La temperatura de la zona lo
irritaba.

—Lo siento, muchacho —se sentó y bebió un trago de mezcal—. El calor me pone de malas.

Sólo cuando encontró en el rostro de Endoque un gesto afa-
ble, Daza sintió un alivio que le devolvió el ritmo cardiaco a su

estado habitual. Delfino Endoque lo observó y se peinó con los dedos la cabellera y la barba de candado.

—Este asunto me tiene loco. La gente en Atotonilco insiste con que quiere ver cómo van las remodelaciones y que los niños y quién sabe qué tantas cosas. Ahora también quieren hacerle un monumento al padre Juan Carlos Palomares. ¡Imagínate! Luego lo van a querer hacer santo. No te sorprendas si de repente le adjudican un par de milagritos. Seguro no le rezarían tantos Rosarios al padrecito si supieran que...

El detective se detuvo y miró a Diego Augusto Daza, sonrió con sarcasmo al imaginarlo con una sotana. «No», dijo. Por un instante pensó que tal vez la muerte del sacerdote no tenía nada que ver con los *Memoriales*.

—¿Tú crees que la muerte del padre Juan Carlos Palomares pudo ser un crimen pasional?

—¿Con la señora de limpieza?

El detective dejó escapar una carcajada y el arqueólogo forense lo siguió.

—No, con Isidro.

Una estocada de incertidumbre dejó a Daza con la carcajada a medias, pues encontró en la mirada de Endoque un profundo precipicio que dividía el chasco de la seriedad. Endoque exhaló profundamente y le contó a Daza que el sacerdote había sido enviado al pueblo de Atotonilco para evitar un escándalo. Lo que pocos sabían era que tres semanas y dos días después de ingresar al seminario, el joven Juan Carlos admitió que su entrada se debía a un miedo descomunal. Sufría mucho por la obligación de contraer matrimonio con una joven de grandes dotes mujeriles, hija del mejor amigo de su padre Juan Luis Palomares Costa, quien desde el nacimiento de su primogénito había pactado aquel matrimonio que se llevaría a cabo en cuanto

Juan Carlos tomara posesión de los bienes —una cadena hotelera local, haciendas, ganado y balnearios— que su padre le heredaría en vida. Para María Fernanda Aguirre y Castillo obedecer los deseos de su padre, el también hacendado Aurelio Aguirre Cuevas, no presentaba ningún inconveniente. Además le llenaba de gusto la idea de contraer nupcias con el joven más guapo y cotizado de la Huasca. Si bien la noticia no impresionó a ninguno de los dos, ya que desde pequeños se les había encaminado, al joven heredero no le entusiasmaba en lo más mínimo. Cuando la fecha de matrimoniarse se encontraba a dos vueltas de rueda, a Juan Carlos le comenzaron a rondar ideas por la mente. Una de ellas era fugarse de la Huasca; otra, contrariar a su padre. María Fernanda, deseosa de iniciar el idilio, lo cortejó incansablemente hasta que un día no pudo soportar más y fue a buscarlo a la hacienda de Los Palomares. Una de las criadas le abrió y le avisó que su novio se encontraba en su recámara y sin acompañarla dejó que ella misma se guiara por la casa. María Fernanda entró sin llamar a la puerta y se encontró con un cuerpo de grandes proporciones. Sólo había visto hombres desnudos en libros, revistas, obras de arte y una que otra película, pero ninguno se asemejaba a la inmensidad que le colgaba al futuro marido, quien no dijo palabra alguna al verla en la entrada con una sonrisa rijosa. Juan Carlos se tapó con una toalla. «Te espero», dijo ella sin quitar la mirada de aquel cuerpo masculino. Tras ese encuentro la pérfida no dejó escapar ocasión alguna para insinuarse con más fervor que nunca. Y justo el sábado que planeó entregarse a él, todo terminó. Se encontraban solos en la hacienda Los Palomares cuando ella lo besó lascivamente y, sin preámbulo, le puso una mano en el falo y lo acarició con deseo de que endureciera. Notó que la enormidad rebasaba las proporciones que yacían en su memoria. «Hazme tuya», susurró. Juan Carlos supo que su oposición al tan mencionado matrimonio no se debía a su falta de enamoramiento sino a su inapetencia por las mujeres. Sintió terror. «No es posible», musitó. «¿Qué?», indagó María Fernanda. Y con más miedo que valor le confesó que jamás había sentido atracción por ella; ella que tanto lo cuidaba y mimaba. Ella que se desvivía por hacerlo reír, su amiga, su gran amiga de la infancia, casi su hermana. Imposible besarla, tocarla, hacerla suya. «Yo te haré daño. No te amo.» Y los ojos luminosos de la niña que tantas veces había jugado con él en la hacienda Los Palomares se quedaron en una oscuridad absoluta y una irremediable nostalgia. El telón de la obra más linda de su vida se encontraba totalmente abajo y la niña soñadora supo que la farsa había concluido. María Fernanda Aguirre y Castillo salió de la hacienda Los Palomares en uno de los caballos y se desvaneció para siempre entre la niebla de la noche. Juan Carlos Palomares Herrera cargó con la culpa hasta el día de su muerte. Culpa que nadie le impuso, pues para el pueblo entero todo había sido obra de Dios que así lo había decidido. Como penitencia ingresó al seminario de San Juan Apóstol, hijo de Dios, en la capital. Ahí conoció a Rogelio, un seminarista con piel de bronce y ojos de gato. Predicaba en una de las aulas cuando Juan Carlos llegó por primera vez. El joven seminarista había soñado durante años con llegar al lugar donde se encontraba en ese momento. Jamás tuvo el valor de besar a una dama por miedo a descarriarse; tampoco tuvo el valor de admitir el porqué no le interesaban. Pero el día en que ambos cruzaron sus miradas por primera ocasión, bien tuvieron la certeza de que esa tarde algo inolvidable estaba por comenzar. Pocos días más tarde, Rogelio lo encontró llorando en la capilla y le cuestionó el motivo de su desconsuelo; Juan Carlos no pudo más que llorar en su hombro y confesarse. «Yo te absuelvo, en el nombre de la vida misma, hermoso hombre de arena», dijo Rogelio y le besó los labios. El pipiolo no pudo más que acariciarle el rostro a Rogelio mientras su lengua degustaba el sabor de su saliva. Cuando recuperó el equilibrio recordó que seguían en la capilla. Su dios en la cruz los observaba compasivo. Tuvo la certeza de que el filo de los ojos del Cristo crucificado lo absolvía de todo pecado. Pero las reglas del hombre lo aplastarían en el fango del infierno. Esa noche no pudo dormir. El irremediable maremoto de aquel beso le hizo perder la cabeza y sin poder controlar su ímpetu se encaminó al dormitorio del pérfido que había osado desnudar su alma. Se le metió entre las sábanas y se amaron a partir de esa noche cálida hasta el día en que cada cual hubo de seguir su camino. El padre Rogelio Martínez Nieto fue enviado a una congregación en Yucatán; y Juan Carlos Palomares Herrera permaneció en la capital.

—Donde decidió ejercer una doble vida —dijo Delfino Endoque muy seriamente mientras se peinaba la barba de candado—. Al parecer de día era un santo y de noche ejercía uno que otro pecadillo en el lado contrario de la ciudad, hasta que una de esas noches, uno de sus feligreses lo descubrió *in fraganti* en un bar de homosexuales; entonces, para evitar conflictos sociales fue enviado a la parroquia de Atotonilco, donde casualmente había fallecido días antes el sacerdote en turno, muy cerca de La Huasca, su lugar de origen. Creo que él mismo así lo decidió. A la gente de la parroquia en la capital se le dijo que había sido destituido de su cargo por faltas a la moral y ya sabes.

—Entonces, usted quiere decir que…

—¿Por qué no? Isidro bien pudo ser su amante, quien luego se enteró de algo que no debía, discutieron, y por eso lo mató —Endoque reflexionó por un instante y corrigió—. No sé. Simplemente estoy cazando ideas. También existen versiones de que el hacendado Juan Luis Palomares Costa, enardecido por la entrada de su hijo al seminario, lo desheredó por completo. Quizás el cura tenía planes de exiliarse de la Iglesia. Pero para iniciar una nueva vida necesitaba dinero. Los *Memoriales* bien podían generarle un ingreso magnánimo. Todo esto es muy confuso. Además, no podemos basarnos en eso.

El ventilador seguía dando vueltas sobre sus cabezas.

VII

E l fin de esta era se encuentra cercano. El tiempo del Tajín se acaba. El dios Huracán está por venir. Llenará el cielo de nubes. Oscurecerá la tierra. Las lluvias se llevarán las casas e sus gentes. Y el trueno liberará sus almas llenas de pecado. El pleitear con furia ha enojado al dios del Trueno, mucho ahorcar habrá en este lugar. Las almas en yerro llorarán de pena por los escondrijos. La sangre arderá. La tierra temblará. Mutuamente se devorarán águilas y tigres. Los árboles se tornaran rojizos. Los habitantes correrán. El dios Trueno tocará con su dedo a sus líderes e encenderá fuego en sus cabezas. Correrán con demencia. Se revolcarán en el fango. Gritarán. Rogarán que el dios Huracán perdone sus almas pecadoras. El mar se levantará enojado, inundará la ciudad. Se llevará el pecado. Limpiará la tierra. Entonces serán sepultados en las orillas del mar. Arderá el fuego en el centro del Totonacapan. Sólo quedarán los templos. La soledad se escuchará en el viento. El llanto de Limaxka caerá sobre su templo e su ciudad abandonada, solitaria, sin vida, sin pueblo. Pasarán centenares de años. La ciudad se llenará de árboles. Sus templos se perderán en la selva. El dios Huracán esperará. Llegarán nuevas gentes. Habitarán sus alrededores. Nacerán nuevos críos. El mar se calmará. Llorará en ocasiones y en momentos se enojará. Llegará nuevo poder. Poder que sucumbirá. Los totonacos llorarán la muerte de su señor e buscarán la venganza que los llevará a la tragedia nuevamente. Pronto serán sepultados e olvidados hasta que el príncipe Itecupinqui traiga a la princesa del Anáhuac que liderará a sus habitantes. El Tajín será resucitado. Los totonacos le verán nacer una vez más. El dios del Trueno limpiará los edificios con sus aguas, eliminará la hierba mala; e con sus truenos derribará los árboles que la custodiaron por los últimos siglos. Disfrutarán de su esplendor. Gozarán de los monumentos que sus antecesores les legaron. Escalarán sus templos. Llenarán de fuego la noche e danzarán frente al Templo de los Nichos. El caracol se escuchará a lo lejos. Las antorchas serán apagadas e la luna brillará sobre El Tajín. Los vientos soplarán y el tezontle cantará. Entonces podrán observar la majestuosidad de la danza de la serpiente. Nimbe danzará para el dios del Trueno con una serpiente que recorrerá todo su hermoso cuerpo, desde los pies hasta llegar a su boca. La danza será interrumpida por los guerreros aztecas. Itecupinqui no podrá engendrar al hijo que debe ser el cuerpo en el que ha de habitar Limaxka. Será herido de muerte. E Nimbe quedará sola en la cima de la Pirámide de los Nichos. Limaxka enfurecerá desde el fondo del océano e liberará el trueno que se llevará consigo a la princesa Nimbe. No cesará hasta culminar la gestación. Liberará los vientos tempestuosos sobre El Tajín e inundará las tierras para castigar a sus habitantes, pues sus corazones están sumergidos en el pecado e pronto adorarán a otros dioses. A nuestra raza le esperan tiempos oscuros. Mucha sangre habrá en el suelo. Muchas cabezas serán degolladas. E nuevos dioses serán instituidos. Nuestra gente deberá luchar por conservar nuestra sangre pura. Hombres blancos desaparecerán nuestras ciudades.

VIII

usto cuando la última gota de mezcal acarició su garganta, por la mejilla del detective Delfino Endoque se deslizó una lágrima renuente. Diego Augusto Daza continuaba ahí, sentado frente al escritorio. El ventilador seguía girando sobre sus cabezas. El humo de los cigarrillos perseguía las paletas del abanico. La cortina en la ventana latigueaba erótica. Nana Mouskouri cantaba «Gloria eterna» en un disco. Maclovio se encontraba acostado a un lado de la puerta.

En ausencia de una cronometría bebieron mezcal hasta la madrugada. Endoque lo invitó a que lo acompañara: «No te vayas, Daza, tómate un trago», le dijo poco después de haber hablado largo sobre los restos óseos encontrados en Atotonilco, el padre Juan Carlos, Gastón Peralta Moya, los *Memoriales* y los planes a seguir. Al dar las nueve, Daza infirió que terminado su informe debía retirarse al cerro de la Jarana. Pero Endoque lo detuvo, parecía ausente al hablar. Le sirvió un trago al joven arqueólogo forense, le subió un poco el volumen a la música y permaneció callado. Sus ojos denotaban una pena irremediable. Por momentos hacía alguna que otra pregunta. Daza respondía con largas elucidaciones a las que Endoque poco atendía. Sonreía esporádicamente, sin gusto. Pese a que llevaban más de tres meses trabajando juntos en el caso, habían charlado poco de sus vidas. Endoque hablaba poco, hasta ese momento en que Daza osó preguntarle sobre su familia. Endoque guardó un minuto de silencio. Observó profundamente los ojos del arqueólogo y se vio veinte años atrás.

—Exactamente a las diez y cuarto de la noche —dijo Endoque y cerró los ojos para hundirse en la dolorosa evocación—, cuando me rociaba el cuello con una loción que mi madre me había regalado, escuché los gritos en el primer piso. Y para que los haya percibido era porque algo grave acontecía, pues mi casa siempre fue un recinto del silencio (aburrimiento) con garaje para seis carros, un inmenso jardín y ocho recámaras. Esa noche pretendía ir a una fiesta de niños ricos. Pensaba en llevarme una de las camionetas de mi padre cuando escuché el primer disparo. Fruncí el entrecejo cavilando que eso no era normal en casa, siempre tan... muerta. Los gritos de mi hermana y mi madre eran obvios. Algo sucedía. Bajé por las escaleras —habían dos— y mientras descendía los gritos se intensificaban. Escuché un segundo disparo. Comprendí que algo realmente malo ocurría. La verdad, me dio miedo. Asomé la cabeza tras el barandal. Mi madre, mis dos hermanos menores se encontraban aterrados, tirados sobre el suelo con las manos y los pies extendidos en forma de equis. Mi padre se encontraba de pie, con las manos contra la pared mientras uno de ellos lo esculcaba. Cuatro hombres encapuchados, vestidos de negro de pies a cabeza. Uno de ellos con una metralleta y los otros tres con revólveres. «¡Hagan lo que quieran conmigo, pero a ellos no les hagan daño!», gritaba mi padre. «¡Cállate, pendejo!», respondió uno de ellos mientras con la metralleta le golpeaba una costilla. Cayó de rodillas con el golpe. Mi padre seguía rogando que no nos hicieran daño, entonces escuché el tercer, cuarto, quinto, sexto balazo: pum, pum, pum, pum. Yo continuaba tras el barandal, observando la escena. La sangre inundaba la alfombra de la sala. Mi madre, mi padre y mi hermana que aún seguían vivos observaban cómo mi hermano se retorcía en el suelo. Uno de los asesinos se desesperó y le arrebató la metralleta al otro. Mi madre, como presintiendo lo siguiente, se puso de pie y se postró frente al tipo que apuntaba a mi hermana Claudia. Una ráfaga de balazos estalló. Mi madre cayó casi abrasando al homicida. Mi padre estaba petrificado, con los ojos intactos, como dos grandes pelotas. Logré ver sus puños bien apretados. Un tercer homicida le dio el tiro de gracia a mi hermana Claudia. Pum. Mi familia se encontraba sobre el piso, los sillones blancos salpicados de sangre, un silencio afilado, diferente al de los últimos años, y yo, congelado, mudo, escuchando mi respiración, viendo cómo caminaban por toda la casa. Mi padre, ese viejo tan fuerte seguía de pie, intacto. El cuarto homicida, el que en ningún momento disparó, levantó la mirada y se encontró con la mía. Me creí muerto en ese momento. Un segundo eterno. Una conexión de miradas inesperada para ambos. Aunque ese instante duró unos cuantos segundos, fulminantes, pero largos, suficientes para que con las pupilas apuntara a la salida, como diciendo: «Corre, muchacho». Me deslicé por el piso hasta llegar a un lugar no visible. Pensé rápidamente en la forma de escapar de ahí. Escuché que subían por las escaleras. Entonces me quité los zapatos para no hacer ruido, me dirigí al otro extremo de la casa, donde se encontraba la escalera de servicio, la que daba al garaje y al cuarto de lavado. Recordé que la camioneta de mi padre siempre estaba estacionada apuntando a la salida. Ya iba en el cuarto escalón cuando recordé que no tenía llaves. Me regresé rápidamente a la recámara de mis padres, busqué en el buró de mi madre lo más rápido que pude; al encontrarlas, me regresé al cuarto de ropa, donde mis padres tenían una caja fuerte, escondida tras un mueble, saqué un fajo de dólares y salí de ahí lo más pronto que pude. Al ir por el pasillo me encontré con el cuarto homicida, lo supe porque no me disparó, simplemente pretendió no haberme visto. Entró a la recámara de mi hermana y yo seguí mi camino. Pero justo antes de llegar a las escaleras escuché tres plomazos: pum, pum, pum. Bajé por las escaleras rectas, brincando cuatro escalones a la vez. Al llegar a la puerta que se encontraba a mano derecha tropecé con dos cadáveres, los guardias. Pasé por encima de ellos y abrí la puerta del garaje. Al salir, la camioneta de mi padre parecía estar esperándome. Otros dos guardias derribados sobre el piso con la frente ensangrentada. Uno de ellos sobre su hombro izquierdo, empuñando el revólver escondido tras el gabán. El otro, bien sentadito, recargado en la puerta del conductor, sosteniendo la pistola en la mano derecha, con la boca y los ojos bien abiertos, como sorprendido. Lo empujé a la derecha para poder abrir. Encendí la camioneta y escuché un ruido ensordecedor y a la vez otro seco. Vi por el retrovisor cómo el hombre de negro disparaba mientras yo salía a la calle. Giré a la derecha y le metí el pie al acelerador.

Endoque enmudeció por un instante sin abrir los ojos. Un hilo de lágrimas circulaban por su mejilla. Tenía los codos sobre el escritorio. Empuñaba la mano izquierda y con la derecha la envolvía. Estuvo a un paso de confesarle al arqueólogo que su verdadero nombre no era Delfino Endoque, sino Mauricio Ruisánchez Ibarra, pero una corazonada le recordó que ese detalle no era necesario. Hizo de tripas corazón para no derramar otra lágrima mientras evocaba el instante en que llegó a la esquina y detuvo la camioneta en seco. No supo qué hacer. Los nervios le impidieron pensar, actuar, e incluso llorar. Sólo recordaba la escena. Después de unos minutos dio vuelta a la izquierda y se dirigió al periférico. Manejó hasta el norte de la ciudad y abandonó la camioneta en un centro comercial; luego tomó un taxi y se dirigió al centro. Contrató los servicios de una prostituta y le pidió que se hiciera responsable del registro en la recepción de un motel de quinta. «No quiero que mi familia se entere, tú sabes», dijo. Al entrar al cuarto se recostó en la cama y mirando al techo comenzó a pensar. Fingió que tenía que hacer una llamada urgente. Pretendió hablar con alguien. «Mi familia me está buscando. Lo mejor será que te marches», alegó y le dio un par de billetes a la mujer. Permaneció en silencio por unos minutos, pensando en las consecuencias. Si regresaba, era seguro que lo matarían; si iba a la policía lo tomarían como primer sospechoso; si se escondía sería igual. O peor. Salió del cuarto y se dirigió a la tienda de la esquina donde compró una botella de tequila y una cajetilla de cigarros. Regresó al motel, abrió la botella y se sirvió un caballito. «Sin respirar me lo tomé de un trago y me serví varios más. Tras el séptimo, las manos dejaron de tiritarme.»

A tan sólo dos horas de la masacre, tenía un mundo desconocido frente a sus ojos. Abandonó el motel y caminó sin sentido, revisó su cartera y entró a un hotel de lujo en Reforma. Notó una gran diferencia al llegar caminando. Se encontró con ausencia de atenciones. Llegar por lo menos en el carro de su hermana habría menguado la indiferencia. O mínimo llegar arrastrando una maleta que lo presentara como foráneo. Nadie se apresuró a recibirlo. No como ocurría hasta hace unos días. Se detuvo un instante en medio del lobby y alzó la mirada recorriéndola por la línea del elevador que subía lentamente. Aquel inmenso hueco en el centro del edificio parecía un abismo interminable. Miraba asombrado y temeroso como si nunca hubiese entrado a un hotel. O más bien cual si todos murmuraran de él. «No voltees, aquel que está parado ahí es Mauricio Ruisánchez. Pobre chico, me da lástima. ¿Habrá sido él? Quién sabe. Dicen que su padre andaba en asuntos del narcotráfico. Yo no sé, con eso de la política cualquiera se mete en líos. Yo leí en los periódicos que fue por la herencia. Calla, calla que nos está mirando.» Pidió un trago y permaneció en el bar por unos cuantos minutos, observando a la gente que entraba y salía del lugar, platicando de obras de teatro, economía, juegos de golf, moda, política, bla, bla, bla.

«¿Algo más caballero?», preguntó el mesero.

«No. Gracias».

Abandonó el lugar y repitió la técnica de la prostituta, le pidió que pagara el servicio del motel por dos semanas, donde permaneció varios días encerrado día y noche, casi sin comer. Sólo salía cuando la camarera entraba a limpiar el lugar. Y lo hacía para evitar sospechas. Pese a que aún era muy joven infirió que hacer una aparición pública implicaría una estancia en la cárcel por algún tiempo. Cualquier matón, condenado a cadena perpetua, estaría dispuesto a aniquilarlo en la misma prisión. Cuatro noches después del crimen salió, tomó un taxi y se dirigió a la que había sido su casa, ahora, con las puertas y ventanas selladas. Con gran astucia logró ingresar por una de las tantas ventanas. Encontró todo en desorden, cual si la casa hubiese estado abandonada por años. Con la mano izquierda se peinó la cabellera, lamentándose por los acontecimientos. Pese a las tinieblas logró distinguir la enorme mancha de sangre sobre la moqueta importada de Europa. Sin lograr evitar la flagelación del recuerdo encontró a su madre de rodillas, los brazos rodeándole las piernas al sicario, la frente en alto rogándole no prosiguieran. «No. No. Se lo ruego.» Y la pobre mujer frente a la muerte, deslizándose muy lentamente sin bajar la mirada, como queriendo encontrar en aquellos ojos algo que le diera un porqué, para qué. Pero no lo logró, las piernas ya no le respondían, la mirada la traicionaba, todo frente a ella se opacó, la escena se enmudeció y sólo escuchó su propia respiración. La muerte acariciándole el rostro. «He venido por ti, es hora de partir. Tu labor aquí ha terminado, vámonos.» Una confusión indescriptible de escenas, pasado, presente, futuro, todas navegando a toda velocidad en su mente.

Sintió un vértigo y unas arcadas indomables. Se dirigió a la cocina, donde buscó sin noción alguna una vela para alumbrar un poco el escenario. Comenzaba a darse cuenta de lo inútil que había sido hasta entonces. Acostumbrado a pedir. Más bien a exigir, a estirar la mano y esperar a que las cosas llegaran a él.

«Dónde estarán las velas», se preguntó.

Cuánta falta le hacía en ese momento Leo, Leobalda, la nana, a quien en alguna ocasión, cuando niño, nombró con un intenso amor: mamá. «No», dijo ella: «Yo no soy tu mamá». «Sí», respondió él. Pues la veía como una madre, cariñosa, comprensiva, confidente. Todo lo contrario a su madre que lo tenía en el olvido. «Mi mamá no me quiere. Tú sí me quieres, Leo, tú eres mi mamá.» «Está bien, pero que nadie te escuche jamás», respondió Leobalda. «Como tú quieras mamita», le dijo con amor de infante, puro, agradecido, que con el paso de los años encontró la pubertad, el dinero y con éste las mieles de la soberbia. «Pinche criada», le dijo por primera vez a los dieciséis, cuando ella con cariño le preguntó qué le sucedía, y él respondió: «Qué te importa, pinche criada». «Tienes razón, mi niño.» «No me llames *mi niño.*» «Como usted ordene, joven», y Leobalda salió de la recámara con los ojos vidriosos. «Yo tengo la culpa, me lo creí, no debí encariñarme con él, yo tan sólo soy una empleada. Pero qué puedo hacer si lo quiero como si fuera mi hijo, lo vi crecer, lo acompañé a la escuela, le ayudé con sus tareas, pero no es mi hijo, nunca lo fue, nunca lo ha sido, ni lo será», le decía a Rosita, la cocinera. «Ay manita, qué te puedo decir, pos ya sabes cómo son estos niños ricos.» «Pos sí, pero yo le agarré rete harto cariño al chamaco.» Al cumplir él los dieciocho, ella se retiró y regresó a su pueblo sin un adiós, y Mauricio la extrañó con inconsolable congoja.

«Leo, cuánto te extraño, mamita, te acuerdas, yo sí, nunca lo olvidé, fuiste mi mamita de niño, ¿me habrás perdonado?», se preguntó Mauricio y justo en ese momento encontró una vela.

Salió de la cocina y entró al estudio de su padre, el cual además de estar medio vacío —faltaban más de una millarada de libros y un archivero, pero él no se percató—, poco conocía, pues era casi un área prohibida, a fin de cuentas nunca le había interesado saber qué había allí. En ocasiones cuando llegaba ebrio en la madrugada notaba la luz que filosa escapaba por la rendija de la puerta entreabierta de aquel recinto donde su padre pasaba horas trabajando. O leyendo. Ahora, los cajones del escritorio se encontraban en total desorden. Buscó en vano, entre las cortinas de libros —más de dos mil—, cualquier papel que le ayudara a comprender la situación.

Nuevamente se peinó la cabellera con la mano izquierda, levantó la mirada con asombro y por primera ocasión notó lo alto que era aquel perímetro, el lujo que abrigaban aquellos libros olorosos y la madera oscura, exquisitamente cortada. Respiró profundamente y admitió que la mezcla de aromas que aquellos textos y los libreros emanaban poseía algo delicioso. Bajó la mirada y poco después la dirigió a la puerta, adonde se acercó con lentitud, como sintiéndose un perdedor por salir con las manos vacías. Justo antes de salir regresó la mirada al escritorio cual si esperara que alguna pista le hiciera señas de que allí estaba.

La escalera redonda, suspendida en el aire, voluminosa, elegante, se encontraba frente a la puerta del estudio. Recordó la ocasión en que borracho, se vomitó en el tercer escalón, y su madre se preocupó más por la suciedad sobre la alfombra roja que por el golpe que se dio al caer del octavo escalón antes de hacer su gracia. «¿Qué hiciste, Mauricio, tienes idea de lo que costó esta moqueta.» Subió lentamente, deleitándose con cada peldaño, se dirigió a la recámara de sus padres. Desde la puerta observó la enorme cama y dejó escapar una breve sonrisa, recordó la ocasión que en ausencia de toda la familia, tuvo sexo por primera vez, con Kristy, esa adolescente que lo enloquecía cantidades y con quien también por primera ocasión fumó marihuana. Kristy cantaba desnuda, de pie sobre la enorme cama, con los brazos extendidos, apretándose las tetas, jugueteando con los dedos, haciendo una invitación lasciva, y él acostado entre los pies de ella mirándole el sexo, acariciándole las pantorrillas. «Si mis papás se dan cuenta, te juro, que me quitan el carro», y se carcajeaba. «¡Eso qué importa, papacito! No te preocupes —respondía Kristy—, no regresan hasta la semana próxima. Le dices a la sirvienta que abra las ventanas, que perfume el lugar y listo.»

Continuó con su búsqueda de pistas. La caja fuerte se encontraba vacía, lamentó no haber sacado más dinero el día de la masacre. Alumbró con la vela una mesita que se encontraba en una esquina, encontró unos papeles que no le servirían de nada, y aún así, los puso en su bolsillo, para analizarlos más tarde. Sin encontrar algo más, se dirigió a la salida. Llegó al cuarto de su hermana menor, se detuvo por un instante, tomó la foto de la joven que se encontraba sobre el buró, la alumbró con la vela y cerró los ojos con desconsuelo. Puso la candelilla sobre la mesita de noche y se sentó sobre la cama deslizándose con los brazos caídos hasta tocar el piso, recargó la nuca sobre el colchón y dejó al llanto brotar. «Claudia, Claus, Clausi», murmuró. Escuchó mentalmente el eco de los gritos de Claus que cuando niña gritaba por toda la casa mientras él la perseguía. «A qué no me alcanzas», y la risa hermosa de Clausi amenizaba el ambiente. Ambos subían a toda velocidad por la escalera redonda, corrían por los pasillos, entraban y salían por todas las recámaras. «¡Niños, no hagan tanto ruido!», gritaba su madre siempre exigiendo silencio en aquella mansión, y bajaban por la escalera recta que daba a la cocina y el garaje. Clausi, ignorando las exigencias, continuaba con su coro desvergonzadamente hermoso, como sólo los gritos de una niña alegre pueden ser. De pronto un silencio: Clausi se detuvo temerosa en el segundo peldaño, abrazó su muñeca; su piel palideció, y Mauricio, dos escalones más arriba, igual permaneció perplejo. Se encontraron con un cadáver: el guardaespaldas con un balazo en la frente, con las manos tendidas sobre el piso y la mirada sorprendida. Mauricio abrió, los ojos asustado y se devolvió a la realidad, a su presente, a la recámara de su hermanita adorada. Su ritmo cardiaco y su respiración se encontraban igual que la noche de la masacre. No hubo necesidad de cerrar los ojos nuevamente, la vio revolcarse en el piso de la sala, bañada en sangre, temblorosa. Recordó en ese instante que Claudia, agonizante, sin mover la cabeza dirigió su mirada a la escalera arqueada y se encontró con la suya, como urgiéndole que huyera. Respiró profundamente un poco antes de que el tiro de gracia diera fin a su última muestra de amor. Una mirada única, salvadora, confidente hasta el final. «Te quiero, hermanito», dijo Clausi, pero nadie la escuchó, porque sólo ella supo que lo dijo. O creyó haberlo dicho. O quizá sí lo dijo, pero el cuerpo ya no respondía. Quizá ya estaba muerta, y ella pensó que aún seguía viva, que aún tenían vida aquellos labios lamentando la tragedia, escondiendo una sonrisa llena de esperanza, que siempre le dijo, «ya verás que las cosas saldrán mejor, hermanito, ya lo verás». Y el rostro de Clausi quedó tendido sobre el charco de sangre, para nunca más sonreír, nunca más. ¿Qué paso?, le cuestionaba al retrato frente a él. ¿Qué nos pasó?, se seguía deslizando hasta quedar prácticamente tendido sobre el suelo. Comprimió el cuerpo cual bebé dentro del vientre de su madre y dejó escapar un par de suspiros ahogados: «¿Qué nos hicieron?», y empuñaba las manos. Permaneció así por más de dos horas.

Se secó el llanto con las dos manos y se puso de pie, avanzó, con el retrato de Claudia en la mano izquierda, a la recámara continua, la suya, donde permaneció sentado frente al escritorio. Llegaron a su memoria un sinfín de reminiscencias; una niñez donde no hubo tíos, primos, abuelos que extrañar. Su madre, hija única, huérfana a los dieciocho, heredera de una inmensa fortuna. Su padre, quien por alguna razón nunca mencionó de igual manera tener parientes. Caviló en algo que atara cabos. Alumbró aún más el cuarto con el encendedor para dar fuego a un cigarrillo que sacó del bolsillo. Intentó encontrar respuestas en su adolescencia, llena de confusiones, desacuerdos, intrigas, pero nada, nada que le explicara quién o por qué habían aniquilado a su familia. Abrió el cuarto de ropa y empacó una maleta, cual si fuese a un viaje de negocios, sin olvidar guardar el retrato de Claudia y un álbum de fotografías.

Decidió entonces que era momento de partir. Muchas veces había querido salir corriendo, azotar la puerta y no volver jamás, y ahora al llegar a ella se detenía, consciente de que no volvería a ver aquel escenario, nunca más volvería a percibir el aroma balsámico de aquella mansión, nunca más escucharía las orquestas tocando el cancán de «Alegría Parisina» al fondo del salón de eventos, lleno de ejecutivos rodeados de guardias, mujeres perfumadas presumiendo su última adquisición, joyas, carros, casas, meseros recorriendo el salón cumplidamente ofreciendo bocadillos y bebidas, nunca más escucharía las platicas superfluas. Nunca más. Nunca más. No. «Estoy soñando, se dijo, esto no me está pasando, tengo que despertar, se abofeteó fuertemente con las dos manos, estoy en una pesadilla, esto no es real, es una pesadilla, no soy yo.» Caminó al piano con desesperación: «Toca —lo golpeó con los puños—. Que toques, te lo ordeno, despiértame, dime que esto es una pesadilla, que no soy yo, que toques, ¿qué no ves que la gente te está esperando?, toca, idiota.» Tomó una barra de acero que colgaba a un lado de la chimenea y la azotó con todas sus fuerzas contra el piano. «Que toques, te ordeno —berreaba—, toca, que la gente está esperando, ameniza el ambiente.» Se sentó frente al piano y con ambas manos golpeó las teclas inarmónicamente con coraje, dejó caer la frente sobre el teclado. Tomó la barra de acero y golpeó el instrumento musical.

Terminó tendido en el piso y los personajes en una pintura familiar colgada justo arriba de la chimenea parecían observarlo, Clausi como siempre sonriente, sentada con las piernas cruzadas, «ya verás que todo saldrá mejor, hermanito». Rodolfo serio, pretendiendo no verlo, pero como siempre a escondidas analizando cada uno de los movimientos de su hermano. Don Manuel con el entrecejo fruncido: «No cambias, Mauricio, nunca lo harás». Doña Florencia con su mejor sonrisa, en realidad la más hipócrita, la menos auténtica, la más seria, sus ojos, un destello de tristeza infinita, un enojo incontrolable, una prueba de que todo se encontraba en destiempo, que cada pintura anual iba en ocaso. Y Mauricio, ausente. ¿Dónde está Mauricio? ¿Por qué no está en la pintura? Hace algunos instantes estaba aquí. ¿A dónde se fue?

«¡Mauricio! —gritaba doña Florencia—. ¿Dónde estás?» «Qué importa, a él no le interesamos», respondió Rodolfo. «Ese hijo tuyo, Manuel, hasta cuándo, dime hasta cuándo va a madurar.» ¡Mauricio! Y la pintura se desvanecía rápidamente. ¡Mauricio, corre! «¡Ya voy, no me dejen!» Y el pintor, enfurecido, hundió su brocha en su paleta bañándola de rojo. Mauricio, corre, corre. ¡Ya voy, esperen! El pintor rápidamente embarró una mancha roja en el pecho de doña Florencia, la pintura parecía una película viva, «detenlo, Mauricio, no dejes que destruya el retrato familiar». La brocha brincó del cuerpo de doña Florencia al de Rodolfo, todo el abdomen rojo, rojo. Rodolfo era ahora una mancha rojiza en la pintura. Don Manuel estaba ausente, desapareció sorpresivamente del retrato. El pintor dibujó la silueta de Clausi en el piso, con la sien ardiendo en fuego, una pequeña sonrisa y el rostro de Clausi hundido en un charco de sangre, parpadeó por última vez y una lágrima roja le cruzó el tabique de la nariz. «¿Por qué lloras, hermanito? No llores, recuerda que me tienes a mí.» Clausi no recuerda nada, no sabe que ha muerto, que tiene una llama encendida sobre la sien y un hueco inmenso en el estómago. Mauricio vio cómo se alejaba aquella imagen, ahora él se encontraba en la orilla de un abismo, extendiendo los brazos; cerró los ojos y se inclinó hacia el frente dejando caer su humanidad hasta el fondo, el aire le golpeó el rostro, cayó y azotó contra el piso del salón de eventos.

Luego se encontró con la luz del amanecer y escuchó el cantar de los pajarillos. Su reloj de pulso marcó las seis. Con gran pesadez en el corazón y arrastrando su maleta, caminó a la puerta, al abrirla rompió el sello que la policía había puesto en ella. Un vecino lo vio salir y estuvo a punto de saludarlo pero se abstuvo del intento. Nadie lo volvió a ver jamás. Se hospedó en otro motel, se embriagó esa noche y las que siguieron. Deambuló ebrio por las calles hasta perder la conciencia. Al despertar no recordó nada. Se encontraba en una habitación. Un sacerdote lo observaba. Si de algo estaba seguro Mauricio Ruisánchez era que necesitaba urgentemente hablar con alguien, confesarse de cualquier manera y que alguien creyera en su inocencia.

—El padre Urquidi que bien conocía el dolor de cargar con el recuerdo de un crimen me otorgó casa y comida. Desde entonces he vivido en las sombras —dijo Delfino Endoque y agregó con pausa—: Hoy precisamente se cumple un aniversario más.

hora que mi vida se extingue se me acuerdo de tan-
tas cosas que quizá hube de olvidar en el pasado. El
recuerdo de mi gente caída en las guerras contra los
aztecas, y luego frente a los hombres blancos que llegaron del mar, me revuelven los malestares. Aunque fray Toribio Paredes de Benavente bien se ha ocupado de reducir los dolores que este
indio, Tenixtli, último sobreviviente del señorío de los totonacos, hijo de
Xatontan, sufre desde hace muchas lunas, no puede curar la herida que
yace en mi memoria. Las llagas no dejan a este indio dormir en paz.
Mis hijos se han dado las tareas de cuidar mis noches. Mi hija Tzacopontziza, que en castellano quiere decir Lucero del alba, limpia el sudor
de mi frente. Fray Toribio asegura que harto esfuerzo hace por verla;
pero ella no se deja, se esconde de los cristianos. Es de pensar que este
indio viejo y acabado ha perdido la luz en sus pensamientos, que con-
funde las voces y caras que aparecen en su lecho de muerte; pero con
recta verdad le digo al fraile, que con harta paciencia escribe lo que
con dificultad voy narrando, que Tzacopontziza, mi hija hermosa, se
encuentra de pie frente a mi lecho de muerte. El señor de Benavente se

me pregunta de quién hablo y un dolor en el pecho me provoca una tos que me llena de flemas la garganta. Una ráfaga de viento entra intrépida por la ventana y apaga el fuego que yace frente a mi petate en donde seguro voy a morir.

Miro al pasado y veo a mi hija, pequeña, hermosa, juguetona, cuando nuestras tierras eran fértiles y grandes. Harto había pasado para que la tranquilidad reinara en El Tajín, que hacía años había sido castigado por el dios del trueno llenándolo de agua y prendiendo fuegos por todas partes. Los totonacos rendíamos culto a los dioses del sol, del viento, del agua y de la tierra. Ofrendábamos flores y el humo del copal.

Si algo mataba el indio de esta tierra eran animales silvestres. Pero no a las aves, pues la gente del Papán, que se dice en castellano pájaro, harto amor y respeto tenemos por sus animales de bello y brillante plumaje. Plumaje que el indio totonaco utiliza para hacer el copilli, que en castellano se dice penacho, y que cargábamos en nuestras cabezas para adorar a nuestros dioses, entre ellos a Tonacayohua, la diosa que cuidaba nuestras tierras y cosechas.

En gratitud, los indios del Papantecutli le erigimos a Tonacayohua un templo en la cima de uno de los cerros más altos del reino, el cual había de ser custodiado por doce bellas jóvenes nobles que desde su nacimiento eran dedicadas especialmente a ella y que hacían voto de castidad.[26] Entre ellas, mi hija predilecta, Tzacopontziza, mi Lucero del alba. Debo confesar que excesivo mi amor por ella fue y que de egoísmo se me llenó el alma cuando la supe tan bella. La consagré al culto de la diosa Tonacayohua.

Hartos indios y caciques buscaron esposarla. Entre ellos un joven príncipe que se decía Zkatan-oxga, que en castellano se dice el joven venado, con insistencia la cortejó. Se dice que se disfrazó de viento, burló a los guardias y raptó a mi hija predilecta, que había salido del templo para recoger unas tortolillas que había atrapado para ofrendarlas a la diosa.[27]

La diosa Tonacayohua enfureció, pues ninguna de sus doncellas había de ser esposada, y menos despojada de tal manera. Y cuando el hurtador y la traicionera poco trecho llevaban recorrido se les apareció en forma de espantable monstruo. Les inundó los caminos con enormes oleadas de fuego que los obligaron a retroceder a Papantecutli, tierra del papán, en donde los sacerdotes ya los esperaban para arrestarlos y llevarlos ante la diosa Tonacayohua. Para subsanar la ofensa y saciar la ira de la diosa los sacerdotes ordenaron que ambos fuesen degollados.

Se me perturba recordar a mi hija degollada. El llanto me traiciona y fray Motolinía limpia mi rostro con su mano de hombre bueno. Hombre honorable. Pues como él, de su tierra pocos han llegado. Sólo unos cuantos se les ha interesado nuestra cultura y nuestra gente. Contados son los que su tiempo han ocupado en conocer de nuestros dioses, nuestros cultos, y nuestro pasado sin harto obligarnos a adorar a su dios crucificado y sangriento. El señor de Benavente, que mucho se ha dedicado a los indios, tiene ya hartos días sentado en esta pocilga calurosa, cuidando de mis últimas lunas y escribiendo lo que este viejo, Tenixtli, último sobreviviente del señorío de los totonacos tiene por decir. Lleno de harta tranquilidad espera a que yo cuente qué ocurrió con los cuerpos degollados de mi hija hermosa, mi hija predilecta, Tzacopontziza y el hurtador Zkatan-oxga. Y le confieso que cuando sus cuerpos aún se encontraban calientes fueron llevados al adoratorio, en donde sus corazones hubieron de ser extraídos para ser entregados a la diosa enfurecida. Luego, los indios dejaron caer los cadáveres al vacío de un barranco en donde pronto la hierba menuda se secó por el influjo maléfico de la sangre.

Muchas lunas pasaron cuando uno de los indios llegó frente a los sacerdotes para contar que en aquel lugar de olvido había surgido un grande arbusto espeso de follajes. Los sacerdotes de Papantecutli ordenaron que fuese derribado y calcinado. Pero el matorral surgía cuantas veces era derribado. *Harto intentaron destruirlo. Hasta que los sacerdotes comprendieron que se trataba del renacimiento de la flor que al adoratorio de la diosa Tonacayohua se le había hurtado. Cuando se le dejó crecer, junto a su tallo surgió una orquídea trepadora, que también esparció sus guías con harta fuerza y delicadeza. El arbusto y la orquídea dieron la forma de una mujer y un hombre en plenitud. Un aroma exquisito floreció de sus vainas a partir de entonces. Los sacerdotes decidieron que a esa flor recóndita, de aromas harto penetrantes se le declarara planta sagrada y se le llamáramos Xanath, que en castellano se dice vainilla, y se le entregáramos reverencioso culto para ofrendar a los adoratorios totonacos.*

    [...]

    Fray Toribio Paredes de Benavente ha tenido de buena fe, pues hombre bueno es él, de esperar en silencio mientras este indio viejo y cansado se repone de la tos que me ha abatido por algunos minutos. Me ha limpiado el sudor de la frente con enorme cuidado pues mi hija predilecta, que con su presencia ha confortado mi alma pecadora, se ha marchado desde hace algunas horas. El señor Motolinía ha tenido la bondad de escribir, con su mano buena, lo que dicho tengo sobre la muerte de mi hija Tzacopontziza y el hurtador Zkatan-oxga y ha preguntado qué más tengo por decir de mi hermano Itecupinqui y Nimbe, la princesa del Anáhuac. Y es por tal cuestión que la tos se apoderó de mi cuerpo viejo y acabado que con harta dificultad soporta estremecimientos como el de recordar las guerras que pronto llegaron a nuestras tierras tras la muerte de mi hija Tzacopontziza y que desde endenantes estaba en las predicciones de los ancianos de El Tajín. A lo que dicho tengo cuestiona fray Motolinía que dónde se encuentran tan arcaicas predicciones. Y sin dificultad y sin temor de demostrar que su palabra nueva no conozco, le pregunto qué se dice arcaica, y él, que tantas palabras en castellano se me ha enseñado, me explica que se dice viejo, y yo, con harto sarcasmo, le pregunto si yo soy un indio arcaico. Ríe por pri-

mera ocasión en la noche y responde que tanto él como yo, Tenixtli, último sobreviviente de este señorío, somos unos arcaicos.

Y en nueva ocasión fray Toribio Paredes de Benavente se me pregunta dónde se encuentran tan arcaicas predicciones que hablan de la muerte de nuestro pueblo y este indio arcaico le responde que pues en nuestro país, como en el de Tenochtitlan, y tantos otros, no se existía una forma de grabar predicciones como el hombre blanco lo ha tenido por tantos años en su libro harto grande que ellos dicen Biblia, en donde recuerdan la muerte y sacrificio de su dios flaco y débil en la cruz. Le digo con harta firmeza que dichas predicciones se guardaban en la memoria y se heredaban de indio a indio; y de pueblo en pueblo; y de país a país.

[...]

En este momento no se me es posible hablar pues se me siento cansado. Motolinía se ha advertido de mi debilidad del cuerpo y ha apagado el fuego y salido de esta pocilga mal oliente. Sólo espero poder despertar para luego continuar con el relato que los totonacos necesitamos dejar para los hijos de los hijos de nuestros hijos.

X

a crónica del detective Delfino Endoque dejó a Diego Augusto Daza sin palabras. Jamás imaginó que el hombre de mirada oscura que lo había contratado cargara con el rezago de una tragedia de tales proporciones. Ahora, al echar una mirada al pasado y evaluar un poco los acontecimientos significativos en su vida, concluyó que sólo tenía en los hombros un puñado de trivialidades. «No sé qué decirle, detective —agregó al encontrarse frente a un silencio casi interminable—, creo que uno carece de crónicas cuando su vida se compara con una como la suya.»

Delfino lo observaba reservado desde el otro lado del escritorio. El ventilador seguía dando vueltas sobre sus cabezas. Encendió un cigarrillo. Daza no acostumbraba contarle su vida a nadie por dos razones: una porque la encontraba simple y otra porque se consideraba un pésimo cronista. Hizo un inventario mental de los acontecimientos de su corta edad y encontró en el costal de sus evocaciones la noche en que su padre, Diego Alberto Daza Hinojosa, abandonó su casa con un exiguo equipaje en los hombros. Dieguito, su hijo, acariciaba las ocho primaveras. El arqueólogo Diego Alberto Daza Hinojosa hizo de tripas corazón para evitarles a sus dos hijos las intolerables escenas de su ya desaparecido matrimonio con Hortensia de la Luz Ruiz Vargas, la entonces desconocida locutora de radio y escritora de libros de superación personal.

—Toma, Diego —le dijo a su hijo en la puerta minutos antes de salir y le entregó una réplica a escala del calendario azteca—. Nunca olvides tus verdaderas raíces. Recuerda todo lo que hemos platicado. Promételo.

—Lo prometo, papá —respondió el pequeño y algo le hizo sentir que a partir de esa noche no volvería a ver a su padre.

Y en efecto, Diego Alberto Daza Hinojosa no volvió jamás. Partió sin rumbo. Hortensia supo años más tarde que se encontraba en alguna parte de Sudamérica haciendo excavaciones. Pero nunca compartió con sus párvulos la escasa información que llegaba a sus oídos. Ambicionaba exprimirles la memoria como una esponja para que olvidaran todo lo que su padre les había inculcado sobre la cultura prehispánica y que además había sido el detonante de su separación.

—Papá dice que no todo lo que dice la Iglesia es verdad.

—Tu papá está mal. ¿Y sabes qué le va a pasar por decir eso? Dios lo va a castigar.

En cuanto pudo, le recriminó a su esposo el haberle dicho tales cosas a su hijo.

—¿Qué te pasa, cómo se te ocurre decirles eso a los niños?

—¿Qué te pasa a ti, por qué de un tiempo para acá te ha dado por obsesionarte con la religión?

—No me levantes la voz. Además, tú bien sabías de mi devoción por la Iglesia.

—¡Sí, pero no a tal grado!

—¡No me grites!

—Reacciona. No hagas de tus hijos un par de ignorantes. Dales información. No los obligues a que adoren una imagen. Tú bien sabes, ya te lo he dicho muchas veces: los evangelios del segundo testamento fueron escritos casi setenta años después de la muerte de Jesucristo (si no es que mucho más), cuando la mayoría de los testigos ya habían muerto. ¿Qué prueba tienes de que sea verdad? Además la imagen que se vende de ese Jesucristo blanco, bello, con ojos europeos, ni siquiera se acerca a la verdadera. Él debió ser un hombre moreno, con ojos oscuros, pelo corto, con el cráneo más alargado, como un simio. No olvides la evolución del ser humano. ¿Por qué no podemos pensar que él fue un buen hombre que cuando le preguntaron quién era, simplemente respondió que era un hijo de Dios, y las malas lenguas transformaron la información? Tal vez jamás hizo un milagro y la gente le colgó tantos que seguro él ni se enteró. Así ocurre hoy en día: le inventan milagros al Papa, a los curas, a las vírgenes, a los santos. Y se lo agradecen a un retrato o una figura de barro.

—Qué bien se nota que no crees en los milagros.

—Ver el sol cada mañana es un milagro, que mis hijos estén sanos es un milagro, que sonrías es un milagro, aprender algo cada día es un milagro, tener oxígeno es un maravilloso milagro. Que la imagen de un hombre sangrientamente crucificado se use para doblegar y dominar al mundo no me parece un milagro.

—No blasfemes. Te vas a ir al infierno.

—¿Qué, acaso mucho de lo que ocurre en la tierra no es suficiente infierno para ti?

—Esto es poco comparado con lo que te espera por hereje. Dios Nuestro Señor, envió a su hijo para otorgarlo en sacrificio por nosotros. Él murió por todos nosotros.

—¿Por qué un padre bondadoso enviaría a su hijo al mundo a sufrir? ¿Tú les harías eso a nuestros hijos? ¿Los empujarías a las vías del metro y le dirías al mundo: *He ahí a mis dos hijos amados, descuartizados para que todos ustedes encuentren la salvación eterna?*

—Él va a volver. Y juzgará a cada uno de nosotros.

—¿Qué harías si de pronto yo te digo que soy el hijo de Dios? ¿Me adorarías? ¡No! Por el contrario, me tacharías de loco. ¿Por qué uno debe creer lo que cuentan que ocurrió hace dos mil años y no algo actual? ¿Qué vas a hacer el día que un mendigo te diga que es Dios y te exija que le entregues todas tus propiedades a cambio de tu salvación? No le vas a creer. ¿Lo vas a mandar a la silla eléctrica? Seguro que sí, porque tu Iglesia no te ha preparado para eso. Lo vas a etiquetar de hereje. Tu religión no te ha preparado para eso; sólo para seguir instrucciones, para creer lo que ellos te han ordenado. Si un día aparece el dios que tanto esperan, lo negarán tal cual pudo haber ocurrido hace dos mil años, si es que en realidad Jesucristo era el verdadero hijo de Dios. ¿Y sabes por qué? Porque la rentabilidad política de la fe es muy alta. A la Iglesia no le conviene que Dios regrese, porque el día que lo hiciera se les acaba el negocio. Tú sabes de las cruzadas, la inquisición y todos los crímenes que han fraguado los papas. Seguro sí hay un Dios. Alguien tuvo que hacer todo esto. No sé quién ni cómo se llama, pero sí te aseguro que no es como te lo pintan las religiones. No creo que el verdadero Dios se empeñe en hacer sufrir a la gente.

—¡Cállate!

—Por amor a ese Dios, deja que nuestros hijos sepan la historia desde este momento, que piensen y que ellos mismos elijan. Por eso nuestro país está en la miseria, porque al pueblo no le dan otra opción. Siempre en la ignorancia y con la misma herencia, las mismas costumbres, el mismo ciclo. No los ates de manos. No les tapes los oídos. No les cierres la boca. No les cortes los pies. Ya es suficiente. Es hora de que ésta y las próximas generaciones encuentren una salida a este círculo vicioso.

—Qué poca fe tienes. Que Dios te perdone por blasfemar. Y que el día de tu muerte encuentres el arrepentimiento. Me da tristeza que te encuentres tan perdido.

—Ya no puedo más. Esto jamás cambiará —dijo Diego Alberto Daza Hinojosa y descubrió que su hijo se encontraba en la puerta. Lamentó lo sucedido y se despidió de sus hijos.

Al día siguiente, Hortensia mandó cambiar las chapas de la casa pensando que su esposo volvería una de esas noches. Luego cambió de opinión y ordenó que se instalaran las antiguas chapas. En ocasiones lo esperaba desnuda en la cama, deseosa de que llegara y le hiciera el amor. Pero esa noche no llegó jamás y germinó en ella una pena intolerable. Dedicó su tiempo a escribir frases de motivación para sí misma. Pronto brincó de los párrafos a la crónica de superación personal; al poco tiempo había completado más de doscientas cuartillas. Diego Augusto y Hugo Alberto se convirtieron forzosamente en sus primeros lectores. Diego, que para entonces había cumplido doce años, comenzaba a detestar los versos y cuentos que su madre le entregaba como tarea. «Quiero que lo lean y que mañana me digan cómo mejoró su día tras repetir esta frase.» «Sí, mamá, está muy bonita», respondía Hugo Alberto con frecuencia. Diego, por su parte, hacía todo lo contrario: ignoraba descaradamente lo que su madre le pedía. Entre las tantas obligaciones que ambos hijos tenían se encontraba la de fungir como monaguillos en la parroquia de la colonia.

—Nada me haría más feliz que verlos entrar al seminario —dijo un día Hortensia de la Luz Ruiz Vargas mientras comían.

—Éste —dijo Hugo Alberto y señaló con el índice a su hermano— ya perdió su derecho. El padre lo encontró robándose el dinero de las limosnas.

—¿Cómo fuiste capaz?

A partir de esa tarde Diego se confesó enemigo de su madre, quien pronto publicó un libro de superación personal; y también de su hermano que años más tarde entró al seminario. Difícilmente compartió tiempo con ellos. Nunca pudo tener un libro de arqueología porque su madre se ocupaba de desaparecérselos.

—Cuando recibí la noticia de que había sido aceptado en la Escuela Nacional de Antropología e Historia —dijo Daza frente al escritorio del detective Delfino Endoque—, tuve la certeza de que religión e historia no podrían compartir el mismo techo y decidí salir de casa. Intenté, en incontables ocasiones, convencer a mi madre de que aceptara mi vocación por la antropología, la historia y la arqueología, pero fue imposible.

—¡Ay, muchacho, ¿qué te puedo decir? —agregó Endoque con un cigarrillo entre labios—. Creo que tu asunto está más complicado de lo que parece. Tener a tu madre de enemiga es peor que tenerla muerta. Los humanos tenemos la mala costumbre de perdonarles casi todo a los muertos; en cambio a los vivos no.

—En ocasiones he intentado creer lo que dice la Iglesia pero no puedo. Siempre vuelve a mi mente todo lo que mi padre me contó cuando yo era un niño.

—¿Y tú crees que yo sí? Mi madre también era extremadamente religiosa. Yo era un ignorante antes de su muerte; luego comencé a leer de todo cuando conocí al padre Urquidi, menos la Biblia. No creo en ese libro y tampoco estoy de acuerdo con el diezmo ni con la confesión, por cierto inventada por el papa

Inocencio III, ni con la frase esa de que Dios sabe lo que hace. Si eso es cierto quiere decir que somos sus marionetas, porque deja que muera gente inocente. ¿Qué culpa tienen los niños de la guerra y los pobres y los enfermos…? —Endoque hizo una pausa al recordar a su hermana muerta en medio de la sala y empuñó las manos—. Claudia —dijo en voz baja—. No se vale. No es justo que a la gente se le mienta de esa manera y que se le manipule. Tengo un resentimiento con Dios, y el padre lo sabe.

Diego Daza hizo un gesto de asombro: «Yo pensé que usted era muy religioso debido a su relación con el padre».

—Gregorio Urquidi es mi amigo, mi cómplice, mi confesor, no de la forma que tú crees. Él me ayudó económicamente para que me exiliara del país y así terminara mis estudios. Tengo veinte años de conocerlo y en todo ese tiempo hemos hablado de religión, pero jamás ha intentado cristianizarme. Cuando hablo con él olvido que me encuentro frente a un sacerdote y parece que él también. Urquidi entró al seminario porque su padre lo obligó, no por otra cosa. Y si te soy sincero: dudo que él se crea todo ese cuento de la adolescente virgen que concibió un hijo; la crucifixión, la resurrección y las apariciones de la virgen.

El arqueólogo forense, que no cabía en su asombro, se enderezó en su silla, se cruzó de brazos y se recargó en el respaldo sin quitar la mirada de los ojos de su interlocutor.

—Entonces, ¿por qué sigue en la Iglesia?

—No lo sé, nunca se lo he cuestionado —respondió Endoque y tomó la botella de mezcal para servir un poco en su vaso, pero ésta se encontraba vacía.

—Si no cree en la Iglesia ni en su religión, ¿por qué tanto interés en los *Memoriales*? —insistió Daza.

—Bien sabes que tienen mucho que ver con la Iglesia y que por eso están gastando tanto dinero en encontrarlos. Algo tiene ese documento, algo que también le interesa a Urquidi. El precio de la fe es altísimo. Tú debes saberlo: la población necesita de esto para sostenerse, requieren de un responsable. Aunque todos sabemos que somos responsables de nuestros actos buscamos un culpable. O por lo menos un personaje que nos responda el porqué de lo que nos acontece, que nos otorgue una justificación, un perdón. Las iglesias de todo el mundo se han encargado de esto: darle al pueblo lo que pide. Con el eslogan de *buscando el bien de la gente.*

—¿Cuál es el bien de la gente? —preguntó Daza—. ¿Dónde está el bien y el mal?

—A quién le preguntas, muchacho. Si supieras realmente mi pasado no me preguntarías eso. Pero intentaré responderlo algún día de éstos.

Luego de esto irrumpió en el lugar un vendaval por la ventana. Las cortinas latiguearon desesperadas. Algunas hojas que yacían sobre el escritorio cayeron al piso y Daza se apresuró a levantarlas. Maclovio que seguía acostado en el piso se incorporó y caminó hasta el arqueólogo que le acarició la cabeza. Encontró entre éstas un paquete de papeles engrapados con su nombre y fotografía en el encabezado de página. Diego miró al detective con desconfianza y puso los papeles sobre el escritorio.

—No te ofendas. Era necesario que te investigara para el trabajo. Nada más. Y a fin de cuentas, no tienes nada que esconder. El que nada debe nada teme. ¿O sí?

—Ya es tarde. Debo retirarme —respondió Daza—. Mañana... o mejor dicho hoy, tengo una entrevista con Peralta Moya —tomó su chamarra, le acarició las orejas al perro que seguía a su lado y salió.

La calle se encontraba vacía. Hasta ese momento Daza jamás había sentido temor al caminar entre los callejones pues bien sabía que en Papantla difícilmente ocurrían asaltos, pero unos pasos a su espalda lo intimidaron. Volteó para ver quién deambulaba por las calles a esas horas, pero no encontró a nadie. Siguió caminando rumbo al cerro de la Jarana. Supo que aquellos pasos sigilosos lo perseguían. Dio vuelta en un callejón y esperó con la espalda en la pared por un instante. Sólo había avanzado unas cuantas cuadras. Temió que si se alejaba más sería aún más complicado conseguir ayuda. Planeó en rodear la calle, correr de vuelta al hotel donde se hospedaba el detective y pedirle que le permitiera permanecer ahí hasta que saliera el sol. «Cobarde», se dijo él mismo. No acostumbraba a confrontar a sus adversarios ni mucho menos a esas horas de la noche, pero ya no había tiempo para correr, los pasos se escuchaban a la vuelta de la esquina.

—¿Qué quieres, cabrón? —dijo mientras se le iba encima al hombre que había entrado en el mismo callejón.

—¡Nada! —respondió el hombre con voz alterada—. Voy a mi casa.

Un auto pasó por la otra calle y Daza soltó al hombre sin quitar la mirada de su rostro. El individuo se puso a la defensiva y dio unos pasos hacia atrás.

—¿Por qué me estás siguiendo? —dijo Diego sin darle tiempo al hombre para que se defendiera y lo tomó de la solapa.

—¡Estás borracho, cabrón! —respondió enojado—. ¡La calle no es tuya!

Los ladridos de un perro despertaron a otros y pronto un coro de ladridos inundó el ambiente. El arqueólogo soltó al hombre y dio un par de pasos en reversa sin quitarle la mirada.

—¿Cómo te llamas? —inquirió dudoso.

El hombre respiró por un instante y respondió: «Pedro».

—¿Pedro qué? —insistió Daza—. ¿Dónde vives?

—¿Qué te importa, pinche borracho? —respondió el hombre con un tono de voz altanero, un acento similar al de los lugareños.

Dudó si ese hombre era de Papantla. ¿Era veracruzano o defeño? Podría ser. El hombre vestía muy al estilo del D.F. No había tiempo para sentir temor. Quién quiera que fuese ese hombre no era un cualquiera. Y si sus sospechas eran ciertas trabajaba para quien había matado al padre Juan Carlos. ¿Era acaso el tal Isidro? Siendo así, no se tocaría el corazón para aniquilar al detective y al arqueólogo si se interponían en sus planes. Lo más seguro era que los estaban cazando y él era la presa. ¿Y si estaba armado? Su vida jamás había corrido tanto peligro.

No esperó un minuto más y se le fue encima a golpes. Ambos cayeron al piso y forcejearon. El hombre logró darle algunos puñetazos en la cara al arqueólogo antes de caer boca abajo. Daza lo tomó del cuello y comenzó a ahorcarlo.

—¿Quién eres? —preguntó Daza— ¿Quién te manda? Dímelo, o si no te mato.

El hombre se liberó sin decir una sola palabra, se puso de pie, sacó un revólver y apuntó a la frente del arqueólogo forense que aún no se orientaba.

—Soy tu sombra —respondió sin temor.

—Isidro —dijo Diego Augusto Daza con las manos abiertas cual si con ellas pudiese detener algún disparo.

—Mauro —respondió sonriente—. Isidro ya no existe.

—¿Qué quieres? —preguntó Daza temiendo que ésa sería su última noche.

—Lo mismo que tú: los *Memoriales*. Y más te vale que te apures. Los necesito —dijo y caminó en reversa sin quitar los ojos de su contrincante.

Los perros seguían ladrando. Diego Daza permaneció petrificado mientras Mauro dio vuelta a la esquina. Caminó varias cuadras, llegó al centro y abordó un auto estacionado a un lado de la plaza; luego se dirigió a una casa en las afueras de la ciudad. La casa además de grande y lujosa se encontraba rodeada de árboles, por lo que resultaba casi imposible verla desde la carretera. Al llegar, encendió una vela —no había luz eléctrica, todas las ventanas habían sido selladas con anterioridad para evitar la visión desde el exterior—, entró directamente a un despacho casi vacío: sólo había un escritorio y un par de sillas. Al no encontrar a nadie se dirigió a una de las habitaciones en el fondo de un pasillo oscuro. Tocó a la puerta y esperó instrucciones. «Adelante», dijo una voz. Entró en forma reverente. Se tapó la boca y nariz con un pañuelo para tolerar la pestilencia. Cerró la puerta y permaneció de pie junto a ésta hasta obtener permiso para hablar. En el interior había una mesa de madera con una vela a punto de consumirse. Del otro lado del cuarto se encontraba un hombre de pie frente a un anciano enclenque, atado a una silla: era el prisionero de la mazmorra en Atotonilco. El poco pelo que le colgaba de la nuca y por encima de las orejas era largo y canoso, al igual que su barba sucia y maloliente.

—Hice lo que me ordenó, Pastor —dijo Mauro al hombre que le daba la espalda.

—¿Se intimidó el arqueólogo?

—No sólo eso, me confrontó. Forcejeamos, me golpeó, lo golpeé —respondió Mauro—. Luego lo amenacé de muerte, tal cual lo ordenó mi Pastor.

—Muy bien, Mauro —dijo el Pastor—. Los ciervos sólo siguen el camino a casa cuando saben que la desviación es peligrosa.

Mauro alcanzó a ver entre las sombras la sonrisa del hombre al que llamaba Pastor.

—Estoy seguro de que no intentará renunciar —dijo Mauro; caminó con la vela en la mano y la imagen de Gregorio Urquidi apareció de entre las sombras—. Se encuentra entre la espada y la pared. No nos traicionará.

—La traición es una epidemia —dijo Gregorio Urquidi y se agachó frente al anciano que tenía los ojos sellados con cinta adhesiva—. Se contagia. ¿Verdad, papá?

Urquidi le arrancó con mucha fuerza la cinta adhesiva al anciano que con dificultad distinguía algunas sombras y que reconoció tardíamente la voz frente a él. Ese hombre, con varios kilos de más y arrugas en la cara, era su hijo Gregorio Urquidi, el que había enviado al seminario treinta y seis años atrás. Ya no era el jovencito al que podía intimidar con sólo levantar la voz.

—¡Hola, cuántos años sin vernos, papá! —dijo Urquidi mirándolo directamente a los ojos—. Mira, ya tengo canas. Claro, no tantas como tú. ¿Qué tal el encierro en la mazmorra? No te puedes quejar, te dieron de comer, jamás te olvidaron como a los frailes que ahí te hacían compañía.

Urquidi caminó alrededor del anciano. Lo miraba con un desprecio inmenso. Mauro permaneció de pie sin decir una sola palabra. El anciano giraba la cabeza con dificultad sin poder creer que el responsable de aquel encierro —que había durado años— era su hijo.

—No te olvidé. Te visité en muchas ocasiones. Sólo que estabas... dormido. Pero como ves, yo no olvido: aún guardo en mi recuerdo la tarde que llegaste con Joaquina a la casa y confesaste tu adulterio. Cuánto lloró mi madre por esa traición tuya. No tienes idea. Lloró tanto que perdió la memoria y se la pasó el resto de sus años bailando en la cuerda floja de la demencia. Ni siquiera se enteró que un día desapareciste de su vida, como un prófugo, ni que te enriqueciste con su fortuna. Y eso que jamás supo de tu crimen: ese que sólo tú y yo conocemos. No sabes cuántas noches sufrí por la muerte de Joaquina. No te imaginas las pesadillas que tuve en noches infinitas. La encontraba siempre en su cama con los ojos salidos. Y ese hijo mío que te llevaste, que me robaste. Y para colmo me encerraste en un seminario. Me olvidaste ahí. Sí. Se te olvidó por completo que existía. Quién como tú, maestro del olvido. Quién si no tú para saber de esto, viejo decrépito. Mira nada más, cómo terminaste. Tanto que gozaste de la vida. Tanto que traicionaste a nuestra familia. ¿Recuerdas aquellos años? Cuando decías: «Todo se paga en esta vida». Así es, reitero: en esta vida. Por eso no te preocupes por el purgatorio. No existe. Y el infierno menos. Por eso me he encargado de que tengas *uno* en vida. O lo que te queda.

XI

l silencio en la ergástula resultaba intolerable, asfixiante, luctuoso. Fray Francisco de Bustamante no sabía qué sería peor: morir de hambre, de sed o de locura. Le urgía beber agua. O algo que saciara su necesidad. Sin pensarlo más orinó en un pocillo que había dejado fray Pedro de Ortega; y lo poco que obtuvo se lo bebió. Ahora debía amenguar los suplicios del hambre. Desesperó y persiguió a uno de los roedores que deambulaban por la mazmorra; lo mató, lo despellejó y tragó unos pedazos de carne lo más rápido que pudo. Se aguantó las náuseas.

Luego de un largo malestar logró saciar ligeramente la necesidad de alimento. Se cuestionó si su castigo era menos doloroso que aquellas torturas de la inquisición. Recordó que años atrás su amigo Toribio de Benavente corrió el riesgo de ser acusado y castigado, igual que los miembros del culto, identificados en una inquisición de 1519 como «los alumbrados de Toledo», y condenados por un tribunal toledano, para distinguirlos de otros desarrollos posteriores del movimiento.[28]

Años después, Motolinía le confesó su orientación por el *iluminismo*, iniciado en 1512, en Guadalajara, bajo la influencia de la conversa Isabel de la Cruz y de Pedro Ruiz de Alcaraz.[29]

—Comenzamos un profundo estudio de la Biblia y las escrituras de San Pablo —le dijo fray Toribio a Bustamante poco después de su llegada a la Nueva España—, con el objetivo de alcanzar la salvación por la gracia del Espíritu Santo por medio de la oración por tres vías: oral o meditación de la oración de Nuestro Señor; la meditación sobre su vida y pasión; y el estado místico de la «vía unitiva» mental o espiritual.[30] Y encontramos que la Iglesia urge de una simplificación en sus tratados y su visión. Pero luego se malinterpretó nuestra buena intención y se persiguió a los *iluminados* y se les condenó en Toledo. Por buena fortuna jamás se me descubrió que buen seguidor del *iluminismo* soy.

—Vos sabéis que vuestro secreto se encuentra seguro en mi persona —respondió Bustamante.

—De eso no tengo titubeo. Si bien algo me preocupa es un conjunto de escritos míos. Memorias de lo que he tenido por ver. Una epístola proemial al ilustrísimo señor don Antonio Pimentel, sexto conde de Benavente, en la cual se declara el origen de los primeros pobladores y habitadores de la Nueva España.[31] En esto que he nombrado mis *Memoriales* he tenido por atrevimiento mostrarme como hombre de opiniones y convicciones firmes; y declarar cosas que muchos franciscanos no gustan comentar ni abolir. Los he acusado de no cumplir con las tareas de evangelización. Hago mención de la ambición de los españoles. Halago a los buenos médicos que hay en tierras aztecas. Ansí mesmo he criticado de igual forma las costumbres de los indios y su ciega fantasía y engaño.

—¿Qué os preocupa entonces?

—Una historia que me ha conmovido harto. Un hombre al que he tenido tiempo para escuchar y transcribir su versión.

—Pero vos has evangelizado a hartos indios en estas tierras.

—Sí, pero esta confesión me ha perturbado, me ha quitado el sueño.

Fray Francisco de Bustamante, sorprendido por las declaraciones guardó silencio mientras fray Toribio Paredes de Benavente —a quien bien conocía desde que ambos habían tomado el hábito de San Francisco en la Provincia Seráfica de Santiago y luego en la fundación de la misión de San Gabriel, en Extremadura, en 1517,[32] previamente la Custodia del Santo Evangelio—, abría cuidadosamente un ropero, casi vacío, para sacar sus escritos.

—Debo hacer llegar estos Memoriales a mi señor don Antonio Pimentel, sexto conde de Benavente, a quien aún no tengo gracia de conocer como hombre adulto, ya que nació en mil e quinientos e catorce, dos años antes de que yo me iniciara en la orden de frailes menores.

—¿Estáis diciendo que no conocéis el rostro de vuestro protector, don Antonio Pimentel?

—Tuve el privilegio de conocerlo cuando era un infante, luego permanecí en Extremadura por diez años, en los que hubo posibilidad de viajar a Benavente; más tarde vinimos a estas tierras de las cuales no he salido en tan hartos años y donde al parecer moriré.

—¿Queréis que vuestros restos acaben en tierra de indios? —cuestionó Bustamante y el otro expresó su deseo— Yo por mi parte no pienso terminar mis días en estos rumbos. Tengo grande deseo de volver a Toledo y que mi cuerpo sea sepultado en aquellas tierras que me vieron nacer.

«Toledo», murmuró Bustamante al recordar aquella conversación. El frío de la mazmorra se incrementó. Asumió que la noche había llegado. Y si sus conjeturas eran acertadas había pasado un día, un muy largo día, desde que habían sellado la mazmorra. Sintió la urgencia de cubrirse del frío. Se aproximó a uno de los frailes que yacían colgados de las paredes. Le tocó el rostro. Estaba helado. Por un instante sintió que éste se movió. «¿Estáis vivo?», preguntó. No consiguió respuesta. Puso la oreja en su boca para corroborar su muerte. Luego intentó quitarle el hábito, pero fue imposible debido a las cadenas que sostenían los brazos en el aire. Desgarró la sotana, dejando el cadáver desnudo, y se tapó la espalda con ésta para soportar el frío. Se preguntó si los frailes dominicos aún seguían en el monasterio. ¿Pensarían reabrir el calabozo para corroborar su muerte? ¿Qué habría sido de fray Pedro de Ortega?

Ya no quería hacerse más preguntas ni pensar en la muerte. Para eludir los suplicios del tiempo, se puso de rodillas y comenzó a contar los ladrillos en las paredes. Debido a la ausencia de luz inició su tarea ociosa a tientas, empezando con la primera línea. Colocó los restos de la rata que había matado frente al ladrillo número uno. En su caminó cruzó por los pies de los cadáveres. Para orientarse y poder reconocer los cuerpos los fue marcando. Al primero le puso una piedra entre los dedos del pie derecho; al segundo le puso dos piedras; al tercero tres y así hasta el sexto.

Sin evitarlo, mientras dedicaba los largos minutos a su inservible numeración, recordó los días en que llegó a la Nueva España, cuando tuvo tiempo para platicar con su amigo el fraile franciscano de nombre de pila desconocido, ya que «Toribio» lo había adoptado en honor a Santo Toribio de Astorga —quien hizo un singular libro, en el siglo XV, en destrucción de la herejía de los prisilanos que entonces había en España, mayormente en el obispado[33] de Galicia, y a quien quiso honrar, al escoger el día de Santo Toribio, para la fundación de la Ciudad de los Ángeles, Puebla, el 16 de abril de 1530—;[34] «Paredes» en honor a la tierra donde vivió parte de su infancia igual que «Benavente» donde pasó parte de su adolescencia; y «Motolinía», adjetivo náhuatl que adoptó por decisión propia cuando los frailes llegaron por primera vez a Tlaxcala.

> Señalando al cielo, queriéndoles dar a entender que ellos venían a enseñarles los tesoros y grandezas que allá en lo alto había [...] Los indios decían unos a otros: «¿Qué hombres son éstos tan pobres? ¿Qué manera de ropa es ésta que traen? No son éstos como los otros cristianos de Castilla». Y menudeaban mucho un vocablo suyo diciendo: *motolinea, motolinea*, y uno de los padres llamado fray Toribio de Benavente preguntó a un español qué quería decir aquel vocablo que tanto repetían. Respondió el español: «Padre, *motolinea* quiere decir pobre o pobres». Entonces dijo fray Toribio: «Ese será mi nombre para toda la vida»; y así de ahí en adelante nunca se nombró ni firmó sino Fr. Toribio Motolinía.[35]

—He preguntado bien a los naturales el significado de *motolinea* —comentó fray Toribio a Bustamante—, y mi error de la lengua nahua he corregido ya que no se tiene por conocido lo que he creído *pobre*, sino *padecer, empobrecerse,* y *afligir o maltratar a otro*.[36]

—¿Estáis seguro que queréis continuar con un nombre que tiene por significado maltratar a otro?

—No se me siento preocupado por aquello ya que el primer significado es *empobrecerse* y eso es lo que he hecho como franciscano: empobrecer; no he maltratado a indio alguno. Por demás, debo recordaos que he firmado innumerables documentos y epístolas como Toribio Motolinía. Entre tantos otros motivos que no tienen que ver con el significado de Motolinía, he pensado no firmar mis *Memoriales* con mi nombre.

Justo cuando había contado el ladrillo número doscientos cincuenta y seis, Bustamante lamentó llevarse a esa mazmorra que seguro sería su tumba tantos secretos de su amigo. Le había insistido que firmara como era ya conocido entre los indios y los españoles en la Nueva España, pues era según Bustamante más que justo que lo reconocieran como cronista de la época. De igual forma le exhortaba a que ilustrara a las próximas generaciones con una breve autobiografía, para que se recordara su gran capacidad musical, su conocimiento de las lenguas indígenas, su erudición, su navegación en la alta cultura, su papel activo en la conquista espiritual e intelectual y su contacto con las culturas indígenas.

XII

noche...», dijo Daza y tras una breve pausa corrigió: «Esta madrugada». Con el dedo pulgar presionó el botón de *stop* de su grabadora portátil y luego el de *rewind*. Sabía que la narrativa por escrito no era su fuerte, por ende grababa con su voz los datos que consideraba relevantes para su investigación arqueológica. Le parecía más simple imaginar que se encontraba en el teléfono con un amigo —preferentemente su padre, el arqueólogo Diego Alberto Daza— al cual le platicaba los sucesos. Hasta el momento llevaba catorce casetes grabados, en los que había detallado con mucha claridad el estado de las siete osamentas en el viejo y abandonado monasterio, los resultados obtenidos tras el fechado de carbono 14, su dudas sobre la muerte del padre Juan Carlos, la existencia de otro prisionero en la mazmorra, su llegada a Papantla, su encuentro con Israel Ramos, sus interminables preguntas sobre fray Toribio Paredes de Benavente y fray Francisco de Bustamante, el mito de la princesa Nimbe e Itecupinqui, el recorrido por las pirámides y las pláticas con el historiador Gastón Peralta Moya.

Lo intentó una vez más. Presionó el botón de *record*, e imaginó a su padre al otro lado del teléfono: «Primero de agosto de 1993. Alberto —no le decía papá para evitar chascarrillos por si acaso alguien escuchaba sus grabaciones—, te cuento que esta madrugada tuve un altercado... Bueno, no debería decirlo así».

Stop.

Rewind.

Play: «...tuve un altercado...»

Se rascó la cabeza, hizo un gesto, puso la grabadora en la mesa y caminó a la ventana.

«Eso no fue un altercado, idiota —se dijo a sí mismo—; fue un intento de homicidio.»

No podía quitar de su mente la mirada de Mauro, su pelo largo y alborotado hasta los hombros, su nariz angulosa, su quijada gruesa, su barbilla alargada, las arrugas excesivamente marcadas en su rostro, los cachetes flácidos y la verruga en el pómulo derecho. Nunca le habían apuntado con un revólver. Confirmó que, como muchos, no le tenía miedo a la muerte sino al *modus*. Hacía tan sólo unas horas había llegado —sudando por haber corrido— al cerro de la Jarana. Ramos le había proporcionado llaves de la casa, así que entró silenciosamente hasta su habitación donde permaneció despierto hasta la salida del sol. No pudo dormir. Luego intentó grabar una crónica, pero las palabras se le retorcían como moribundas.

Se recostó un rato sobre la cama y observó al techo detenidamente; recorrió las esquinas con la mirada. Los puntos negros en el techo le hicieron imaginar una lluvia de estrellas. Le fascinaban las estrellas. De niño, su padre lo había llevado a las pirámides de Teotihuacan de noche y habían permanecido horas observando un cielo sin nubes. «Tu abuelo decía que al morir uno se convierte en estrella y así cuida a los suyos en la tierra», le dijo

Diego Alberto Daza a su hijo mientras ambos se encontraban acostados sobre el pasto boca arriba. «¿Y eso es cierto, papá?», preguntó Dieguito. «No lo sé, hijo —respondió y volteó la mirada hacia él—, me gustaría pensar que sí. Por lo pronto, para mí, tú eres mi estrella».

Aquel recuerdo provocó que una lágrima cruzara el maxilar superior del arqueólogo que se encontraba recostado en la cama. Le entristecía cantidades no saber dónde se encontraba aquel superhéroe que tanto admiró en su niñez, ese hombre tan seguro de sí mismo, tan inteligente, tan sabio, divertido, capaz de todo. ¿Por qué lo había abandonado, si decía que Dieguito era su estrella? ¿Por qué jamás había vuelto? ¿Por qué nunca escribió? ¿Se encontraría con vida aún? Y si así era, ¿dónde estaba?

Se quedó dormido.

Al despertar el reloj marcaba las once y media. Se puso de pie. Recordó que tenía una cita con el historiador Gastón Peralta Moya. Sintió un deseo por llamarle y cancelar la entrevista, pero sabía que eso le podría traer problemas. Decidió tomar una ducha. Salió de la recámara y notó mucho silencio en la casa. Al parecer no había nadie. Al llegar al baño abrió la puerta sin precaución y se encontró con Danitza desnuda secándose el cabello.

—¡Disculpa! —dijo y cerró la puerta.

Regresó rápidamente a su recámara y se sentó frente al escritorio. Intentó pensar en las palabras exactas que utilizaría para disculparse, pero la imagen de Danitza al salir de la regadera le quitó las ideas de la mente. Cerró los ojos y la encontró viva en su recuerdo. «Qué hermosa piel, qué senos tan lindos», susurró. Hacía meses que Daza no deleitaba del mirífico manjar de amar a una mujer. ¿Cuántos meses? Había perdido la cuenta. Quizás ocho. O nueve.

No podía permanecer ahí escondido todo el día. Se puso de pie y decidió ir a ofrecer disculpas. Abrió la puerta y Danitza se encontraba a punto de tocar.

—Disculpa —dijo Diego con voz trémula.

—No te preocupes —respondió ella con una sonrisa—. El cuerpo humano es una maravilla del mundo. Uno no debe avergonzarse por estar desnudo. La vergüenza y el asco no existen, no son sentimientos como el amor o el odio. Se nos inculca la vergüenza por religión, costumbre, mito y por muchas otras trivialidades. Piensa en un bebé. Él no sabe que si está desnudo o si se acaba de vomitar es bueno o malo.

Diego sonrió. No tanto porque se hubiera liberado de culpas sino porque le agradó su filosofía.

—¿Y tú a qué crees que se deba esto? —preguntó Daza ahora interesado en la charla.

—A la cultura que rige al mundo —ambos caminaron a la sala. Danitza se cepillaba el cabello—. El miedo que controla a las sociedades. Si yo inculco miedo en ti te controlo, te manipulo, soy dueña de tus actos. Si te digo qué está bien o mal y te convenzo de eso, puedo convertirme en propietaria de tus decisiones. Quien elige tu forma de vestir o de hablar se apodera de tu forma de pensar. La televisión y la radio tienen ese poder, y detrás de éstas se encuentran los verdaderos magnates, los controladores de la humanidad; padecemos una sociedad manipulada, cuyas necesidades se han reducido a sobrevivir en un ciclo interminable: vivir para trabajar; trabajar para consumir; consumir para procrear; procrear para vivir. El círculo del materialismo. Pero la gente no lo sabe. La falta de información es el talón de Aquiles del ser humano.

—Y eso es porque la gente en este país no lee —agregó Daza. Ambos se sentaron en la sala.

—De éste y de muchos otros —añadió Danitza mientras se hacía una trenza en el cabello—. No leen por miedo al conocimiento.

—Flojera, diría yo —intervino Diego.

—También —sonrió Danitza—. Pero yo creo que tiene mucho que ver con ese miedo a saber de más.

—Temor a salirse del círculo social —agregó el arqueólogo forense.

—Cierto, mi querido Daza. Ese patrón social de *la moda*: revistas, conciertos, cine *hollywoodense,* televisión, tecnología, etcétera. Sin olvidar los incorregibles mitos y costumbres, como usar pantaletas rojas en año nuevo. O abstenerse de comer carne en vigilia. La lectura es un síntoma de los incrédulos. Cuando dudas investigas y si investigas descubres lo inimaginable. A mucha gente le da miedo leer porque no está de moda.

—Porque si *descubres* te exilias del círculo social o religioso —agregó Daza—, y te etiquetan de *nerd*, ñoño, o...

—Qué palabra tan chistosa —agregó Danitza— ¿Vos sos un ñoño? —preguntó con risa.

—A mucha honra —Diego Augusto Daza infló el pecho y sonrió.

Sonrió tanto que olvidó lo que había ocurrido horas atrás. Sonrió tanto que olvidó la cita con el historiador Peralta Moya.

—¿Sabés una cosa, peruanita? —dijo imitando su tonito de voz.

—¡Limeña! —añadió Danitza, que en ese momento terminaba su trenza.

—Me gusta tu manerita de hablar.

—Eso ocurre cuando te pasás media vida brincando de Argentina al Perú, y terminás en un cerro de Papantla, Veracruz.

Ambos sonrieron y se miraron por un instante. Diego se tomó tiempo para observar el brillo que emanaba de sus ojos y el color rubicundo de sus mejillas, sin imaginar que Danitza le estaba leyendo el rostro.

—Vos tenés un arma secreta —interrumpió el silencio—. Guardás tus ideas para ti mismo.

—Sí —respondió Daza—. ¿Cómo lo sabes?

—Tu rostro lo dice.

—Tienes buen instinto.

—No. Soy fisonomista y grafóloga científica. No te lo había comentado porque, comúnmente, cuando la gente me conoce y sabe a lo que me dedico, tiene dos opciones: una, preguntar todo el tiempo qué es lo que veo en ellos; o la otra, atemorizarse y evadir mi presencia.

—Eso quiere decir que no debo preguntar qué ves en mí.

—No es eso. Lo que pasa es que es incómodo escuchar preguntas triviales. Es como el médico que tiene que hacer consultas gratis en plena reunión familiar, o el profesor de francés que tiene que demostrar su dominio del lenguaje. ¿Querés que te lea el rostro?

Daza asintió sin decir palabra.

—Tenés las cejas terminales y altas. Eso quiere decir que guardas tus ideas y proyectos para ti. Te cuesta trabajo empezar algo pero cuando lo haces no hay poder humano que te haga abdicar. Eres perfeccionista.

—¿Qué significa eso de terminales?

—Gabriel García Márquez tiene cejas terminales. Inician pobladas pero terminan llamativamente gruesas.

—¿Qué más?

—Tus orejas son altas y hacia dentro. Eso revela tu habilidad para procesar información. Como las de Peralta Moya.

—¡Peralta Moya! —dijo de pronto—. Se me hace tarde, ¿qué hora es?

Danitza miró el reloj y respondió: «Casi la una».

—Aún tengo tiempo para bañarme —respondió y corrió al baño.

Cuando el agua caía sobre su cabeza escuchó las notas de un violín en la sala. No era música proveniente de una grabadora, era un instrumento *en solo*. Reconoció la melodía en seguida: se trataba del *Allegro Non Molto di Inverno di Le Quattro Stagioni* de Antonio Luciso Vivaldi, apodado *Il Prete Rosso* o *El Cura Rojo*. Diego sonrió mientras se tallaba la cabeza. Sin duda su favorita entre los primeros cuatro de los doce conciertos para violín de su *Opus* 8, denominados por Vivaldi como *Il Cimento dell'Armonia e dell'invenzione*, conocidos luego como *Las cuatro estaciones*. Le hipnotizaba el pausado ascenso del violín, el maremoto de sentimientos que éste llevaba en su catapulta, el dolor, la pena, el abandono, el miedo; y la nota amenazadora de una caída sin fin a un abismo, un hoyo negro en la nada, casi un suicidio, peligro, terror; más tarde el rescate, un prodigioso sube y baja en las notas, el himno al valor, al coraje, a la confrontación; la vida y la muerte en un hilo. La libertad en las alas de un violín. El erotismo en todo su esplendor. Una explosión musical. Un orgasmo indómito de notas eyaculando de un violín. La locura a su máxima expresión. Para Daza, la gran creación melódica de toda la historia. La gloria evangelizada en una obra musical. Deshebró cada una de sus notas con los dedos como quien desmenuza un nudo de hilos y se perdió por completo en ese instante. La lluvia que le caía de la regadera no era más que el camino directo a una demencia total emanando de una obra maestra. Aunque el compositor ruso, Igor Stravinski, había dicho a los cuatro vientos de forma provocativa que *Il Prete Rosso* no había escrito cientos de conciertos, sino un único concierto repetido cientos de veces, para Diego no había otro dios musical más que el maestro, el omnipotente señor de la música barroca: Vivaldi. «Bendita la enfermedad que lo obligó a dejar los votos sacerdotales y dedicarse a la música», dijo Diego y olvidó todo: su cita con Peralta Moya, las osamentas, los *Memoriales*, a Mauro. Divagó entre las demenciales notas hasta que el *Allegro Non Molto Di Inverno di Le Quattro Stagioni* de Vivaldi llegó a su fin.

Al salir se encontró con Danitza, sentada en el sofá, con un violín en las manos. La descubrió más erótica que nunca. Ahora ella se hallaba tocando *El lago de los cisnes* de Tchaikovsky. No pudo más que permanecer impávido en un rincón observando la majestuosidad con que ella se mecía en cada nota. Al terminar Danitza levantó la mirada y se descubrió observada. Diego aplaudió y le sonrió.

—Gracias por tan hermoso concierto.

—Todo sea por el arte —respondió con una linda sonrisa.

—Me enloquece Vivaldi.

—A mí también.

—Ya me voy.

—Cuídate.

Daza supo que en verdad debía cuidarse a partir de esa tarde. Salió de la casa con precaución. Por su mente deambularon algunos temores. Respiró profundo. «No te pongas paranoico», se dijo. Bajó caminando por las escaleras del cerro hasta llegar a una calle donde tomó un taxi para que lo llevara a la casa de Gastón Peralta Moya. El taxista llevaba una cumbia a todo volumen en la radio. Había gente y mucho tránsito. De pronto, Daza encontró a Mauro en una esquina, muy cerca del centro. Estaba seguro de que era él. El arqueólogo le pidió al taxista que bajara el volumen. «Disculpe, me duele la cabeza», justificó. Volteó la mirada en dirección contraria para que el cazador no lo viera.

El recorrido fue breve —en Papantla todos los recorridos son cortos. La casa de Peralta Moya era grande a comparación de las viviendas aledañas. El historiador lo recibió en la puerta.

—Diego Daza —dijo al abrir la puerta—. Por un momento pensé que no vendrías.

El arqueólogo forense sonrió: «No veo por qué no habría de venir».

—Olvídalo —Gastón hizo un movimiento con la mano cual si quisiera espantar algún mosco frente a él—. Pasa, la comida está servida y se enfría.

Tras cruzar la puerta del patio, el primero en recibir al arqueólogo forense fue Timoteo, uno de los treinta y ocho gatos que vivían en casa de Gastón Peralta Moya.

—Timoteo es uno de los hijos de aquella gata que ves ahí —dijo el historiador y señaló a una felina gorda acostada en el cofre de la camioneta de Peralta—. Se llama Petunia.

—¿Cuántos tiene? —preguntó Daza al deducir que no podría contarlos a simple vista.

—Ahora muy pocos —se lamentó Peralta y puso las manos en la cintura—, pues a un vecino le ha dado por envenenarlos. La verdad no sé con exactitud. Deben ser entre treinta y cuarenta. Nunca los puedo tener a todos juntos.

Mientras tanto Timoteo se enredaba entre las piernas de Diego Augusto Daza.

—Ya eres de su propiedad —dijo Peralta Moya con una sonrisa en los labios—. Los gatos no son la mascota de uno. Para ellos uno es su mascota, el sirviente, el que tiene que doblegarse, pedir y obedecer.

—Soberbios —agregó Daza y fingió una sonrisa.

No le gustaban los gatos. Prefería a los perros, pero sabía que ése no era un buen momento para contradecir al historiador.

Evitó seguir hablando de gatos e hizo un gesto intentando sutilmente apresurar a Gastón. «Pero bueno, entremos», dijo Peralta. Diego notó que aquel hombre de aproximadamente sesenta años se tambaleaba al caminar, lo comparó con un pingüino.

—Pasa —dijo sin detenerse hasta llegar al comedor—, disculpa el desorden.

El historiador tenía una ópera en el reproductor de música: «*Veris leta facies*», poema del siglo XIII de *Carmina Burana*, con la adaptación musical de Carl Orff en 1936. La casa, pese a ser muy grande, carecía de sala, en su lugar había libreros llenos que tapizaban las paredes y un escritorio con una máquina de escribir arcaica y muchos libros, hojas, cartas y periódicos. Diego no pudo eludir el cosquilleo de husmear con la mirada. El aroma de los libros le resultó exquisito. Quiso detenerse para ver los títulos, pero Gastón lo esperaba en el comedor frente a una mesa de caoba, rústica, larga y elegante.

—Aquí es tu lugar —dijo Peralta y jaló una silla de un extremo de la mesa—. En cuanto terminemos de comer podremos trabajar.

Sin preguntar sirvió dos porciones iguales de crema de calabazas y le dio un plato al arqueólogo. Luego le extendió un plato lleno de rebanadas de pan. Se sentó en el otro extremo de la mesa —Daza notó que debido a su sobrepeso logró entrar con dificultad en el espacio entre los brazos de la silla— y antes de comenzar revisó que no faltara nada. «Servilletas —dijo Gastón en voz baja—, cubiertos, sal, agua, guisado, vasos.»

—Todo listo —sonrió y miró Diego en el otro lado de la mesa—. ¿Quieres hacer una oración?

Imposible. No podía creer lo que acababa de escuchar. Tal cual hacía su madre. Ésa era una de las muchas razones por las que odiaba comer en casas ajenas. La última ocasión que alguien le había pedido que hiciera una oración antes de comer tuvo que rezar dos veces el Padre Nuestro, porque la anciana lo regañó y obligó a iniciar de nuevo por haber eliminado una frase y añadido una máxima de Facundo Cabral: «No nos des nuestro pan de cada día, que para eso somos hombres».

—¡Ja! —Peralta Moya dejó escapar una risotada y comenzó a sorber su crema—. Estoy jugando contigo. Hace cuarenta y tantos años que no voy a una iglesia; y un poco más que no rezo.

La carcajada le devolvió a Daza el aire de tranquilidad que se había ausentado.

—Come, muchacho —insistió Peralta sin quitar la mirada de su plato.

—Sé que su último trabajo fue un compendio de las vidas de todos los papas de la historia: *De San Pedro a Juan Pablo Segundo, la historia completa de los querubines del demonio*, que por cierto ha vendido mucho en Europa.

El historiador dudó que Daza hubiese leído su obra y se aventuró a preguntar: «¿Ya la leíste?».

Daza asintió con la cabeza; sabía que para hablar de eso debía leerla, por lo mismo había dedicado sus últimas noches a estudiar la obra de ochocientas cuarenta y dos páginas: «Un poco: voy en la página quinientos sesenta y tres».

—¿Quiénes te sorprenden más? —respondió Peralta Moya sin dejar de comer.

—Muchos. Me gustaría que mi madre dedicara un poco de su tiempo de lectura a su obra, para que se deshiciera de la idea que tiene de la Iglesia.

—¿Es muy religiosa? —preguntó el historiador y se puso de pie para servirse más crema de calabazas, sin haber terminado la porción que aún tenía en el plato.

—Obsesiva, diría yo —añadió Daza—. Ella cree, asegura, que todo lo que dice la Iglesia fue establecido por Jesucristo antes de su muerte.

—¡Claro que no! —Peralta hizo un gesto mordaz—. La historia la escribe quien está en el poder. Y el primero en la lista fue San Pedro, sí, aquel traidor que negó tres veces a Jesús, y que ha sido considerado como el primer papa; pero eso es incorrecto, pues entonces no había ni papas ni Iglesia. Además es cuestionable que Jesús en algún momento haya designado a Simón Pedro como dirigente de sus seguidores, como lo asegura el tantas veces modificado evangelio de San Mateo: «A ti te daré las llaves del reino de los cielos; y lo que ates en la tierra quedará atado en los cielos y lo que desates en la tierra quedará desatado en los cielos». ¿Tú le habrías dado tal poder a aquel que no tuvo el valor de decir: «Sí, yo vengo con Jesús el Nazareno, y aquí estoy para ser crucificado junto con él»? «No sé qué dices», respondió, delante de todos, cuando lo señalaron como uno de los seguidores del Galileo. «Yo no conozco a este hombre», dijo una y otra vez. ¿Por qué tanto miedo? ¿Qué acaso no tenía fe en Jesús el Nazareno? ¿No lo había visto multiplicar el pan y convertir el agua en vino? ¿Por qué la cobardía de admitir que, en efecto, él era uno de los seguidores de aquel hombre al que crucificarían al día siguiente? ¿Que acaso *eso* no le daría un pase directo a la gloria eterna? ¿Por qué había augurado Jesús que Pedro lo negaría tres veces antes de que cantara el gallo? Lo conocía y sabía que él no estaría dispuesto a ofrecer su vida a cambio. «Aunque tenga que morir contigo, yo nunca te negaré», había presumido Simón Pedro. Por lo mismo, él no pudo ser el santo que dicen que era. ¿Por qué no hay un evangelio según San Pedro? Simple: era un analfabeto. Entonces, ¿por qué lo nombran padre de la Iglesia? Pues porque había conocido y seguido a Jesús; en cambio San Pablo no. El que realmente creó ese pequeño grupo de seguidores del difunto Cristo fue Pablo, un heleno de Tarso, quien combinó la religión de la salvación de origen judío con las ideas cosmopolitas y filosóficas helenísticas y con el conocimiento de la realidad social de su tiempo.[37] El deseo de Jesucristo era reformar al judaísmo, mas no inventar una nueva religión, ni mucho menos un imperio ni una dictadura que persiguiera a quienes pensaran diferente. Cristo no creó ni el bautismo ni la primera comunión ni la confesión ni la limosna ni el diezmo ni las indulgencias ni nada de eso que la gente cree.

«Todo eso fue inventado por la Iglesia. A Alejandro I se le atribuye la institución del agua bendita en las iglesias y en las casas —un negocio redondo—. Cuánta gente no solicita dicho servicio tan lucrativo para la Iglesia: la bendición de establecimientos, automóviles, casas, prendas, entre otras—; y la disposición de que la hostia fuese hecha con pan ácimo. A Sixto I, se le cuelga el milagrito que el retazo del cáliz se hiciera de lino y éste y paramentos sagrados fuesen tocados única y exclusivamente por los sacerdotes. Además estableció que se cantase el *Trisagio* antes de la misa. Telésforo compuso el himno *Gloria in Excelsis Deo* e instituyó el ayuno durante las siete semanas antes de Pascua, algo que hoy en día casi nadie hace. Introdujo en la misa nuevas oraciones. Iginio decretó diversas atribuciones del clero y definió los grados de la jerarquía eclesiástica —Peralta hizo un gesto sarcástico mientras ponía sus manos sobre su cabeza simulado una corona entre sus dedos—, como en la política. Instituyó que cada recién nacido, para el bautismo, tuviera un padrino y una madrina para guiarlos en la vida cristiana y decretó que las iglesias viniesen consagradas. Pío I estableció la fecha de la celebración de la Pascua el domingo después del plenilunio de marzo.»

El historiador seguía de pie, hablando apasionadamente, a un lado del arqueólogo, que para ese momento se encontraba maravillado por la precisión con la que hablaba su interlocutor.

—San Aniceto, uno de los primeros moralistas y manipuladores, promulgó un decreto para impedir al clero tener el pelo largo. Ratificó la definitiva celebración de la Pascua en domingo. San Sotero, un misógino, prohibió que las mujeres quemaran incienso en las reuniones de los fieles; además, tras romperse la cabeza pensando en cómo obtener más dinero de la gente y cómo alcanzar un mayor dominio de ellos, dijo que el matrimonio sin sacramento carecía de valor sin la bendición de la Iglesia. San Ceferino estableció que los adolescentes después de los catorce años hiciesen la comunión en Pascua. Luego llegó lo que ocurre en todos los gobiernos: alguien está en desacuerdo y decide separarse. En el año 251, cuando San Cornelio subió al trono, al obispo Navaziano se le ocurrió que él también podía tomar ese lugar y se autonombró obispo de Roma creando así el primer cisma. Algo así como la Revolución Mexicana: todos contra todos. Pero en sí, el primer antipapa de la historia fue San Donato quien logró que San Fabián saliera de Roma con la cola entre las patas. De ahí en adelante la guerra por el poder fue de mal en peor. El cristianismo se dividió a tal punto que del año 304 al 308 no hubo dirigente. Hasta que por fin San Marcelo fue nombrado obispo. Más tarde llegaría el verdadero fundador de la Iglesia: San Silvestre, que del 314 al 335 logró establecerse en Roma tras conseguir el apoyo del emperador Constantino, quien necesitaba la obediencia de los pequeños grupos cristianos que había dentro y fuera de su territorio. Así que tras un concilio estableció que el único obispo que tenía todo el poder era el de Roma, según dice la Iglesia. Cabe mencionar que Constantino jamás se volvió cristiano. Años ulteriores a la muerte de Constantino y San Silvestre, un pérfido de nombre Cristóforo, elaborando un documento falso, se encargaría de cambiar la historia alegando que éste les había regalado Roma y casi media Italia. En el año 753, Esteban II viajó a Francia para pedir al rey Pipino ayuda contra los longobardos y le mostró el documento espurio en el que aseguraba que Constantino les había regalado las tierras, en ese momento arrebatadas por los longobardos.

Para que te rías: el rey, quien no sabía leer ni escribir, se tragó el cuento y les entregó las tierras. Luego San Marcos, estableció que el Papa tenía que ser consagrado por los obispos de Ostia. Instituyó el *palio* —una faja tejida con lana blanca de cordero bendito y cruces negras, que pende de los hombros sobre el pecho— y que se sigue usando. En su pontificado se hizo el primer calendario con las fiestas religiosas. Julio I fijó para la Iglesia de oriente la solemnidad de Navidad el 25 de diciembre en lugar del 6 de enero, junto con la Epifanía, que por cierto hoy es un día festivo en el que se recuerdan a los Tres Reyes Magos, que ni eran reyes ni magos.

Y si eso fuese cierto, dime tú, ¿por qué carajos, la Iglesia no comprueba de dónde llegaron esos reyes? Y si eran reyes, ¡qué miserables!, ¿por qué le llevaron miserias, por qué no una cuantiosa fortuna para que viviera como merecía, por qué no se lo llevaron y lo protegieron de la tan famosa masacre de los niños, bajo el reinado de Herodes? Dato importante: Mateo y Lucas dicen en sus evangelios que Cristo nació bajo el reinado de Herodes, pero éste murió por lo menos cuatro años antes de la muerte de Jesús. Si es que el infierno existe, Herodes se ha de estar retorciendo del coraje por ser culpado de algo que no hizo. Pero continuando con los querubines del demonio: San Silicio, en el año 384, fue el primero, después de San Pedro, que adoptó el título de *Papa,* del griego *Padre.*

—¿Por qué no utilizaron *Pater*, o *Patris* del latín? —preguntó Daza desde su silla.

Peralta Moya tomó su plato y regresó a su lugar.

—Ésa es una observación muy inteligente —contestó el historiador y le dio un sorbo a su crema—. Que por cierto, olvidé poner en mi libro. Te diré, otros historiadores afirman que *Papa* deriva del anagrama de la frase *Petri-Apostoli-Potestatem Accipens*: «Apoyó la necesidad del celibato para los sacerdotes y diáconos».

De pronto hubo un silencio en el comedor. Sólo se escuchaban las cucharas golpeando la loza y los sorbos de Peralta. Cuando el historiador terminó su porción, se puso de pie y se sirvió dos chuletas ahumadas con ensalada.

—Ahora con el título de Papa, un equivalente a ser más que emperador, estos hombres comenzaron a llevar una vida de reyes con escolta, todo tipo de lujos, cortesanos, esposas, amantes e hijos. San Hilarión intentó establecer una nueva regla que, por supuesto, a sus sucesores les importó un reverendo cacahuate. Y era que los clérigos necesitaban de una profunda cultura y que pontífices y obispos no podían designar a sus sucesores. Esto por miedo a que la Iglesia terminara como en ocasiones los reinados, con reyes mediocres. Cosa que no se cumplió, pues algunos papas heredaron el trono a sus hijos. Por mencionar a uno de ellos, San Silverio, hijo de Hormidas.

Pero sigamos con la larga lista de papas: Juan II, en el año 533, fue el primero en cambiarse el nombre, pues se llamaba Mercurio, como una divinidad pagana. Término proveniente del latín *paganus*; algo tan incongruente como muchas otras cosas en la Iglesia. Pues resulta que en los primeros cien años después de Cristo, el mensaje cristiano estaba dirigido en gran medida a las clases medias de la ciudades. Es significativo que el término latino usado para designar a los no cristianos fuera *paganus*, es decir, campesino.[38] Siendo así, el nombre de Mercurio deja muchas dudas. ¿Aquella divinidad era satánica o simplemente no cristiana?

—Tengo entendido que el papa Sergio IV cambió su nombre porque se llamaba Pedro —agregó Daza—. ¿Por qué? ¿Para la Iglesia Pedro sólo hay un Pedro?

—Así es —dijo Gastón—. Por lo visto sí has leído.

Diego sonrió y se dio la libertad de bromear con el historiador: «Usted nada más pregunte».

El historiador se puso de pie para servirle la siguiente porción al arqueólogo: «¿Qué hizo Virgilio?».

Daza no esperaba que el historiador se tomara la broma tan en serio y permaneció callado por un instante. «¿Qué hizo?», se preguntó. Lo había leído. Estaba seguro, pero entre tantos nombres y fechas sintió temor a equivocarse. Recordó los años en la Escuela Nacional de Antropología e Historia, en los que hacía pequeños acordeones para estudiar y luego los destruía para obligarse a memorizar. Pero hacía mucho que había dejado aquella técnica. «¿Qué hizo Virgilio? ¡Claro!» Sonrió:

—Virgilio —respondió con certeza—, mandó matar a Silverio y además pagó por llegar al poder. Compró el título de Papa.

Al historiador le agradó sentir que *no estaba hablando solo*, como solía pensar cuando alguien no se encontraba a su nivel en alguna conversación.

—A Eugenio II —continuó Daza de manera pausada para eludir el vergonzoso tropezón de alguna equivocación—, se le atribuye la institución de los seminarios. Juan XV fue el primero en iniciar un proceso de canonización de un santo: Ulderico. El francés Silvestre II tuvo su pontificado del año 999 a 1003, sobrepasando el famoso año 1000, crucial para un *juicio universal*. Se decía: «Mil y no más».

—Tal cual se dice que ocurrirá en el año dos mil —agregó el historiador—. El fin del mundo se acerca. Faltan siete años. ¡Qué miedo!

—Según la Iglesia, Benedicto VIII —dijo Daza—, estableció que los clérigos no se casasen, pues debían entregar su cuerpo y alma a Dios.

—No precisamente por esa razón —agregó Gastón—, sino por otras. Una de ellas era tratar de limitar a los sacerdotes homosexuales. El problema no estaba en qué hacían con su vida amorosa sino que algunos de ellos lo hacían tan público que en nada ayudaba a la fama que se estaba creando la Iglesia. Por eso aquello del celibato. Así es, la Iglesia que tanto ha criticado a los homosexuales ha tenido entre veinte y treinta papas homosexuales. Muchos de ellos abiertamente confesos y otros tantos de clóset. Y la otra razón para impedir que los sacerdotes y obispos contrajeran matrimonio, era porque los hijos y mujeres de éstos solían exigir retribución económica tras la muerte del sacerdote, obispo o papa, a la Iglesia, y obviamente esto no les convenía. Lo que ellos querían era que el dinero se quedara en la Iglesia.

«Un ejemplo: cuando a Gregorio I, homosexual e inventor del famoso canto gregoriano, se le pidió ayuda para los pobres en medio de una hambruna se negó rotundamente. Como ocurre hoy en día. Cuando hay terremotos, huracanes, inundaciones, devaluaciones y otras tantas catástrofes, el Vaticano no hace gran cosa: sólo envía sus honorables condolencias. Que Dios los ayude. ¿Qué hace el Papa cuando visita un país? Hace tratados con los presidentes, recauda riquezas; no deja dinero, no construye asilos ni hospitales ni escuelas ni casas de beneficencia pública.»

—¿Qué pasó con Gregorio I?

—Murió asesinado. Y si lo que hemos platicado suena cruel, prepárate que ahí viene una corriente de asesinos que mataban en nombre de Dios, violadores, pederastas, embaucadores, difamadores, corruptos, ladrones, mentirosos, hipócritas, depredadores, depravados, moralistas mentirosos, crueles, inhumanos, incongruentes, absurdos, controladores, inquisidores, contradictorios, desleales, incultos, homofóbicos y homosexuales reprimidos, de esos que tiran la piedra y esconden la mano, esos que hablan de pureza y se revuelcan en la mierda. De ésos al papado le sobran. Alejandro IV que murió en el destierro y asesinado. Clemente IV se dio el lujo de excomulgar a tres reyes. Y no nada más eso, tras la muerte de uno de ellos, arrojó su cadáver al río. Los papas en verdad eran unas «fichitas». Tanto que a León III le sacaron los ojos y le cortaron la lengua. ¿Sabes por qué? Por fornicar con una mujer casada. Pero eso no lo limitó: todavía tuvo tiempo para acontecimientos sociales como coronar, mudo y ciego, a Carlo Magno, otro que tampoco sabía leer y que por lo mismo también fue engañado por la Iglesia. Le dijeron que la corona estaba construida con los clavos con los que había sido crucificado Jesús.

«Si eso a muchos les parece inverosímil, la historia de Juan el Inglés los dejaría con la boca abierta. Pues resulta que a este papa, al salir de un acontecimiento público, le comenzaron a dar unos dolores muy fuertes en el vientre. Al revisarlo descubrieron que el Papa estaba embarazado. O mejor dicho, embarazada. ¿Cuánta gente en el mundo sabe que en algún momento de la historia una mujer engañó a todos haciéndose pasar por hombre hasta obtener el puesto de Papa? Casi nadie, pues a la Iglesia no le conviene hacerlo público. Porque entonces la gente preguntaría de dónde salió, cómo llegó al papado y qué ocurrió con ella. Y ni modo de decirles a los feligreses, en medio de una misa, que la papisa Juana y su hijo murieron en el parto, según la versión oficial y la no tan oficial. Lo cierto es que tras engañar a todos logró establecerse por dos años entre los pontificados de León IV y Benedicto III. No se sabe con certeza en qué año, pero debió ser entre el 850 y 857.»

—¿Por qué no escribió en su libro sobre Marozia?

—Porque esa historia la tengo reservada para otro libro. Una novela que llevará su mismo nombre. Pero volvamos al ya mencionado Benedicto III. Sábete que él escribió un libro donde hacía públicos todos los excesos sexuales y viciosos en los monasterios. Y que probablemente, años más tarde ha de haber llegado a manos del Marqués de Sade, autor de *Julieta* o *El vicio ampliamente recompensado*, novela que abunda sobre el mismo tema. O quizá nunca leyó tal reseña. Con conocer la historia de Adriano II era suficiente. Dicho papa ocupaba su tiempo libre en violar a las monjas menores de edad. Pero como dicen: ojo por ojo, diente por diente, el papa Anastasio violó a la hija de Adriano II. Otro de ésos era Juan VIII, torturador y mujeriego, que también murió asesinado, al igual que Adriano III. Y si eso no era suficiente para completar la obra del Marqués de Sade, bien hubiera podido leer la vida de Esteban V, un degenerado sexual, que murió asesinado por un hombre que sumergido en la barbarie de los celos lo apuñaló hasta quitarle la vida para luego tirar su cuerpo a las aguas sucias.

"¡Qué va! Donatien Alphonse François de Sade, se queda corto a lado de estos querubines del demonio. Pobre, hasta le inventaron un adjetivo y un sustantivo: *sádico* y *sadismo*. Debería ser: papal y papado. «¡Qué papal!, ¿cómo fue capaz de matar a tanta gente?» Aunque eso suena muy mamón. ¡Como sea! Ahí te va otra historia de ésas, como dice la psicología: *sádicas*. El papa Formoso llegó al poder en el año 891, impuesto por Arnulfo de

Alemania. Cosa que no a muchos gustó. Tanto así que cuando Formoso murió, incongruentemente fue desenterrado y juzgado. Imagínate a un cadáver sentado en la silla de los acusados: «¿Jura, usted decir la verdad y nada más que la verdad?» Créelo o no, así ocurrió, luego fue descuartizado y tirado al río por Esteban VI, que fornicaba con cadáveres y que al final fue linchado por el pueblo. De ahí llegó a la silla el Papa Romano en 897. Lo primero que hizo fue rehabilitar la memoria del papa Formoso. Confirmó a Gerona el dominio sobre las islas de Mallorca y Menorca. Murió envenenado ese mismo año. Y eso no es todo, el papa Teodoro II, en 897, gobernó la Iglesia sólo por veinte días, depuso el cuerpo del papa Formoso, hallado en el Tíber, en el Vaticano, según dicen.

"La verdad encuentro inverosímil que después de tanto tiempo hayan encontrado los pedazos de un cuerpo mutilado. Y además que lo hayan reconocido. Creo que de aquí se inspiraron los gobiernos mexicanos para decirle al pueblo que Eulalia Guzmán encontró los restos de Cuauhtémoc en Ichcateopan, Guerrero. Y el otro cuento: en 1947 —centenario de la invasión estadounidense— el presidente Truman visitó la capital de la república. Poco después, el presidente Miguel Alemán devolvió la visita al viajar a Washington. La presencia del presidente estadounidense generó malestar entre la población, que consideró su presencia un acto de entreguismo de parte del gobierno mexicano. Para revertir la molestia de la sociedad, el gobierno alemanista urdió un engaño con el fin de exacerbar el nacionalismo. Poco después de la visita de Truman, se anunció con bombo y platillo que al pie del cerro de Chapultepec habían sido halladas seis osamentas. A pesar de las dudas de los peritos e historiadores, que no se atrevieron a contradecir al presidente Alemán, quien declaró, mediante el respectivo decreto, que los restos pertenecían indudablemente a los niños héroes.[39]

"Pero dejemos la comedia para ir a otra historia de terror: Esteban VII le pidió a su amante, una de las tantas monjas con las que se acostaba, que le hiciera el favor de envenenar a Alberico, pero éste los descubrió y descuartizó, literalmente, al papa Esteban VII. Luego llegó al relevo Juan XII que al conseguir su papado a la edad de dieciocho años, hizo del palacio un verdadero congal, así como lo oyes, un putero, con todas sus letras, donde se llevaban a cabo todas esas orgías con homosexuales y cultos satánicos de las que tanto escribió el Marqués de Sade. El final de Juan llegó cuando un esposo, igual a otros ya mencionados y muy comunes hoy en día, hirviendo en su olla de celos, mató al Papa con un martillo. Otro que también escribió un libro pornográfico fue León IX, que también era homosexual y que mató a Damaso II.

"¿Te digo una cosa? La historia no ha cambiado. Hace mil años ellos eran los dueños del mundo. Hoy en día lo siguen siendo. Claro, lo tienen que compartir con los grandes magnates de la tierra, esos que controlan el petróleo, las drogas, la tecnología y por supuesto la televisión y la radio. La Iglesia domina los miedos y la promesa de la salvación; las grandes empresas también manipulan los miedos y los paliativos para éstos: la satisfacción de las necesidades básicas —y las no tan básicas que hoy en día parecen primordiales: carro, casa, belleza y entretenimiento—, una vía directa al consumismo. Ambos en busca de lo mismo, la manipulación del pueblo que los lleva a la gallina de los huevos de oro: el dinero de las masas. No es casualidad que la gente no quiera pensar. La Iglesia se encargó por siglos de esto, evitando la lectura de cualquier cosa que no fuese su religión. Desde Aristóteles, Ovidio, Pitágoras, Platón, Sócrates, Antístenes, Heráclito, hasta Voltaire, Huxley, Hesse, Sade, Maquiavelo, Rousseau, Nietzsche, Dumas, entre otros, fueron censurados.

Cuando resultó más difícil impedir la lectura de estos pensadores y escritores, llegó el gran invento del siglo XX: *la televisión* y con esto la mejor manera de idiotizar a la población mundial, lavarles el cerebro hasta manipular cada uno de sus pensamientos. Ahí tienes la prueba: una población que cada día quiere pensar menos, que ya no quiere tener una opinión propia; esas señoras obsesionadas con ir a misa para comprar indulgencias disfrazadas de caridad, para evitar la entrada al infierno por ver tantas telenovelas; esos adolescentes que no quieren escuchar ni aprender porque de acuerdo con su filosofía, la generación nueva debe actuar según lo ordenen sus sentimientos, esos sentimientos generados, enseñados, inculcados, manipulados por los medios: «Vive cada día de tu vida como si fuera el último», no te preocupes, no te preocupes, no te preocupes, no pienses en el mañana, no pienses, no pienses, no pienses, diviértete, diviértete, diviértete, despreocúpate, toma Coca Cola, fuma Marlboro, con cerveza Sol la vida es más ligera, y con un Ford la vida se lleva a toda velocidad, pero eso sí, no olvides comprar tu seguro de vida. ¡Claro!, el miedo no anda en burro. La paranoia es el gran negocio de todos los tiempos. Pregúntale a un vendedor de seguros. Cuestiónale cómo pagó su casa, su carro, las colegiaturas de sus hijos. Te dirá que gracias a su trabajo. Pues sí. Su trabajo le costó atemorizar a cada uno de sus clientes: «Señor, piense en su futuro, ¿qué pasaría si un día falta usted en su casa?» ¡Gracias, Señor Miedo, por no andar en burro, sino en cualquier carro que se pueda despanzurrar contra un muro, en cualquier trabajo que se pueda perder, en cualquier casa que se pueda incendiar, en cualquier vida que se pueda extinguir! Indaga cor un sacerdote. Pídele que te explique de dónde salió el carro que tiene el Papa, esas iglesias tan grandes y lujosas con altares bañados en oro. Se lo deben al miedo, ese temor de ir al infierno, esa para-

noia de los pobres ignorantes —porque no leen—, ingenuos, crédulos —adictos a los mitos—, que con dificultad hojean un libro,
si no es que preferentemente una revista de espectáculos, y que
con sobra de tiempo se sientan horas interminables frente a un
televisor que les manda constantemente la señal: obedece. Si la
televisión, la radio y la Iglesia dicen que el cielo es verde, es verde. Y si dicen que el malvado de la historia fue Herodes, así debe
ser. *¡Pobre Herodes!* Para ser presidente, diputado, senador, rey o
princesa no se necesita ser virtuoso. Para ser Papa tampoco. Y la
prueba está en León VIII quien, en 963, consiguió su pontificado sin jamás haber realizado una misa. ¿Cómo? No era cura.
Otro: Alfonso Borgia, Calixto III, también compró el papado y
negoció los obispados."

—Qué tal el papa más joven de la historia —agregó Daza—.
Siendo tan sólo un niño de doce años, Giovanni se convirtió en
el papa Benedicto XI gracias a que su padre, el emperador Alberico III, le compró el papado.

—Así es, fue papa en tres ocasiones. Y para esto debió matar
a otros tres papas: Silvestre III, Gregorio VI y Clemente II.

—Esteban IX (X) —continuó Daza— llegó al poder en 1057
y prohibió el matrimonio entre consanguíneos. Nicolás II con-
vocó en Roma un sínodo donde se prohibió la investidura de
los obispos sin autorización del Papa, y se decidió que la elección del pontífice fuese reservada sólo a los cardenales, obispos
y sacerdotes.

—Tienes razón. Alejandro II fue en sí el primer papa electo
por los cardenales.

—Gregorio VII, fue Papa del año 1073 al 1085 y en el concilio emana el *Dictatus Papae*: sólo el Papa es universal, nadie puede juzgarlo.

—¡Qué derroche de soberbia! ¿No crees? —agregó el historiador con sarcasmo—. *Dictatus Papae.* Sólo él puede desligarse del juramento. ¿Qué, acaso no te parece sorprendente que un hombre se dé el lujo de declararle al mundo entero que nadie puede juzgarlo? Como si de veras no tuvieran cola que les pisen. Ya te lo dije: lanzan la piedra y esconden la mano. Santo Papa dice la gente. Si fueran santos no se habrían peleado tanto por el puesto. Durante cuarenta años, como lo oyes, cuarenta años, hubo doble papado. Uno en Roma y otro en Avignon. Bonifacio IX en Roma, de 1389 a 1404, y Benedicto XIII, de 1394 a 1409, en Avignon. Inocencio VII en Roma, de 1404 a 1406, y Gregorio XII en Roma, de 1406 a 1417. Y si eso no era suficiente, más tarde hubo un tercer papa, Alejandro V, que fue elegido en Pisa por veinticuatro cardenales en contra del papa Gregorio XII. Pero esto no bastó, más tarde apareció un cuarto papa: Juan XXIII. Una «fichita» del Vaticano que ni era cristiano. Con decirte que jamás había comulgado ni se había confesado. Fornicaba con monjas, prostitutas, niñas y damas de la nobleza. Violó a más de doscientas monjas. Lo quemaron vivo. Y todo podría parecer que ahí quedó la cosa, pero no. Llegó Francesco Della Rovere, Sixto IV, que pronto se declaró homosexual y corrió a todas las prostitutas y concubinas de la corte para llenar el lugar con los más hermosos efebos. Bajo su poder, Roma se convirtió en un prostíbulo enorme.

Pero hay que admitir que también le dedicaron un poco de su tiempo al arte. Sixto IV, entre 1471 y 1484, comenzó la construcción de la Capilla Sixtina decorada por Miguel Ángel. León X creó el Monte de Piedad, para préstamos. Eso no tiene que ver con el arte, pensarás, pero sí, es el arte de lucrar con los más jodidos. Nicolás V inició la construcción de la actual Basílica de San Pedro. Reorganizó políticamente Francia e Inglaterra. Ayudó a España a expulsar definitivamente a los sarracenos. Fundó la

Biblioteca Vaticana. También les dio por cambiar algunas cosas sin importancia: Gregorio XIII reformó el calendario para todo el mundo y del 4.X.1582 se pasó al 15. Inocencio XI, 1676-1689, instituyo la fiesta de María el 12 de diciembre. Curiosa y coincidentemente, el día que se le apareció la virgen a Juan Dieguito, tu tocayito, cuento que ni los frailes franciscanos se creyeron.

—No hay que olvidar al Santo Oficio y la Santa Inquisición —dijo Daza.

—La inquisición medieval fue establecida en 1184 mediante la bula del papa Lucio III *Ad abolendam*, como un instrumento para acabar con la herejía cátara. En su primera etapa —hasta 1230—, se denominó Inquisición episcopal, porque no dependía de una autoridad central, sino que era administrada por los obispos locales. En 1231, ante el fracaso de la Inquisición episcopal, Gregorio IX, mediante la bula *Excommunicamus*, creó la Inquisición pontificia, dirigida por el Papa y dominada por los dominicos. En 1252, el papa Inocencio IV en la bula *Ad extirpanda* autorizó el uso de la tortura para obtener la confesión de los reos.

—Una guerra interminable por el poder del mundo: todo en el nombre de Dios. Pero así como la Iglesia mandó matar gente, muchos papas fueron asesinados.

—Anastasio III también fue envenenado en el año 913. Juan X fue asesinado en una cárcel. ¿Quién más? —se preguntó el historiador y se acarició la barbilla mientras miraba al techo—: Juan XIV murió en 984. Fue elegido después de ingratas intrigas. Volviendo a Roma, Francote lo mandó detener y murió de hambre en la cárcel del castillo de San Ángel, como los frailes de Atotonilco.

Daza se sorprendió al escuchar lo que el historiador había agregado. Hasta el momento no había hablado con él sobre los frailes de Atotonilco. ¿Cómo sabía Gastón Peralta Moya de lo que había ocurrido ahí si, según Daza, no había nada escrito? Caviló en interrumpir y preguntar cómo estaba enterado de eso, pero decidió guardar silencio y esperar a qué él mismo hablara.

—Gregorio IX instituyó la «Santa Inquisición». Pablo IV, de 1555 a 1559, propuso la reforma de las costumbres. Luchó junto con la inquisición en contra de la herejía luterana. Pablo V favoreció la astronomía pero dejó condenar a Copérnico. Y sin olvidar al grande, a Lotario, Inocencio III, quien condujo a Roma, guiándole la mula durante la procesión a Inocencio II —que recién elegido se vio obligado a huir—, a cambio de la coronación. Lotario de Sajonia, más tarde Inocencio III, tan joven y tan audaz para cambiar tantas cosas, como imponer la confesión —imagínate, exigirle a la humanidad que confesaran a un hombre con quién dormían, qué hacían en sus horas libres, etcétera—, también inventó la uniformidad de los sacerdotes, las llaves del Vaticano, y aquella frase tan famosa de: «El Papa es el *medius constitutus inter Deum et hominum.* El vicario de Cristo en la Tierra».[40]

Justo cuando el historiador terminó de hablar y el arqueólogo masticó el último pedazo de carne, la obra *Carmina Burana* de Carl Orff entraba en la parte final: *Blanziflor Et Helena* con *Ave formosissima* y *O fortuna*, acogida por los nazis durante la segunda guerra mundial como el mejor fruto musical de su ideología.

—«Después de haber naufragado es cuando navego felizmente», dijo el filosofo Zenón, después de seguir a Crates por algún tiempo y abandonar sus enseñanzas. Algunos opinan que dijo esto de Crates. Otros que fue porque se enteró de la pérdida de su nave mientras vivía en Atenas —dijo Peralta Moya.

—¿Cuánto debe uno naufragar para poder navegar felizmente? —preguntó Daza.

—Lo suficiente para que te des cuenta de que estás en un naufragio. Hay muchos que nunca lo descubren; otros que creen que han dejado de naufragar, justo cuando su situación económica se encuentra estable.

Un rayo de sol entró por la ventana y Daza notó que la tarde se había pasado.

—Hace un momento usted mencionó algo sobre unos frailes en Atotonilco, ¿qué me puede decir sobre ellos?

—¿Qué quieres que te diga? —sonrió Peralta Moya.

—¿Cómo es que sabe de eso? —preguntó Daza y puso los codos sobre la mesa.

—¿Cómo es que tú sabes de eso? —replicó el historiador.

El momento para hablar de ello había llegado, y Daza lo supo.

—Se encontraron siete osamentas en Atotonilco hace poco.

—Lo sabía.

El juego de palabras iniciaba como una partida de ajedrez. Gastón Peralta tenía a su reina en la delantera. Daza se defendía con algunos peones.

—¿Qué es lo que sabía?

—Que tarde o temprano los encontrarían —dijo Peralta Moya y sonrió.

—¿Cómo lo sabía? —insistió Diego Augusto Daza.

—Soy historiador, muchacho. No lo olvides.

—Hasta donde tengo entendido no había nada escrito sobre la muerte de los frailes de Atotonilco. Busqué exhaustivamente.

—Y, por supuesto, no ibas a encontrar nada.

Peralta Moya se puso de pie y caminó a su escritorio, sacó un llave de un cajón y movió un librero como quien abre una puerta. «Acompáñame», dijo. Daza lo siguió sorprendido. Tras el librero se encontraba un pasillo estrecho y oscuro que daba a un pequeño cuarto lleno de libros y documentos. Justo cuando

Daza pensó que había llegado al lugar más recóndito de la casa, el historiador jaló un cordón que pendía del techo y encendió un foco; luego movió un sofá y levantó una portezuela del suelo que daba a unas escaleras. Al bajar por los angostos escalones llegaron a un espacio estrecho. En el fondo se encontraba una puerta de acero. Daza no podía creer que aquel hombre tuviera una bóveda en el sótano.

—En ese cajón se encuentra una llave, ábrelo y dámela —dijo el historiador señalando un pequeño escritorio arcaico.

Daza le dio la espalda para sacar el cajón, el cual en ningún momento pudo mover.

—No se puede... —dijo Daza mientras forcejeaba—, está atorado.

—No te preocupes —respondió Peralta Moya con una sonrisa socarrona—, ya puedes voltear. Sólo quería evitar que vieras la combinación de la bóveda.

En realidad la palabra *bóveda* podía haber sido mal empleada para describir la enorme sala a la cual ambos acababan de entrar, pues el lugar daba el aspecto de algún museo francés. La elegancia y la majestuosidad del lugar parecían no tener límites ni humildad. Daza observaba con detenimiento las obras de arte que yacían dentro de varias vitrinas lujosas.

—¿Son... auténticas? —preguntó el arqueólogo con la mirada enterrada en las obras de arte.

—Por supuesto —contestó Moya con pomposidad—. Y clandestinas. Eso les da más valor. El mercado negro tiene mayor cotización. Existe mucha gente, como yo, que goza empedernidamente toda una vida comprando obras de arte robadas. Un ejemplo: Diego Rivera, que gastó gran parte de su fortuna comprando piezas arqueológicas y obras de arte. Pero eso no es lo que quiero enseñarte —dijo Peralta Moya, dándole la espalda a

Daza y caminando hacia una vitrina pequeña sobre un cubo—. Mira esto —agregó y señaló un libro—, *Nimbe: leyenda del Anáhuac*. El único ejemplar sobreviviente de la novela de Rodolfo González Hurtado. Está intacta. Observa su pasta valenciana y letras de oro... Qué bello grabado.

Los ojos del arqueólogo parecían dos bolas de billar. Estuvo a punto de poner los dedos en el cristal, pero el historiador se lo impidió con un gesto.

—Ahora ven a esta otra vitrina —Gastón dio unos cuantos pasos y le mostró un diario viejo y desgastado—: las anotaciones de José García Payón.

—Déjeme ver éste de cerca —Diego Augusto Daza se encontraba lívido—. Necesito hojearlo.

—Claro —respondió Peralta Moya y se puso unos guantes para abrir la vitrina. Sin dejar que el arqueólogo tocara el diario comenzó a leer:

Llegué a Tajín allá por 1938, a la selva que era entonces, no obstante los trabajos de desmonte de Agustín García Vega, pocos años antes; ese año había sido enviado a un recorrido por todo el Totonacapan Meridional, posteriormente llevé a cabo investigaciones y restauraciones en Oceloapan, Cempoala, Misantla y en Tajín principalmente —Peralta Moya adelantó un par de páginas—. [...] No había caminos sino herradura, había que llegar a Papantla y de ahí, por entre la serranía y bosques, viajar a caballo y mula, con todo y materiales, equipo, alimentos [...] las veces que fuera necesario, por eso las temporadas de campo eran más bien estancias. Algunas veces resultaba más cómodo llegar a Tajín por barco desde Veracruz o Tampico hasta Gutiérrez Zamora, sobre el río Tecolutla y de ahí en barcaza río arriba, por donde bajaban los productos de la sierra, luego continuar a caballo —el historiador sonrió al ver la mirada de Daza; cambió de páginas y continuó leyendo—. [...] Siempre que pudo, me acompañó mi esposa Magdalena, con ella viajamos a muchas zonas arqueológicas y fiestas indígenas, ella fue mi secretaria y mi memoria; en Tajín, allá por 1955, llegaban mis hijos a acompañarme y con ellos recorría todo lo que fue El Tajín.[41]

Peralta Moya hizo una pausa para buscar una página.

—Siga, no se detenga.

El historiador sonrió y supo que tenía al joven arqueólogo en sus manos, y que podía exigirle casi cualquier cosa a cambio de la información que poseía. Entonces cerró el libro con cuidado e infló el pecho: «¿Por qué debo darte información?», preguntó pomposo. «¿De qué privilegios gozas para entrar a, éste, mi recinto sagrado?»

Daza sintió miedo al ver entre aquellas enormes ojeras una mirada inquebrantable.

—¿Qué buscas? ¿Por qué mientes? —Gastón se acercó tanto a Diego que pudo percibir su aliento.

—¿A qué se refiere? —respondió desorientado.

—No finjas. Tú no estás haciendo esto por una simple tesis. ¿Acaso crees que soy imbécil? Conozco muy bien a los de tu calaña. Se hacen pasar por estudiantes inocentes para luego vender la información. ¿Tienes idea de cuánto vale este diario? ¿Sabes lo que he trabajado para tener esta información? Existe mucha gente que pagaría millones por todo lo que se encuentra en este libro. Tengo docenas de propuestas. ¿Ves aquella espada en la pared? Yo podría abrir esa vitrina y traspasarte el pecho, tirar tu cuerpo sangriento al río antes de que se ponga el sol, tal cual lo hicieron con el cuerpo del papa Esteban V. Te aseguro que nadie sospecharía de mí y, de ser así, tengo todos los contactos necesarios para inventar cualquier historia. En este país todo, te lo aseguro, todo es posible.

Daza recordó en ese momento las palabras de Delfino Endo-que: «Peralta es un toro viejo y cansado, aprende a torearlo».

—Le diré: trabajo para la Iglesia, y estoy en búsqueda de los *Memoriales*, que indudablemente encontró José García Payón. Le aseguro que están dispuestos a negociar con usted a cambio de toda la información que pueda aportar.

—Los *Memoriales*...

—Sólo quieren eso.

Peralta Moya dejó escapar una carcajada: «Sólo eso».

El arqueólogo hizo de tripas corazón para mantenerse firme frente al historiador: «De cualquier manera, ellos llegarán a ellos, se lo aseguro, con o sin su ayuda. ¿Por qué no llevarse una jugosa cantidad a cambio de su información?».

—Yo no necesito dinero; tú sí. Además, ¿cómo sabes que en realidad existen los *Memoriales*?

—Ahora no tengo la menor duda. El diario de José García Payón debe tener la ubicación exacta de los *Memoriales*... —Daza hizo una pausa larga y observó directamente a los ojos del historiador—. Sólo que usted...

El duelo de miradas los llevó a un instante silencioso.

—No me diga que tiene los *Memoriales*.

—¡Ja! Soy historiador, muchacho; no arqueólogo. Mis manos se hicieron para escribir, no para rascar la tierra.

—Bien pudo pagarle a alguien —insistió Daza.

—En efecto, los documentos que dejó García Payón tienen las ubicación exacta de los *Memoriales*. Tengo los contactos sufi-cientes para hacer excavaciones en El Tajín con toda libertad. Y si no lo había hecho hasta el momento fue porque me he encon-trado demasiado ocupado escribiendo. Claro está, que no le iba a proporcionar la información a cualquier arqueólogo para que los encontrara y se marchara con tan grande tesoro. Ahora dime tú: ¿cuánto estás dispuesto a negociar?

—¿Negociar? —respondió Daza dudoso.

—Sí. ¿Por qué darle la información a la Iglesia? ¿Cuánto quieres por sacar los *Memoriales*, entregármelos y darte a la fuga? No sé, quizá puedes decirles que no los encontraste. Claro que yo estaría a tu lado en todo momento. O si quieres, inventamos un crimen. Hacemos como que te mataron y listo.

La oferta acarició la codicia del arqueólogo en ese momento. La palabra traición deambulaba por su mente. ¿A quién traicionaría si aceptaba? ¿A la Iglesia? ¿Al detective? ¿A su profesión? ¿A su moral? ¿Moral? ¿Cuál? ¿A la memoria de su padre? ¿De cuánto estaban hablando? ¿Cuántos de su profesión no habían vendido las reliquias de la patria? ¿Cuántos no habían traicionado la ética del gremio? ¿Qué buscaba en realidad: la fama o la fortuna de encontrar algo realmente valioso para la historia? ¿Qué haría la Iglesia con los *Memoriales*? ¿Los desaparecería? ¿Qué haría Peralta Moya? ¿Los vendería? ¿Los guardaría en su bóveda hasta su muerte?

—No sé qué decir —respondió Daza.

—La Iglesia te dará una cantidad por tu silencio y destruirá por completo los *Memoriales* —añadió el historiador—; luego volverás a México con la cola entre las patas e intentarás rehacer tu vida como arqueólogo fracasado. O lo que es peor, quizá te manden matar para que nunca abras la boca. En cambio, si te pones de mi lado, te garantizo que tendrás todos los créditos como arqueólogo. Llevaré a cabo una obra histórica sin límites. Tengo de mi lado a las mejores editoriales europeas y americanas que, te aseguro, no le temen a la Iglesia. La literatura no tiene pelos en la lengua, tú lo sabes. Y menos cuando se trata de revelar la verdad. No tienes idea de la dimensión de lo que estás a punto de encontrar.

—¿De cuánto estamos hablando? —preguntó Daza mirando fijamente hacia el historiador.

—Te ofrezco... ciento cincuenta millones de pesos.[42]

—Es muy poco por arriesgar mi vida.

Gastón Peralta Moya dejó escapar un gesto de burla.

—Tu vida está en mis manos.

—Claro está, pero... si me mata, la Iglesia sabe que he tenido conversaciones con usted; lo investigarán y traerán a otro arqueólogo y después otro, hasta que encuentren los *Memoriales*.

—No seas pendejo. A mí la Iglesia no me toca. Y ni esperes que te explique por qué. ¿Lo aceptas o lo dejas?

—Trescientos millones —espetó Daza sabiendo que se estaba jugando el pellejo.

—Ciento cincuenta. Ya te lo dije —respondió Peralta Moya y las ojeras bajo sus ojos parecían más oscuras que de costumbre.

—Máteme entonces —agregó Daza fingiendo indiferencia.

Peralta caminó a la vitrina y la abrió lentamente; sacó la espada que colgaba de la pared y la desenfundó, caminó hacia el arqueólogo y la puso en su cuello sin remordimientos.

—Ciento cincuenta —dijo Peralta Moya empujando la espada en la garganta de Daza.

—Doscientos.

—No cabe duda de que tienes los pantalones bien puestos —finalizó Peralta Moya con una sonrisa en los labios—. Más te vale que no me traiciones. Espera mis instrucciones.

XIII

pístola Proemial del autor al ilustrísimo señor Conde de Benavente, don Antonio Pimentel, en la cual se declara el origen de los primeros pobladores e habitadores de la Nueva España.

3. La paz del muy alto señor Dios nuestro sea siempre con su santa ánima. Amén.

5. Porque esta obra no parezca ir cosa de los que los hombres naturales realmente desean saber e investigar, y aún en la verdad es gloria de los señores y príncipes buscar y saber secreto, según aquello del sabio: «Gloria Regué ynvestigare sermonem». En ésta declararé brevemente los que primero habitaron en esta tierra de Anáhuac o Nueva España, los que primero la habitaron, según los libros antiguos que estos naturales tenían de caracteres y figuras, que ésta era su escritura. Y a causa de no tener letras sino caracteres y la memoria de los hombres es hábil algunas veces no se acordando bien, son varios los viejos en la manera de declarar las cosas antiguas, que para bien entenderlas requiérese plática. Pero de todas la opiniones y libros diré lo que por más verdadero he podido averiguar y colegir de los libros historiales más verdaderos.

5.2 Había entre estos naturales cinco libros, como dije, de figuras y caracteres: el primero hablaba de los años y tiempos; el segundo de los días y fiestas que tenían en todo el año; el tercero que hablaba de los sueños y de los agüeros, envaimientos y vanidades en que creían; el cuarto era del bautismo y nombres que daban a los niños; el quinto es de los ritos, ceremonias y agüeros que tenían en los matrimonios. Los cuatro de estos libros no los ha de creer vuestra Ilustrísima Señoría como los Evangelios, porque ni los escribieron Juanes, ni Lucas, ni Marcos, ni Mateo, mas fueron inventados por los demonios. El uno, que es de los años y tiempos, de éste se puede tomar crédito, que es el primero, porque en verdad aunque bárbaros y sin escrituras de letras, mucha orden y manera tenían de contar los mesmos tiempos y años, fiestas y días, como algo de esto parece en la primera parte del tratado .x. sexto capítulo. Ansimesmo escribían y figuraban las hazañas y historias de guerra del suceso de los principales señores, de los temporales y pestilencias, y en qué tiempo y de qué señor acontecían, y todos los que sujetaron principalmente esta tierra y se enseñaron hasta que los españoles entraron. Todo esto tienen escrito por caracteres y figuras.

6. Este libro que digo se llama en lengua de estos indios Xihutonal amatl, que quieres decir «libro de la cuenta de los años» pues lo que de este libro se ha podido colegir por más averiguado de los que esta tierra poblaron, es tres maneras o géneros de gentes. Hay en esta Nueva España tres generaciones: a los unos dicen chichimecas, que fueron primeros en esta tierra; a los segundos los de Culhua; y los terceros los mexicanos. De los chichimecas no se halla más por lo escrito de ochocientos años que son moradores en esta tierra, y aunque se cree haber más años, o los antiguos libros son perdidos o no los escribían, y aún esto no se halla que tuviesen libros, por ser gente muy bárbara y como salvajes, hasta que vinieron los de Culhua que comenzaron a escribir e hacer memoriales por sus caracteres. Estos Chichimecas no se habla que tuviesen casa ni lugar, ni vestidos ni maíz, ni otro género de pan ni semillas. Habitaban en cuevas y en los montes; manteníanse de raíces del campo y de venados, conejos, liebres y culebras y esto comían crudo, seco al sol. [...]

*8. Los terceros como arriba hice mención son los mexicanos; [...]
Algunos quieren sentir que son de los mesmos de Culhua y la lengua
consiente de ello, que toda es una, ahora. [...] De éstos dicen que no
vinieron señores principales ni de manera ni de señalado linaje; bien es
verdad que había entre ellos algunos mandaban como capitanes. Los de
Culhua parecieron gente de más cuenta y señores principales. Los unos
y los otros vinieron a la laguna de México: los de Culhua entraron por
la parte de oriente y comenzaron a poblar y edificar en un pueblo que se
dice Tullancinco, diez y siete leguas de México. Y de allí fueron a Tullan,
doce leguas de México hacia el norte, y vinieron poblando hacia Tezcuco,
que es a la vera de la laguna de México, cinco leguas de travesía de agua
y ocho debajo.*

*8.2 Tezcuco está a la parte del oriente y México al occidente y la
laguna en medio. Algunos dicen que Tezcuco dice Culhua por respeto de
éstos que allí poblaron: después el señorío de Tezcuco fue muy grande semejante al de México.*

*9. [...] Y vinieron los mexicanos hacia el poniente poblando a Azca-
puzalco, Tlacuba, hasta Chapultepec.*[43]

*En este tiempo levantóse por señor un hombre de nombre Acamapi-
chtli, al cual sucedieron su hijo Huitzilíhuitl; Chimalpopoca o Chimal-
pupucacin, hermano de Huitzilíhuitl; Izcóatl, hijo de Acamapichtli;
Moctezuma Ilhuicamina, llamado el viejo, hijo de Huitzilíhuitl; Axayácatl, hijo de Moctezuma Ilhuicamina; Tizoc, hermano de Axayácatl;
Ahuízotl, hermano de Axayácatl y Tizoc; y Moctezuma Xocoyotzin,
hijo de Axayácatl, tlatoani que reinaba cuando llegaron los españoles,
y del cual haré mención más adelante. Todos ellos hicieron grandes guerras hasta reinar enormes territorios.*

*Si bien he tenido menester repetir esta información que ya antes
había narrado en una de mis epístolas es para dar paso a un relato
y hacer de su conocimiento, señor mío, don Antonio Pimentel, sexto
Conde de Benavente, que luego de algunos años de haber llegado y*

establecido en esta tierra y de haber conocido y escriturado grande parte de la historia de estos indios he tenido por topar con uno a mi ver bien a un hombre de buena memoria, sin contradicción de lo dicho, que me dio noticia y relación del origen de sus naturales; y que me ha sorprendido con una crónica que no sé bien sea producto del delirio en que se encuentra ya que en muy pocos días tal vez abandone el mundo de los vivos y tenga por gracia de Nuestros Señor Dios entrar al cielo ya que ha recibido el bautismo y la confesión.

El anciano de quien hago relación se dice Tenixtli, último sobreviviente del señorío de los totonacos, hijo de Xatontan, segundo señor de este señorío, que tuvo tres hijos: Tenixtli, Ichcatzintecutli e Itecupinqui. Como ya he mencionado en anterioridad los totonacos, que habitan por los rumbos de la Vera Cruz, y a ocho o diez leguas del río Papaloapa, donde dos veces he navegado, fueron por años obligados a rendir tributo a los señores del Anáhuac, y con mayor rigor en el reinado de Moctezuma Xocoyotzin.

Cuenta Tenixtli que su padre Xatontan fue muerto por Moctezuma antes de la llegada de los españoles a esta ciudad, y que sus hijos buscaban cobrar la pérdida con la vida del señor de México. Llegado el momento de entregar tributos, Tenixtli e Itecupinqui se dirigieron con otros muchos soldados aparentando una sumisión, en el año de mil quinientos e diez e nueve, en el gran Teocalli, santuario pagano de un dios de nombre Huitzilopochtli, donde la celebraban el solsticio de verano en veinte e uno de junio, cuando el sol se colocaba sobre el trópico de Cáncer, víspera de la ceremonia de la «Renovación de fuego» dedicada a sus dios demoniaco Huitzilopochtli.

Para dicha celebración tenían entre otros tantos rituales el de una danzarina que ofrendaba su vida al dios. A la joven, que debía ser virgen, se le colocaba una enorme y venenosa serpiente sobre los hombros, que debía dominar entre las manos a su vez que danzaba para los presentes. A ésta se le llamaba la Danza de la Serpiente. Luego se le conoció como la danza de Nimbe, pues el nombre de esta danzarina alcanzó grande notoriedad, inmediatamente de esta fecha, en Cachiquín, lugar que así dicen los totonacos a la tierra que produce harta de vainilla.

Según sus ciegas fantasías y engaño los totonacas habían en su augurios uno que un día un joven príncipe, no sabían cuál, debía encontrar en su paso a una joven virgen que daría luz a un infante, el dios verdadero, como ellos lo mencionan al aludir al dios Huracán, que es en sí el mesmo de los aztecas, Quetzalcóatl o Quiçalcuatlh.

23. Los indios de México dicen que éste era hombre honesto y templado; comenzó a hacer penitencia de ayuno y disciplina y a predicar, según se dice la ley natural y enseñando por ejemplo y por palabra, ayunó y desde este tiempo comenzaron algunos en esta tierra a ayunar; no fue casado ni tomó mujer, antes dicen vivió honesta y castamente.[44]

Los totonacos dicen que el dios Huracán retornaría en algún momento para dar la salvación. Es increíble que esta historia tenga tanta semejanza con la de la virgen María y José. Quiero pensar que Dios Nuestro Señor mandó a estos infieles esta predicción que ellos no supieron entender por falta de racionalismo. Se me pienso que tal vez algún grupo de cristianos tuvieron por gracia llegar a esas tierras mucho antes que los españoles lo hicieran en tiempo de nuestro rey Carlos I, y les hablaron de Dios Nuestro Señor.

Sin saber a bien quién era el elegido muchos príncipes buscaron incansables a la joven que nunca tuvo un hijo como era augurio de ellos en fecha de trópico de Cáncer. Itecupinqui sin imaginar que él era quien en su camino encontraría a la doncella, pues no se pensaba que sería en otros reinos, conoció a la danzarina en medio de una noche.

Es menester mío hacer de su conocimiento que estos indios tenían como diosas algunas imágenes que se decían: Cihuacoatl, Tonantzin, Toci o Teteoinnan, Chicomecoatl. A la una se le dice la mujer de la culebra; a la segunda se le llama su madre; a la tercera se la conoce como abuela de los dioses; y a la última se le dice la siete serpientes.

Hay en estas deidades mucha relación con la serpiente, ansí mesmo el culto que indios del Anáhuac a una serpiente emplumada y la danza de cual ya he hecho mención y que la doncella había de llevar a cabo en la noche de la celebraban el solsticio de verano, cuando Itecupinqui se vio frente a ella y sin saber que ella era la elegida, sintióse enamorado de tan grandísima belleza.

Ella inundada en un llanto inconsolable, a según cuenta Tenixtli, quien dice fue testigo presencial, fue descubierta por Itecupinqui que se olvidó por un largo momento del menester que los había llevado al imperio del rey Moteuczomatzín Xocoyotzin, como muchos otros llaman, y que la siguió en un desplante de precipitación, y penetró en harto silencio clandestino al sagrado recinto del dios Tezcatlipoca, un aposento en el cual sólo las vírgenes podían permanecer. Al llegar a su aposento la observó con harta vehemencia hasta que ella sintióse observada. Contóme Tenixtli, en su lecho de muerte, que su hermano no pudo más que contemplar la belleza de tan linda danzarina. Ella que no podía hacer un solo sonido por el temor de ser descubierta y culpada por llevar a un hombre a su aposento no hizo más que responder con una mirada.

Itecupinqui que bien sabía los castigos que un hombre recibía por irrumpir en aquellos aposentos no se mostró sino más enamorado.

—Soy Itecupinqui, heredero de Xatontan, segundo señor del señorío de Cachiquín.

Nimbe, temerosa, no pudo sino rogar al intruso que guardara silencio pues sus vidas corrían harto peligro de no ser sacrificados sino bien torturados de las peores maneras posibles; y para conseguir el silencio del atrevido respondió:

—Soy Nimbe, danzarina sagrada del dios Tezcatlipoca, hija del sumo sacerdote del tiempo de Huitzilopochtli, el hombre al que el propio Moteuczomatzín teme. Mañana, durante la fiesta de la gran alianza, seré sacrificada con otras diez doncellas más en holocausto al dios de dioses, cuya voluntad exige, según la revelación hecha a mi padre, tal inmolación en desagravio a su divina cólera.[45]

Itecupinqui enamorado e indiferente a lo que la doncella hubo por decir le propuso huir de la ciudad para obtener matrimonio en su señorío de Cachiquín y le confesó su plan.

Por lo que lo escrito es lo único que tengo por saber de esta historia de los totonacos hasta el momento, ya que la crónica del anciano Tenixtli, es pausada debido a su dificultad de mantenerse despierto, deberé continuar con esto en otra epístola que pronto haré llegar a su conocimiento.

Por lo pronto ruego a nuestro Santo Dios le otorgue todos los bienes en salud que mi señor, Antonio Pimentel, sexto conde de Benavente requiere.

Si esta relación de mano de vuestra Señoría saliere, dos cosas le suplico en limosna por amor de Dios: la una, que el nombre del autor se diga ser un fraile menor y no otro nombre, y la otra que Vuestra Señoría la mande examinar en el primer capítulo que ahí se celebrare, pues en él se ayuntan personas asaz doctísimas.[46]

XIV

La fe es, sin duda alguna, el motor del mundo —señaló el padre Gregorio Urquidi en la misa de siete, en la iglesia de Papantla. Delfino Endoque se encontraba en una de las bancas del fondo, leyendo una novela de Gerardo Laveaga e ignorando el sermón—. Sin fe, no somos nada. Sin nuestra fe la Iglesia se derrumbaría. No dejen que la herejía los engañe. Existen muchos que buscan incansablemente desintegrar lo que hemos construido en dos mil años por gracia de Jesucristo. No permitan que aquellos descarriados los lleven por el camino del pecado. Escuchen la palabra que les guiará por el buen camino... —el padre Urquidi hizo una pausa y discretamente vio de reojo las manecillas de su reloj de pulso: se había excedido cinco minutos en la homilía—. Recuerden que la construcción de la nueva parroquia necesita de su apoyo económico. La Iglesia sobrevive de su humilde aportación. Una moneda es muy poco en comparación con la gracia de estar a un lado del Señor por toda la eternidad.

Cuando el coro de la iglesia comenzó a cantar y el padre Urquidi volvió al altar, un niño llamó la atención del detective Endoque. El infante estaba junto con una mujer arrodillada que bien podía ser su abuela, de no ser porque la apariencia del niño dejaba mucho que desear. Delfino observó atento cómo el mugroso aprovechó el descuido de la devota mujer para escurrir los dedos en su bolso y sacar unos cuantos billetes, y luego darse a la fuga. El detective cerró su libro y se puso de pie para seguir sigilosamente al raterillo.

—¿A dónde vas, pequeño pusilánime? —lo prensó del brazo sin consideraciones al encontrarse ambos afuera de la iglesia.

El pequeño reaccionó con inmediata furia: «Suéltame, hijo de tu pinche madre. Métete con uno de tu tamaño», y soltó una patada sin alcanzar su objetivo. Delfino metió la mano en el bolsillo del niño y sacó el dinero. Maclovio se encontraba a unos cuantos metros, acostado en el piso, sin hacer nada, parecía indiferente.

—Te acabas de robar esto, yo te vi. Y más vale que te calles si no quieres que te lleve a la correccional, de donde no saldrás hasta que cumplas la mayoría de edad, si bien te va. ¿Cómo te llamas?

El ladronzuelo bajó la mirada y entristeció el gesto. El arco en sus labios mostraba una necesidad inconsolable por llorar. Delfino lo soltó del brazo y se hincó frente a él: «¿Cómo te llamas?». El niño levantó la mirada y respondió con una sonrisa burlona: «¡*El ratero invencible*, hijo de tu puta madre!», le arrebató los billetes de la mano y se dio a la fuga.

—¡Maclovio! —ordenó Endoque furioso— ¡Atrápalo! ¡Que no se te vaya!

El ladronzuelo logró escabullirse entre la gente, pero los ladridos del pastor alemán ahuyentaron a muchos que se interponían en su camino y facilitaron la persecución. El niño sólo había cruzado tres cuadras cuando Maclovio brincó sobre su espalda y lo derribó sin un mordisco. El niño dejó caer el dinero y comenzó a gritar: «¡Auxilio!». La gente a su alrededor aún no comprendía qué estaba ocurriendo. Un hombre intentó acercarse para ahuyentar al perro pero Maclovio respondió con un ladrido feroz.

—Muy bien, muchacho —dijo Endoque al llegar cansado—. No se preocupen, todo está bajo control. Este pequeño raterito le robó este dinero a una pobre anciana en la iglesia —Delfino esposó al niño y lo obligó a que se pusiera de pie. Luego, sin soltarlo, se agachó para levantar el dinero—. Vamos, pequeño ladrón.

Pronto llegaron a la camioneta de Endoque, donde interrogó al niño: «¿Me vas a decir cómo te llamas?».

—Saddam.

—¿Saddam? —sonrió el detective.

—Sí.

—¿Por qué robas dinero?

—Pues porque no tengo. No sea menso.

—Me refiero a que si vives solo o si alguien te obliga a hacerlo, o no sé… ¿Mantienes a tu familia?

—Mi abuelita está enferma y se está muriendo —Saddam hizo un gesto dramático—. Necesito comprarle las medicinas —luego dejó escapar una lágrima.

—Llévame con tu abuela —respondió Endoque indiferente al llanto del raterillo—. Y si lo que dices es cierto, yo mismo pagaré todos los servicios médicos. Pero si no, te encierro en la correccional.

Al encontrar un vacío en los ojos tristes del pipiolo en la actuación, Endoque dedujo que no había tal abuela enferma. «Estás mintiendo», el detective encendió la camioneta y comenzó a manejar. Del reproductor de música surgió *Tosca: E lucevan le stelle* de Giacomo Puccini. El pequeño Saddam jamás había escuchado una ópera, de hecho, no tenía la más remota idea de eso. Pero en ese momento, al no encontrar palabras para su defensa, optó por callar y escuchar la música. No comprendía la letra, pero se descubrió inmensamente sensible ante las notas musicales del tenor. Cerró los ojos y se sintió poseído por una incontrolable depresión. El hecho de que lo llevaran o no a una correccional lo tenía sin cuidado. Ya se había fugado de varios orfanatos. En realidad lo que le tenía sumergido en una tristeza insostenible era la trágica historia incomprensible encerrada en una pieza musical.

—No me digas que la ópera te conmueve —cuestionó el detective y dio vuelta en un callejón.

—¿La qué? —respondió Saddam volviendo de la oscuridad en la que se encontraba.

—Eso que escuchas se llama ópera —Delfino detuvo la camioneta y fijó su mirada en el niño.

—Pinche canción, está bien aburrida —se defendió Saddam para evitar ser etiquetado de marica—. ¿Por qué no pone mejor una cumbia?

—Entonces, ¿por qué te deprimiste?

—Porque me va a encerrar en una cárcel.

—No te voy a encerrar, vamos a comer —respondió Endoque y abrió la puerta de la camioneta—; además, eso no es una *canción*, es una ópera —Delfino caminó hasta el otro lado de la camioneta y abrió la puerta—. Te voy a quitar las esposas, pero quiero que me prometas que no vas a huir.

Saddam asintió con la cabeza y ambos entraron a un restaurante. Una mesera los recibió y miró al niño con repugnancia. Delfino lo notó.

—¿Cómo te llamas, princesa? —preguntó con dulzura.

—Sofía, señor.

Delfino dio unos pasos hasta llegar al oído de la mesera: «Soy el detective Endoque. Este niño que ves frente a ti, es hijo de uno de los hombres más adinerados del país. Hace algunos años fue arrebatado de los brazos de sus padres y obligado a mendigar en las calles. Lo acabo de encontrar hace unos minutos. No ha comido el pobre. Ha sufrido mucho. Trátalo bien. Y te prometo que yo mismo daré referencias tuyas con sus padres, quienes son muy agradecidos y sabrán premiar tu atención. ¿Ves aquella camioneta estacionada frente a este establecimiento? Ellos me la regalaron».

—No se preocupe, señor... ¿cómo me dijo que se llamaba?

—Delfino Endoque.

—No, el niño.

—Saddam.

—Qué bonito nombre —agregó la joven y le acarició el cabello sucio y maloliente—. Por este lado, síganme. En un momento les traigo unos jugos frescos —le extendió la carta y les acomodó las servilletas en las piernas.

—¿En verdad soy ese niño? —preguntó Saddam sorprendido.

—¡No, qué va! —respondió Endoque en voz baja y con un rictus burlón—. Estas gatas son una mezcla de ave carroñera y chacales.

—¿Qué es carroñera? —cuestionó Saddam.

—Que andan en busca de animales que otros han cazado. En su caso buscan gente de dinero para treparseles como buitres.

—¿Y chacales? —insistió el niño.

—Es como una especie de perro carroñero.

—¿Entonces yo soy un chacal?

—No sé. Yo creo que tu caso es diferente —respondió Endoque sin quitar la mirada de la carta— ¿Ya sabes qué vas a ordenar?

—Tacos —respondió sin mirar el menú.

—¿Dónde dice que tienen tacos? —preguntó el detective revisando la carta.

—No sé.

—Entonces, ¿cómo vas a pedir tacos si no...? —Delfino comprendió entonces que el pequeño no sabía leer—, está bien. ¿Qué tal unas enchiladas, un pollito en mole verde, un pozole, unas tostadas de tinga, una pancita, unos chilaquiles o unas gorditas?

—Enchiladas —Saddam se chupó los labios.

—¿Eso es todo?

—Pozole.

Pronto regresó la mesera con una jarra de jugo de naranja y unos vasos. Les tomó la orden con lambisconería.

—¿Dónde vives? —preguntó Endoque cuando la mesera se retiró.

—En la calle. Soy del D.F., pero un día me subí a un camión y llegué a Papantla. Y me gustó. Está más tranquilo. Los policías no me molestan.

Delfino sacó el dinero que le había quitado a Saddam y lo contó frente a él: «Ciento cuarenta mil pesos. ¿Esto es lo que te robas a diario?».

—No, a veces saco más. O menos. Depende si echo la hueva.

—Te propongo un negocio. ¿Quieres ser detective?

—¡Órale! ¿Yo? —sonrió Saddam.

—Así es, pero necesito de toda tu lealtad.

—¿Cuánto me va a pagar?

—Cien mil pesos al día. Además yo me hago cargo de tu alimentación: desayuno, comida y cena. Y no sólo eso, te doy un lugar donde dormir. Y para que veas que soy buena gente contigo, te compraré ropa nueva. Vas a tener toda la libertad del mundo.

—Ya sé lo que quiere, viejo cochino —dijo Saddam y se recargó dudoso en la silla.

—No. No sabes. Necesito que sigas a una persona. En todo momento y a todo lugar. Desde lejos, obviamente —Delfino sacó un radio y se lo mostró a Saddam—. Con este aparato estaríamos en contacto todo el tiempo. Yo te enseño a usarlo. Es muy fácil, presionas este botón y me llamas: «Fino tenemos al fulano en la mira; Fino el fulano está saliendo de un restaurante; Fino, el fulano se acaba de echar un pedo».

—¡Ja, ja, ja! Un pedo. ¿Y cómo lo voy a oler si voy a estar lejos de él?

El detective se dejó llevar por la carcajada del niño y respondió: «Por eso te elegí, por que sé que tienes muchas habilidades. ¿Tú crees que lo de la iglesia fue porque me interesa la viejita a la que le robaste? —Delfino le entregó el dinero a Saddam—. Esto es tuyo. A mí no me interesa quedarme con estos pesos; lo que me importa es que aceptes el trabajo que te ofrezco.

En ese momento llegó la mesera con los platos y Saddam ignoró por completo al detective.

—¿A quién tengo que espiar? —preguntó el niño cuando la mesera se retiró.

—A un señor. Por tu seguridad no te voy a decir su nombre, te voy a mostrar quién es y dónde lo encontrarás.

—Trato hecho —aceptó Saddam sin dudarlo—. ¿Cuándo compramos mi ropa nueva?

—En cuanto termines de comer —respondió Endoque—. Pero eso sí. La ropa se queda en el hotel. Te bañas todos los días ahí, desayunas y te vas a trabajar. Te pagaré cada viernes, sin falta. Pero hay un asunto que olvidé mencionar. Los detectives deben saber leer. Tú sí sabes leer, supongo.

—No —confesó Saddam sin preocupación—. Pero usted nada más enséñeme y yo aprendo rápido.

—Perfecto —agregó Delfino—. Siendo así, yo te daré instrucciones precisas todos los días. A ti te espera un gran futuro.

—Ya decía yo que la virgencita no me iba a abandonar —afirmó Saddam en voz baja.

—Esto te lo debes a ti —señaló el detective—. No lo olvides. Ahora apúrate a comer porque ya es tarde.

Al terminar, la mesera se acercó con toda dulzura a Saddam y nuevamente le acarició el cabello: «Mucha suerte, chiquito. Mi nombre es Sofía». El detective fingió un gesto alegre y pagó la cuenta. Luego llevó a Saddam a una tienda, donde le compró un par de pantalones, camisas, calzones y calcetines; más tarde fueron al hotel donde estaba hospedado y le mostró la regadera. «Báñate, y cuando salgas te duermes en ese sofá. Mañana empiezas a trabajar muy temprano. Maclovio se quedará aquí contigo.» Al terminar de dar sus instrucciones salió con dirección a la iglesia, donde el padre Urquidi y Daza ya lo estaban esperando.

—Endoque —saludó el padre gustoso al recibirlo en la puerta de la parroquia—, te vi sentado en la homilía. Creo que te aburrí porque saliste antes de que finalizara la santa misa.

—Tuve algunos asuntos pendientes —se justificó el detective, evitando así dar más detalles. Los tres caminaron en dirección al altar—. Pero ya estoy aquí. Supongo que Daza ya le informó de su encuentro con el historiador.

—No. De hecho, el joven arqueólogo, me estaba contando que su madre es una gran devota de la Iglesia.

El padre Urquidi se hincó frente al altar y se persignó. Endoque se mantuvo inerte y clavó la mirada en el arqueólogo, que dudó por un instante si debía imitar al padre o mantenerse de pie. El recuerdo de su madre lo seguía persiguiendo. «Arrodíllate, niño», le habría dicho.

—Sí, ya me contó —agregó Delfino, mostrando indiferencia al tema; luego volvió la mirada al arqueólogo forense que no decía mucho—. ¿Cómo te fue con Peralta Moya?

Al entrar a una oficina el padre Urquidi se quitó la sotana, dobló cuidadosamente el palio y lo besó antes de ponerlo en un cajón.

—Muy bien. Se portó de maravilla. Sabe mucho de la Iglesia y de la cultura totonaca.

—Sabe demasiado —interrumpió el sacerdote mientras se peinaba su casi calva y nevada cabellera.

—Así es —completó Daza e intentó desviar el tema—, en estos días comenzaremos a buscar los *Memoriales*.

—¿Qué quiere a cambio? —inquirió el detective con desconfianza.

—¿A cambio...? —Daza miró en varias direcciones.

—Sí, cabrón. Me vas a decir que lo hace por amor a la Iglesia. No cabe duda de que eres ingenuo. ¿O te haces? Bien sabes que Gastón Peralta Moya tiene fama internacional como historiador. Te voy a decir una cosa. Por ningún motivo debes permitir que él lea los *Memoriales*, ni que los toque ni que los huela. Es todo un ilusionista. Puede hipnotizarte y cambiar los *Memoriales* por una copia sin que te des cuenta.

El padre Urquidi apoyó con un gesto lo que decía Endoque: «Tienes toda la razón, hijo. La Iglesia no se puede dar el lujo de que un hombre como Peralta Moya se apodere de los *Memoriales*. Sería un grave problema».

—Entonces, ¿por qué lo buscamos a él? —inquirió Daza dudoso.

—Porque no había de otra —exclamó el padre Urquidi—. Él es el único que sabe dónde están los *Memoriales*. Es un topo en la historia. Rasca, rasca y rasca en los archivos hasta que encuentra lo que quiere. Él tiene tanta información sobre la Iglesia que bien podría crear una nueva religión, con todo y evangelios. Hace algunos años la Iglesia intentó censurar algunas obras suyas, pero fue imposible; luego, aparecía y desaparecía como un fantasma, brincando de ciudad en ciudad. Ha publicado en diferentes países. Primero, en Alemania un libro llamado *Su Cristo*, donde afirmó que la Iglesia católica había inventado la existencia de Jesús y todos sus milagros. Años más tarde publicó en inglés algo que se llamó *La farsa de los Evangelios*, donde insistía que Cristo no había existido y que los Santos Evangelios fueron escritos más de cincuenta años después de lo que él llama la falsa muerte de Cristo; también alega que éstos han sido modificados a gusto y disgusto del hombre. Años después volvió al ataque con una obra de casi ochocientas páginas, en portugués, llamada *El fruto de la Santa Inquisición*, en la cual acusó a la Iglesia de haberse enriquecido en aquella época. Hace cinco años publicó, en francés, otro libro llamado *El legado de Richelieu y Mazarino*, en el cual no sólo habla de ellos sino de muchos cardenales en el mundo, incluyendo a los arzobispos de México, como Pedro Moya de Contreras, fray García Guerra, Juan de Palafox y Mendoza, Marco Torres y Rueda, fray Payo Enríquez de Rivera, Juan de Ortega y Montañés, Montúfar, Labastida, entre otros. Los llama: traidores, ladrones, asesinos y malvivientes. Y para finalizar, su última obra, titulada *De San Pedro a Juan Pablo Segundo, la historia completa de los querubines del demonio*. En ésta critica arduamente a los papas, etiquetándolos de manipuladores del mundo. Casi estoy seguro de que su siguiente trabajo será enfocado a la *Ordo Praedicatorum* y la *Ordo Frátrum Minórum*. Por algo está tan dispuesto a darte todo su apoyo, según él. Cuando uno piensa que ya no tiene de dónde sacar más información, es cuando aparece con un libro enorme. Por eso sé que intentará comprarte, hijo —el padre Urquidi puso su mano sobre el hombro de Diego Augusto—. No dejes que tu fe se derrumbe por unas cuantas monedas. ¿Cuánto te ofreció? Dímelo. No temas. Si has fallado, Dios sabrá perdonarte. Y nosotros los hombres también. Es más, recompensaremos tu lealtad.

Un rato de silencio le permitió al arqueólogo dar orden a sus ideas. Por un momento estuvo a punto de refutar al sacerdote y decirle que él sí creía en lo que publicaba Gastón Peralta Moya, y no en lo que dictaba la Iglesia ni en sus imposiciones, ni en la hipótesis de la resurrección, ni en la llegada próxima de un redentor, ni mucho menos en la existencia de un infierno, un purgatorio o un cielo. ¿Por qué —quiso preguntar— debo creer en un dios que nos hace pecadores, nos permite desobedecer y luego amenaza con castigar? ¿Por qué creer que todo lo creó un solo hombre? ¿Quién lo creó a él? ¿De dónde nació? ¿Por qué ahora que hay más medios de difusión no se hace presente? ¿Por qué envió plagas de ranas, sangre, mosquitos, granizo y dividió el Mar Rojo, para sacar a los israelitas de Egipto y no hizo algo por salvar a los aztecas de la conquista o a los judíos de la segunda guerra mundial? ¿Por qué eternizar su llegada? Bien lo decía su madre: «El que nada debe nada teme». ¿A qué le temía el padre Urquidi? ¿Por qué no quería decirle qué denunciaban exactamente los *Memoriales*?

—Pues si ése es el caso, creo que Gastón Peralta Moya hará su oferta más adelante, porque en la última entrevista sólo hablamos de historia y de la cultura totonaca. Le prometo que si él me insinúa algo se lo diré de inmediato.

—¿Cuándo te citó el historiador? —cuestionó el padre Urquidi.

—Prometió avisarme en la semana... —Daza dudó en dar más información. Ahora ponía en tela de juicio cada uno de sus pensamientos y respuestas. Había comprendido, quizás algo tarde, que se encontraba en un callejón sin salida. Si traicionaba al detective, éste lo buscaría incluso por debajo de las piedras. Gastón Peralta Moya no permitiría que Daza escapara con los *Memoriales* o que se los entregara a la Iglesia.

—Ve con Dios —el padre lo despidió con la mano derecha marcando una cruz en el aire.

Hacía años que Daza no sentía tanto temor. Al cerrar la puerta del atrio escuchó un fuerte trueno en el cielo. Era tarde. Tomar un taxi era la mejor opción para llegar a la Jarana. Una gota de lluvia cayó sobre sus anteojos. Sin dar un paso permaneció turulato mirando las nubes. Quiso encontrar una estrella. Sólo una. Una que le iluminara el camino, como decía papá. «Papá, papá, ¿dónde estás?». Volvieron a su mente un sinfín de memorias tormentosas donde su padre no estuvo. Recordó la primera de ellas cuando siendo sólo un pequeño salió de casa en medio de la lluvia en busca de su padre que se había ido un minuto antes. «¡No te vayas, papito!», gritó Dieguito desde la banqueta mientras el auto se alejaba para siempre. Para siempre. ¡Cómo se arrepintió de haber desperdiciado ese minuto!, el más valioso de su vida. Y su mamá desde la ventana observando el llanto de su hijo, también deseosa de que aquel auto retrocediera. El niño empapado regresó a casa y culpó a su madre por lo acontecido. «Eres mala», le espetó y corrió a su recámara. ¿Cuántos años, Diego? ¿Cuántos? Y aún no podías quitar aquel recuerdo de tu mente.

Ahora en la puerta de la parroquia se sentía más desprotegido que nunca. Pronto un aguacero se dejó caer. Caminó hasta el palo de los voladores frente a la iglesia y levantó la mirada. Por un instante sintió un deseo demencial por subir hasta la cima de éste y retar al cielo, a Dios, a la muerte, a todos. ¿Para qué estaba ahí, si no para encontrar los *Memoriales*? Sí, hacer público el hallazgo para que todos supieran lo que escondía la Iglesia. Pero, ¿qué? ¿Qué era eso? Ni el padre Urquidi ni el detective Endoque ni el historiador Peralta querían decirle qué era eso tan importante que llevaba buscando por dos largas semanas en Papantla. Empuñó las manos lleno de desesperación y comenzó a correr en medio de la lluvia. Los callejones de Papantla se encontraban casi vacíos. Corrió sin cesar. Las subidas se sentían infinitas. La Jarana parecía inalcanzable. En su mente deambulaba un puñado de preguntas: ¿Quién fue Bustamante? ¿Qué hizo? El nombre le era familiar. Estaba seguro de que lo había escuchado en la facultad. ¿Qué dicen los *Memoriales*? ¿Develan acaso los crímenes cometidos por la Iglesia durante la conquista? ¿Revelaban los secretos de fray Juan de Zumárraga? ¿O de fray Alonso de Montúfar? ¿Tendrían algo que ver con la muerte de Moctezuma? ¿Con la evangelización de los indígenas? Sí. Eso era. ¿Cómo se logró la cristianización en México?, se preguntó. ¿Qué fundamentos tenían? ¿Un hombre crucificado? ¿Realmente eso los convenció? Las culturas mesoamericanas no creerían en algo tan burdo. Ellos creían en aquello que les daba agua, fuego, luz, comida, tierra, fertilidad. Adorar a un hombre desconocido, colgado de una cruz, venido de otras tierras les resultaba incongruente, inverosímil. ¿Por qué? ¿Por qué venerar a un desconocido que jamás les había dado algo, que nunca se les había presentado? Y si él era el Dios, ¿por qué los había ignorado mil quinientos años? ¿Qué, acaso el creador no podía cruzar el océano y dar la misma cátedra a las culturas mesoamericanas? No. Ni los aztecas ni los huastecos, tlaxcaltecas, otomíes, totonacos, tarahumaras, coras, huicholes, tarascos, kikapúes, kiliwas, seris, o mayas creerían esa historia ni todos los ritos absurdos que la

Iglesia les imponía. ¿Por qué confesarle a un hombre sus pecados? ¿Por qué darle sus pertenencias a una Iglesia que no conocían? ¿Por qué persignarse? ¿Para qué repetir tantas oraciones? Debía existir algo que los hiciera sentirse identificados. Sí. Eso era. No había de otra. ¿Qué otra razón existía en México para sentirse religiosamente identificado?

Cuando Daza dio con esa respuesta, el cerro de la Jarana se encontraba a la vuelta de la esquina. Rápido subió por los escalones hasta llegar a la casa de Ramos, quien ya lo esperaba en compañía de un visitante. Daza abrió la puerta y todos se pusieron de pie.

—¿Dónde estabas? —preguntó Ramos al verlo totalmente empapado.

—Pensando —agregó Daza sin cruzar la puerta mientras se escurría el agua de su ropa.

Danitza caminó al baño para traerle una toalla al arqueólogo forense. Luego de que Daza se cambió de ropa, Ramos le presentó al individuo que lo esperaba.

—Te presento a Perry Klingaman —dijo Israel Ramos con seriedad—, estadounidense, historiador, graduado de la Universidad de Texas, en Austin. Tiene un par de horas esperándote.

—Hola, mucho gusto —saludó el estadounidense con una pronunciación casi perfecta.

—Vino a buscarte —comentó Ramos mientras todos caminaban al comedor—, dice que sabe sobre nuestra investigación.

—¿Y qué es lo que sabe? —cuestionó Daza al sentarse dudoso frente al comedor.

—Tengo entendido que tú encontraste los restos óseos del fraile Francisco de Bustamante —dijo sin error en la pronunciación—, provincial de los franciscanos en México.

—Así es —afirmó Daza—. ¿Cómo se enteró?

—Bien —asintió Perry Klingaman con la cabeza—, antes debo confesarte que tengo varios años con esta investigación. Una parte de los *Memoriales* de fray Toribio Paredes de Benavente, conocido en sus últimos años como Motolinía, pertenecieron por muchos años al bibliófilo e historiador mexicano don Joaquín García Icazbalceta. De ahí se hicieron algunas publicaciones: la edición de Luis García Pimentel, México, 1903, Ed. Facs, Aviño Levy, Guadalajara 1967; Ed. Fidel Lejarza, Atlas, Madrid, 1970, BAE, vol. 240, pp. 1-190; y de Edmundo O'Gorman. UNAM, México, 1971. Un dato importante es que por muchos años se creyó que los *Memoriales* se habían extraviado. Incluso O'Gorman hace mención de esto en su estudio crítico de la *Historia de los indios de la Nueva España*. Pero O'Gorman y muchos no sabían que el nieto y heredero de don Joaquín García Icazbalceta los vendió a la Universidad de Texas en 1937. Negociación que no se hizo pública por requerimiento del mismo vendedor, ya que no quería tener reclamaciones en México. En 1987 iniciamos un estudio profundo, el cual está casi por terminar. Sólo falta la otra parte de los manuscritos. Y si estoy dispuesto a compartir información, no es por bondad.

—Lo imaginaba —respondió Daza con enfado.

—Conozco a Peralta Moya —disparó Klingaman sin darle tiempo al arqueólogo de seguir hablando—. Él te traicionará. Lo sé. Revisa sus publicaciones, ninguna tiene dedicatorias ni agradecimientos ni reconocimientos. Cuando encuentren los *Memoriales* hará todo lo posible para deshacerse de ti y llevarse todo el crédito. La Iglesia, por otra parte, te dejará hacer público el descubrimiento de las osamentas, pero no te permitirá llegar más allá. Y si te atreves a decir algo lo negará. Lo peor de todo es que no tendrás pruebas, pues ellos se quedarán con los *Memoriales*. Yo te ofrezco mucho más de lo que ambos pueden ofrecerte: el crédito del hallazgo, regalías de todas las publicaciones, el reconocimiento mundial y protección total. Tú solo no podrás salir de esto. *I don't cheat* (yo no engaño). Te ofrezco un contrato firmado ante nuestros abogados. Es más, te garantizó que vivirás para contarlo. ¿Tienes idea de lo que estás por encontrar?

—Sí —asintió Daza con firmeza.

El viejo Diego, el dudoso, el inseguro y temeroso había quedado atrás en medio de la lluvia. Ahora estaba dispuesto a todo. No permitiría que su trabajo quedara sepultado en el olvido. Y si para ello debía brincar por encima de quien fuere lo haría. La presencia de Klingaman no lo intimidaba. Equivocarse no le preocupaba. La historia se escribiría con su firma, sin importar quién estuviera de su lado.

—Siendo así no tenemos más de qué hablar —finalizó Daza y se puso de pie.

—Espera… —Klingaman también se paró de su silla—, no hemos terminado de hablar.

—Claro que sí —Daza se encontraba irreconocible—. Tú lo has dicho todo.

—Pero no me has dicho si te interesa —Perry Klingaman no comprendía lo que estaba ocurriendo. La actitud del arqueólogo lo desconcertaba enormemente. Ramos le había confiado que Diego era un hombre accesible.

Luego de meditar un poco, Daza se dio media vuelta y se dirigió al estadounidense.

—Ya sabes cómo está la situación. Tenemos a un sacerdote sin escrúpulos, a un detective impulsivo y a un historiador obsesivo y soberbio —la mirada del arqueólogo forense penetró con rabia los ojos azules de Perry Klingaman—. ¿Cuál te gusta para que me mate? Cualquiera de los tres. Escoge. Me tienen en la mira. No tengo salida. No puedo decirles que ya no quiero trabajar para ellos. Y sí, tienes razón, harán lo que sea para quedarse con los *Memoriales*. Ahora vienes tú con tu propuesta barata e inverosímil, confiado en que te voy a firmar un papelito. Hagamos un augurio: primero recopilarás toda la información posible, harás una propuesta y pondrás todas las condiciones a tu favor; luego, te llevarás los *Memoriales* a no sé dónde y escribirás un libro que se venderá como pan caliente, por ser Perry Klingaman. ¿Y yo? Desafortunadamente a mí me cargará la chingada. Quizá Peralta Moya me mande envenenar. Tal vez Endoque me estrangule con sus propias manos. O ¿quién sabe? Puede ser que Urquidi me encierre en la mazmorra de Atotonilco.

—No sabes lo que estás diciendo —interrumpió Klingaman.

—Sí —afirmó Daza y caminó a la puerta. Israel y Danitza lo siguieron en silencio—, sí sé lo que estoy diciendo. No me interesa tu propuesta. No te conozco. Y si debo compartir los créditos lo haré con quienes han estado conmigo desde un principio: Israel y Danitza. Ahora, si tú quieres los *Memoriales*, anda y búscalos por ti mismo. Tienes dinero. Págale a alguien para que haga las excavaciones.

—Si cambias de opinión —Klingaman extendió la mano con una tarjeta—, yo te ayudaré. Me estaré hospedando en el hotel Tajín.

—Muchas gracias —Daza abrió la puerta sin el menor remordimiento.

En cuanto Klingaman salió de la casa, Diego Augusto Daza caminó a la hermosa biblioteca personal de Ramos y comenzó a sacar enciclopedias, revistas arqueológicas, libros, periódicos, algunos de éstos adquiridos especialmente para su investigación. Danitza e Israel lo siguieron sin decir una sola palabra.

—Comencemos —se dijo Daza sin quitar la mirada de las páginas que hojeaba.

—¿Qué buscas? —preguntó Ramos desde la puerta.

—A Cuauhtlatoatzin.

—¿A quién? —cuestionó Danitza.

—Sí —respondió el arqueólogo forense—. Cuauhtlatoatzin, el águila que habla —dijo mientras buscaba una página—. ¡Aquí está! De acuerdo con la Iglesia, Cuauhtlatoatzin nació en 1474, en Cuauhtitlán, en la etnia chichimeca, reino de Texcoco. En su madurez vivió en Tulpetlac, municipio de Cuauhtitlán. Más tarde contrajo matrimonio en Santa Cruz el Alto —Tlacpan—, cerca de San Pedro, con una joven llamada Malitzin; luego, ambos fueron bautizados: ella como María Lucía, y él... —Daza hizo una pausa y levantó la mirada y la clavó en sus amigos— como Juan Diego. Algo que muy pocos saben es que tuvo hijos —pues, de acuerdo con la Iglesia, Lorenzo Boturini Benalluci se ocupó de ignorarlos históricamente para defender su virginidad—; y qué enviudó en 1529.[47] ¿Cómo? Quién sabe. Malitzin, si es que en verdad existió, pudo haber muerto a causa de las enfermedades que trajeron los españoles, o tal vez entre tantos indios masacrados —Diego caminó al librero y buscó otro libro; lo abrió y hojeó hasta encontrar más información—. Aquí está. Fray Toribio Paredes de Benavente... Según información de la Iglesia católica, Toribio Motolinía evangelizó a Juan Diego y a su esposa en 1528.[48]

—Un momento —interrumpió Danitza; se puso de pie y sacó otro libro—: Motolinía no escribió nada sobre este hecho tan importante para la Iglesia católica. No existe una sola epístola en que mencione a Juan Diego ni las apariciones de la virgen. En ese año fue acusado de intentar independizar a la Nueva España. Se cree que entre 1528 y 1529 se fue a Guatemala para estudiar la fundación de misiones. Llegó hasta Nicaragua desplegando una amplia acción evangelizadora, en el curso de la cual aprendió algunas lenguas indias y conoció su cultura.

—Por otra parte —agregó Daza—, fray Juan de Zumárraga, arzobispo franciscano, quien dice la Iglesia católica recibió a Juan Diego, jamás escribió algo sobre la virgen de Guadalupe, que supuestamente se le apareció a Juan Diego entre el 9 y 12 de diciembre de 1531. Un dato importante es que no existe documento alguno, entre 1531 y 1548, que hable sobre dichas apariciones de la virgen. Curiosamente, dice la Iglesia que en el mismo año, 1548, murieron Juan Diego y fray Juan de Zumárraga. Muchos dirían que esto no prueba ni niega los acontecimientos. Pero no es posible que un arzobispo, siendo testigo de tal hallazgo, se lleve tan importante información a la tumba. Se colige entonces que Zumárraga jamás testificó las apariciones de la virgen de Guadalupe. Ahora… —el arqueólogo se rascó la nuca y caminó en busca de otros libros, los hojeó en silencio por algunos minutos en que nadie dijo palabra alguna; y al encontrar las páginas deseadas leyó en voz alta:

Sin embargo, es indudable el hecho de que, de múltiples documentos, relatos, códices, etcétera, indígenas, hispánicos y novohispánicos del siglo XVI, ni uno solo contiene el relato de las apariciones, ni aborda las apariciones o siquiera hace alguna alusión indirecta a ellas. Y esto es todavía más inexplicable tomando en consideración que Zumárraga, O.F.M., emprendió un viaje a su patria, España, al principio del año 1532, esto es, muy poco tiempo después de las apariciones.

Zumárraga, «testigo ocular», del «milagro de las flores», no solamente no relata el suceso, sino que se vuelve con palabras en contra de la creencia en los milagros en general, como se puede colegir de un catecismo publicado dieciséis años después de 1531:[49]

«Ya no quiere el redemptor del mundo que se hagan milagros, porque no son menester; pues esta nueva sancta fe tan fundada por tantos millares de milagros como tenemos en el testamento viejo y nuevo. Lo que pide y quiere es: vidas milagrosas; Xprianos humildes, pacientes y caritativos; porque la vida perfecta de vn christiano vn continuado milagro es en la tierra [...]».[50]

Pero además atrae poderosamente la atención que Toribio de Benavente, Motolinía (?-1569), Andrés de Olmos (?-1571), Bernardino de Sahagún (¿1499?-1590) y Gerónimo de Mendieta (¿1534?-1604), considerados como los cuatro cronistas franciscanos más importantes del siglo XVI, no hayan escrito ni una sola palabra sobre las apariciones guadalupanas.[51]

—Entonces, si fray Juan de Zumárraga jamás escribió algo sobre las apariciones, ¿cuándo es que inicia la adoración a la virgen de Guadalupe? —preguntó Ramos.

—A partir del dominico fray Alonso de Montúfar, segundo arzobispo de México, el guadalupanismo comienza a ser una tónica común en los arzobispos de México[52] —respondió Danitza.

El arqueólogo forense navegó, en silencio, por algunas páginas del libro que tenía en sus manos y leyó:

Pero la veneración y la doctrina marianas obtienen impulsos considerables ya desde Ossius (Osio, Hsius, ¿257?-357) de Corduba y Gregorio Ilíberis (después de 392), quienes defendieron el credo de concilio de Nicea (325, Symbolum Nicaenum) y acuñaron en ideas teológicamente importantes algunos dogmas marianos fundamentales. [...] Sin embargo, la formación teológica sobre el concepto y doctrina de María y su veneración, que resulta de la conexión con la cristología, es promovida en forma decisiva por tres grandes figuras de la Iglesia visigoda en Hispania: por los arzobispos San Leandro de Sevilla (¿540?-600), San Isidro de Sevilla (¿560?-636) y San Ildefonso de Toledo (607-667), cuyo tema principal es la maternidad virginal. [...] Después de la disolución del reino visigodo hispánico como consecuencia de la invasión islámica al comienzo del siglo VIII, durante la subsiguiente hegemonía de los moros, subsistió y continuó operando un limitado culto cristiano mariano, así como también una forma de veneración, sin imágenes, a María, madre del gran Nabi (profeta) Jesús, impuesta por el islam y el Corán (Sura 3, 5, 19, etcétera).

En el periodo de la reconquista (711-1492) la veneración a María representa un papel preponderante. Así como Santiago, que según la tradición legendaria combatió contra los moros en la batalla de Clavijo (844) montando un caballo blanco, se convirtió en el patrono de la Reconquista, también María queda confirmada como su patrona desde el principio, dado que la primera victoria sobre los moros que en 718 lograron los nobles visigodos huidos a las montañas de Asturias bajo el mando de Pelayo, en Covadonga (posteriormente santuario nacional de España), se atribuyó a la virgen de las batallas. Antes de entrar en batalla, los caballeros eran juramentados en la catedral de Toledo ante la imagen de la virgen de la Antigua, y una de las más grandes figuras de esa época, el rey Fernando III de Castilla y León, mandó consagrar como catedrales dedicadas a María las mezquitas principales de las ciudades reconquistadas de Córdoba (1236) y Sevilla (1248). Todavía, cien años después de la expulsión del último rey moro, fue erigida la iglesia de Santa María de la Alhambra, al lado de la Alhambra en el atrio de la mezquita del Sultán, como un agradecimiento posterior por la ayuda que supuestamente la patrona de la Reconquista había concedido a los cristianos en sus batallas.

Entre los santuarios marianos de ese agitado periodo se debe resaltar el de Guadalupe en las montañas de Extremadura. Su construcción se comenzó bajo el reinado de Alfonso XI, después de que éste logró una inesperada victoria sobre los musulmanes a orillas del río salado (1340), precisamente en el lugar donde, según la tradición, un pastor había vuelto a encontrar una imagen de María escondida en otros tiempos por unos cristianos al huir de los musulmanes. Durante y después de la Reconquista, muchas leyendas de los territorios respectivamente reconquistados refieren el descubrimiento de imágenes de María bajo circunstancias milagrosas. Se trata aquí de imágenes escondidas que en su mayoría fueron puestas en lugar seguro antes de la invasión de los moros y que más tarde, una vez encontradas, se convirtieron en imágenes milagrosas preferidas de la devoción del pueblo de las respectivas regiones.[53]

—Se sabe de unas doscientos imágenes encontradas que habían sido escondidas en valles, montes y otros lugares por cristianos desconocidos, para protegerlas primero de los visigodos arrianos y más tarde de los moros —añadió Danitza—. Entre ellas la virgen de Guadalupe hallada por un pastor cerca del riachuelo de Guadalupe, donde Juan I de Castilla fundó un convento de jerónimos en 1389. A partir de entonces, Guadalupe[54] llegó a ser uno de los lugares más importantes de la región de forma política, económica, religiosa y cultural, perdurando durante los siglos XVI y XVII. El lugar fue visitado y venerado por los reyes de Castilla y Aragón, Carlos I, Felipe II, Felipe III, Felipe IV y Carlos II. Entre los que se mostraban profundamente devotos a la virgen de Guadalupe en España, estaba Hernán Cortés, quien llegó a América con un estandarte de aquella virgen (ya desde entonces morena), con el Niño Jesús sobre el brazo izquierdo, en la mano derecha un cetro de cristal y bajo sus pies una media luna humillada (el símbolo del islam).

—La imagen de la virgen mexicana también tiene una media luna bajo sus pies. ¿Por qué la virgen del Tepeyac, siendo santa, tenía que humillar a la media luna? La humillación es una agresión y por lo mismo debe ser pecado.

—Imagen que al lograr la conquista de México-Tenochtitlan instalaron en el Tepeyac —agregó Ramos—, donde anteriormente se encontraba un adoratorio a la diosa Tonantzin, que significa «nuestra mnadre»; una de las cuatro deidades: Cihuacoatl, Coatlicue, «la mujer de la culebra», Toci, Teteoinnan, «abuela de los dioses», Chicomecoatl, «las siete serpientes». Como lo hicieron con muchos otros templos. Ya fuese derribándolos o enterrándolos, para luego erigir una iglesia. ¿Para qué hacían esto? Por una simple razón: los indígenas seguían adorando a sus dioses después de la caída del imperio azteca. Tenían templos furtivos donde profesaban lealtad a sus dioses. Para ellos resultaba incongruente adorar a un dios desconocido, un hombre crucificado, un hombre con facciones europeas. Y los religiosos lo sabían; tenían como tarea controlar a las masas. No en vano habían cruzado el océano. La conquista de las tierras incluía el dominio total. Incluyendo a los inmigrantes europeos que tenían como condición profesar la religión católica. Sólo así alcanzarían grandes recaudaciones económicas: el diezmo, las limosnas, cobros por bautizos, confirmaciones, primeras comuniones, matrimonios, sepelios y misas. Los indígenas se mostraban renuentes a todo esto, y el clero necesitaba, más que combatirlos, ganarse su *obediencia* a toda costa. Dominarlos. Manipularlos. Mantenerlos sumergidos en el pozo de la ignorancia total, y el camino era el analfabetismo. Por más de trescientos años la literatura estuvo prohibida para ellos. Y lo lograron. Hasta hoy en día la población es manipulable, se manejan como borregos. La prueba está en la basílica de Guadalupe, en la capital de México a donde diez millones de peregrinos viajan todo el año[55] para visitar a la que ellos llaman su madrecita, la que les cumple todos sus caprichos y les perdona todos sus pecados a cambio de limosnas que se convierten en millones de pesos.

Aunque Montúfar no fue quien inventó la historia de Juan Diego, bien supo lo que estaba haciendo. Les dio lo que ellos querían: una virgen morena, prieta como ellos, y su diosa Tonantzin, una madre con la que ellos se identificaran, a la que pudieran adorar. Aún no se mencionaba ni una palabra sobre las apariciones de la virgen a ningún indio, cuando el 6 de septiembre de 1556 el arzobispo fray Alonso de Montúfar, O.P.,[56] pronunció un sermón en honor de la virgen de Guadalupe en el santuario del Tepeyac.

Danitza se puso de pie y caminó hacia los dos arqueólogos para leer otro fragmento del libro que tenía en las manos:

Los misioneros de la capital, en especial los franciscanos, consideraron este sermón como una especie de aprobación oficial del culto que repracticaba en aquella iglesia, que a mediados del siglo había adquirido mucha popularidad entre los colonos españoles de la capital. Los franciscanos protestaron contra este hecho creyendo una grave equivocación en el proceder de la más alta autoridad eclesiástica. Dicha equivocación estribaba, según ellos, en que no se quería reconocer que en el Tepeyac ocultamente se seguían practicando ritos paganos. Por esta razón la veneración de María Tonantzin como virgen de Guadalupe era muy discutida por una gran parte de los misioneros. Las grandes órdenes que participaban en la evangelización o bien la ignoraban, en el momento que aquí nos interesa, o bien la rechazaban [...] El punto culminante de esta disputa fue un sermón pronunciado por el provincial franciscano Francisco de Bustamante, el 8 de septiembre de 1556 en la famosa capilla de San José de los Naturales del gran convento franciscano en la capital, en el cual, en presencia del virrey y de la Audiencia, atacó violentamente a la autoridad episcopal y puso en claro la posición de los franciscanos frente al culto a María en el Tepeyac.[57]

—Así es —agregó Daza—. Él afirmó en ese sermón que la virgen era falsa, promotora de la idolatría y, por lo mismo, demoniaca.[58] Lo que dice la historia es que fray Francisco de Bustamante y sus hermanos frailes se mostraron resueltamente hostiles e hicieron llegar al Vaticano un escrito que no llegó a más. En realidad, nadie supo cómo fue que murió Bustamante, pues toda información sobre él desapareció. Supuestamente, al día siguiente fue enviado de vuelta a España, donde murió. Ahora, lo que sabemos a ciencia cierta es que todos ellos fueron enterrados vivos en la mazmorra de Atotonilco. Yo supongo que fray Toribio Paredes de Benavente, Motolinía —quien por supuesto no evangelizó a Juan Diego, como asegura la Iglesia—, pudo haberse mostrado en contra de la veneración a la virgen de Guadalupe y escrito algo donde desmentía a la Iglesia. Claro, no podía arriesgarse, pues ya lo habían acusado de tratar de independizar a la Nueva España. Debía compartir lo que sabía con alguien, alguien en quien pudiera confiar, una persona que pensara como él, que lo apoyara. Y sin duda, éste fue Francisco de Bustamante.

—Fray Toribio Paredes de Benavente murió en 1565 y no en 1569 como se hace creer —agregó Danitza marcando con el dedo índice el centro de una página.

—Supongamos que Juan Diego en realidad existió —dijo Ramos con la mano en la barbilla—, que en verdad se le apareció la virgen. ¿Cuál pudo ser su estatura?

—Por ser indígena: un metro con cincuenta o sesenta centímetros —respondió Daza con los dedos en el aire.

—El ayate debió llegarle a la mitad de la pantorrilla —agregó Ramos—. Es decir, que medía, máximo, un metro con veinte centímetros. La imagen en la basílica mide aproximadamente un metro con ochenta centímetros. Son sesenta centímetros de diferencia. Demasiado para un hombre de tan corta estatura.

—Francisco de Bustamante aseguró en su sermón que la imagen fue pintada por un indio llamado Marco, o Marcos —incluyó Danitza—. Y eso no es todo. La imagen inicial tenía una corona.

Hubo un silencio. Daza y Ramos permanecieron en silencio en espera de lo que Danitza tenía que decir.

—Lo que quiero decir es que —continuó Danitza— el médico José Ignacio Bartolache y Díaz de Pozada hicieron un examen de la imagen con el apoyo de los pintores Andrés López, José Gutiérrez, Rafael Gutiérrez, Manuel García y Mariano Vázquez para probar los materiales del ayate y los colores con que estaba pintado el cuadro. La comisión Bartolache, en 1787, encontró varias y significantes irregularidades: que la pintura tenía varias manos, que no era un ayate, sino una fina manta de palma; que estaba pegada sobre un bastidor de madera y que la imagen se estaba descascarando por hongos y humedad. Ya para 1895, la imagen estaba en tan mal estado que tuvo que ser cambiada a escondidas del público, encargándose de ello el padre Plancarte. Para suplir al viejo cuadro se escogió uno que estaba en el convento de Capuchinas en la misma ciudad de México. Burlándose de la gente, Plancarte dijo que nunca hubo tal corona. Plancarte fue acusado públicamente de haberle borrado la corona a la virgen de Guadalupe. Éste declaró que «tal vez por milagro desapareció la corona». Y los fieles le creyeron.[59]

—Como el hecho de que años más tarde, el ángel que sostiene a la virgen apareciera con las alas pintadas de verde, blanco y rojo, siendo que en tiempos de la conquista aún no existía la bandera mexicana —agregó Ramos.

—En 1573 —dijo Daza—, año en que transcurría el arzobispado de Pedro Moya de Contreras, y futuro virrey de la Nueva España,[60] el papa Gregorio XIII concedió indulgencia plenaria y otras gracias a los fieles que visitaran el templo de la Bienaventurada virgen de Guadalupe.[61]

—No sólo Francisco de Bustamante se mostró renuente ante la adoración de la virgen —dijo Ramos con otro libro en las manos—, también Juan Bautista Muñoz frente a los miembros de la Academia (*Memorias sobre las apariciones y el culto de Nuestra Señora de Guadalupe de México*), en 1794, alegó que en ninguno de los documentos llegados al rey Carlos III había referencias sobre los testigos de las apariciones de la virgen. También aseguró que eran papeles mugrientos, por ser escritos por indios. Puso en tela de juicio su autenticidad. Incluso dijo que éstos pudieron haber sido dictados por los mismos frailes dominicos. Después aparece fray Servando Teresa de Mier en 1794. Más tarde, Joaquín García Icazbalceta, en 1800; Guillermo Shulenburg Prado; Carlos Warnlholtz; Esteban Martínez de la Serna y Manuel Olimón Nolasco.

—Ya es tarde —bostezó Daza—. La cabeza me da vueltas. Quiero dejar esto por un momento. Mañana... Mañana será otro día.

El pasillo se encontraba oscuro. Daza caminó lentamente hasta llegar a su recámara. Con dificultad abrió la chapa de la puerta. Dio unos cuantos pasos y sin percatarse cayó derrumbado sobre la cama. Perdió el conocimiento. En cuestión de segundos entró en un profundo sueño.

XV

ustamante estaba consciente de que el tiempo de su muerte se encontraba a la vuelta de la esquina y que de nada serviría seguir contando los ladrillos de la mazmorra. Ya había perdido la cuenta de las horas y de las noches. Quizá tres o cuatro. ¿Serían cinco? Ya estaba harto de comer carne de ratas y de beber sus orines. Ya no le quedaban fuerzas.

Por un momento se arrepintió de haber viajado a la Nueva España. Pensó que de nada había servido llegar en 1542 y haber enseñado retórica, filosofía y teología en el colegio de Santa Cruz de Tlatelolco, y haber sido prior de Tecamachalco, provincial y comisario general de su orden, y haber obtenido el honor de ser conocido como el mejor predicador de su tiempo en México.

«¿Para qué sirve el conocimiento sino para compartirlo, difundirlo, multiplicarlo? Aquel que goza y se viste con las joyas del saber, y no arriesga su estabilidad para compartirlo, no merece ninguna de las dos», dijo al buscar un lugar donde sentarse.

Encontró una piedra que en su momento le pareció cómoda para evocar las enseñanzas de su correligionario fray Toribio Motolinía. Se preguntó si su amigo estaría a salvo en esos momentos; y si así era el caso, si aún seguiría escribiendo. Siempre admiró la habilidad que tenía Motolinía para el canto y la escritura. Admitió que de la segunda aprendió bastante y le había inspirado para predicar. Aunque Bustamante también era letrado, siempre creyó que para escribir una relación de los indios se necesitaba la experiencia de un hombre como Toribio.

Desdeñaba las crónicas de aquellos que con pocos meses —o peor aún, sin haber viajado a la Nueva España o lidiado con los indígenas— alardeaban de sabiduría. Por lo mismo, le frustraba que su amigo insistiera en ocultar la autoría de sus *Memoriales*; incluso su biografía.

Le decía a Toribio de Benavente que era indispensable para la historia que se supiera de su llegada a la gran Tenochtitlan el 17 de junio de 1524, tras haberse embarcado el 25 de enero del mismo año en San Lúcar de Barrameda; de sus primeras evangelizaciones a los principales; de la pobreza y enfermedades que había entre los indios; de la junta eclesiástica convocada por fray Martín de Valencia que trató sobre la administración de los sacramentos a los indios en 1524; la salida de Hernán Cortés en ese mismo año y la entrada de Alonso de Estrada, Rodrigo de Albornoz, Alonso Zauzo y Rodrigo de Paz; así como de las disensiones que había entre ellos para gobernar y administrar la tierra.

Si bien fray Francisco de Bustamante tenía conocimiento de todo esto, fue porque fray Toribio Motolinía le había contado con detalle:

—Ya en esos años los indios salían de sus casas e importunando, en días que no eran de domingo, pedían a los frailes que los bautizáramos. De ésos tantos hubo uno que se decía hijo de

Moteuczomatzín Xocoyotzin, y que bautizamos como Rodrigo de Paz, por ser su padrino el alguacil de mismo nombre. Y como ya los indios obedecían a los frailes más que a los conquistadores, se me fue requerido por el Ayuntamiento de México para que se me justificara en ostentarme como vice-epíscopo y entrometerme por usar jurisdicción civil y criminal que son cosas tocantes a la preeminencia episcopal, virtud que se nos fue otorgada en las bulas y cédulas. El documento que nos amparaba no tuvo por conformes a los concejales y redactaron su apelación en el acta de cabildo de veinte y ocho de julio de mil y quinientos veinte y cinco.

Ansí mesmo se inició un temporal de hostilidades entre autoridades civiles y franciscanos. Encontrando necesario el regreso de Hernando Cortés y cuando se nos enteramos de su llegada a la Nueva España tomé parte en mil y quinientos veinte y seis en una manifestación en compañía de otros españoles que también solicitaban su presencia para solicitar justicia por nuestro hermano fray Juan de Zumárraga, que era víctima de las injurias de Nuño de Guzmán, presidente de la Audiencia. [...] Luego se me fue enviado a ser guardián de Tezcuco en donde también tuve por labor ser juez comisario en el proceso eclesiástico incoado contra el viejo conquistador Rodrigo Rangel, quien osó blasfemar en contra de la Santa Iglesia y de nuestra labor como predicadores.

Las blasfemias no cesaron ni tampoco las injurias en contra de los franciscanos. Tan ansí que en el año de mil y quinientos y veinte y ocho fray Juan Paredes nos acusó a Luis de Fuensalida, Francisco Jiménez, Pedro de Gante y un siervo de Dios, fray Toribio Motolinía, de tramar una conjuración para apoderarnos de la Nueva España.

Os confío, mi buen y apreciado amigo, fray Francisco, que todo esto no fue sino una calumnia más de Alonso de Estrada, que aseguraba que nosotros los frailes queríamos gobernar estas tierras bajo la soberanía del rey Carlos I de España pero sin la autoridad de los conquistadores; incluso aseguró que buscábamos prohibir la entrada de ellos. Vos sabéis que sólo añorábamos el bien de nuestro rey y la evangelización de los indios. Si bien, es cierto que siempre estuvimos con Hernando Cortés y que por su llamado asistimos a la junta que se celebró por él mismo, en Huejotzingo en el año de mil y quinientos y veinte y ocho y en el que se discutió la posibilidad de que Hernando Cortés le quitara el gobierno al villano Alonso de Estrada.

Ese mesmo año llegaron los oidores de la Primera Audiencia y fue electo nuestro primer obispo en la Nueva España fray Juan de Zumárraga, quien recibió la queja de unos caciques que no se inclinaron ante la imposición de tributos de los oidores. Os confieso mi buen y apreciado amigo, fray Francisco, que yo escondí a esos caciques y a sus familias en el monasterio de Huejotzingo, donde ya era guardián y cuando los enviados de la Audiencia se presentaron les requerí que se volvieran a México y que no se entrometieran en cosas de los indios. Nuevamente estaba yo inmiscuido en más hostilidades de las cuales debía liberarme para seguir con la evangelización de los indios, y que se logró tras la junta que se celebró y se fue presidida por fray Juan de Zumárraga, y en que se determinó que los oidores serían excomulgados.

Luego se creyó prudente que me retirara un tiempo para amenguar las hostilidades y se me fue enviado a Guatemala y Nicaragua de las cuales ya he narrado suficiente en mis *Memoriales*. Es deseo mío relatarse cosas que no he puesto en mis crónicas y que no creo ni debo ni tengo menester de redactar. Como el día en que regresé a la Nueva España de mi viaje a Guatemala y que no por casualidad coincidió con la fecha en que la Primera

Audiencia fue sustituida por la Segunda que empezó a gobernar en el año de mil y quinientos y treinta y uno bajo la presidencia provisional del señor Juan de Salmerón y que inició los trabajos para la fundación de la ciudad de Puebla de Los Ángeles, en la cual oficié misa en el día de Santo Toribio de Astorga.

De las pocas cosas que no he escrito y que no he contado a mi buen y apreciado amigo, fray Francisco, es que en el año de mil y quinientos y treinta y nueve estando en Tlaxcallan hube de escribir una carta al emperador para hacer de su conocimiento el mal uso del hábito de fray Bartolomé de las Casas, que se negó a bautizar a un indio en Tlaxcallan. Pero en denantes le reproché al mesmo fray Bartolomé su falta de amor hacia los indios y díjele textualmente: «bien sería que pagásedes a cuantos traéis cargados y fatigados».

Habiendo dicho esto paso a comentar que en ese mesmo año se examinó la bula *Altitudo divini consilii* y se determinó otra manera de aplicarla en cuanto a la administración de los sacramentos a los indios, de la que no estuve en acuerdo pues aún en contra de los obispos de la junta eclesiástica bauticé a muchos indios en Huaquechula, en donde estuve cinco días antes de mi viaje al río Papaloapan, en donde conocí a un hombre que se decía Tenixtli y que me pidió que escribiera antes de su muerte todo lo que tenía por contar. Luego de permanecer hartas noches calurosas por aquellos rumbos, escuchando la historia de sus falsas creencias, le di el bautismo y los santos sacramentos.

Tras su muerte los escritos, que eran muchos, sobre su historia se me fueron robados. Los indios que hasta ese momento habían sido harto generosos conmigo se mostraron diferentes, y confesaron que si recibían los sacramentos y el bautismo no era por devoción ni creencia sino para no tener más guerras con los españoles que ya habían matado a muchos.

No es que crea yo en las crónicas de estos indios, pero sí os confieso que en muchas ocasiones me encontré conmovido al ver su esfuerzo por mantener sus edificios que se fueron destruidos por los españoles y por nosotros los frailes. Incluso se me mostró unos que tienen escondidos por aquellos rumbos a los que llaman Tajín y que es donde veneran a un dios de los huracanes en donde han guardado parte de mis *Memoriales* y en los que he escrito también sobre la veneración a una diosa de nombre Tonantzin a quien nombran su madre. Esta diosa tenía un templo allá en Tepeac, donde los españoles han puesto un estandarte de la virgen de Guadalupe, que se dice apareció a orillas del río Guadalupe, en uno de los estribos de la sierra de Villuercas, provincia de Cáceres y de la cual no tengo pruebas de su haber existido.

—Vos sabéis que la adoración de imágenes es cuestión que no apruebo —respondió Bustamante—. Y que esta virgen, que han impuesto a los indios para adoración, es falsa.

—Por lo mismo que conozco vuestra opinión he tenido por confianza contaros esto. Esos escritos, que ahora permanecen en algún lugar de esos templos que estos indios llaman Tajín, son una de las pruebas de que hay cosas de las que no me siento a gusto pues creo en Dios Nuestro Señor pero no en la adoración de imágenes.

Aquella conversación retumbaba en la memoria de Bustamante que se había cansado de la piedra donde se sentó momentos antes. Lamentó saber que una mitad de los *Memoriales* de su correligionario yacían escondidos en un lugar desconocido para él había llamado Tajín y la otra mitad en manos del oidor Alonso de Zorita.[62] Motolinía no podría terminar sus *Memoriales*. Y lo que sería peor, podrían ser destruidos, alterados o plagiados. Sintió nuevamente una necesidad incontrolable por algún líquido en su boca.

XVI

ino, tenemos al fulano en la mira —dijo Saddam por el radio y se rascó la nuca, pues la etiqueta de su nueva camisa le causaba una comezón insoportable—. Acaba de salir.

—Bien —respondió Endoque sentado en su camioneta y con un cigarrillo en los dedos—. Ahora descríbeme qué lleva puesto, qué tiene en las manos, cómo se ve: enojado, triste, preocupado, distraído.

—Lleva puesta una camisa de manga corta, blanca con rayas azules y unos pantalones azules. Trae una mochila negra en el hombro. Se ve contento. Una señora lo acaba de saludar. Están platicando. Ya se despidieron. Sigue caminando. Ahora va caminando con alguien.

—¿Con alguien? —cuestionó Delfino.

—Sí, un señor.

—Dame más información, Saddam. Necesito que seas específico.

—Ya le dije, es un señor —Saddam se rascó nuevamente la nuca haciendo un gesto de incomodidad—. No se saludaron, sólo comenzaron a caminar juntos. Hacen como que no se conocen. No se miran a los ojos. Pero se ve que están hablando.

—No te acerques mucho, Saddam —agregó el detective—, ten mucho cuidado. Que no te vean. Acuérdate, eres un fantasma.

—¡Fino, Fino! El fulano le acaba de dar al otro fulano un sobre. Ya se separaron. ¿Qué hago?

—¡Sigue al otro fulano! ¡No lo pierdas de vista!

—¡Acaba de subir a un taxi!

—¡Síguelo, toma un taxi, paga con el dinero que te di esta mañana, no lo pierdas de vista!

Saddam comenzó a correr tras el taxi. El tránsito iba lento. Esquivó a cuantos se interponían en su camino. «Saddam, ¿me escuchas?», preguntó Delfino. Pero el niño no respondió. Corrió cuanto pudo. Y cuando vio que el congestionamiento terminaba abordó un taxi, tal cual Delfino se lo indicó. «Siga derecho», le exigió al taxista, que indiferente obedeció. El niño apagó el radio y permaneció en silencio, concentrado en la dirección que llevaba el otro carro. Luego de varias vueltas por las callejuelas, Saddam supo que iban a las afueras de Papantla. El taxista comenzó a dudar. «¿A dónde vamos?», preguntó. «Aquí cerca», respondió Saddam. «¿Tienes dinero para pagarme?», cuestionó desconfiado. El pipiolo jamás había pagado por el servicio de un taxista. Pero se aseguró de seguir al pie de la letra todas las instrucciones del detective: sacó dinero de su bolsillo y se lo dio. «Así sí, con dinero baila el perro», respondió el taxista con una sonrisa desfachatada. Minutos más tarde el automóvil al que perseguían se detuvo a un lado de una desviación. El hombre se bajó del auto y caminó por un camino sin pavimentar hasta llegar a un terreno aparentemente deshabitado. Saddam lo siguió sigiloso sin esperar su cambio y comenzó a correr cuesta arriba entre los arbustos. Logró distinguir una casa en la parte superior del cerro. Las ventanas se encontraban selladas. Le pareció extraño que el fulano entrara con toda tranquilidad al lugar. Comenzó a dudar, pues Delfino no le había dado instrucciones para dicha situación. Se preguntó qué hacer. ¿Entrar al lugar? ¿Esperar? ¿Llamarle a Delfino? ¿Y si escuchaban el radio? Se rascó nuevamente la nuca y se sentó bajo un árbol para pensar. Otra vez se rascó la nuca. Se quitó la camisa y con los dientes le arrancó la etiqueta. Se desesperó. Se arrastró entre los arbustos en dirección a la casa. Al incorporarse se lamentó por haber ensuciado su ropa nueva y se sacudió el polvo con las manos. Caviló en desclavar una de las tablas que tapaban las ventanas. Sería imposible, estaban atornilladas. Dio varias vueltas a la vivienda en busca de alguna entrada. No encontró nada ni escuchó ruidos provenientes del interior.

Mientras permanecía escondido entre los árboles se dio el tiempo para admirar su ropa. «Qué bonita camisa», pensó. Y los pantalones de mezclilla, limpios y suaves. El olor, qué rico el aroma de la ropa recién comprada. Jamás había tenido una prenda nueva. Siempre trapos viejos y sucios, nunca, siquiera, un par de calcetines nuevos. ¿Pues cómo?, sí, Carmelita, su madre, jamás había hecho el esfuerzo por comprarle algo. Esa mujer sumergida en el alcohol no tenía ojos para nada ni para nadie más que para la nostalgia de no saber qué hacer con su vida.

Carmelita había perdido la virginidad a los trece años con el sacerdote de la parroquia de su colonia. «La única forma que tienes para alcanzar el perdón de Dios es entregándole tu cuerpo y alma», le dijo el padre y le bajó el vestido. Carmelita, Carmelita, pobre Carmelita. Cómo se arrepintió de haber obedecido al viejo que mentira tras mentira le había arrancado la niñez. «¿A dónde vas, Carmelita?», le preguntaba su mamá. «Al catecismo», respondía temerosa. «Pero el catecismo es de tres a cuatro.» «El padre Pablo quiere que le ayude con unos niños que no pueden llegar a las tres; pero si quieres me quedo y te ayudo con el quehacer.» «Está bien, el domingo hablo con el padre. Vete.» Y tras la misa dominical, el sacerdote con toda tranquilidad le aseguró a doña Matilde que su hija daba catecismo a unos niños de cinco a seis. ¡Mentira! ¡Mentira! ¡Fornicaba con la pequeña! ¡La obligaba a vestirse de puta! ¡La forzaba a bailar desnuda mientras él se masturbaba! Todo a cambio del perdón de sus pequeños y triviales pecadillos; todo por evitar el tan mencionado infierno, todo por alcanzar la gloria eterna. Luego, la confusión, el miedo y el tormento; buscó el apoyo de su madre y encontró sólo bofetadas: «¡Cómo eres capaz de hablar así del padre Pablo, niña mentirosa! Él ya me dijo que te andas revolcando con los muchachos de la otra cuadra. Ya todos los vecinos lo saben». Para disciplinar a la hija pecadora, doña Matilde, siguiendo los consejos del padre, envió a Carmelita a un internado, de donde se escapó meses después para terminar vendiendo caricias en las calles de la ciudad de México. Pocas veces logró encontrar consuelo, hasta que se sumergió en los ríos del mezcal. «No bebo para olvidar —decía entre borracheras—. Una nunca olvida. Yo tomo para que el recuerdo se emborrache y deje de molestarme.» Si bien jamás olvidó su nombre, su pasado, y mucho menos al cura, la cuenta de los días la perdió en una vuelta de tuerca. Hasta que un día recordó que hacía meses no menstruaba. Estaba tan flaca que el embarazo parecía inexistente. Jamás supo quién fue el progenitor de la cría que llevaba en el vientre. La madrugada que nació el pequeño, y que le preguntaron qué nombre le pondría, no tuvo la más mínima idea. Días más tarde leyó en un periódico el nombre de un presidente llamado Saddam. Le gustó. No precisamente el nombre sino el historial de aquel hombre: asesino, despiadado, dictador. Quizá su hijo seguiría sus pasos. «¿Por qué no?, se dijo a sí misma, ¿de qué sirve obedecer las reglas? La sociedad no perdona, la Iglesia menos, no tiene misericordia de los pobres ni de los ingenuos ni de los hombres de buena fe. Quiero que mi hijo sea un maldito, que no tenga misericordia de los demás, que no se deje humillar; que humille, que no pida perdón; que exija perdón, que no obedezca; que demande obediencia, que no rece; que se mantenga de pie y que enfrente la adversidad.» Y así lo hizo: jamás le enseñó a rezar, ni a creer en la Iglesia. «Nunca confíes en los curas», le decía. Hizo de su infante un animal sin riendas que robaba, mentía, engañaba y traicionaba sin remordimientos. Hasta que un día, su hijo, decidió abandonarla. Esa mañana ella supo que jamás lo volvería a ver. Al principio le dio gusto, incluso dejó escapar un par de carcajadas. Mendigó un par de horas y al conseguir lo suficiente para una botella de aguarrás, se detuvo afuera de una de las estaciones del metro, se sentó en uno de los recovecos y brindó por su hijo, por ese niño al que jamás dio un beso ni un abrazo. «Salud, chamaco», dijo y bebió indiferente ante el ruido de los automóviles y el paso de los pasajeros que entraban y salían de la estación; bebió sin preguntarse qué estaría haciendo su chamaco. Y cuando ya no pudo extraerle ni una gota más a la botella la tiró al piso; se puso de pie y con los últimos pesos que le quedaban en la bolsa compró un boleto del metro. Antes de cruzar los torniquetes se detuvo por un instante y miró por arriba de su hombro la entrada de la estación. «Salud, chamaco, cuídate», dijo y caminó sin volver la mirada. Al llegar al pasillo, se dirigió hasta la orilla, por donde llegaba el metro, y se paró en el borde del piso, frente a las vías. No levantó la cara. Decidió que su caminó había terminado. No lloró, no hizo gestos de tristeza, no suspiró, no pidió perdón ni se arrepintió. Esperó indiferente la llegada del metro y cuando lo vio muy cerca, se dejó caer como tabla, de frente, sin siquiera mover los brazos. El metro no se detuvo hasta llegar a la otra orilla.

Saddam nunca supo cómo murió su madre. Jamás la buscó. De cuando en cuando pensaba en ella. Se preguntaba qué era de su vida. Y justamente ahora que por fin tenía un trabajo y ropa nueva caviló en que algún día, ya con dinero en la bolsa, podría volver a México y buscar a Carmelita, comprarle algo, quizás unos vestidos, y sacarla de ese mundo hediondo en que vivía.

—¿Dónde andará esa vieja borracha? —se preguntó y justo en ese momento arribó un Gran Marquis negro al lugar.

Saddam se arrastró entre la hierba para acercarse un poco y lograr ver quién llegaba. Por un momento no logró distinguir el rostro del hombre que bajó del auto. Sabía que lo había visto en alguna parte, pero las gafas oscuras, el sombrero y la gabardina le impedían reconocer al sujeto. Pronto el hombre que llegó una hora antes salió para recibirlo.

—¿Cómo está todo? —preguntó, volteó la mirada hacia el chofer, hizo un gesto y el automóvil en que había llegado se retiró.

Saddam reconoció la voz. Era el padre que había llegado a Papantla tres o cuatro días atrás. Estaba seguro, porque en la Iglesia cometía la mayoría de sus robos. «¿Cómo se llama ese padrecito?», se preguntó.

—¿Revisaste el lugar antes de entrar? —preguntó Urquidi. Ambos miraron, cautelosos, en varias direcciones para cerciorarse de que nadie los espiaba.

Por un instante Saddam se sintió descubierto.

—Sí, mi Pastor —mintió—. Antes de entrar di una vuelta por el lugar.

—En cuanto lleguen nuestras visitas dile a Roberto que se lleve el carro de aquí —respondió Urquidi sin voltear la mirada y entró a la casa.

Minutos más tarde llegó otro automóvil lujoso. Mauro se dirigió a éste y abrió una de las puertas traseras. Dos jóvenes de belleza exquisita bajaron envueltas en gabardinas largas y elegantes. Saddam alcanzó a ver que las dos jóvenes se mostraron preocupadas al ver que el chofer se retiraba con el carro.

—No se preocupen, va a comprar unas bolsas de hielo para la fiesta —mintió Mauro y las miró con lujuria—. Mi señor las tratará muy bien. Síganme.

El interior del lugar las intimidó aún más. Pese a que se trataba de una casa de grandes dimensiones no era nada comparado con el tipo de residencias que acostumbraban visitar. Ésta se encontraba en el abandono total. No había muebles en la entrada ni nada que diera indicios de que ahí se llevaría a cabo una fiesta, tal cual se los había dicho Roberto al contratarlas el día anterior en México. No solían aceptar trabajos fuera de la ciudad, pero al saber la suma y recibir la mitad de lo prometido antes de salir a carretera, aceptaron sin dudarlo. Pero en ese momento que Mauro las guiaba por la casa sintieron un temor indomable. Sólo sintieron alivio al entrar a una enorme sala en el segundo piso, lujosamente decorada con muebles estilo barroco, donde Urquidi ya las esperaba en una bata de seda.

—Sean ustedes bienvenidas, mis queridísimas —dijo Urquidi desde su sofá de piel.

—¿Y los invitados? —preguntó una de ellas con una sonrisa fingida.

—Ustedes son mis huéspedes. La fiesta es en honor a su magistral belleza —respondió Urquidi y encendió un puro—. Tendré que recompensar a Roberto por seleccionar tan bien a las chicas que me hacen compañía. ¡Qué lindas están!

Como ya era su costumbre, Mauro se apresuró a servir unas bebidas para las damiselas.

—Me gusta que mis putas se sientan cómodas —sonrió Urquidi, le dio un trago a su coñac, y le subió el volumen a la ópera que tenía en el reproductor de música; luego hizo un gesto de asombro—. Disculpen mi mala educación. Les presento a Mauro, mi hombre de confianza y compañero en las orgías. Mauro te presento a... —Urquidi miró a las jóvenes y preguntó—, ¿cómo dijeron que se llaman?

—Shantal —respondió una de las prostitutas y se quitó la gabardina.

—Yo soy Janette —dijo la otra y se soltó el pelo.

—Como sea, para fornicar el nombre es lo de menos. Shantal, ¿qué te parece si me dejas ver tus lindas nalgas? Y tú, Janette, ¿por qué no me enseñas la grandeza de tus tetas? Así... Déjame verte el culo... Qué lindo y asqueroso. Mauro, ¿podrías probar con tu lengua el culo de esta puta sabrosa?

Mauro obedeció y Urquidi observó desde su sofá de piel. Shantal caminó hacía él y le besó el cuello. Pronto bajó por el pecho hasta llegar a la verga erecta de Urquidi. Pero éste le pidió que le chupara el ano. Luego la penetró de diferentes formas. Más tarde le pidió a Janette que se incorporara. Mauro la esposó de pies y manos, y la azotó dócilmente mientras Urquidi se turnaba para penetrarlas. Ambas sonreían, y fingían excitación.

—¿Eso les gusta? —preguntó Urquidi y le quitó la fusta a su sirviente.

—Sí, papacito, así nos gusta —respondió Shantal—, golpéanos, maltrátanos, nos gusta la mala vida.

El azote que le siguió hizo que Shantal gritara de verdadero dolor.

—¡Pendejo! ¿Qué te pasa, cabrón? —preguntó enojada, e intentó levantarse, pero Mauro se lo impidió con el pie.

—Te voy a enseñar lo que es la mala vida, como acabas de decir —respondió Urquidi con excitación y la azotó con más fuerza.

—¡Hijo de tu pinche madre! —gritó Janette— ¡Suéltanos! Te lo dijimos bien claro, nosotras no hacemos este tipo de trabajo.

Urquidi no respondió y siguió flagelándolas una y otra vez hasta sangrarles las espaldas. Mauro permaneció de pie, masturbándose con la escena.

—¿Por qué mienten? ¿Por qué me dicen que les excita lo que hacemos? ¿Creen que no me doy cuenta? Estaban fingiendo —Urquidi le dio un puntapié a Janette y luego la volvió a flagelar—. Para que se les quite esa mala costumbre de fingir cuando están con un hombre. Aquí tienen su pinche mala vida. Disfrútenla —gritó y se puso de rodillas para coger del cabello a Shantal y estrellarle la cara contra el piso.

Los gritos se confundieron con la ópera que Urquidi tenía en el reproductor. Mauro comenzó a arrancarles mechones de pelo.

—¡Ya basta! —rogó Janette— ¡Por amor de Dios!

—¿Qué? —gritó Urquidi— Les daré unas cuantas lecciones de la Biblia para que dejen de invocarlo sin conocimiento: «Si alguien tiene un hijo rebelde que no obedece ni escucha cuando lo corrigen, lo sacarán de la ciudad y todo el pueblo lo apedreará hasta que muera», Deuteronomio 21:18-21. Esto lo hago en nombre de sus padres a los que desobedecieron tanto. «El que no obedezca al sacerdote ni al juez morirá», Deuteronomio 17:12. Soy un sacerdote para que lo sepan. «Si la hija de un sacerdote se prostituye, será quemada viva», Levítico 21:9. Hoy en día los sacerdotes no debemos tener hijas, así que esta regla la aplicaremos a todas las hijas. «*Si una joven se casa sin ser virgen, morirá apedreada*», Deuteronomio 22:20,21. Muchas como ustedes han llegado a mi confesionario y con la misma hipocresía confiesan haberse prostituido, y luego pretenden obtener el perdón de Dios para más tarde casarse como virgencitas. ¿Ahora sí tienes dios? Llevas una vida de pecado y ocupas su nombre para salvarte de este infierno al que tú sola llegaste. Así son todas las de tu clase: mienten, roban, matan, venden su cuerpo y cargan su cruz en el pecho con la estúpida idea de que al final del camino podrán arrepentirse de todos sus pecados para luego, con toda tranquilidad, entrar al cielo. Sí, cómo no. ¿En verdad creen que el cielo se gana con sólo arrepentirse en el último momento? Qué fácil. ¡Anda, pídele a tu dios que te perdone y te salve!

De pronto Mauro sacó un cuchillo de grandes proporciones y se lo enterró a Shantal por el ano, la cual se desangró en pocos minutos. Janette, que estaba de rodillas, miró aterrada la escena —mientras Urquidi la penetraba violentamente— temiendo que su final sería semejante.

Urquidi eyaculó y se puso de pie.

—Dime —dijo Urquidi—. ¿Qué prefieres, que Mauro te haga lo mismo o tú sola dar fin a tu asquerosa y repugnante vida?

Sin pensarlo la joven cogió el cuchillo que Mauro le extendió y con ambas manos se penetró el pecho. Pronto el piso se vio cubierto por otro charco de sangre. Urquidi se mantuvo de pie, sin mover un dedo, observando con mucha atención la muerte lenta de la prostituta que tenía los ojos iguales a Joaquina. Estaba seguro de ello, pues además de sus archivos mentales, aún conservaba una fotografía arcaica y apagada donde Joaquina tenía la mirada igual a la de la joven, pero no los labios; ésos los tenía la otra mujer que yacía bocabajo con el trasero bañado en sangre. El ahora viejo y desquiciado Gregorio Urquidi Montero sólo buscaba que cada una de las jóvenes que violaba y asesinaba no se pareciera a Joaquina. Cuando esto ocurría, le resultaba más difícil torturarlas y matarlas, pues encontraba en ellas la mirada de Joaquina en el tormentoso infierno de la última escena que tuvo de ella.

—Deshazte de ellas —dijo Urquidi y se metió a la regadera para lavarse la sangre que tenía en todo el cuerpo.

El sirviente aprovechó la ausencia de Urquidi para fornicar con uno de los cadáveres, antes de descuartizarlos y tirarlos en cualquier otro estado de la República, como muchas veces lo había hecho.

Al salir de la ducha, Urquidi se encontró con Mauro desnudo sobre el cuerpo bañado en sangre de Janette.

—Voy a la habitación del fondo —dijo sin mirarlo.

La diferencia entre ambas habitaciones era magnánima. Ésta era mucho más pequeña y se encontraba en el descuido total. Apestaba horrible. Al abrir la puerta vio la espalda del hombre viejo y enclenque que tenía un par de meses ahí.

—Salomón Urquidi Labastida —dijo al entrar.

El anciano que se encontraba acostado en el piso, sin darse la vuelta, levantó la mirada y arrugó los ojos en cuanto Urquidi encendió una vela para alumbrar el lugar, pero recostó su cabeza al momento de identificar aquella voz y permaneció en silencio.

—La última vez que nos vimos no dijiste palabra alguna —dijo con sarcasmo—. Disculpa, se me olvidaba que tenías la boca tapada. Pero mírate ahora. Ya te ves mejor. Bueno si te bañaras, te cortaras esa greña y te quitaras esa barba tan larga y mugrienta, quizá tu apariencia mejoraría. ¿Te gusta la comida? Creo que es mejor a la que te daban en la mazmorra donde permaneciste junto con todos esos esqueletos por tantos años. ¿Cuántos? Dime tú porque yo ya perdí la cuenta.

El anciano permaneció en silencio, mirando su propia sombra que se agitaba en el muro por la luz de la vela.

—Ya recuerdo —continuó Urquidi—. Veinte. Eso quiere decir que ya estás cerca de los ochenta años. Si supieras cómo ha cambiado el mundo en este tiempo. Lo que he cambiado. Y no se hable de los últimos meses. Las osamentas con las que conviviste ya fueron estudiadas. Resulta que pertenecieron a unos frailes franciscanos que fueron castigados por herejes. Claro, eso no la sabía el día en que te llevamos a la mazmorra por primera vez, hace ya veinte largos años. Y la verdad, en un principio no me interesó llevar a cabo ninguna investigación porque, de hacerlo, te hubiera tenido que cambiar de lugar para que entraran los arqueólogos, sacaran las osamentas, las estudiaran y ocurriera todo el asunto de notificarle al arzobispado. Estaba furioso contigo —y sigo lleno de rencor—, necesitaba que te pudrieras en un lugar como ése. ¿Dónde iba encontrar otra mazmorra de la que nadie supiera? ¿Y más aún, alguien que me confiara tan grande secreto como lo hizo mi difunto amigo Esteban Castro Medina? Así es, el hombre que te alimentó por tantos años en la mazmorra de Atotonilco fue el cura Esteban, a quien conocí en el seminario. Un tipo verdaderamente loco. De no haber sido por él yo habría terminado creyéndome todo eso que debía aprender en las clases de teología.

Urquidi hizo una pausa, dio unas vueltas por el lugar y tomó una silla para sentarse frente al anciano que seguía inmóvil, dándole la espalda.

—Mentira. No lo voy a culpar. ¿Tú crees que sin él me hubiera convertido en un hombre bueno? Claro que no. Como bueno soy malísimo; y como malo soy buenísimo. Soy tu hijo. No lo olvides. Me encanta ser ojete. Y como sacerdote puedo ser más mierda sin que nadie se atreva a juzgarme. Todo gracias a ti que me encerraste en el seminario. Hubieras dejado que me fuera del país con mi hijo y Joaquina. Así jamás habrías entrado a esa pinche mazmorra que encontró Esteban de pura casualidad al intentar construir un cuarto secreto para nuestras orgías. Aún recuerdo la tarde que me llamó para contarme que al hacer un hoyo en el piso había descubierto unas osamentas. En un principio habíamos planeado deshacernos de todos esos huesos y construir una hermosa sala para festines furtivos. Pero temíamos que el arzobispado ya tuviera conocimiento de dicha mazmorra. ¿Qué se supone que iba a responder Esteban el día que le preguntaran por las osamentas? «Sí, las tengo guardadas en un clóset.» O peor aún, ¿cómo hubiera justificado Esteban haber hecho un hoyo en una iglesia tan antigua sin autorización? Por lo mismo decidimos esperar. Poco. Porque tiempo después cambió el rumbo de nuestras vidas: descubrí tu paradero y lo que habías hecho con mi hijo, lo que aumentó mi ira. Cavilé lentamente en la forma de vengarme. Fui armando poco a poco el rompecabezas de un crimen perfecto. Tú me diste las herramientas, me enviaste al seminario, te cambiaste de nombre y cortaste toda relación existente entre nosotros —tu antigua familia—, y tu nueva vida. ¿Quién dudaría de un sacerdote ejemplar como yo? En este país la gente tiene a los curas por santos. No pueden siquiera imaginarse a un sacerdote teniendo una erección al amanecer. Ingenuos. Es algo natural. El hombre no puede evitar el deseo sexual.

El anciano se dio la vuelta, se sentó recargado en el muro y sin decir una palabra enterró su mirada cansada en los ojos del sujeto que aseguraba ser su hijo. Ninguno de los dos se intimidó frente al duelo de miradas que decía más que las palabras. La canosa y larga barba del Salomón Urquidi parecía una enorme bola de estopa sucia.

—Y la prueba está en que jamás llegó un policía a preguntarme algo; y mejor todavía, nunca se encontró respuesta alguna de tu desaparición y aquel crimen perfecto del que fuiste testigo. Crimen que planifiqué pacientemente con ayuda del loco Esteban. Si lo hubieras escuchado alguna vez. «Qué aburrido es esto de ser bueno, pero qué bueno es saber que todos te creen bueno», decía en nuestras tantas borracheras. En alguna ocasión, cuando comenzamos de verdad a conocernos, le pregunté por qué si odiaba tanto a los buenos se había internado en un seminario.

«Porque desde que era niño —me respondió—, aborrecí a los escuincles que se decían malos y sólo eran un deleznable manojo de ineptos que tras sus maldades terminaban en la dirección de la escuela. O peor aún, eran castigados, gracias a su mala fama, por cosas de las que ni siquiera eran responsables. Yo en cambio tenía la etiqueta de buen alumno. Aprendí entonces que si la gente me creía un beato, jamás sería culpado por robarles las claves de los exámenes a mis profesores. El asunto no estaba en copiar, sino en el gusto de culpar a otros y jamás ser sospechoso. Luego conocí la historia de los Borgia. Me encantó. No podía creer que en verdad había alguien que podía ser verdaderamente un hijo del demonio y presentarse frente al mundo como un buen hombre.»

«¿Entonces no crees en lo que enseña la Iglesia?», le pregunté.

Dejó escapar una carcajada maquiavélica.

«Por supuesto que sí —respondió todavía con su enorme sonrisa—, a nosotros los del clero la Iglesia nos enseña lo que es la buena vida. Es decir: vivir de los demás; mantenerlos en la ignorancia total; someterlos a la temible creencia de que si desobedecen caerán en pecado y se irán al infierno si no los perdonamos; controlar sus mentes, prohibirles lo que se nos dé la gana, como besarse lascivamente en público, fornicar antes del matrimonio o por deseo carnal, llevar una vida homosexual, abortar hijos, mentir, robar, matar e incluso tener criterio propio. En cambio un sacerdote puede hacer lo que quiera sin que nadie lo juzgue.»

—Hasta ese momento —continuó Urquidi sentado frente al anciano—, seguía creyendo el *cuento* ése del pecado y del infierno. Seguía enterrado en el averno al que me habías sumergido tras la muerte de Joaquina. Estaba seguro de que la única manera de salvarme sería cumpliendo lo que habías decidido por mí. ¿Y tienes idea de por qué no me fugué del seminario? Porque te tenía miedo. Sí. Por eso no levanté un dedo cuando te vi estrangulando a Joaquina. Mi madre siempre nos enseñó que a un padre jamás se le contradecía. Lo que jamás dijo fue qué hacer si ese hombre asesinaba a una hermana, o si le robaba toda su fortuna a nuestra madre. Creo que si no hubiera enloquecido, ella misma te habría estrangulado. Pero la vida y la mente no le alcanzaron para darse cuenta de que el hombre al que tanto respetó y adoró la había dejado en la calle. Yo, en cambio, tuve tiempo suficiente para ir acumulando rencor e ideas para vengar la locura de mi madre, la muerte de Joaquina, la desaparición de mi hijo, el robo a nuestra familia y mi encierro en el seminario.

Tras conocer bien al loco Esteban, supe que la mejor forma de elaborar un plan sería desde una parroquia. No tenía dinero para salirme del seminario y vivir por mi cuenta. ¿Qué podría hacer fuera de ahí? Nada. Aprendí a llevar una doble vida. De día era el cura que escuchaba los pecados estúpidos de la gente y los perdonaba con una cruz en el aire. Y por las noches me convertía en un pecador peor que mis feligreses.

La primera vez que matamos a una puta fue poco después de ordenarnos como sacerdotes. Ambos estábamos en México. Era una noche loca. Circulábamos por Tlalpan cuando, de pronto, unas lindas piernas llamaron mi atención. Detuve el carro y le pregunté a la mujer si quería acompañarnos. Aceptó y se fue con nosotros a un motel de quinta. Ya terminada la orgía hizo un comentario que nos petrificó por un instante: «Tú eres sacerdote», dijo y señaló a Esteban, quien sin el menor preámbulo se le fue encima y la ahorcó de la misma manera como tú mataste a Joaquina. Ahí la dejamos. Nunca resultamos sospechosos. Es más, ni siquiera supimos qué ocurrió después. Conocí el gusto por matar. Y supe que tenía al mejor aliado para llevar a cabo mi venganza. Pensaba asesinarte, pero cuando le conté la historia de Joaquina al loco Esteban, él mismo propuso que te encerráramos en la mazmorra. Hasta se ofreció para darte de comer. Así fue que llegaste ahí. Como no sabíamos cuándo se haría público lo de las osamentas, ni siquiera las tocamos. Por eso te encadenamos en el único lugar que había disponible. Esteban dijo que sujetarte con los brazos en forma de cruz era demasiado cruel, entonces sólo te encadenamos de los pies. Yo tenía a mi cargo una parroquia en México, entonces no podía visitarte seguido. Pero estaba tranquilo porque Esteban se hacía cargo de ti. Ya luego me confesó que en sus ratos de enojo bajaba a la mazmorra para sacar su ira y te azotaba con una fusta. Indignado le reproché:

«¿Cómo es posible que hagas eso y no me invites?»

Salomón Urquidi Labastida mostró su primer gesto de rabia al empuñar las manos sin quitar la mirada de los ojos de Gregorio. Respiró profundo. Le temblaba la quijada.

—No me veas de esa manera —dijo Gregorio Urquidi con una sonrisa socarrona—, si nunca platiqué contigo no fue porque no quisiera, sino porque casi siempre que iba a la mazmorra estabas dormido. Y cuando no, Esteban se ocupaba de taparte los ojos para que no me vieras. «Los buenos criminales no dejan que sus víctimas los reconozcan», decía el loco.

—Si te soy sincero, yo deseaba que supieras quién era tu verdugo, pero él decía que todo a su tiempo. Tenía razón. Pero jamás imaginamos que vivirías tantos años. Y mucho menos que al loco Esteban le iba a dar un infarto. Entonces cambió todo: llegó el idiota del cura Juan Carlos Palomares. De antemano lo mandé investigar. Lo habían enviado a esa parroquia por problemas de actitud. Nada nuevo. Unos feligreses lo descubrieron llevando una vida homosexual. Pero ya sabes, esas cosas no se platican. Ya con esa información resultó más fácil controlarlo. Le dije que si se abstenía de entrar al cuarto que daba a la mazmorra del antiguo monasterio yo no diría nada si él deseaba llevar a cabo una vida sexual ahí mismo. Mauro y la criada fueron los encargados de cuidar que jamás intentara entrar. Algo que no se pudo, pues un día le ganó la curiosidad. Supongo que hasta platicó contigo. Pues según me contó Mauro, salió como loco argumentando que no sería cómplice de un crimen de tales magnitudes. Mauro lo tuvo que matar. Decidí pues que era el momento exacto para hablar con el obispo sobre la existencia de las osamentas y culpar al padre Juan Carlos. Mauro se encargó de provocar un derrumbe y de limpiar toda la suciedad que dejaste. Lo que jamás imaginamos era que ese día encontraríamos lo inimaginable: una caja con una carta escrita por Francisco de Bustamante. Una joya. Elaboré un mejor plan. Contacté a un historiador llamado Gastón Peralta Moya, otro loco, quien con todo su conocimiento me ayudó a armar el rompecabezas, y me quitó la duda sobre la procedencia de las osamentas. Ahora sólo falta que el arqueólogo y Peralta desentierren los *Memoriales* de Motolinía, otra joya, que se encuentra en algún lugar de El Tajín.

El anciano se incorporó, respiró profundo y sin palabra alguna se le fue encima a Gregorio Urquidi, quien con habilidad cogió de las manos al anciano que intentaba estrangularlo. Ambos fueron a dar al piso en el forcejeo. Salomón Urquidi no pudo contra el peso de su verdugo y terminó rendido en el suelo. Rompió el silencio.

—¿Qué quieres? ¿Por qué no me matas de una sola vez y terminas con esto?

—Eso suena demasiado fácil —Gregorio Urquidi se puso de pie y caminó por el lugar—. Aún no he terminado.

XVII

«L a paciencia es, sin duda, un elemento esencial para ser detective», le dijo Endoque a Saddam esa mañana antes de indicarle a quién debía seguir. Incongruentemente, para las cinco de la tarde, ya estaba cansado de esperar. Llevaba siete horas dando vueltas en el centro de Papantla; había consumido dos botellas de agua, quince cigarrillos, ocho gomas de mascar, un elote, diez tacos de carne asada y un refresco. Comenzaba a dudar de la lealtad del niño cuando, de pronto, escuchó su nombre en el radio.

—¡Fino, Fino! ¿Me escuchas? —dijo Saddam.

—Escuincle del demonio, ¿dónde estabas? —respondió Endoque tras tirar en el quiosco de la plaza su decimosexto cigarrillo.

—¿Dónde estás? —preguntó Saddam indiferente a lo que el detective tenía que decir.

—Respóndeme tú a mí —dijo Delfino con tono soberbio—. Que no se te olvide que las preguntas las hago yo. ¿Quedó claro?

—Sí, señor.

—¿Dónde estás?

—A un lado de su camioneta, en la plaza.

Endoque volteó la mirada y al ver al niño sentado en la banqueta sintió un aire de alivio. Con el simple hecho de volver, aquel chamaco comenzaba a ganarse la confianza del detective.

—¿Qué pasó? —preguntó en cuanto llegó a la camioneta.

—Primero cumple tu parte del trato —respondió Saddam—. Mira la hora que es y no he comido.

Delfino Endoque no pudo contenerse y dejó escapar una sonrisa. Olvidó por un instante lo que el niño debía contarle y lo llevó a un puesto de tacos donde Saddam comió sin decir una sola palabra. Fino lo observó detenidamente y por primera vez se preocupó por lo que ocurriría con el niño después de encontrar los *Memoriales*. En realidad no pensaba adoptarlo. Lo estaba utilizando, como muchas otras veces lo había hecho con otros niños indigentes de la ciudad para resolver casos. Ellos eran una herramienta de espionaje perfecta. Nunca un marido infiel se había percatado de que un niño lo perseguía del trabajo a la casa de su amante; ni un ladrón se había preocupado por esconderse de los chamacos drogándose en la puerta de su guarida. Nadie conocía ni imaginaba su método, mucho menos el padre Urquidi. Difícilmente convivía con los niños que contrataba. Se limitaba a dar instrucciones, recibir información y pagarles. Aunque sólo tenían dos días de conocerse, era la primera vez que pasaba tanto tiempo con uno de ellos. Pero Saddam tenía algo que lo impresionaba. Comenzó a experimentar una mezcolanza de sentimientos.

—Estuve pensando mucho —dijo el niño aún con comida en la boca—, y decidí que cuando crezca podemos ser socios.

—¿Qué te hace pensar eso? —preguntó Delfino sorprendido con el comentario.

—Que yo no quiero ser tu empleado toda la vida. Si me vas a enseñar a leer y escribir, voy a aprender muchas cosas. Y un día tendré el mismo conocimiento que tú.

—Tú tienes que ser mejor —agregó Endoque.

—¡Eso! —afirmó Saddam con la cabeza—. Tienes razón. Entonces tienes que enseñarme cómo entrar a una casa sin que nadie me descubra.

El detective hizo un gesto para indicarle que debía callar. Saddam entendió la seña y siguió comiendo. Luego, sin preámbulo, disparó: «¿Tienes hijos?». La pregunta dio como bala en el blanco. Endoque no pudo responder, pues en ese preciso instante se desmoronó por dentro. Una vez más regresaba a su mente la dolorosa tarde en que su matrimonio llegó a su fin. Inés, Inés, ¿dónde estarás? Si supieras. Todavía el día que firmamos el acta de divorcio estaba seguro de que ya no te amaba, es más, tenía la certeza de que te detestaba. Estabas muy seria, me miraste y titubeaste al recibir el bolígrafo. «Acabemos con esto, te dije, ya no tiene caso intentarlo una vez más.» Respiraste profundo, hiciste una cara que jamás olvidaré y temblorosa estampaste tu nombre. Yo por mi parte ya estaba cansado de tanto pelear, harto de que no nos pusiéramos de acuerdo y sin preámbulo tomé la pluma y firmé. En ese momento se me vino el mundo encima. Aunque mis ojos decían otra cosa se me derrumbó la vida.

—No —respondió Endoque con la mirada perdida.

—¿Por qué no? —insistió Saddam, casi de la misma manera como Inés le insistía cada que Fino, de igual manera, rechazaba la idea de engendrar un hijo. «¿Por qué no?, volvía a preguntar Inés, dame una razón lógica.» Para responder eso debía confesarle que su familia no vivía en el extranjero sino que había sido masacrada años atrás; que él no se dedicaba a transportar mercancía de ciudad en ciudad, sino a investigar crímenes y casos de adulterio; y que por consecuencia un hijo correría innumerables riesgos. Ya de por sí, la vida doble que llevaba lo tenía en la cuerda floja. Además le horrorizaba pensar que la historia se repitiera: los ojos muertos de Claudia seguían vivos en su recuerdo.

«¿Sabes qué pienso? —agregó Inés en unos de sus arranques beligerantes—, que tienes una vida doble.»

Delfino temió terriblemente haber sido descubierto. De ser así Inés corría un peligro enorme. No encontró palabras.

«Tu silencio lo dice todo, sentenció Inés. Tienes una amante. O quién sabe, a lo mejor estás casado con alguien más y hasta tienes hijos. Eso es bigamia, bien sabes. Y te puedo mandar a la cárcel.»

Por más que Fino hizo de tripas corazón para convencerla de lo contrario, se desató entre ellos una epidemia de diferencias que los llevó a un absurdo laberinto de discusiones sin razón ni solución.

—¿Por qué te interesa saber si tengo hijos o no? —cuestionó Endoque.

—Nomás —respondió Saddam y alzó los hombros.

—Ya que estamos en los cuestionamientos, dime: ¿qué pasó con tu familia?

—Ya te conté —dijo Saddam sin dejar de comer—, vivía en México y un día tomé un camión que me trajo hasta Papantla.

—Un niño no toma un camión a Papantla nada más porque sí —interrumpió Endoque—. ¿Qué pasó con tu familia?

Saddam eludía a toda costa hablar sobre el tema, pues las llagas que dejaba una charla como ésa tardaban días en sanar; pero en ese momento supo que las tablas del piso que lo sostenían no se quebrantarían como galletas al evocar un poco de la historia: «La vieja era una borracha… Nunca me cuidó, siempre me obligó a trabajar en las calles para comprar su aguardiente. Me enseñó a robar, a mentir, a pelear y a traicionar. Un día me enojé y no volví con ella.

—¿Traicionar? —Endoque puso los codos sobre la mesa y miró fijamente al niño.

—Sí.

—¿Piensas traicionarme?

—No sé. Todavía no comprendo bien eso de traicionar. La vieja decía que era darle de cachetadas al que le daba de comer a uno. Yo creo que uno debe traicionar cuando las cachetadas se las dan a uno.

—Entonces ya no sería traición, sino venganza.

—Pues —Saddam se tocó la barbilla con el índice y el pulgar e hizo un gesto de aprobación— siendo de esa manera no veo por qué deba traicionarte.

—¿Dónde vivían?

—En la calle. Yo me iba a trabajar, y en la noche nos encontrábamos en el mismo lugar, le daba, o mejor dicho, me quitaba mi dinero. Los abusos cansan. Y yo me harté. Pasé mucho tiempo en la Guerrero, hasta que fui a dar a la Central de Abastos, donde conocí a Fulgencio, un señor que me dijo que me pagaría si le ayudaba a bajar unas cajas llenas de cebollas. Cuando terminé le dije que mejor me llevara en su camión a conocer otros lugares. Yo creo que estaba aburrido de andar solo por las carreteras porque ni siquiera me preguntó por mi familia. O, ¿quién sabe?, a lo mejor me vio tan sucio que solito se dio cuenta de que no tenía ni dónde caerme muerto. Ya luego en carretera me decía que le platicara cosas o que le contara chistes. Me llevó a San Luis, Monterrey, Guadalajara, Tampico y Veracruz, mi lugar preferido. Jamás había visto el mar. Me impresionó tanto ver cómo se levantaban las olas y lo interminable que se veía el océano, que un día, sin avisarle a Fulgencio, me fui a la playa y me quedé todo el día en el agua. Cuando regresé a buscarlo ya no lo encontré, se había ido. Yo lo sabía, él me dijo que regresaríamos a México esa tarde. Luego otro camión me llevó hasta Poza Rica y de ahí llegué a Papantla hace algunos meses. La verdad mi historia no es tan interesante. En cambio la vida de un detective es otro caso, uno conoce tantas cosas que muchos niños de mi edad ni se imaginan.

—Vámonos —dijo Endoque y pagó la cuenta— en un momento me platicas.

El detective Delfino Endoque impidió que Saddam le relatara cualquier cosa hasta llegar al hotel, donde, tras revisar que no hubiera micrófonos o cámaras (rutina habitual en él), se sentó a escucharlo:

—Ahora cuéntame paso a paso qué ocurrió.

—Ah, sí, me da flojera —dijo Saddam—, mejor te digo lo que en verdad te interesa. Seguí al fulano que me dijistes…

—*Dijiste* —corrigió Endoque—, se dice *dijiste*, no *dijistes*.

—¿Te sigo contando, o me vas a corregir todo lo que diga? —respondió Saddam.

—Te voy a corregir siempre que hables mal.

—Está bien. Me subí a un taxi tal cual me *dijiste*, y lo seguí hasta allá, camino a Poza Rica, afuera de una casa grande, pero abandonada. Con decirte que hasta las ventanas están tapadas con tablas de madera. Apagué el radio por dos razones: una porque estabas preguntando mucho y al taxista se le iba a hacer sospechoso que un escuincle como yo tuviera un aparato como ése, ¿qué tal si se daba cuenta de que soy detective privado?; y la otra porque me dio un chingo de miedo que el fulano me fuera a descubrir. Esperé un ratote ahí en medio de la calor…

—*Del calor* —corrigió Endoque.

—Hubo un momento —continuó Saddam indiferente a la corrección del detective—, en que me daban ganas de volver a Papantla, pero en eso que llega un señor en un carro de esos lujosos, bien bonito; no digo que tu camioneta esté fea. No, está bien chida, pero el carro que traía parecía de ésos de los ricos que viven allá en Insurgentes. Y ni te imaginas quién era... El padrecito, ese que estaba dando misa ayer en la Iglesia donde me agarraste con las uñas en la bolsa de la viejita. Minutos más tarde llegaron unas mamacitas que pa' qué te cuento. Bien chulas. Entraron y ahí se quedaron porque no las vi salir. La verdad ya me estaba cansando, tenía calor, sed y hambre. Pero como ya estoy acostumbrado a no comer en varios días, dije: «Saddam aguanta un poco más. La paciencia es, sin duda, un elemento esencial para ser detective». Varias horas más tarde salió el padrecito y se fue en su carro. Luego salió el otro fulano con unas bolsas de plástico negras, grandes, como de basura. Y supongo que estaban pesadas porque las echó en la cajuela del carro con mucho trabajo. Al terminar vio en varias direcciones, cuidándose de que nadie lo estuviera espiando, ¿tú crees?, y se fue.

—¿Qué más? —preguntó el detective Delfino Endoque.

—Caminé a la carretera y me subí en un *guajolojet* ...

—¿Un qué?

—Un guajolote... pa' que me entiendas, un guajolotero, de esos que vienen de Poza Rica a Papantla.

—Se dice camión, autobús, o transporte público.

—Eso.

—Llévame a esa casa —dijo Endoque; tomó las llaves de su camioneta y una cajetilla de cigarrillos. Maclovio, que se encontraba acostado en una esquina, conocedor de cada uno de los pasos de su amigo, se levantó, agitó el rabo y lo siguió.

La puesta del sol dio al cielo y a los árboles un tono rojizo. La carretera estaba libre. Delfino manejó rápido por las peligrosas curvas. En cuestión de minutos ya estaban frente a la casa que buscaban.

—Es ahí, por ese camino de tierra —señaló Saddam con un dedo—. Para arriba. La casa no se ve, pero desde ahí se puede ver toda la ciudad de Papantla.

Tras una larga, muy larga y cansada búsqueda, el detective Delfino Endoque encontró la pieza central del rompecabezas, pero inevitablemente el juego que por fin comprendía lo ponía en jaque. Gregorio Urquidi era su amigo, su mentor, su confidente, su salvador, y ahora el principal sospechoso de la muerte del padre Juan Carlos Palomares. La mente se le inundó con el torbellino de la duda, lo cual provocó un choque de emociones y un listado de razones para no hacer nada en contra de quien le había extendido la mano cuando más lo necesitó, cuando todos sus conocidos le dieron la espalda. El agradecimiento que tenía hacía él le impedía imaginarlo responsable de la muerte del padre Juan Carlos Palomares, del robo de los *Memoriales* o de cualquier otro crimen. La barda en la que se balanceaba como acróbata comenzaba a zarandearse cual hoja de papel. En cualquier momento se desplomaría y él debería escoger de qué lado caer. Y ahí estaba la pregunta punzando como alfiler: ¿De qué lado estaba? ¿Del lado de la complicidad o de la verdad? ¿Cuál era la verdad? ¿Cuál era la jugada del padre Urquidi? ¿Eran aliados Gastón Peralta Moya y Gregorio Urquidi? ¿Qué razón tenía para matar al cura Juan Carlos Palomares? ¿Se trataba de una cuestión política, religiosa o personal? ¿Qué papel jugaba él, Delfino Endoque de la Cruz, en todo esto? ¿Quién era el prisionero que había mencionado el arqueólogo forense? Si sus conjeturas eran correctas, esa persona estaba encerrada ahí, en esa casa. ¿Quién era? ¿Por qué lo habían encarcelado? Fino había investigado a Gastón, a Diego, a Danitza, a Israel, a Saddam, menos a Gregorio. ¿Qué garantía tenía de que todo lo que sabía de él era verdad? Pero estaba trabajando para él. ¿Qué caso tenía investigarlo? ¿Por qué no? ¿Y si descubría algo que no le conviniera a él, como su protector? ¿Lo entregaría a las autoridades? De ser así, ¿lo estaría traicionando? Gracias a Gregorio Urquidi había conseguido una nueva identidad y logrado exiliarse del país para estudiar Investigaciones Técnicas Criminales en el colegio Professional Investigators, de Los Ángeles, California; un diplomado en el Instituto Privado de Detectives de Caracas, Venezuela; un diplomado en Criminología en la Universidad Complutense de Madrid; y una especialización en drogodependencias.

«¿Qué profesión te gustaría?», le preguntó Urquidi durante una de sus visitas a Los Ángeles, donde el joven Mauricio Ruisánchez radicaba y terminaba la preparatoria.

«Quiero estudiar criminología —respondió Mauricio, ya con su nueva personalidad: Delfino Endoque de la Cruz—, para encontrar a los sicarios que acribillaron a mi familia.»

«Yo te ayudo —dijo el padre Urquidi—, cuenta con todo mi apoyo económico y moral.»

Ahora le resultaba imposible traicionarlo. Recordó lo que le había dicho Saddam minutos atrás: «La vieja decía que era darle de cachetadas al que le daba de comer a uno». ¿Qué pasaría si entraba a la casa? Seguro alguien debía permanecer ahí para cuidar al prisionero. Dio media vuelta en medio de la carretera y regresó al hotel, donde hizo un par de llamadas telefónicas y preparó algunas cosas para salir. Interrumpió a Saddam que se encontraba fascinado viendo un programa en el televisor, algo que jamás había tenido la oportunidad de hacer.

—Escúchame bien —se hincó frente a Saddam para estar a su altura y mirarlo directo a los ojos—. Ya eres un detective. A partir de este momento eres mi socio y, por lo tanto, la persona en quien deposito toda mi confianza. Nada de lo que tú y yo hablemos sale de aquí. ¿Entendido?

—Entendido, socio —respondió Saddam, orgulloso por el nombramiento.

—Ahora —agregó el detective Delfino Endoque—, toma esta llave. Guárdala siempre contigo. Es de un departamento que tengo en México. La única persona que sabe dónde está ubicado llegará a ti en caso de emergencia. Por el momento no sabrás su nombre. Desde hoy nos comunicaremos por claves en el radio: *L-P*, quiere decir *lugar peligroso*. Entonces si yo te digo *L-P30* deberás esperar treinta minutos. ¿Y si digo *L-P60*?

—Pues debo esperar sesenta minutos para que me llames.

—Muy bien. La señal será *A-L*, significa *área libre*. Si te digo, por ejemplo: *L-P3-30*, y no respondo después de tres horas y media, saldrás del hotel con Maclovio y te esconderás en cualquier lugar, menos en una iglesia o una estación de autobuses. En cuanto puedas marcarás este número telefónico que está anotado en la llave. Le dirás a la persona que te conteste: *D-P*, que significa *Delfino en peligro*. Sólo si él te responde *A-L*, le dirás el lugar donde te encuentres. Él no deberá hacer preguntas cuando te encuentre, simplemente te saludará con una sonrisa y dirá: *Sobrino*. Deberás poner mucha atención en su mirada. Si no hace ningún gesto, no es él. Si mira al cielo significa *L-P*, que debes huir. Correrás lo más pronto posible. Yo sé que puedes. Pero si te dice *sobrino* y observa su reloj o hace como que lo ve aunque no tenga uno significa *A-L*. Le darás la llave y él te ayudará para que llegues a ser un gran detective.

—Entendido, socio —Saddam experimentó un temor desconocido, pero fingió seguridad.

—Otra cosa. Nunca me digas socio. Nadie lo debe saber. Sígueme llamando Fino. Ahora, voy a salir. Estamos en contacto. No apagues tu radio. Y si te duermes, despierta siempre que escuches mi voz. De cualquier forma Maclovio ladrará en cuanto suene el radio.

A partir de esa noche el detective perdió el sueño.

Dos semanas más tarde, Delfino Endoque se enfiló a las pirámides de El Tajín, donde un empleado del lugar ya lo esperaba. Delfino dejó la camioneta en una pequeña casa escondida entre los árboles tropicales. Ambos montaron un par de caballos, rodearon la zona arqueológica y subieron a un cerro.

—¿Qué movimientos ha habido por aquí? —preguntó Endoque al empleado.

—Pues no muchos, desde el martes que llegaron no han hecho más que sacar tierra.

Delfino Endoque respiro profundo y dirigió su mirada a Sergio.

—Escúchame bien. Necesito que hagas memoria de cada uno de los pasos de estas personas. No quiero que me des respuestas así. Quiero detalles… ¡Ahora!, dime todo lo que ha ocurrido desde que llegaron hasta este momento. Incluso lo que me contaste ayer. Puede ser que ayer hayas omitido algo. Necesito datos, los más insignificantes.

—Pues llegaron el martes en la mañana, patrón, tal cual me lo dijo usted. Hablaron con don Erasmo y anduvieron dando vueltas todo el día por el lugar con unos planos. Señalaban en varias direcciones. Con decirle que hasta se pusieron a medir el terreno. Ya luego le pregunté a uno de los compañeros que qué andaban haciendo esos fuereños. Pero usted ya sabe, como soy «el nuevo» casi nadie quiere confiarme nada. No creo que sospechen de mí, pero sí son muy callados. Por allá de las cinco, cuando todos los turistas se fueron, llegó una camioneta con herramientas y luces y se instalaron a un lado de la pirámide de los Nichos. En eso, como era de esperarse, nos dijeron a la mayoría de los empleados que nos retiráramos y que no iban a necesitarnos por varios días. Asegún esto, el INAH se estaba haciendo cargo de un estudio arqueológico. Y pues como es en todas partes, si el jefe es quien da la orden, nadie remilga y menos si les ofrecen dos o tres días de descanso pagados. Lo bueno es que tuve tiempo de ver dónde es que iban a trabajar para buscar un buen lugar para espiarlos, como usted me lo ordenó.

Sergio y Delfino llegaron a un cerro desde donde podían ver con telescopio lo que hacían Gastón Peralta Moya, Diego Augusto Daza y sus compañeros. Endoque enfocó la lente y gracias a que el área estaba bastante alumbrada logró distinguir el rostro de Danitza, quien se encontraba revisando unos documentos. El historiador estaba a un lado de ella, esperando el momento exacto en que Daza y Ramos saldrían con el baúl que guardaba los *Memoriales*.

La sonrisa de Peralta Moya era pomposa. Disfrutaba uno de los mejores días de su vida. Muy pocos hechos lo hacían sentirse tan arrogante como la mañana en que madrugó para bañarse, desayunar, servirles de comer a sus casi cuarenta gatos, leer dos horas antes de salir —como era su costumbre y vicio, pues aseguraba que si un día no se le dedicaba tiempo a la lectura, era un día inservible—; salir caminando para encontrarse a escondidas con Mauro en la calle, fingir que eran dos desconocidos, y entregarle el reporte que Urquidi le exigía. Tras darle el sobre a Mauro, tomó un taxi que lo llevó directo al Tajín, donde Daza, Ramos y Danitza lo esperaban nerviosos en el estacionamiento.

—Buen día, muchachos —dijo con una enrome sonrisa al bajar del taxi—. ¿Tenían mucho esperando?

Los tres respondieron con silencio y sonrisas falsas. Peralta Moya caminó sin detenerse frente a ellos en dirección a la entrada de la zona arqueológica, que ya tenía la apariencia de un parque de diversiones, con vendedores ambulantes que ofrecían desde sombreros hasta paseos turísticos. Daza lo siguió. Ramos y Danitza permanecieron unos cuantos metros distantes. La joven licenciada en grafología hizo una burla en voz baja sobre la forma de caminar como pingüino del historiador. De pronto, éste se detuvo y dio media vuelta, cual si se estuviese defendiendo. Danitza temió que él hubiese descubierto el chascarrillo.

—Preciso que cambien de actitud —agregó mirándolos a todos—. No quiero verlos con esas caras todo el día. Eso me pone de malas. No va a pasarles nada malo. El director de El Tajín es mi amigo. ¿Ustedes creen que yo me iba a atrever, o lo que es peor, a arriesgar mi prestigio como historiador al hacer excavaciones sin permiso en la zona? ¡Claro que no! —Peralta Moya movió la cabeza de izquierda a derecha y se puso las manos en la cintura—. Todo está bajo control.

En ese momento llegó a ellos el director de la zona, Erasmo Fuentes Mesa, quien no fue muy efusivo al saludar a Peralta Moya.

—Por cstc lado —dijo, ignorando a los demás.

Al llegar a una oficina cerró con seguro y se sentó tras su escritorio. A un lado yacía una vitrina con réplicas de piezas arqueológicas y algunos reconocimientos. En una pared había diversos retratos enmarcados que evocaban los grandes logros de Fuentes Mesa. Daza alcanzó a ver un diploma universitario al fondo.

—Gastón —dijo Fuentes Mesa y clavó una amenazante mirada en los ojos del historiador—. Sabes que no es una buena temporada para hacer excavaciones.

Ni siquiera la actitud hostil de Erasmo Fuentes Mesa le quitó la sonrisa pomposa a Peralta Moya.

—Hoy es el día —dijo Gastón y le extendió un sobre—. No hay de otra. Ya tenemos todo lo que necesitamos: la gente, la doncella, los escritos de José García Payón, la carta de fray Francisco de Bustamante y a los arqueólogos.

—¿Estás seguro de la coordenadas? —preguntó Fuentes Mesa, intentando persuadir al historiador.

Peralta Moya dejó escapar una risotada soberbia: «Por supuesto. He pasado la mitad de mi vida estudiándolas. Además, para eso tenemos a estos magníficos arqueólogos».

Diego, Israel y Danitza no comprendían por completo la conversación entre Peralta y Fuentes.

—Avancemos, pues —dispuso Gastón sin esperar la aceptación de Fuentes Mesa—, que el tiempo es oro y debemos encontrar los *Memoriales* lo más pronto posible.

Al salir Gastón, Daza caminó a su lado y le preguntó de qué estaban hablando en la oficina. Gastón Peralta Moya se detuvo e hizo una seña con la mano para que los demás siguieran caminando.

—Es muy sencillo. Encontrarás los *Memoriales*, me los entregarás, recibirás tu dinero, saldrás del país y yo publicaré mi libro.

—No. Eso no es de lo que estaban hablando. Usted mencionó gente, a una doncella y la carta de Bustamante. Usted ha tenido esa carta todo este tiempo.

—¡Bravo, bravo! —Peralta Moya aplaudió sarcástico—. Inteligente el muchacho. Por fin se dio cuenta.

—Usted tenía a un prisionero en la mazmorra. ¿Quién era?

—¿Prisionero? ¿De qué hablas?

—Ya no mienta. Si quiere que sigamos con esto debe decirme todo. ¿Qué se propone?

—¿De veras te interesa saber? Está bien, muchacho, sígueme —Gastó Peralta Moya puso su brazo encima del hombro del arqueólogo forense y lo invitó a caminar por la zona arqueológica hasta llegar al Edificio 5.

Aquí encontró José García Payón el monumento 181, una de las piezas más importantes de El Tajín: un bloque de piedra basáltica de planta pentagonal, de un metro noventa de perímetro, totalmente decorado en bajorrelieve. La escultura, que mide un metro cuarenta de alto, presenta en su frente a un personaje que se desdobla hacia la izquierda y el otro hacia la derecha, formando dos seres iguales que se unen en el resto de la pieza, con una sola cara cuya nariz queda en el canto de la piedra. El personaje de la izquierda visto de perfil (una mitad) está envuelto en una serie de volutas y ganchos que son símbolos del «viento»; atrás de él hay arriba una especie de nube, y su mano izquierda la cruza sobre el pecho, continuándose en el lado derecho. Entre este personaje y el de la derecha se observa parte de un cuerpo humano con «una pierna», en actitud recostada (de la manera del Chac Mool maya), y por encima se ve una especie de S alargada que significa «aire, viento». Por su parte el personaje de la derecha (la otra mitad) lleva junto al tocado una especie de «flor»; con la mano del brazo que viene del personaje de la izquierda y con la del otro brazo, agarra el cuerpo de una especie de serpiente de fuego (dardo, rayo), que lanza a la tierra. Una especie de ceja con ojo y dientes, tal vez simboliza al monstruo del inframundo. Así la escultura representa a los «gemelos preciosos», es decir a Quetzalcóatl (Venus) una deidad dual con múltiples advocaciones, y de esta manera el personaje de la izquierda (occidente) era el «Señor del Viento»; el personaje de la derecha era el «Señor del Rayo, del Trueno y de los Relámpagos»; pero ambos constituían al dios «Huracán», el «Uno Pierna», que era el causante de los ciclones, nortes y huracanes, acompañados de vientos tormentosos, lluvia, rayos y relámpagos.[63] A su vez Huracán, Juracán (voz taina), significa tempestad; viene a ser equivalente a El Tajín o Trueno Viejo; era dios de los fenómenos tempestuosos buenos o malos, el regulador de las estaciones, de la agricultura y de la fecundidad en general. En otras palabras, Huracán («Uno Pierna») era dios de los vientos y la tempestad, y la lluvia, el rayo y el trueno eran sus mensajeros. Las volutas o ganchos (sencillos o entrelazados) simbolizan el movimiento giratorio del viento, es el aire; mientras que la serpiente de plumas verdes preciosas fue el símbolo de Quetzalcóatl, derivado de *quetzal* (ave apreciada por su plumaje verde) y *cóatl* (serpiente, gemelos o mellizos).[64]

—El etnólogo Roberto Williams García publicó en la revista *Tlatoani,* en 1954, un artículo titulado «Trueno Viejo; Huracán Chac Mool», que, de acuerdo a sus palabras, esta leyenda se la relató un anciano totonaco que vivía en una colina con vista a la pirámide de los Nichos. La leyenda cuenta que Limaxka, un huérfano errante en busca de poder, vio un hacha suspendida en el aire que por propio impulso cortaba leña. La leña se hizo un atado y por veredas fue rodando, rodando y tras ella el muchacho ansioso de conocer sus poderes. El envoltorio se adentró en la pirámide de los Nichos, morada de los doce ancianos, quienes al conocer al joven lo adoptaron y tomaron a su servicio. Pronto el muchacho aprendió que los doce ancianos poseían grandes poderes al usar capas, una especie de botines jamás vistos y espadas que guardaban en un baúl de madera fina con bordes y bellísimas cerraduras de oro. Vencido por la curiosidad los siguió una de esas tardes hasta la punta de un cerro, donde vio cómo los ancianos revoloteaban majestuosamente sus capas para producir grandes vientos; golpeaban el piso con sus singulares botines para crear truenos y desenvainaban las espadas para hacer estallar los relámpagos. Un día, en ausencia de los doce ancianos de El Tajín, abusó de la confianza de ellos y se dirigió al baúl, que abrió con facilidad —pues los ancianos jamás se preocupaban por mantener sus enseres bajo llave—, con toda tranquilidad, probó todas la capas hasta decidir cuál de ellas le quedaba mejor, lo mismo hizo con los botines y las espadas; luego subió a la cima de la pirámide de los Nichos, donde imitando a los ancianos se quitó la capa y la revoloteó en las alturas; golpeó vehementemente con los botines el piso de la pirámide de los Nichos y desenvainando las espada liberó un terrible huracán que arrasó con todo. Ésa fue la primera destrucción que sufrió El Tajín y que lo llevó al abandono. Miles de personas murieron al ser arrasados por los fuertes vientos y tempestuosas lluvias que Limaxka liberó. Los ancianos en cuanto pudieron le echaron encima montañas de nubes para atraparlo y lo llevaron al fondo del mar, donde lo sujetaron y permanece sin poder moverse.[65] Sus roncos rugidos que buscan la fecha del 24 de junio comienzan a escucharse desde ese mes hasta finales de agosto. Pero para que Limaxka fuese liberado, un príncipe, en este caso Itecupinqui, debía conseguirle una princesa, que él, Limaxka, de antemano había elegido, y llevársela hasta la cima de la pirámide de los Nichos, donde ella llevará a cabo la danza de la serpiente.

Cabe mencionar que Chicomostoc (lugar de las siete cuevas) era uno de los centros más importantes a Huehuetlapallan (viejo lugar de tierra colorada), con más de cien mil habitantes y ubicada en la margen del Río Colorado (California), asiento de la raza nahoa, lugar de inicio de la peregrinación de las siete tribus nahuatlacas.[66]

Demuestran también mayor desarrollo en el culto de las danzas sagradas, pues el famoso padre Salvatierra dice que llegó a contar en aquella región hasta treinta bailes diversos, destinados cada uno a imitar las operaciones y esfuerzos, ya de la caza, de la pesca, de la guerra, de la cosecha de sus raíces y frutos, o de los otros ejercicios en que se ocupaban. Sabemos que una de las danzas se llamaba «Nimbe» [...] Más al norte, en el pueblo de Hualpac, encontraron los misioneros una danza en que cada uno de los bailadores mantenía una víbora en la boca, siendo más de trescientos los danzantes.[67]

—La danza de la serpiente siguió siendo parte de los rituales aztecas hasta la llegada de los españoles. Itecupinqui, que tan sólo era un instrumento del dios Huracán, haría el amor con la danzarina Nimbe, para así engendrar un hijo. ¿Por qué ella? Pues era la reencarnación de las siguientes deidades: «Tonantzin», que en castellano significa «Nuestra Madre»; «Cihuacoatl» o «Coatlicue», que quiere decir «la mujer de la culebra»; «Toci o Teteoinnan», que significa «abuela de los dioses»; y «Chicomecoatl»: «las siete serpientes». Todas ellas, parte de un complejo ritual que comprendía todas las fuerzas fértiles de la naturaleza. El hijo sería el cuerpo en el que habitaría Limaxka, el huérfano en busca de unos padres. Pero esto no fue posible pues cuando la princesa ya se encontraba preñada, llegaron los aztecas y les hicieron la guerra. Itecupinqui fue herido de muerte. Limaxka, enfurecido, liberó una tormenta y en un trueno se llevó a la danzarina. Ahora, yo, Gastón Peralta Moya, debo llevarle a la princesa Nimbe hasta su altar, en la cima de la pirámide de los Nichos, donde ya se llevó a cabo la danza de la serpiente, para dar vida al cuerpo en el cual habitará Limaxka. No te exasperes. No pienso sacrificarla, pues ella debe cuidar de su hijo.

—Usted está loco. Me sorprende que siendo historiador se deje llevar por mitos locales.

—Supongo que te parece más creíble que a un hombre se le quitó una costilla para crear a una mujer, o que Moisés abrió el mar para liberar a su gente...—Peralta hizo una pausa y un gesto de fastidio—. Piensa lo que quieras, pero ella está a punto de dar a luz. Por eso le dije a Fuentes Mesa que ya era tiempo. Y claro está, él lo comprendió. Debemos encontrar los *Memoriales* para que Nimbe pueda dar vida al cuerpo que habitará Limaxka.

—¿Cuánta gente le está ayudando? —preguntó Daza sin lograr comprender cuál era el plan del historiador.

—Mucha. Para que te des una idea, casi todos los indígenas totonacos de la zona. Todos ellos estarán aquí la noche que Nimbe dé a luz a su hijo. Tendremos una fiesta, danzaremos, cantaremos, beberemos y esperaremos la llegada del dios Huracán. Por fin se hará justicia. La raza recuperará su territorio y su cultura. Luego vendrá la expansión por todo el país.

—Eso no es posible. Usted lo sabe. La Iglesia se lo impedirá y el gobierno también.

—Qué bien, se nota que no tienes idea de lo que hablas. ¿Cómo crees que surgió el cristianismo? ¿Crees que se inventó de la noche a la mañana y que desde un principio tuvieron miles de seguidores? Pues no. Tras la supuesta muerte de Jesús, el cristianismo como tal fue perseguido desde sus inicios. Ésta es la versión oficial:

Después del gran incendio que destruyó Roma en el año 64, el emperador Nerón acusó a los cristianos de ser causantes del mismo y permitió su persecución pública. Sus partidarios eran arrojados a las bestias salvajes de los circos, crucificados, torturados hasta la muerte por casi todos los medios al alcance de los romanos. El cristianismo adquirió importancia en el Imperio Romano debido principalmente a dos razones. En primer lugar, por la tensión social que existía y que sufrían la mayoría de los grupos sociales, desde los esclavos y los colonos hasta los soldados y los oficiales. En segundo lugar, porque el cosmopolita Imperio Romano descuidó e ignoró la identidad étnica de los pueblos. Por consiguiente, cada vez más gente se vio forzada a buscar nuevas identidades. No fue hasta 70 d.C. cuando Marcos escribió el primero de los evangelios que se han conservado y publicado. Habían transcurrido casi cuarenta años desde la muerte de Jesús. Los evangelios de Mateo, Lucas y Juan aparecieron entre los años 80 y 100 d.C.[68]

—La verdad eso es un cuento barato. Puede ser que esos evangelios hayan sido escritos doscientos años después del supuesto Cristo, una mala copia de Atis, Mitra, Osiris, Krishna, Buda, Zoroastro, Dionisio, Perseo, Aristeas, Abaris y otros tantos. Pero si nos basamos en la historia que le hacen creer a la humanidad, para 180 d.C. el compendio había sido reunido, según la Iglesia. La realidad es que los cuatro evangelios existentes son el resultado de una gran selección entre decenas de evangelios y su modificación para que los cuatro concordaran. Y hasta eso les falló, ya que existen pésimos errores de tiempo, lugares y lógica en esos libros. Luego, fueron ajustándose a las necesidades sociales y pontificias. El problema llegó cuando apareció la imprenta y ya no pudieron esconder sus burradas. Otro ejemplo bastante claro de que sí pueden crearse sectas y religiones está en la aparición de Mahoma, 570 años después de Cristo. Pocos creyeron que duraría. Pues fíjate que sí. Y si eso no te parece suficiente, qué tal Martín Lutero, en 1517, con su movimiento de Reforma. Todo contra la Iglesia católica.

Según la historia, Lutero estaba en desacuerdo con la idea de pagar con dinero el perdón de los pecados, pero a fin de cuentas, todas las iglesias protestantes terminaron haciendo lo mismo. Esta corriente aumentó su poder político y espiritual de tal forma que cada país decidía su propia religión. Hubo muchas iglesias nacionales para deslindarse del Vaticano y poder administrar su capilla a su gusto y parecer. Países como Suecia y muchos de los estados bajos de Alemania adoptaron oficialmente el luteranismo, mientras que en Inglaterra se imponía el anglicanismo; el calvinismo en Escocia, los países Bajos y parte de Suiza.

Ahora, ésa es una forma de ver cómo surgieron algunas religiones. No hablemos de otras más antiguas como el budismo, hinduismo (que como término es una invención británica de 1830), judaísmo o el islam. ¿Sabías que el confucianismo no existe en China? A mediados del siglo XI antes de Cristo, el antiguo reino Shang fue conquistado por Zhou, un estado vasallo de la periferia occidental, que llegó a gobernar por más de cuatro siglos todo el norte de la China actual. Algo que hizo que los Zhou se mantuvieran tanto tiempo en el poder fue sostener frente al pueblo la creencia de que el rey Zhou había recibido el mandato divino para derrocar al antiguo reino, y que este precepto celestial recaía en gobernantes con virtudes y buenos principios. Aunque este feudalismo se vino abajo, muchos de sus grandes pensadores sostuvieron y redefinieron parte de esta filosofía.[69] Entre ellos Kong Qiu, nacido 551 años antes de Cristo, y popularmente conocido como Confucio, quien jamás instauró una religión. El confucianismo es una doctrina filosófica moral que dice que al cultivar su propia persona el sabio difunde un principio de orden que se va expandiendo hacia el universo entero.

Algo que se discutía en aquellos años era si la humanidad era buena por naturaleza o lo aprendía. Confucio decía que el hombre puede aprender a ser bueno, porque su naturaleza puede ser educable y maleable. Xunzi (Xun Qing), del siglo III a.C., dudaba que la humanidad fuera buena por naturaleza. Por otra parte, Meng Ke, o Mencio, discípulo de Confucio, aseguraba que los hombres somos buenos por naturaleza, pero que los deseos humanos tienden a empañar la virtud innata. Meng Ke decía que la responsabilidad de cultivar la virtud recaía en el individuo; por el contrario, Xunzi señalaba que para que la sociedad alcanzara un nivel de virtud alto una norma social debía ser diseñada por los sabios. Y con esa táctica de campaña muchos personajes de la historia han dado inicio a infinidad de grupos y sectas religiosas alrededor del mundo: «Hay que crear normas sociales, derogar las inservibles en existencia, para que la humanidad alcance la virtud». Eso es navegar con bandera de pendejo. Se hacen los beatos e inocentes frente a las masas, tiran la piedra y esconden la mano, les mienten y les aseguran que sólo buscan el bienestar del mundo, para luego como sanguijuelas chuparles la sangre y como aves carroñeras alimentarse de los muertos. ¿Dime tú, qué Iglesia no lucra con los servicios funerarios?

También has de pensar que intento establecer mi propia religión. O que he ocupado mi tiempo en engañar a los indígenas de la región. Estás equivocado. Ellos ya sabían todo eso.

Cuando llegué a Papantla conocí a Rodolfo González Hurtado, a Nemorio Martínez Pasarón, a José García Payón, y a un grupo de papantecos que seguían al pie de la letra la cultura totonaca. Ellos me hablaron de la existencia de Nimbe e Itecupinqui. Por ellos supe de la misteriosa muerte de Rodolfo González Hurtado. Esos ancianos, los verdaderos sabios de estas tierras, fueron quienes con su conocimiento me iluminaron para abandonar el cristianismo que yo tenía tan arraigado. Eso no lo imaginabas, ¿verdad? Pues aunque no lo creas, en mi adolescencia fui un cristiano apasionado y defensor de la Iglesia. Precisamente por aquellos años acababa de contraer matrimonio. Fue exactamente en 1950. Yo tendría unos veintidós años. Vinimos de luna de miel mi ex esposa, María Guadalupe, ferviente guadalupana como su nombre, y yo. Para entonces apenas me iniciaba en las letras y la historia.

Anduvimos varios días por Papantla, cuando aún no se sabía mucho sobre las pirámides de El Tajín, y esto no tenía apariencia de un parque turístico como lo ves ahora. Lupita y yo estábamos totalmente enamorados. Si te soy sincero, en aquellos días ni nos dimos tiempo de conocer el pueblo, pues pasábamos la mayor parte del tiempo en el hotel, haciendo labor de amantes. Es más, ni siquiera me enteré de los trabajos de restauración que hacía García Payón. Todavía no se llevaba a cabo el primer desmonte total de la zona. Ya íbamos de salida cuando ocurrió eso que cambió mi vida por completo: conocí a Rodolfo González Hurtado y a Nemorio Martínez Pasarón. No los busqué; ellos se sentaron a un lado mío en un camión con destino a Poza Rica, donde luego Lupita y yo tomaríamos un autobús a México.

No pude contener mi curiosidad al escuchar su plática. Yo que apenas era un principiante en historia estaba recibiendo la lección que cambiaría todo en mi vida. Aún conservo en mi memoria aquella conversación: «Entonces la princesa Nimbe tomó al animal con sus manos y frente a miles de totonacos, sobre el edificio de los nichos comenzó el ritual de la danza de la serpiente —le dijo González Hurtado a Nemorio—. El cielo se llenó de nubes y pronto El Tajín se oscureció. Los guerreros aztecas llegaron por todas partes. Masacraron de igual forma a niños que a mujeres».

No pude quedarme callado e interrumpí al maestro: «Disculpe mi atrevimiento —dije sin pararme de mi asiento, pero estirándome hasta convertirme en un obstáculo en el paso del estrecho pasillo del camión para no alzar la voz—. Soy Gastón Peralta Moya, amante de la historia y las culturas prehispánicas. Y sin poder evitarlo escuché un poco de su conversación. ¿Eso que contó es verídico?»

Los dos desconocidos permanecieron en silencio por unos instantes. Se miraron el uno al otro con un aire de desconcierto. Yo lo habría hecho. Habría incluido un «¿qué te importa, metiche?», pero Rodolfo no era de ese tipo de personas, por el contrario, siempre estaba dispuesto a platicarle a la gente lo que sabía. Decía que un individuo dejaba de interesarse por el conocimiento cuando aquellos poseedores del saber le dificultaban el camino. Disfrutaba enormemente al compartir su sabiduría. «El mejor monumento o trofeo que un hombre puede llevarse a la tumba es la satisfacción de que alguien aprendió de él; que cualquier día digan: él me enseñó esto o aquello», decía. Y así fue, sacó un libro recién publicado bajo el título *Nimbe: leyenda del Anáhuac*, y me lo mostró. Lo hojeé mientras él me contaba brevemente el contenido de la novela. Sin quitar la mirada del libro pregunté quién era Rodolfo González Hurtado, «pues no lo conozco», comenté. «Te lo presento», respondió Nemorio con una sonrisa. Me quedé mudo por un momento. Luego insistí: «¿Esto es verídico?». «Así es», respondió y siguió contando, como hacía con todo aquel que le preguntaba. Grave error en aquellos años, pues mira, le costó la vida. Sabía perfectamente, por medio de García Payón, que los totonacos se habían negado a la publicación de la novela, pues si la Iglesia se enteraba de la existencia de los *Memoriales*, se apoderaría de ellos y los destruiría. O en su defecto los esconderían.

—Y en efecto, eso es lo que pretende el padre Urquidi —interrumpió el arqueólogo forense.

—Con esos mismos argumentos lograron convencer los papantecos a García Payón, pero no a González Hurtado, quien indiferente a las amenazas, llegó hasta las últimas consecuencias. Luego de la muerte del escritor, la Iglesia pagó, bajo seudónimo, una jugosa cantidad a la editorial por los derechos de la novela que pronto salió de circulación.

—Pero sígame contando —interrumpió Daza nuevamente, intrigado por el relato de Gastón Peralta Moya—, ¿qué pasó el día que conoció a González Hurtado y a Martínez Pasarón?

—Les aseguré que mi más grande deseo en la vida era ser historiador —continuó Gastón—; que no tenía nada que ver con la Iglesia y que estaba dispuesto a seguirlos con tal de aprender. Lupita, que detestaba a todo aquel que blasfemaba, enfureció al escucharme, pero igual guardó silencio y esperó. Fue tal mi insistencia porque me enseñaran todo lo que sabían, que ofrecí quedarme a vivir en Papantla a partir de ese momento.

—¿Por qué así? —preguntó Diego desconcertado— ¿Por qué no regresar a México y luego volver con más calma?

—Por que hay oportunidades que sólo llegan una vez, y si las dejas pasar, jamás, escucha esto, jamás vuelven. A González Hurtado lo asesinaron poco después. Y si yo hubiera tardado en regresar nunca habría podido tratarlo de la forma en que lo hice. Y mucho menos a García Payón, a quien tuve el privilegio de conocer dos días más tarde, aquí mismo, en El Tajín. Lo vi de pie, con su sombrero empolvado y su pipa en los labios, frente al Edificio 5, cuidando que su gente no lo maltratara. Martínez Pasarón fue quien me llevó con García Payón, pues a González Hurtado no lo quería ver ni en pintura por haber publicado la novela. «Pepe —dijo Nemorio, estando a unos pasos de él—, te presento a Gastón».

—El arqueólogo me miró de pies a cabeza, le dio una fumada a su pipa y se dirigió a mí: «¿Qué tal está tu ortografía?».

«Sin errores», respondí, pues de antemano Nemorio me había aclarado que mi trabajo sería pasar en limpio los escritos del arqueólogo para su futura publicación.

«Mira —dijo y se quitó la pipa de los labios—, ya sufrí una traición hace poco. Un amigo al que le confié información valiosísima escribió un libro sin mi consentimiento. Entonces no puedo creer en nadie y mucho menos en ti que eres un desconocido. Si quieres el trabajo tendrás que redactar un documento en el que te responsabilizas por cualquier plagio sobre lo que estamos haciendo. Es decir, si tú o alguien publica un libro, novela o artículo sobre Tajín, y tiene esa información que sólo yo poseo, te mando a la cárcel, y luego te mato —acepté con un ligero movimiento de mi cabeza; él sonrió y prosiguió—. El trabajo es simple. Te proporcionaré una máquina de escribir, un pequeño escritorio, una silla, papel y una sombrilla para taparte del sol. Estarás a mi lado todo el tiempo. Algunas veces te daré apuntes míos para que los pases en limpio y en otras te dictaré».

—¿Usted hizo ese trabajo? —preguntó Daza asombrado—. Pero usted dijo que su esposa fue quien escribía para él.

—Por supuesto —respondió Peralta Moya con una enorme sonrisa—. Siempre dijo eso en público. Jamás me dio créditos. Estaba estipulado en mi contrato, para que luego no pudiera escribir un libro. Me convertí en su secretario y sombra por algunos años. Cuando no tenía tareas ocupaba mi tiempo en leer y leer. Algo que a Pepe le agradaba. En poco tiempo me gané toda su confianza.

—Y a todo esto —pregunto Daza—, ¿qué dijo su esposa Lupita?

—Ella permaneció unas cuantas semanas en Papantla, enfurecida por la decisión tomada, y mucho más por no haberle consultado. Un día sin despedirse, se marchó. Jamás supe de ella.

—¿Y la buscó?

—No.

—¿No? ¿Por qué?

—Sabía que no volvería, aunque se lo rogara. Además, para entonces yo ya había estudiado minuciosamente la novela de González Hurtado y había dejado de creer en la Iglesia. En cambio Lupita pasaba horas en la parroquia haciendo labor comunitaria, cosa que me ponía los pelos de punta, al imaginarla teniendo una relación extramarital con el cura, o revelándole en secreto de confesión lo que ocurría en El Tajín.

—¿De qué le servía su presencia a González Hurtado? ¿Lo quería de espía?

—No, para nada. Él sabía que su vida corría peligro y necesitaba dejarle el conocimiento a alguien más joven, alguien que realmente deseara y apreciara toda esa información tan valiosa, más valiosa que la libertad. De la misma forma como hiciera Tenixtli en su lecho de muerte frente a fray Toribio Paredes de Benavente, yo fui receptor de Rodolfo González Hurtado y discípulo de García Payón; este último, a lo largo de muchos años, compartió todo su conocimiento conmigo hasta el día de su muerte en 1977, en Jalapa, Veracruz. Horas antes de morir, me entregó su libreta de anotaciones y me confió las coordenadas para desenterrar los *Memoriales*.

—¿Y por qué esperó tanto tiempo?

—No fue él quien decidió esperar, sino los mismos papantecos, quienes necesitaban fortalecerse e incrementar el número de seguidores.

—¿En qué momento se puso en contacto con ellos?

—Tras la muerte de González Hurtado, el mismo García Payón me llevó con el único grupo sobreviviente y puramente totonaco que me enseñó a valorar, respetar y venerar su cultura. Me hice amigo, testigo, confidente y fiel seguidor de los ancianos papantecos. Ellos me eligieron para que escribiera su historia en castellano y totonaco, impartiera clases a su gente, buscara los *Memoriales* y los guiara la noche del trueno viejo. Yo sólo soy el instrumento que Limaxka necesita para volver.

—¿Cuál es el propósito? Supongo que también hay intereses políticos y económicos.

—Eso es lo que aún no entiendes. Nosotros no buscamos el dominio de las limosnas, sino la libertad de nuestra gente. Deslindarnos de esa cultura que carcome a nuestros pueblos.

—Pero usted ha dicho que Limaxka era un huérfano errante que fue castigado por los doce ancianos.

—Ése es el mejor ejemplo para demostrar que incluso un dios se equivoca. Limaxka cometió un error, y quiere volver para salvar a su gente, que también se ha equivocado.

—¿Cómo supo que la carta de Bustamante estaba en la mazmorra? —preguntó el arqueólogo forense.

Gastón Peralta Moya dudó por un instante en seguir respondiendo al interrogatorio, pero concluyó que en esos momentos lo que más necesitaba era la confianza de Diego Daza.

—Ya que hemos llegado tan lejos en las confesiones te diré —respondió Peralta Moya y puso las manos en las bolsas de su pantalón—. Urquidi no llegó a mí, yo me acerqué a él sin que él sospechara. Hace más de treinta años, los ancianos papantecos me confiaron toda la historia de los *Memoriales* redactados por Motolinía y la existencia de la carta de Bustamante.

Daza aún no lograba unir los cabos sueltos:

—¿Cómo supo de la carta, si Bustamante murió sin que nadie supiera de su existencia?

—En su momento la carta jamás llegó a su destino pero el heraldo sí: el dominico, fray Pedro de Ortega, quien fue el responsable de alimentar a los prisioneros, un año después de la muerte de Bustamante buscó la manera de contactar a los totonacos y hacerles saber del desdichado final de los frailes. Esta información se fue heredando de voz en voz, por siglos, hasta hace algunos años. Hace veintidós años los ancianos papantecos me pidieron que buscara la carta. Entonces, entre ellos y yo decidimos enviar a un discípulo de confianza para que pidiera trabajo en aquella parroquia... —Peralta Moya hizo una pausa y sonrió—; ya lo conoces. Se llama Mauro.

Daza palideció en ese momento: «¡Mauro! Pero ese hombre fue quien intentó matarme el otro día».

—Sólo te estaba dando un susto.

—Está bien, sígame contando —dijo Daza, sintiéndose más tranquilo.

—Desde entonces ya había algo raro ahí. Había un cura llamado Esteban Castro Medina, quien era aliado del padre Urquidi. Mauro debía buscar la manera de hacer un hoyo sin que el cura se diera cuenta. Algo casi imposible. Pero la suerte estaba de nuestro lado. Castro Medina le ordenó a Mauro que hiciera una excavación justo donde los ancianos papantecos lo habían indicado. Era obvio que el cura no tenía idea de lo que estaba por encontrar, pero era incuestionable que Mauro no le iba a decir que ya sabía perfectamente que bajo ese piso se encontraba una mazmorra clandestina del siglo XVI. Y que además había una carta en una pequeña caja de madera. Caja que en cuanto entraron al calabozo, Mauro extrajo y entregó a los ancianos papantecos.

—¿Usted la tuvo todos estos años? —preguntó Daza con los ojos abiertos sin dar crédito a lo que escuchaba—. Se me dijo que el padre Urquidi la tenía.

—Así es. Tiene una copia. Yo tengo la original. Incluso ya la envié a un laboratorio para su fechado con carbono 14.

—¿De veras? ¿Puedo verla?

—No —dijo tajante—. Por el momento no es posible, pues bien sabes dónde guardo mis grandes tesoros. Pero en cuanto encontremos los *Memoriales* tendremos tiempo de sobra para que la veas.

—¿Qué dice la carta?

—Sabía que tenía que contarte lo de la carta para encontrar los *Memoriales*, y que además preguntarías por su contenido. Por eso te traje esto —el historiador sacó de su portafolio un sobre tamaño carta y se lo dio a Diego Augusto Daza, que en cuanto lo tuvo en sus manos no tardó en abrirlo. La observó y la olió detenidamente.

—Es una imitación muy buena —añadió Daza sin leerla aún—. Bien podría engañar a muchos, haciéndoles creer que se trata de la original.

—Menos a un arqueólogo —completó Peralta.

Daza sonrió y comenzó a leer:

—Bustamante menciona el edificio más grande, pero en sí se refiere al más importante.

—Y a todo esto, ¿para qué mandó el padre… —Daza tardó un poco en recordar el nombre— Medina hacer un hoyo en el piso?

—El par de curas necesitaban de alguien que hiciera el trabajo sucio. Y Mauro estaba ahí preparado para todo. Tenían que confiar en él o en cualquier otra persona. Lo vieron con cara de idiota y pensaron que un indio mugroso como él jamás tendría las agallas para traicionarlos. Y a fin de cuentas, si lo intentaba, nadie le creería, pensaron. En un principio lo hicieron cómplice de sus borracheras, pensando que tenían en sus manos a una oveja manipulable, y le pidieron que abriera un hueco en el piso para construir un salón de fiestas. Mauro, el único que trabajó haciendo el agujero, fue el primero en entrar a la mazmorra, tal cual se lo habían ordenado los ancianos papantecos, para que rescatara la carta de Bustamante. Ya teniéndola a salvo, fue en busca de Castro Medina —fingiendo un total desconcierto— para decirle que increíblemente había unas osamentas en la mazmorra. Castro y Urquidi jamás imaginaron lo que se estaba cocinando. Y lo que era peor, no supieron qué hacer. Para evitarse problemas decidieron no tocar un solo hueso y le ordenaron a Mauro que cerrara de nuevo el lugar. Pero antes de que el discípulo comenzara a tapar el hueco, Urquidi y Castro le encontraron un mejor uso: encarcelar a un hombre. Eso cambió todo, pues nuestro plan era que Mauro volviera a Papantla en cuanto rescatara la carta. Los curas le dieron la tarea de hacerse cargo del prisionero, que se ha mantenido vivo por veinte años. Luego ocurrió algo inesperado: murió Castro Medina y llegó el padre Palomares, a quien Urquidi le prohibió entrar a la mazmorra. El padre Juan Carlos insistió en saber qué había ahí, y un día sin importarle bajó al calabozo y descubrió al viejo enclenque que yacía encadenado en uno de los rincones. Mauro le llamó a Urquidi que sin esperar llegó al lugar. El par de curas discutieron largo y tendido, pues Palomares amenazó con denunciarlos. Urquidi enfurecido lo golpeó en la cabeza y lo mató.

—Por eso fingió todo esto. Para cubrirse. Alguien tenía que ser culpable de la muerte del padre Palomares.

—¡Claro! En ese momento le ordenó a Mauro que fingiera un derrumbe. Yo calculaba que tarde o temprano sucedería algo, no sabía qué, pero algo tenía que ocurrir; y que alguien podría saber sobre la carta. Además, después de tantos años de estar al tanto de la historia del prisionero, no podía quedarme con la incertidumbre de no saber cómo terminaría. Entonces mandé hacer dos réplicas de la carta de Bustamante y le ordené a Mauro que la devolviera a la mazmorra para que Urquidi la encontrara y me llamara.

—¿Por qué a usted?

—Mauro, ¿quién más? Él le dijo que en su pueblo había un historiador muy famoso. Algo creíble, pues todos en Papantla saben de mí. Además de que él ya conocía mis publicaciones. Y así fue: me buscó en cuanto tuvo la carta. Intentó sobornarme. Le hice creer que sí. El día más divertido de mi vida fue cuando llegó a Papantla con la idea de que tenía un tesoro en sus manos. «Mire lo que he encontrado —dijo y abrió la pequeña caja de madera—. Es un tesoro invaluable. Póngale precio y encuentre los *Memoriales*.» Me la entregó y me amenazó: «No se atreva a traicionarme. Mauro, mi hombre de confianza, lo estará siguiendo». ¡Dime si no es para caerse de risa! Quiere los *Memoriales* para escalar a uno de los peldaños más altos de la Iglesia: el arzobispado. Y si eso es lo que busca hay que dárselo. Hagamos esto: los encontramos, hacemos una réplica y se la entregamos.

—¿Y si descubre que le dimos una copia?

—Tú eres el arqueólogo. Para eso te contrató: para que le asegures que los *Memoriales* son originales.

—¿Y el detective?

—¿Detective? —Peralta Moya abrió la boca y los ojos en gesto de asombro— ¿No me digas que contrató a un detective?

Daza permaneció en silencio dudando si había hecho lo correcto al mencionar al investigador privado.

—¡Ja! —el historiador liberó una risotada— ¿Te refieres a Delfino Endoque?

—No me diga que también es parte de su show —cuestionó Daza más confundido que al principio.

—No, el pobre es una marioneta en este teatro.

—¿Y el prisionero? ¿Quién es?

—¡Ay, muchacho, ni te imaginas!

oy, en vísperas de la muerte e con el apoyo de un buen cristiano, cual no puedo mencionar, escribo una plegaria a la Iglesia e a los cristianos. Buscad los Memoriales que el maestro fray Toribio Paredes de Benavente, Motolinía, hubo por valor escribir para que los cristianos tuvieran conocimiento de acontecimientos en la Nueva España: los abusos y los tributos excesivos impuestos a los indios, la esclavitud, la destrucción de sus templos y divinidades y las mentiras de los frailes dominicos. Dichos Memoriales se encuentran escondidos en el centro de un edificio Totonaco, el más grande de ellos, a ocho leguas de Cempoala, tal cual me lo indicó fray Toribio Paredes de Benavente, Motolinía. Es preciso agregar que dicho edificio no es conocido por conquistadores pues escondido está entre la selva.

La muerte ronda. Se me ha mantenido preso en un calabozo, del cual no conozco su ubicación, desde no sé cuánto tiempo. He perdido la noción de días e noches. Se me acusa de que en México, el día martes ocho días del mes de septiembre de mil e quinientos e cincuenta e seis años, estando en misa mayor, en la Iglesia del señor Santo Francisco *y capilla de Sant Joseph, presidentes e oidores de la real audiencia e mucha gente, después de haber cantado el credo, ascendí a un púlpito, que para el dicho efecto estaba puesto junto a la reja del altar e con un patio, e prediqué que no era devoto de la señora que han intitulado de Guadalupe e de que la devoción que esa ciudad ha tomado en una ermita es en gran parte demoniaca, pues se le ha engañado a los indios crédulos que milagros hace la imagen de la señora de Guadalupe, que pintó un indio, inspirándose en la antigua imagen, originaria de tierras españolas, allá por el río de Guadalupe. Además exhorté a los muchos hombres y mujeres a que no adoraran a dicha señora pues con eso sólo ofenden a Dios Nuestro Señor.*

E por eso se nos persiguió e acusó de herejes e traidores a la corona española; se nos encarceló e se nos ha torturado en esta mazmorra. Os exhorto a buscar los Memoriales *que Motolinía ha redactado, en donde, con claridad e paciencia revela e pregona la farsa que se le ha inventado a los indios para controlarlos e obligarlos a que paguen impuestos excesivos.*

Temo que la vida no se me alcanzará para seguir esta lucha. Mi cuerpo se encuentra muy cansado e débil por torturas sufridas. Agradecimiento infinito sólo tengo por mis hermanos frailes que han muerto en esta mazmorra e quien no puedo mencionar por falta de tiempo. E sólo me queda decir: que Dios nos ampare.

Fray Francisco de Bustamante.

XIX

as primeras horas las excavaciones resultaron sencillas. Luego el marco cambió enormemente, los arqueólogos permanecían la mayor parte del tiempo dentro del túnel. Los ayudantes de Gastón Peralta Moya entraban y salían a ratos con cubetas llenas de tierra, mientras Ramos y Daza cavaban lenta y cuidadosamente, temerosos de un derrumbe. El historiador no movió un solo dedo: permaneció observando desde una silla mecedora.

Danitza caminaba de un lado a otro comiéndose las uñas. De pronto notó que Peralta Moya comenzó a escribir en un cuaderno; no pudo contener su curiosidad y se acercó para observar su escritura. Imposible ignorar en ese momento los cinco vectores gráficos (el plano espiritual e intelectual; maternal e instintivo; pasado y de la *imago* de madre; futuro y de la *imago* del padre; presente y el *yo* emocional y sensible), y las ocho leyes de interpretación grafológica: orden, dimensión, forma, inclinación, dirección, velocidad, continuidad y presión. El enorme margen derecho en su escritura denunciaba al historiador como una persona de un carácter poco sociable. Pero a su vez la dimensión grande en sus letras indicaba una tendencia a ser exhibicionista. Danitza alcanzó a ver más de una *te* minúscula en forma de mayúscula (la barra en la cima de la cresta), lo cual afirmaba su diagnóstico facial: dotes de mando, autoritarismo, dificultad para escuchar posiciones diferentes a las suyas.

No le quedaba duda. Fisonomía y grafología la llevaban a un mismo diagnóstico. «Qué personaje tan interesante», pensó. Gastón se percató de que ella intentaba ver lo que escribía.

—¿Qué fue lo que lo impulsó a estudiar historia? —preguntó Danitza para distraer su atención.

—Pues en mi casa jamás hubo un televisor —dijo Peralta y dejó el bolígrafo sobre la hoja—. Y no por pobreza sino por los tiempos en que viví mi infancia. Acababa de terminar la Revolución, la invención del televisor era reciente, aún no llegaba a México. Mi familia era de esas católicas más que por convicción por título. Nunca me interesó ser amigo de los niños de la primaria. Mi padre fue funcionario en los gobiernos de Pascual Ortiz Rubio, Abelardo L. Rodríguez, Lázaro Cárdenas, Manuel Ávila Camacho y Miguel Alemán Valdés. Por lo mismo siempre tuve acceso a todo tipo de lecturas. Mi padre, un conocedor de mundo, lector voraz, estudioso de la política y la historia, siempre insistió en que me dedicara a cualquier cosa menos a la política. Entonces comencé a leer todo lo que mi padre llevaba a casa: Alejandro Dumas, Herman Hesse, Charles Dickens, León Tolstoi, Víctor Hugo, historia universal; luego seguí con los grandes filósofos: Solón, Epiménides, Sócrates, Simias, Aristóteles, Pitágoras, Heráclito, entre otros tantos. Más tarde salté a las pláticas de Zaratustra, caminé por los senderos que marcó Nietzsche; volé colgándome de los pensamientos de Voltaire; gocé con la lujuria de Sade y la perversidad de Maquiavelo.

En ese momento uno de los ayudantes del historiador salió del túnel con otra cubeta llena de tierra. Danitza seguía de pie a un lado de Peralta Moya. Sonreía con falsedad para evitar que él notara que ella estaba estudiando la dimensión sobrealzada de su grafología, muestra de un orgullo por su propia importancia, vanidad hasta la ostentación y culto a las apariencias.

—Te decía, perforé los muros de la historia y comprendí por qué los seres más despreciables son los que más fama y poder poseen. Todo mundo los recuerda, les escriben un sinnúmero de biografías; los psicólogos analizan el porqué de sus actos. Y muchos desean ser como ellos, pero jamás se atreven; se conforman con leer sus insuperables biografías. La historia la hacen los infames. Sin ellos el mundo sería de una monotonía intolerable. La misma Iglesia se ha empeñado en recordar a los malos de la historia para colgarse la etiqueta de beatos mártires. Como buen ejemplo se encuentra en primera fila: Dalila, esa mujer filistea de peligrosísima hermosura, que sin ningún remordimiento vendió el secreto de Sansón. ¡Perversa!

Danitza jaló una silla y se sentó junto a Peralta Moya sin quitar su atención del túnel. En ocasiones levantaba la mirada para guardar en su memoria la imagen de la pirámide de los Nichos en medio de la oscuridad.

—También está Jezabel —continuó Peralta Moya—, quien según el Apocalipsis, utilizó a su antojo a su esposo, el rey Acab, empujándolo a unirse a ella en adoraciones a dioses malditos. Practicó la prostitución y la orgía. Ambicionó todas las riquezas posibles. Mandó matar a los profetas Elías y Nebot. ¿O qué tal Lucio Cornelio Sila? Hombre intelectual que llegó a ser el primer dictador de la República Romana en el año 82 antes de Cristo. Mandó degollar a más de seis mil prisioneros en el circo para mostrar a todos sus enemigos que nadie sería perdonado.

Le quitó todos los derechos civiles a quien se atreviera a hacer cualquier tipo de protesta.

La grafóloga ya no tenía uñas para morder; entonces comenzó a rascar sutilmente la madera de la silla en la que se encontraba. Los arqueólogos no salían del túnel. Cada minuto que pasaba se le hacía cada vez más largo. Volvió la mirada a la escritura del historiador; encontró una *ce* con arpón, indicio de una personalidad hiperactiva, combativa y egoísta.

—Al abdicar y alejarse de la vida pública, Sila se dedicó a todos los vicios posibles, tal cual lo hiciere Tiberio Julio César —dijo Gastón Peralta con tal tranquilidad que daba la impresión de estar en el sofá de su casa con una taza de té en medio de una tertulia dominguera—, ese malvado tan premiado por la industria cinematográfica, y recordado por haber sido emperador en tiempos de la supuesta crucifixión de un Jesús de Nazareth (quien jamás existió), mas no por toda su crueldad. Al quedar huérfano de padre, fue adoptado por el emperador Octavio Augusto, quien lo nombró heredero junto con Marco Agripa Póstumo, al que Tiberio Julio César mandó matar para quedar como único sucesor. Aunque al principio fingió no desear el trono. Se casó dos veces. Mandó asesinar a su esposa Julia y a su amante. Prohibió que se levantaran monumentos o estatuas en su honor. Pronto se entregó a todo aquello que satisficiera todos sus placeres, inventando el cargo de «intendente de los placeres», quien le llevaba niños y jóvenes de ambos sexos con los que fornicaba. Se bañaba desnudo en ríos y grutas con infantes de diferentes clases sociales, a los que llamaba *mis pececitos,* y que debajo del agua le practicaban sexo oral. Tras la muerte de su madre ordenó que nadie la recordara con cariño. De igual manera prohibió que los familiares de sus enemigos asesinados llevaran cualquier tipo de luto. Mandó azotar y encarcelar a su esposa Agripina para que muriera de hambre lentamente, pero como esto no ocurrió, ordenó que la estrangulasen. También aniquiló a su mano derecha, el prefecto Sejano y a toda su familia, incluyendo a una niña de once años. Obedeciendo la ley de que no se podía condenar a las vírgenes ordenó a uno de sus verdugos que la violara. Como era ya sabido por todos, si a Tiberio Julio César le gustaba alguna damisela, ordenaba que fuese llevada ante él para luego satisfacerse. Malonia, hija del senador Marco Sexto, se mantuvo escondida por varios años, pero el emperador se enteró y los acusó de incesto. Ya frente a ella, intentó poseerla; ella se defendió y él sólo pudo obtener un instante de cunilinguo forzado. Al regresar a casa la joven se suicidó. Como era de esperar, Tiberio fue asesinado por su protegido Calígula, hijo de Agripina y Germánico.

Peralta Moya estaba tan entretenido con su narrativa que no notó que a lo lejos, en uno de los cerros, se encendió una pequeña luz que llamó la atención de Danitza.

—Otros historiadores aseguran que Julio César fue asfixiado por Macrón, capitán de los pretorianos. En lo que sí coinciden es que Calígula, pensando que el emperador había fallecido, le quitó el anillo del dedo, se lo puso y se promulgó nuevo emperador. En ese momento despertó Tiberio y pidió que le dieran agua. Calígula era un hombre de facciones feas, por lo cual solía espantar a la gente con sus muecas. Fornicó con todas sus hermanas y las vendió como prostitutas, quedándose sólo con una, Drusila, de quien se enamoró vehementemente hasta sentarla junto a su lado en el Olimpo, creación suya donde él y ella eran los dioses. Luego ella murió y obligó a todos a que guardaran luto, incluso castigó a aquellos que se atrevieron a reír. Tiempo después se dedicó a asistir a bodas y si le gustaba la novia la raptaba y la violaba. Una de tantas fue Livia Orestilla, con quien se casó. Luego conoció a Cesonia, con quien también contrajo nupcias y que poco antes había tenido una hija a la que Calígula adoptó y bautizó como Drusila. Pronto despilfarró todo el erario público y comenzó a enloquecer, creyendo él mismo estar en una pobreza extrema, a tal punto que salía a las calles a pedir limosna. Mandó matar a miles de personas por no pagar impuestos. Ordenó que se llevaran la estatua de Júpiter Olímpico a Grecia, donde llegaba su imperio, que se le arrancara la cabeza y se le pusiera la de él. Tras tres años y diez meses de gobierno y pesadilla para el pueblo, fue asesinado en una estancia de su palacio por el jefe de los pretorianos Casio Queresa y una treintena de hombres que, no contentos con ello, también mataron a su esposa Cesonia y su hija estrellándola contra el muro hasta la muerte.[70]

Un intenso escalofrío sacudió a la grafóloga, que si bien no temía a la muerte, comenzó a preocuparse por su destino y el de los arqueólogos. ¿De qué sería capaz este hombre? ¿Degollarlos, quemarlos vivos? Nuevamente notó una luz en lo alto de un cerro. Caminó al túnel y avisó a los arqueólogos que ya estaba a punto de amanecer. Peralta Moya no le dio importancia y permaneció en su silla. Seguía pensando en su lista de seres despiadados. Aún no lograba reponerse del enfado que sufrió al saber que José María López Ruiz se le había adelantado al publicar el libro *Los seres más crueles y siniestros de la historia*, bajo el sello de Editorial Diana. Algo incongruente, pues él no conocía personalmente a López Ruiz. Aquello no era un plagio, de ninguna manera, pero Peralta Moya no lo podía ver de otra forma; él llevaba años recopilando información para un libro similar cuando de pronto apareció la obra de cuatrocientos cuarenta páginas, con pasta dura y un listado de personajes impresionantes. «Le faltaron muchos por mencionar», rezongó al terminar la última frase.

—Han pasado ya más de treinta y ocho horas —comentó la grafóloga.

—Vaya que son lentos estos muchachos —agregó el historiador.

En ese momento el viento sopló con fuerza. Las hojas de papel que Danitza tenía sobre la mesa flotaron como burbujas de jabón.

XX

as fases de la soledad no son las que vulneran al hombre sino los factores que preceden y suceden el acaecimiento», dijo en la oscura soledad de la mazmorra fray Francisco de Bustamante, repitiendo textualmente lo que había predicado en su histórico sermón días atrás.

El comienzo del delirio le hizo pensar que estaba escondido en una cueva de ésas donde se había metido muchas veces en su infancia y donde pasaba horas buscando insectos. Gustaba de la soledad y del silencio. Amaba los campos, los ríos y las aves. Llegada la adolescencia buscaba la paz interior en sus momentos de aislamiento. Y en la madurez le disgustaban los tumultos y el ruido. Detestaba el embuste y las pláticas vacías. Pero también degustaba de estar con la gente, encaminarlos por el sendero del conocimiento. Era irreverente con los que forjaban adoraciones vanas.

Si bien se consideraba un franciscano fiel a las convicciones y enseñanzas del fundador de su orden, desaprobaba todo tipo de entelequias de apariciones y cultos marianos que realizaban sus correligionarios franciscanos. Debatió en muchas ocasiones con sus compañeros sobre la forma de evangelizar a los indios. Argumentaba que para ello no era necesario pintar ni tallar imágenes; que lo esencial se encontraba en lo interno y no en lo externo.

Un fraile le había narrado en alguna ocasión algo que muchos años más tarde escribiría otro franciscano de nombre Juan de Torquemada, a quien fray Francisco de Bustamante no llegaría a conocer:

> La ciudad de Cholula está a cuatro leguas desviada de la de Tlaxcallan [...] Fue la madre general de la supersticiosa religión de la Nueva España. Veníanse a ella de ciento y doscientas leguas en romería, de todas aquellas gentes de reinos y provincias convecinas. Y en ella ofrecían sus ofrendas y sacrificios y cumplían sus votos y promesas, conforme ellos entonces sentían de su falsa idolátrica adoración [...] Ordenaron todos los Señores de ella tener un templo [...] Es un edificio tan grande que admira haber de creer que a mano se hubiese hecho [...] En este lugar pusieron los religiosos de San Francisco, que son los que desde sus principios lo han adoctrinado e industriado en la fe y ahora les administran los santos sacramentos y doctrina cristiana, una cruz luego que entraron en él, hasta que edificaron en el mismo lugar una ermita de la vocación de Nuestra Señora de los Remedios, que es ahora de mucha devoción y se va a decir misa todos los sábados, donde concurre mucho número de gente a los Oficios.[71]

Su tolerancia llegó al límite cuando se enteró de que en la escuela de San José de los Naturales, fundada por fray Pedro de Gante a principios de la evangelización, había un indio y alumno de nombre Marcos Cípac de Aquino que había aprendido las técnicas de pintura europea y había realizado una imagen de una virgen a petición de algunos frailes y conquistadores y basándose en el estandarte de la virgen de Guadalupe de Las Villuercas, en Extremadura, España, que Hernando Cortés había traído; y que ésta fue llevada a una Iglesia que los mismos frailes habían edificado donde antes había existido un monumento a una diosa de los indios.

> En esta Nueva España tenían estos indios gentiles tres lugares en los cuales honraban a tres dioses diversos y les celebraban fiestas [...] En otro que está a una legua de esta ciudad de México a la parte del noroeste hacían fiestas a otra diosa llamada Tonan, que quiere decir nuestra madre; cuya devoción de dioses prevalecía cuando nuestros frailes vinieron a esta tierra y a cuyas festividades concurrían.[72] [...] Pues queriendo remediar este gran daño nuestros primeros religiosos, que fueron los que primero entraron a redimir esta viña inculta [...] determinaron de poner Iglesia [...] en Tonantzin junto con México, a la virgen sacratísima, que es nuestra Señora y Madre.[73]

Fray Francisco de Bustamante sabía que los santuarios de Toci, a quien llamaban *Nuestra abuela*, en Tlaxcala; el de Telpuchtli a quien decían *Varón joven*, en Tianguismanalco; y el de Tonantzin a quien nombraron *Nuestra Madre*, en Tepeyac, habían sido destruidos y que las deidades habían sido sustituidas por santos cristianos; y que si bien los indios seguían visitando estos lugares después de ser destruidos no era por ver a la virgen de los Remedios en Cholula; ni a Santa Ana, la madre de María y abuela de Jesús en Tlaxcala; ni a San Juan Bautista en Telpuchtli; ni a la virgen de Guadalupe en Tepeyac.

Le indignaba sobremanera ver cómo descaradamente los frailes remplazaban imágenes falsas por otras igual de falsas y se aprovechaban de la ignorancia de los indígenas que idolatraban dioses ajenos al cristianismo. Le causaba repulsión ver cómo las multitudes de indios seguían visitando los santuarios donde ya no había dioses y sin importar pagaban con tiempo, sudor, sacrificio, cosechas, telas, o de cualquier forma con tal de estar ahí. Supo que ya no podría callar. Necesitaba exponer sus ideas.

El 6 de septiembre de 1556 el fraile dominico Alonso de Montúfar, segundo arzobispo de México, pronunció un sermón en honor a la virgen de Guadalupe en la capilla del Tepeyac, que él mandó edificar el año anterior. Los misioneros de la capital, y en particular Francisco de Bustamante, Toribio Motolinía, Bernardino de Sahagún, entre otros, se sintieron molestos, pues consideraron esto como una aprobación oficial de las adoraciones a una virgen que había sido pintada por un indio en la escuela de Pedro de Gante; y que además no tenía fundamentos para ser adorada de la forma en que se estaba haciendo. Sin espera protestaron ante las más altas autoridades eclesiásticas.

—Que el Santísimo Dios celestial lo tenga en su Santa Gloria —dijo Bernardino de Sahagún al entrar en la oficina de Alonso de Montúfar—. El objetivo de nuestra visita es para hacer de vuestro conocimiento que:

Ahí en Tepeácac, donde ahora está la Iglesia que usted ha mandado construir hacían muchos sacrificios a honra de una diosa de nombre Tonantzin y venían de muy lejanas tierras, de más de veinte leguas, de todas las comarcas de México, y traían muchas ofrendas; venían hombres y mujeres, y mozos y mozas a estas fiestas; era grande el concurso de gente en estos días, y todos decían vamos a la fiesta de Tonantzin; y ahora que está ahí edificada la iglesia de Guadalupe también la llaman Tonantzin [...] De donde haya nacido esta fundación de esta Tonantzin no se sabe de cierto que el vocablo venga de su primera imposición a aquella Tonantzin antigua, y es cosa que se debía remediar porque el propio nombre de la madre de Dios Señora Nuestra no es Tonantzin [...] Parece esta invención satánica [...] Y vienen ahora a visitar esta Tonantzin de muy lejos, de tan lejos como antes, la cual devoción también es sospechosa, porque en todas partes hay iglesias de Nuestra Señora y no van a ellas.[74]

—Tengo por seguro —dijo Bustamante frente a Alonso de Montúfar—, que es de vuestro conocimiento que en Tepeácac se siguen llevando a cabo rituales paganos en honor a la diosa Tonantzin. Os lo ruego, señor arzobispo, que detenga estas adoraciones que se llevan a cabo en ese lugar. Y que así mismo ordene a los misioneros que no promuevan la veneración de la virgen de Guadalupe que ha pintado ese indio Marcos ya que no hay fundamentos para tal.

Alonso de Montúfar enterró la mirada en los ojos de Bustamante y supo que de no detenerlos no serían más que una piedra en el zapato. Ya había escuchado suficiente sobre él y sus correligionarios. Fray Bartolomé de las Casas lo había puesto al tanto. Era momento de callarles la boca.

—¿Y quién has creído que sois para venir a decirme a mí qué debo hacer en mi arzobispado?

—Soy un siervo más de Dios y del rey de España, y de vosotros —Bustamante bajó la mirada. Sabía que para alcanzar su objetivo debía ser prudente.

—¿Qué os hace creer que voy a retractarme de lo que he dicho hoy en mi sermón?

Fray Francisco de Bustamante respiró profundo para controlarse. No toleraba la soberbia.

—Os comento que nuestro trabajo es evangelizar y que la evangelización se reduce en una cosa más simple, que es obedecer a Dios, divulgar su palabra y eludir las adoraciones a imágenes paganas.

—¿A vosotros os parece que la imagen de la madre de Nuestro Santísimo Dios es pagana?

—No la Santísima virgen María que dio vida a Jesús Nuestro Señor, pero sí las imágenes que se están produciendo en estas tierras por los mismos indios.

—¡Es la forma en que ellos ven a nuestra Santa Madre!

—No —respondió Bustamante—. Ellos no la ven de esa manera, esa virgen que ha pintado el indio Marcos tiene una media luna en los pies. Los indios no saben que si la virgen pisa una media luna es para humillar a los musulmanes que tanto tiempo gobernaron España.

—Pero hace referencia a la Santísima virgen en el convento y santuario de Guadalupe en la provincia de Cáceres de la Extremadura española —respondió Alonso de Montúfar mientras se servía un poco de vino en una copa.

—Sí —insistió Bustamante—, pero:

El origen de dicho convento se remonta a una imagen sagrada de la virgen María, que según la leyenda fue regalada por Gregorio Magno al obispo Leandro de Sevilla, para protegerla de los moros y se le enterró en el siglo VIII, y durante el reinado de Alfonso X o de Alfonso XI un pastor la encontró cerca del riachuelo de Guadalupe.[75]

Alonso de Montúfar se bebió de un trago el vino de su copa y respondió evadiendo sus miradas:

—Meditaré en lo que en buena fe han venido a decir. Podéis retiraros.

Bustamante supo que Alonso de Montúfar no había quedado convencido y esa misma noche redactó un sermón. Dos días más tarde, el 8 de septiembre de 1556, en la capilla de San José de los Naturales del gran convento franciscano en la capital y en presencia del virrey Luis de Velasco, el arzobispo Alonso de Montúfar y de la Audiencia se paró en el púlpito y dio inició al sermón que lo llevaría a la tumba:

—El amor a Dios —dijo sin titubear— no se demuestra acumulando almas con falsedades ni con violencia. Se nos ha enviado a la Nueva España a evangelizar a los infieles de estas tierras, no a asesinarlos porque no hacen caso. También es cierto que ellos no cesan en sus demoniacas adoraciones a sus tantos dioses falsos. Pero os pregunto: ¿qué os representa esa imagen a la que muchos de vosotros igual adoran que se encuentra en Tepeácac?

Alonso de Montúfar se mantuvo firme. Respiró profundo. Las manos comenzaron a tiritarle de rabia. No esperaba que Bustamante se atreviera a hablar de esa manera.

—No es más que otra imagen demoniaca. No se le conoce milagro alguno. María Tonantzin sigue siendo Coatlicue Tonantzin, que tiene que ver con serpientes. No debemos adorar imágenes pintadas o talladas, y mucho menos elaboradas por indios que aún no conocen bien la historia de nuestra Santo Señor Jesucristo. Debemos concentrarnos en lo esencial y no en lo externo: instruir a los indios en la fe cristiana de manera que ante todo veneren a Dios Nuestro Santo Padre Celestial y no en imágenes falsas. La virgen no es Dios. La virgen María jamás realizó milagros, y aún así no los hace.

El arzobispo Alonso de Montúfar comenzó a perder la paciencia. Echó un vistazo en varias direcciones para notar la reacción de los presentes. El Virrey Luis de Velasco le disparó con la mirada.

—No debemos creer en una imagen pintada por hombres, ni aquí ni en ningún otro lugar. Lo que ha hecho el arzobispado actual es lucrar con la fe, les ha pedido limosnas y tributos a los indios para que puedan venerar a su diosa. Pues ellos vienen a venerar a la diosa Tonantzin. Eso no es lo que Dios Padre quiere de nosotros. Y si se obtienen dinero y donativos en estos santuarios lo que debemos hacer como buenos cristianos es repartirlo entre los pobres y los enfermos, para que los unos tengan para comer y los otros tengan para curar sus males.

Era más que demasiado. Alonso de Montúfar perdió los estribos. Se encontraba enfurecido. Dio la orden de que lo bajaran del púlpito.

—La labor de un misionero es otorgar ayuda a los más necesitados, a los pobres, a los enfermos, a los faltos de conocimiento, a los ancianos, a los niños, a las mujeres, a los hombres necesitados de guía; no a los adinerados ni a nuestros propios bolsillos. No debemos enriquecernos con sus necesidades ni con sus manos. Ellos no saben lo que hacen y si les damos una mala evangelización luego creerán que esa virgen demoniaca les puede hacer milagros que no hace pues no es Dios. Acuso frente a todos ustedes a vuestro arzobispo de lucrar con la fe y de inventar a una virgen que no existe. Os exhorto a que sigan el buen camino, a que [...]

En ese momento un sacerdote se acercó a Francisco de Bustamante y el último sermón de su vida llegó a su fin. La misa siguió su rumbo y el fraile franciscano fue llevado a un aula, donde luego de terminada la homilía fue interrogado por el arzobispo.

—¿Cuál ha sido vuestro objetivo en este tan irreverente sermón? —preguntó Montúfar mientras juntaba los dedos.

—Ya os lo he comentado con anterioridad —respondió Bustamante sin imaginar lo que pasaba por la mente de fray Alonso.

—¿Queréis acaso el arzobispado?

—No.

—¿Qué buscáis entonces?

—Cumplir con lo que debo: evitar que los indios adoren imágenes demoniacas.

—Lo más simple sería pediros que regresarais a España. Pero eso no sería castigo para vosotros pues tengo por bien enterado que vuestro viaje fue de harta dificultad y que lo que más deseáis es retornar a vuestra tierra. Así que deberé encontrar otra forma de castigaros. Por lo pronto habré de encerraros en algún lugar y buscar a quienes posean el mismo pensar que vosotros. Es menester mío poner orden en estos rumbos.

XXI

ay rumores que se escurren como sangre por el pueblo entero; se arrastran y tiñen de rojo todo a su paso.

—¿De qué hablas? —preguntó Delfino Endoque sin quitar la mirada del telescopio que se sostenía sobre un trípode. Los arqueólogos seguían sumergidos en el túnel cavado horas atrás a un lado de la pirámide de los Nichos. El historiador se encontraba bajo la lona que fungía como pequeño campamento.

—¡Ay, patrón! —Sergio permanecía de pie a un lado del detective— Pos', ¿cómo le digo? Si nomás de imaginarlo hasta miedo me da contarle.

—Déjate de rodeos y habla, mira que a estas horas de la madrugada no estoy para cuentos mafufos —Endoque seguía observando tras la lente.

Por momentos enfocaba simplemente al rostro de Danitza. Entonces por más que intentaba concentrarse no podía quitarse de la mente a Inés. El interrogatorio de Saddam y el rostro de la grafóloga taladraron en la cueva de sus evocaciones hasta provocar un derrumbe de imágenes que lo sepultó bajo los escombros del recuerdo. Inés. Inés, ¿dónde estarás Inés?

Y sin poder eludirlo la vio sentada frente a él, tan hermosa como siempre. Él llevaba un par de semanas persiguiendo a un falsificador de cheques. Lo espiaba todas las mañanas en un café de Polanco, a la misma hora y en la misma mesa del mismo rincón, justo donde una mujer de aproximadamente treinta años con falda y saco bebía un capuchino, mientras estudiaba minuciosamente el periódico, en particular la secciones de política y empleos. En cuanto encontraba algo que le llamaba su atención abría su bolso, sacaba una libreta y pluma y apuntaba los datos, para después de su búsqueda llamar y concertar entrevistas. Fino notó su presencia desde el primer día y la observó con desconfianza (podía ser cómplice del falsificador); luego, con lujuria, le fascinaba ver cómo cruzaba las piernas una y otra vez; más tarde, con deseo, se imaginaba besándola en esa misma mesa; y sin esperarlo, los días siguientes la observó con ternura enloquecida; le conmovía verla cada mañana concentrada en las páginas del periódico, y apuntando los números telefónicos cautelosamente con la esperanza de que por fin ese día alguna organización la contratara. En una ocasión notó que por su mejilla escurrió una lágrima. Fino asumió que se debía a la desesperación del desempleo. Esa mañana se dispuso a caminar a su mesa y consolar su tristeza con una charla trivial, quizá darle el número telefónico de algún conocido. Pero no sabía con exactitud qué tipo de trabajo buscaba. Sin importarle aquel detalle se puso de pie y dio unos pasos; en ese momento el falsificador salió del café; Fino titubeó un instante, miró a la mujer que ya comenzaba a enloquecerlo, a las meseras caminando como locas por el lugar, a los clientes sumergidos en sus tertulias, las tazas humeantes, las ventanas, la calle, los carros que circulaban, la gente que caminaba por las aceras, y nuevamente al falsificador cruzando la puerta. Fino pensó en tantas cosas en ese momento: el falsificador podía huir del país ese mismo día, o cobrar un cheque con el cual él podría capturarlo *in fraganti*, o simplemente podía volver a la rutina que llevaba. Temió que ese día la mujer consiguiera un trabajo y dejara de asistir a esa cita matutina, de la cual ella no estaba enterada.

«¿Qué hago?», se cuestionó, pregunta que todo ser humano se hace justo cuando la entrada a la felicidad se encuentra pendiendo de un hilo. Supo entonces que la felicidad no es eterna ni es cosa de todos los días, sino que consiste en apoderarse de ella en el momento preciso, pescarla como a una mosca y decir: «te atrapé». Y le hubiese encantado decir «te atrapé, eres mía, ven conmigo», pero con ella eso no era posible. Dejó que el falsificador saliera del café con toda tranquilidad y caminó a la mesa de la hermosa mujer que se limpiaba las mejillas. Hacía días que Fino fijaba su atención en la profundidad de su mirada y la gracia de sus gestos. Buscó rápidamente en su archivo alguna excusa para iniciar una conversación. No la encontró. Se postró frente a ella, que pronto levantó los ojos, también sin saber qué decir.

«Supongo que en estas circunstancias una dama tan... —hizo una pausa para elegir un adjetivo— ¡inefable!, como usted, necesita privacidad, pero también creo que requiere de compañía, y mis oídos están disponibles para lo que precise decir».

«No se preocupe», respondió ella volviendo la mirada al periódico sobre la mesa para así eludir la intervención del desconocido.

«Disculpe que insista. ¿Me puedo sentar?», dijo él y sin esperar una respuesta jaló una silla. Ella sonrió y se limpió las lágrimas de las mejillas.

«Me dedicó al transporte», mintió.

«Qué suerte, tiene trabajo; yo estoy desempleada desde hace dos meses», respondió ella fingiendo una sonrisa.

«Si puedo ayudar en algo, con todo gusto haré lo que esté a mi alcance —agregó Fino recorriendo su agenda mental a toda velocidad para encontrar alguien que pudiese darle trabajo—. Y, ¿qué tipo de empleo busca?», disparó.

«Soy periodista. Estuve trabajando en el... —meditó un instante y corrigió— un periódico.»

¡Genial!, pensó Fino, le gusta la investigación. Luego reflexionó. Ya le había mentido. Todavía era tiempo para contradecir aquello del transporte. Fino, no te aceleres, pensó, llevas un minuto cruzando palabras con ella y tú ya estás besándole la espalda. Y aunque así fuere, el detective tenía por lema jamás involucrar a sus parejas sentimentales con su profesión.

«Tenía un par de años laborando en el periódico —continuó hablando la mujer—. Luego ocurrieron una serie de situaciones que para qué le cuento.»

Fino tenía la vista sepultada en la profundidad de los ojos miel de la mujer, aún, sin nombre.

«Sí, lo entiendo, la política es un arma de doble filo», añadió Fino.

«¿Política? Yo no he mencionado nada de eso.»

«Lo sé. Pero supongo que ésa era su sección.»

La mujer sonrió con asombro e hizo un gesto de desconfianza: «¿Cómo supuso eso?».

«Es muy fácil. Yo desayuno en esa mesa antes de ir a trabajar —señaló con el dedo—. Y he visto cómo en las últimas dos semanas llega, pone su bolso a un lado, se asegura de que esté bien cerrado, pide un café, mientras espera su bebida divide el periódico con agilidad, desecha las secciones de espectáculos, deportes y publicidad; luego, jerarquiza cuidadosamente los artículos, siempre empieza con política nacional y luego con la internacional, pasa un rato estudiando las notas, y cuando termina busca empleo, subraya, anota y se va. Y ahora que menciona que es periodista es fácil deducir que lo suyo es la política, sino se interesaría en espectáculos, sociales o qué sé yo.»

«¿Usted me ha estado espiando?»

«¡Qué va! —Fino se sonrojó— No me malinterprete, señorita —guardó silencio y pausó el tiempo comiéndose aquellos ojos miel con un suspiro furtivo—. Desde el primer día que la vi entrar no pude dejar de observarla mientras desayunaba.»

Ella sonrió al notar que el periódico se encontraba sobre la mesa exactamente como el hombre lo había descrito: «Soy predecible, ¿verdad?».

«Un poco.»

«Me llamo Inés», dijo y le extendió la mano.

Fino dudó un instante en dar su nombre: «Yo soy Delfino —le tomó la mano y se la besó con dulzura. Luego levantó la mirada y se atrevió a indagar—. ¿Y usted cree que en el periódico pueda encontrar un empleo de ésos?».

«¡No! Para nada —respondió Inés haciendo un ademán con la mano—. De hecho no estoy buscando trabajo de periodista, sino de algo que me aleje de eso por un tiempo. Usted sabe. Un descanso… —Inés hizo una pausa, necesitaba hablar de lo que le acontecía y agregó—, la verdad es que estuve haciendo una investigación sobre un desvío de fondos federales. Luego cuando equis persona se enteró envió un par de amenazas al periódico, suficientes para que me quedara sin empleo. «Es por tu seguridad, Inés, compréndelo, no estamos en tiempos de héroes», me dijo el director.»

«Debido al trabajo que tengo conozco a mucha gente, si quiere puedo preguntar.»

«¿De veras? —respondió entusiasmada—. ¿Te puedo tutear?»

«Sí, claro, llámame Fino». Delfino aprovechó la circunstancia: no preguntó a ninguno de sus conocidos en los días siguientes para así poder encontrarse con Inés en el café cada mañana. Le mintió, le dijo que estaba indagando y se sentó junto a ella mientras leía las noticias y buscaba empleo. El falsificador se fugó el día en que Fino conoció a Inés. Abortó el caso. Como excusa dijo que por el momento no podía salir del país debido a otros casos. Decidió entonces abordar el tren de la felicidad. Acompañó a Inés a muchas de sus entrevistas y se dejó embriagar por la luz que destellaban sus ojos miel. Sin poder comprender la responsabilidad que requería aquel sentimiento se declaró inmensamente enamorado. Ignoró todas las tertulias en las que había sido partidario y que había concluido que el amor es una responsabilidad. Pero como la mayoría de los enamorados, eludió la carga de pensar en el futuro con los pies en la tierra. «Para poder amar hay que ser objetivo y no subjetivo», le había dicho un amigo. «El ser amado es imperfecto. Siempre habrá dudas, conflictos y obligaciones.» Fino ignoró ese pequeño detalle y se dejó llevar por sus instintos. La besó y nunca más pudo borrar de sus labios el sabor de su boca. Perdió el piso y dejó de trabajar por un tiempo para compartirlo con ella, con su Inés. Fue su amante, confidente y amigo hasta que se casaron. Entonces olvidó la formula de la felicidad, olvidó que el amor era una responsabilidad. Muchas veces quiso ser como ella: poseer la virtud de ser feliz por convicción. Pero nunca más lo logró, siempre que lo intentaba llegaban a él los recuerdos de venganza, buscar a los sicarios que le habían arrebatado a su familia. Y de tanto pensar en eso olvidó que con ella, con Inés, con su Inecita tenía una familia. Ella le ofrecía la felicidad en charola de plata y él con su renuente incapacidad de comprenderlo, se aferraba como náufrago a la obsesión de buscar un culpable por su inhabilidad de ser feliz.

«Fino —le decía en la cama—, tengamos un hijo. Regálanos a ti y a mí esa felicidad.»

Ahora, postrado frente al telescopio y observando el rostro de la joven Danitza, Delfino pensó en la edad que podría tener su posible hijo. Quizá cinco o seis añitos. Tendría los ojos luminosos de Inés y esa facultad nata de sonreír sin prejuicio. De él heredaría… Dudó. Se preguntó qué virtud habría podido heredar un hijo suyo y, de pronto, escuchó su nombre a lo lejos: «¡Don Delfino, don Delfino! ¿Me está escuchando?».

—Disculpa —le respondió a Sergio al volver en sí—. ¿Qué decías?

—Pos, que dicen que hay una epidemia de embarazos por toda la zona; que los dioses totonacos las preñaron a todas de un jalón y que las que nos sean de raza pura morirán con todo y sus hijos; pero que las puramente totonacas sobrevivirán. Además, que uno de esos hijos será el cuerpo en el que habitará Limaxka, el dios Huracán.

—Ay, Sergio, tú y tus cuentos. ¿Y a ti en qué te afecta?

—¡Pos no le acabo de decir que mi señora está encinta! Eso a mí me da harto miedo. ¿Qué tal si eso que cuentan en Papantla es en serio? Mi vieja no es de raza pura.

—¿Ah, no? —respondió Endoque eludiendo una sonrisa socarrona.

—Pos no. Su abuelo es de Guerrero, su papá de Jalapa y su mamá es de Papantla.

—¿Y tú?

—No, pos yo menos con tanto alcohol que me tomo ya perdí la pureza.

—¿Quién te dijo eso?

—Ya le dije que son rumores que andan de boca en boca. Dicen las malas lenguas que don Gastón ha creado una secta satánica, o no sé, ya ve que a las viejas del mercado no se les puede creer todo.

El detective volvió a enfocar su atención en el pequeño campamento. Gastón se encontraba sentado en una silla de madera, hablando con Danitza que, aunque estaba en la conversación, no quitaba la mirada de la perforación en la tierra.

Mientras tanto, los arqueólogos permanecían sumergidos en el túnel. Por momentos sentían que les faltaba el aire; debido a lo estrecho del conducto sólo cabía una persona. Por esa razón debían acomodarse uno tras otro. Gracias a esto el ayudante encargado de sacar la tierra en un bote no pudo ver qué hacían los arqueólogos. La farsa duró un poco más de tres horas. Alegando que existía la posibilidad de un derrumbe, lograron mantener a los ayudantes de Peralta Moya al límite de la entrada. Luego de una exhaustiva excavación llegaron al punto que les había marcado el historiador: un pequeño acceso de sesenta por sesenta centímetros que daba al interior de la pirámide de los Nichos. Lo más difícil fue quitar la piedra que sellaba la entrada. Ramos entró mientras Daza permaneció en el túnel impidiendo que los ayudantes de Peralta Moya los descubrieran. Encontró un pasillo estrecho y frío. Caminó con una pequeña lámpara en la mano hasta llegar a una celda. En el interior encontró una piedra de grandes proporciones y sobre ésta un pequeño baúl tal cual se los había descrito Peralta Moya. Regresó a la entrada con el pequeño baúl en las manos donde permanecía su amigo.

—¿Los encontraste? —preguntó Daza en voz baja.

—Sí.

—Déjame entrar. Quiero ver cómo es el interior.

—Yo cuido que no vengan.

Daza alumbró la piedra donde habían permanecido los *Memoriales* e intentó calcular el tiempo que tenía esa celda construida. Era muy difícil debido a la falta de luz y de tiempo. Sacó un martillo muy pequeño y golpeó la piedra para desprender una pieza y llevársela para examinarla. Sacó una caja de aluminio de su bolsillo y guardo la pieza.

—Diego —dijo Ramos en un tono muy bajo—. Apúrate.

En eso entró al túnel el ayudante de Peralta Moya avisando que ya pronto amanecería. Quince minutos más tarde el cielo se inundó de nubes y los árboles comenzaron a zarandearse indefensos ante el ventarrón con el que, al parecer, la naturaleza jugaba cual niño caprichoso. Endoque estuvo a punto de perder su telescopio al desbalancearse éste con todo y trípode, de no ser por los reflejos de Sergio, que tuvo el tino de anticiparse lanzándose al piso, extender los brazos y recibir el aparato en el aire, antes de que cayera loma abajo. Pronto se apresuraron a acomodar el telescopio para no perder ningún detalle. Sergio se mantuvo sentado a un lado del detective y del telescopio para evitar que el viento lo arrastrara nuevamente. Una lluvia de hojas flotó por el lugar, parvadas de pajarillos salieron asustadas de sus nidos, la tierra que levantó el aire les picó los rostros. Todo indicaba que una gran tormenta estaba a punto de iniciar. Los caballos relincharon asustados. Y justo cuando Endoque enfocó la lente, el arqueólogo forense salió del hueco que habían cavado. Delfino no lo podía creer: Daza abrazaba a su pecho un pequeño baúl. Gastón Peralta Moya dio un salto y un grito de alegría; levantaba los brazos y empuñaba las manos en forma de triunfo; miraba al cielo con una sonrisa indómita e inefable. «¡Sí! ¡Sí!», vociferaba. «¡Lo logré!» El historiador caminó hacia él con desesperación y extendió las manos para recibir el pequeño baúl. Daza no se lo dio; salió del túnel, envolvió el cajón con una mano y le extendió la otra a su amigo Ramos para que también saliera del conducto subterráneo.

—Dame los *Memoriales* —dijo Peralta Moya.

—No puedo —respondió en seco el arqueólogo forense y se quitó el polvo de la cara.

La sonrisa del historiador desapareció en ese mismo instante y se transformó en un gesto de ira.

—¡Te ordeno que me entregues los *Memoriales*! —gritó Peralta Moya.

Daza sacó una lámpara de su bolsillo y al instante cuatro de los ayudantes del historiador sacaron sus armas y las encañonaron hacia Danitza, Israel y Diego.

—¡Tranquilo! —respondió Israel tratando de cubrir a Danitza—. No se los podemos dar porque los *Memoriales* no están en el baúl.

—¿Qué? —Peralta Moya observó en varias direcciones antes de enfocar su mirada en el pequeño baúl que tenía Daza bajo el brazo—. ¿Qué tienes ahí?

Daza abrió el cajón y con la lámpara lo alumbró y le mostró a Peralta Moya que no había nada en su interior.

—Se necesitan menos de dos segundos para notar que el baúl está vacío —el arqueólogo forense agitó la lámpara para alumbrar nuevamente el interior del cajón.

El historiador enfurecido caminó hacia él y sin tocar la caja vio que no tenía los *Memoriales*. Pronto alzó la mirada y la enterró en los ojos de Diego Augusto Daza, quien en ese momento lanzó el pequeño baúl al piso con desprecio y alzó las dos manos.

—Revíseme —dijo con toda tranquilidad—, no tengo los *Memoriales*.

—¡Quítate la ropa! —ordenó Gastón y dirigió la mirada a Ramos— ¡Tú también!

Ambos arqueólogos se desnudaron en ese momento y levantaron las manos. Los ayudantes de Peralta Moya revisaron minuciosamente las prendas sin encontrar nada.

—Vaya —dijo Ramos señalando el túnel—, vea con sus propios ojos. Ahí no hay nada. No hay *Memoriales*.

—¡Eulalio! —gritó Gastón Peralta Moya más enfurecido que nunca— ¡Entra en ese pinche hoyo y busca los *Memoriales*!

El ayudante obedeció.

—¿Nos podemos vestir? —preguntó Ramos.

El historiador sólo hizo un gesto de aprobación sin mirarlos y caminó al baúl que se encontraba en el piso. En ese momento Danitza se le acercó y lo abrazó.

—Entiendo cómo se siente —dijo ella y el historiador sorprendido respondió al gesto con un abrazo ligero, casi sin tocarla—. Es probable que los *Memoriales* estén en otro de los edificios. Sigamos buscando. Nosotros le ayudamos.

—De eso estén seguros —levantó la mirada el historiador—. De aquí no se van hasta que encuentren esos *Memoriales*.

—Estoy de acuerdo —intervino Ramos al abotonarse la camisa—, pero debemos regresar al hotel. Está a punto de llover y muy fuerte.

—¿No entendiste, arqueólogo de mierda? —respondió Gastón lleno de rabia— Ustedes no van a ninguna parte hasta que me entreguen los *Memoriales*.

En ese instante se escuchó el galope de caballos que se acercaban rápidamente. Todos permanecieron en silencio. El historiador fijó la mirada y pronto reconoció a uno de los jinetes. Enfureció aún más, ordenó a sus ayudantes a que estuvieran atentos a cualquier cosa y listos para disparar.

—¡Ya te puedes ir, Delfino Endoque! —dijo en voz alta antes de que el detective bajara de su caballo— ¡Dile al cura que aún no tenemos los *Memoriales*!

—Buenos días —respondió Fino y detuvo su caballo a unos pasos de ellos. Al bajar se agachó y cogió el pequeño baúl con las dos manos y miró el interior. Sonrió—. Por lo visto ya los tienes.

—¡Ya te dije que no! —respondió Peralta Moya enfurecido, desesperado, ansioso de que el detective se retirara del lugar—. Eso es lo único que encontramos.

—No te creo —respondió Endoque, ató el baúl a la silla y montó su caballo—. Le llevaré esto al padre Urquidi, ya luego arreglarás cuentas con él.

—Eso es mío, no te lo puedes llevar —caminó Gastón hacia el detective.

En ese momento salió Eulalio del túnel: «Señor, ya busqué bien y no hay nada».

—Te voy a decir un chisme —Endoque se peinó con los dedos la barba de candado y sonrió con sarcasmo montado en su caballo—. Hay un tal Perry Klingaman en Papantla. Dice que te conoce muy bien. Y no sólo eso. ¿Qué crees? Que trajo a la prensa. Hace no menos de una hora llegaron periodistas e investigadores del INAH. Si yo fuera tú dejaría esto por el momento y me regresaba a mi casa. Klingaman ya abrió la boca. Y creo que tú estás en el ojo del huracán.

—¡Maldita sea! —gruñó Peralta Moya sin terminar de escuchar al detective y dio la orden de que taparan el hoyo, recogieran la herramienta y el campamento.

El detective se retiró a todo galope dejando a Daza y a sus amigos con el historiador, que no cesaba de maldecir. Luego de un par de minutos, un Gastón diferente, más tranquilo, le dijo a Diego Daza que se retirara. Los tres se fueron caminando hasta la carretera fingiendo que abordarían un camión. El sol se asomó por el horizonte y el polvo en la cabellera de los dos arqueólogos se hizo visible.

—¡Qué agallas las tuyas! —dijo Ramos todavía sorprendido por lo acontecido— ¿Qué hubieses hecho si la tapa se suelta con el golpe?

—No sé —respondió Daza—. Era la única opción que tenía en ese momento: demostrarle a Peralta que los *Memoriales* no estaban en la caja.

Los tres sonrieron, pues la primera parte del plan salió como lo esperaban. Tras la última conversación con el padre Urquidi, la llegada de Perry Klingaman y las conclusiones a las que habían llegado los arqueólogos, Daza decidió arriesgarse y poner sus cartas sobre la mesa: contactó al detective.

«Delfino, necesitamos hablar —dijo Daza tras el teléfono—, pero en algún otro lugar.»

«Dime dónde.»

«En el volador.»

«Ahí te veo en veinte minutos», respondió Endoque y salió de prisa en dirección al monumento al volador (obra escultórica de dieciocho metros más cinco de base, diseñada por el maestro Teodoro Cano, y llevada a cabo por el ingeniero Raymundo Curti, y los escultores Lorenzo Rivera Díaz, José Luis Moncayo y Jesús Sequera), en honor a los voladores de Papantla, ubicado en la cima del cerro del Campanario, con una altura de doscientos quince metros sobre el nivel del mar. Endoque llegó al lugar antes que el arqueólogo. Tuvo tiempo de observar el monumento que a pesar de haberlo visto de lejos desde la ciudad, jamás se había tomado el tiempo de subir hasta el cerro del Campanario. Por un momento se sintió una hormiga indefensa al ver que su nariz con dificultad llegaba a la altura de los pies del volador. Alzó la mirada y se encontró con una figura imponente, erguida sobre el mortero, con el rostro mirando al cielo, su flauta y un pequeño tambor cerca de los labios, tocando la música para la danza. El detective se encontró con dos tableros esculpidos en alto relieve con fondo rojo. Mientras esperaba leyó lo que ahí decía:

> Esta danza prehispánica se lleva a cabo en muy solemnes fiestas religiosas, y especialmente en las del año secular o fiestas del fuego nuevo, que tenía lugar cada 52 años, cuando daba comienzo el nuevo siglo.
>
> De origen totonaco, esta danza singular de rico colorido y destreza, estaba dedicada al sol y la lluvia, y consistía en subir después de un ritual a un palo de 20 metros de altura, 4 voladores, un caporal, y después de invocar a los dioses con música, se lanzaban al vuelo.

Minutos más tarde llegaron el arqueólogo forense Diego Augusto Daza, el arqueólogo Israel Ramos y la fisonomista y grafóloga Danitza Marcilio Bucio. Endoque supo que aquello no era una entrevista como todas las anteriores. Daza recargó las manos en el pretil de concreto y miró hacia la ciudad de Papantla. Se veía hermosa de noche. El cielo despejado y estrellado. Al arqueólogo forense le costó trabajo comenzar la plática. Se preguntó si lo que estaba a punto de acontecer era una charla, una confesión o una plegaria. ¿Le iba a pedir, a exigir o a proponer? Él no sabía de la relación entre el padre Urquidi y Fino. Ni siquiera tenía idea de que ya había tratado al historiador. Pero su vida estaba en una cuerda floja. ¡Eso sí! ¡Por ahí debía empezar!

«Nuestras vidas se encuentran en grave peligro —inició sin más preámbulo—. Usted me buscó y no me dijo que llegaríamos a tales extremos.»

Delfino permaneció callado, sabía que Diego tenía razón. Esperó a que continuara.

«Peralta Moya me amenazó de muerte si no le entrego los *Memoriales*. El cura, aunque no lo dijo, me dio a entender exactamente lo mismo y usted parece apoyarlo en todo. Ahora mis compañeros y yo queremos saber qué garantías nos da usted.»

Endoque supo entonces que no era momento de rodeos y se apresuró a responder: «Tienes razón. Y si te soy sincero yo tampoco tenía idea de la magnitud de lo que está por ocurrir. Dime qué es lo que quieres».

«!Seguridad! ¿Qué más podemos exigir?»

«La tienes. Estoy contigo. Te prometo que no te abandonaré», respondió Endoque sabiendo que con ellos tenía un equipo en el que podía confiar. Daza no esperó y disparó: «Entonces dígame qué vamos a hacer en cuanto encontremos los *Memoriales*. Un tipo llamado Perry Klingaman llegó a la casa de Ramos. Hizo una oferta, dice que conoce muy bien a Peralta Moya. Por otra parte, tenemos al cura y al historiador. ¿Cuál de ellos nos va a cortar la cabeza con tal de obtener los *Memoriales*? ¿Usted va a darnos una escolta o algo por el estilo?»

«Debemos obtener los *Memoriales* sin que lleguen a manos del cura o del historiador, luego ya veremos qué hacer», respondió el detective brindándole todo su apoyo, pues la confianza que tenía en el padre Urquidi se había ido por el caño.

«Peralta Moya dice que los *Memoriales* deben estar en un pequeño baúl de aproximadamente treinta centímetros por veinte», dijo Daza.

«Estoy con ustedes. No te preocupes, no pienso traicionarte. No me interesa complacer al padre Urquidi, aunque así parezca. Por otra parte, Gastón es muy astuto, debemos actuar con cautela —agregó Endoque con las manos recargadas en el pretil de concreto—. Él es el único que sabe con certeza la ubicación de los *Memoriales*. No podemos buscarlos sin su ayuda, pero tampoco podemos dejar que se los quede él, pues en cuanto tenga lo que busca los matará. Podemos hacer que crea que los *Memoriales* no están en el baúl.»

Daza permaneció en silencio observando la ciudad. Esperaba a que el detective aclarara sus ideas. Hubo más silencio. Danitza e Israel se encontraban a su lado sin decir palabra.

«Una tapa», dijo Endoque.

Ni Diego ni Israel ni Danitza comprendieron de momento lo que el detective decía.

«¿Qué?»

«Sí. Una tapa falsa. Un pedazo de madera que se pueda cortar fácilmente y que alguno de ustedes pueda esconder en sus ropas. Luego, cuando encuentren el cajón la cortan a la medida y la fijan a presión sobre los *Memoriales* para que parezca que ahí no hay nada. Por supuesto, si la encuentran de día, deberán esperar hasta que anochezca para que sea más creíble. Yo los estaré observando de lejos. Nos hacemos señas con una lámpara. Entonces yo me las arreglo para llegar y apoderarme del cajón. Por ninguna razón debes permitir que Gastón toque el baúl.»

Al día siguiente Ramos investigó detenidamente el color, tamaño y textura de los baúles del siglo XVI y elaboró una tapa de madera que escondió en la espalda de su chaleco. Ya en el túnel, al encontrar el baúl la cortó a la medida y la ajustó en el interior del cajón para tapar los *Memoriales* y dar la apariencia de un fondo vacío. Ya había oscurecido, pero ambos arqueólogos prefirieron esperar a la oscuridad de la madrugada. El cansancio de Peralta Moya era un factor importante para lograr el engaño.

Ahora, caminando rumbo a la carretera esperaban que la segunda parte del plan resultara tal cual lo habían acordado con el detective. «¿Qué garantías tenemos de que Endoque nos entregue los *Memoriales*? ¿Qué pasará si se los entrega al padre Urquidi?», preguntó Daza. «Pues se acabo. ¿Qué más quieres?», dijo Ramos. «¿Qué van a hacer después de todo esto?» Ramos y Danitza tenían decidido mudarse a Europa en cuanto todo eso llegara a su fin. Daza aún no sabía qué hacer con su vida. Sabía que a partir de entonces no podría volver tranquilamente a la ciudad de México y retomar su vida anterior.

Luego de caminar casi media hora llegó Delfino en su camioneta llena de polvo, era obvio que había manejado por terracería. Todos abordaron ágilmente. Esperaban que el detective les entregara el pequeño baúl al instante, pero éste no dijo nada al recibirlos. Tenía la mirada perdida en la carretera. En medio de un ambiente espeso como ése nadie quiso decir palabra alguna; ni siquiera cuando vieron que Endoque se siguió derecho en vez de tomar la desviación para Papantla. Ramos supo en qué dirección iban; aun así permaneció en silencio. Pronto llegaron a una casa en Poza Rica. Endoque estacionó la camioneta en la parte trasera y bajó sin preámbulos.

—Los *Memoriales* se encuentran ahí —dijo al abrir la puerta y señaló una mesa de madera en el centro del comedor. Perry Klingaman estaba ahí. Los saludó con una sonrisa.

Ni los arqueólogos ni Danitza comprendieron qué estaba ocurriendo. ¿Qué hacía Perry Klingaman ahí? ¿De qué se trataba todo eso? ¿Todo estaba planeado? ¿Acaso eran ellos las marionetas de un teatrillo barato? ¿Cuántas cosas faltaban por salir a flote?

—No se preocupen, él está conmigo, yo lo llamé y le pedí que se acercara a ustedes, es de confianza y no hará nada en contra suya. Ahora... —hubo un largo silencio. Endoque cambió el gesto, bajó la mirada, y suspiró profundo, mostrando una pena indomable. Ninguno de los presentes añadió comentario alguno—. Si quieren salir y volver a sus vidas en este momento son libres de hacerlo, ustedes no tienen por qué arriesgarse.

—¿Qué ocurre? —preguntó Daza.

Por primera vez el detective Endoque deseó no estar en sus propios zapatos. Clavó la mirada en los ojos de Danitza y nuevamente recordó a Inés. Le dolía no poder estar junto a esa mujer que lo había hecho tan feliz. Quizás era cierto lo que ella había repetido tantas veces: «La felicidad consiste en ignorar aquello que nos hace daño». «¡Mentira, mentira! —respondía eufórico— ¡La ignorancia es lo que hace infeliz al hombre!»

—¿Le podemos ayudar en algo? —intervino Danitza al saberse observada.

—No quiero ponerlos en peligro.

—Usted mostró su lealtad, ahora es nuestro turno. No podemos irnos sabiendo que está en riesgo —añadió Ramos—. No sé qué es lo que ocurre, pero si usted ya se expuso al librarnos de Peralta Moya, lo que menos podemos hacer es estar con usted hasta el final de esto.

Aquello sonaba utópico, incluso mentiroso para los oídos del detective que estaba tan acostumbrado a la soledad. ¿Cómo creer en alguien justo ahora que la persona en quien más había confiado en los últimos años lo había decepcionado y, peor aún, que podía ser la persona que más daño le había hecho?

—No se preocupen —respondió Endoque evitando seguir con la conversación.

Se dio la vuelta y caminó a la puerta. Danitza lo interceptó y se colocó frente a él. Delfino no supo cómo reaccionar. Aquella actitud altiva le recordaba tanto a Inés. De haber sido Ramos o Daza quien le hubiera obstaculizado el paso, los habría derribado de un golpe, pero el simple hecho de afrontar verbalmente a la joven le resultaba imposible. No pudo decir una sola palabra.

—Ya basta —amenazó Danitza—. ¿De qué tiene miedo?

—¿Miedo? —respondió Fino sin encontrar otra respuesta en su haber.

—Sí. ¿De qué se trata? Nosotros confiamos en usted todo este tiempo y ahora usted no puede decirnos qué ocurre. Si lo hubiésemos querido traicionar lo habríamos hecho hace mucho. No se vale, somos un equipo. Quizá no somos sus mejores amigos, pero sí las personas en quien más puede confiar en estos momentos.

—Todo está bien —respondió Endoque.

—Sí, así es, todo está bien —añadió Danitza sin quitar la mirada del detective.

—Ya lo sé, todo está bien —repitió Fino.

—Por eso —volvió a atacar la joven y le tocó el rostro—, todo está bien.

Delfino fingió una sonrisa para eludir el llanto que comenzaba a inundarlo por dentro: «Gracias».

—Todo está bien, puede confiar en nosotros.

—¡No! ¡Es mentira! —confesó Fino haciendo todo lo posible para controlar el llanto—. Las cosas no están bien… —permaneció en silencio intentando decir «Yo no estoy bien. Me estoy derrumbando y no tengo forma de sostenerme. El pasado no me deja en paz. La muerte me persigue y sé que soy su próxima víctima». Pero sólo pudo agregar—: la traición se apodera de todos los que me rodean.

—¡No! Eso no es cierto —interrumpió Danitza sin soltarle el rostro al detective—. No generalice. No todos somos iguales. Puede confiar en nosotros. Todo está bien.

—Lo siento —finalizó Endoque y se quitó las manos de la joven que le tocaba el rostro—. Lo que sigue debo hacerlo solo. Si de veras quieren ayudar salgan pronto de Poza Rica. Hoy es un buen día.

Danitza supo que en ese momento ya no podría hacer más para detener al detective que cruzaba la puerta sin mirar atrás.

—Lo siento —finalizó Endoque y sé quitó las manos de la joven que le besaba el rostro—. Lo que sigue debo hacerlo solo. Si deveras quieres ayudar saldrás pronto de Poza Rica. Hoy es un buen día.

XXII

uando la muerte llega por derives de vejez, hombre sabe bien desde en denantes cuándo e cómo es que se va a ir del mundo. E yo Tenixtli, hijo de Xatontan, sé que será en esta noche. El buen hombre fray Toribio Motolinía ha tenido por paciencia cuidar de mí cuando duermo, mal pasar noches, despertar cuando yo despierto en las madrugadas, escuchar lo que cuento con harta dificultad, y escribir de misma forma.

Cuando hablo no distingo su mirada pues me es muy complicado ver, razón es que mis ojos se encuentran cansados, pero se me doy cuenta que no acepta lo que relato, sé que sus creencias no le permiten, su mente es de un solo dios e no admite que cada hombre, cada mujer, cada pueblo tiene derecho a adorar a quien quiera.

Ellos veneran también hartas imágenes e no un solo dios. Han puesto nombres de sus santos a nuestros ríos, calles e pueblos; han levantado iglesias donde en denantes había adoratorios de nuestros dioses. Han destruido ciudades e vidas e hablan de que matar es pecado.

Ansí mesmo los totonacos sabemos que si hombres blancos se encuentran nuestra ciudad escondida en El Tajín la destruirán e pondrán hartas iglesias e nombres de santos. E para proteger la grande ciudad de los totonacos se ha dejado crecer muchos árboles e plantas e hierbas.

Ahora un solo hombre español sabe de nuestra ciudad; e no es por deseo de los totonacos sino por que él mesmo llegó a El Tajín en un viaje que hizo e por buscar más pueblos se perdió entre los montes. Hartos días anduvieron buscándolo sus hermanos frailes hasta que llegaron con indios de una pequeña aldea. Motolinía se me contó que el primer día que se perdió se detuvo a cuidar de una anciana que murió esa noche e que por averiguar más indios que lo ayudaran para darle sepultura cristiana encontró los edificios de El Tajín e que de su asombro no salió en hartas horas que recorrió e que subió e que bajó; e que poco antes de la noche llegara unos indios totonacos lo vieron en uno de los edificios e que lo tomaron por intruso e trajeron hasta este pequeño aposento mal oliente donde encuentro por morir.

Como ya otros suyos habían llegado a enseñar su lengua a nosotros los totonacos de esta tierra se hubo conversación. Motolinía pidió que se le diera oportunidad de evangelizar a los indios, e como eso ya sabemos que quieren destruir nuestras ciudades se le dijo que sí aunque no sea cierto como es que ocurre en hartos lugares e pueblos e ciudades que le hacen pensar a los frailes que ya son cristianos que van a adorar a sus santos e vírgenes e hombre colgado de una cruz e lo que es cierto es que adoran a los dioses que ahí había.

Cuando preguntó quién era el señor de este lugar dijeronle mi nombre y trajeronle hasta este lugar donde me encuentro derrumbado por cosas de vejez. Pero antes de hablar de su dios tuvo por interés preguntar sobre nuestra tierra e nuestros dioses e nuestros señores; e como el momento de mi muerte se encuentra cercano le pedí que además de escuchar escribiera como lo hicieron en sus libros cristianos nuestra historia que hace ya noches e días he contado al buen señor Motolinía que también se ha preocupado por mi salud.

No se me acuerdo bien cuándo es que me quedé dormido pero sí con claridad que le hablé del plan que había mi hermano Itecupinqui en el gran teocalli para llevarse a la hermosa danzarina que le había enloquecido el sentir, pues ahora se me parecía que le interesaba más llevarse a la doncella que matar a Moteuczomatzín, el hombre que había dado muerte a nuestro padre.

E sin poder encontrar forma de dormir Itecupinqui salió en busca de un mercader en Tlatelolco a quien conoció desde muchos años; y le ofreció gran poderío en México Tenochtitlan si lo ayudaba con sus planes. Éste que era gran ambicioso e celoso y enemigo del tlatoani dio a Itecupinqui su promesa de hacer lo que mi hermano le pedía, que era llevar cien grandes tinajas de licor fuerte para dar a los invitados e soldados. E cuando la celebración inició se cumplió gran parte de lo que se había tenido en plan, que era dar de beber a los soldados e presentarse ante Moteuczomatzín.

Gran valor hubo Itecupinqui al hablar con coraje e mostrar a Moteuczomatzín su descontento con la esclavitud en que habíamos los totonacos e los excesivos tributos que habíamos por dar cada año. Habían hartas gentes presentes lo que provocó el enojo del tlatoani que no quiso hablar en ese momento pues tenía por haber cumplir con la celebración. Entonces le dice Moteuczomatzín a Itecupinqui que el caso lo trataran al amanecer pues no es su deseo mostrar su irritación ante todos los invitados que se han congregado en el palacio.

La gran guerra estaba por iniciar e Itecupinqui no hubo más por decir pues menester suyo no era pleitear con palabras con el tlatoani sino hacer de su conocimiento quién le daría muerte. Siendo ansí se perdió entre los miles de invitados que habían llegado de hartos pueblos e ciudades para presenciar las maravillosas danzas que se presentaban para los dioses en las que hubo hartas vírgenes e sacerdotes. También hubo voladores totonacos en la gran fiesta.

Más tarde comenzó lo más esperado por todos: la danza de la serpiente. Había más de cien doncellas danzando, todas ofreciendo su cuerpo y espíritu en sacrificio. Se levantaban los brazos al cielo e se hincaban, corrían en círculos e volvían a sus lugares, se juntaban todas e se esparcían, luego de varias repeticiones del mismo movimiento exótico se juntaron todas en gran tumulto en el que no se divisaba más que sus largas cabelleras e sus espaldas; entonces del centro apareció una sola danzarina con una serpiente venenosa entre las manos; todas corrieron e desaparecieron dejando a Nimbe en el centro. El sonido de los tambores retumbaba al paso de la doncella que con grande hazaña danzaba mientras la serpiente recorría su cuerpo. La levantó con sus manos lo más que se pudo e se ofreció en sacrificio.

Al finalizar, Nimbe debía ser sacrificada; hartos hombres e mujeres rogaron clemencia por la vida de Nimbe pero Moteuczomatzín no se le dio importancia. Su cuerpo ya se encontraba sobre una piedra de sacrificios para arrancar su corazón e vaciar su sangre. Pero dicho estaba por los augurios que el dios del Trueno caería sobre el templo. Tan estruendoso ruido impactó a los presentes que no hicieron más que arrodillarse ante el acontecimiento e la llegada de una lluvia tormentosa que detuvo el sacrificio pues hasta el mesmo Moteuczomatzín hubo miedo de los augurios de que el fin de su imperio estaba por llegar.

Cayeron hartos truenos que estremecieron a los invitados que temerosos de los dioses comenzaron a correr; y entre los hartos tumultos de gentes Itecupinqui aprovechó para subir al edificio de los sacrificios e cubrir a Nimbe con una túnica, bajar del templo e confundirse entre los temerosos.

Esa mesma noche salimos de México Tenochtitlan a Ixtapalapan; anduvimos hartas horas hasta llegar Tepoztlán, pasamos por Quiahuixtlán, entre el gran Popocatépetl y el Iztaccíhuatl, caminamos por Huejotzingo hasta arribar a Tlaxcallan. E como hartas horas habían pasado buscamos lugar donde pernoctar y escondernos de los soldados de Moteuczomatzín, y en Tlaxcallan con los principales señores e Xicoténcatl, Itecupinqui contó los acontecimientos e ofreció una alianza en contra de Moteuczomatzín pues eran ya hartas tribus e ciudades en descontento. Los teúles e totonacos hicimos alianza que más tarde se continuó cuando españoles llegaron.

Cuando se hizo día seguimos nuestro camino. Los doce ancianos dijeron a Itecupinqui que Nimbe era la elegida e que con ella debía contraer matrimonio para cumplir los augurios e que ansí debía darse el cuerpo en el que habitaría Limaxka. Pronto se celebran los esponsales de Nimbe e Itecupinqui en una gran fiesta, en el templo de El Tajín, e donde Itecupinqui fue nombrado señor del Totonacapan.

Ahora que sólo faltan unos minutos para mi muerte e que me encuentro en acostado con Motolinía a mi lado hago harto esfuerzo para decir lo que no hube tiempo de contar hace algunas horas. Motolinía limpia el sudor de mi frente y espera.

—Al amanecer, tras la grande fiesta —le digo a Motolinía con harta dificultad—, Cacamatzin llegó como un león rugiente e un ejército para hacer guerra a los totonacos e cobrar el agravio que dijo Moteuczomatzín sin piedad.

El enfrentamiento fue un duelo feroz en que murieron hartos indios totonacos e culúas, que eran los de México Tenochtitlan. Itecupinqui e Cacamatzin pelearon a muerte. Nimbe al estar presente e ver con dolor la cabeza cortada de Itecupinqui en suelo corrió temerosa al templo e se dirigió a la fuente e sabiendo que su vida en México Tenochtitlan no sería más que un doloroso tormento frente a Moteuczomatzín se lanzó a la negra boca del pozo de agua [...]

El enfrentamiento fue un duelo feroz en que murieron hartos

<h1 style="text-align:center">XXIII</h1>

 l conteo regresivo en la espera se asemejaba al
albur de la ruleta rusa. Todo un martirio, cual
si se encontrase deshojando margaritas. «¿Vendrá o no vendrá? ¡Ya, Márgara, dile que sí para
que cese la masacre en el jardín de la vecina! Dile que sí, para
que de una vez por todas entre en esa casa vieja y descuidada».
Pero ingresar al lugar no era en sí una barrera; sino el temor de
encontrar aquello que seguramente lo tenía en la cuerda floja de
la incertidumbre. Tanto tiempo investigando, reuniendo pistas,
acumulando kilos de venganza; y ahora no quería siquiera imaginar lo que estaba a punto de ocurrir.

Delfino Endoque había llegado desde la mañana, tras haber
dejado a los arqueólogos en Poza Rica. No había comido en todo
ese día lluvioso. No había dormido la noche anterior. Llevaba
catorce horas esperando entre los arbustos a que llegara el padre
Urquidi. Aunque bien podía violar la chapa de la puerta decidió aguardar y aparecerse frente al cura en cuanto llegara. Quería, necesitaba confrontarlo, que él mismo lo dejara entrar y le

confesara todo. Pero también por otro lado esperaba que Urquidi jamás llegara a esa casa escondida en las afueras de Papantla.

Poco antes de que dieran las nueve de la noche escuchó un auto que entró por el camino de terracería. Supo que el momento había llegado. Se aseguró de no ser visto y se comunicó con Saddam por el radio: «*L-P3-30. ¿Me escuchas? L-P3-30*» «Confirmado», respondió el niño. «Repite.» «Confirmando, *L-P3-30.*»

Delfino tragó saliva y salió de entre los arbustos en cuanto Urquidi se encontró frente a la puerta de la casa. Mauro sacó un arma y apuntó sin esperar.

—Tranquilo —lo detuvo Gregorio Urquidi mirando a Mauro y luego a Delfino—. Guarda eso.

Endoque permaneció bajo la lluvia en silencio, temeroso de aquella confrontación, para él indeseable y dolorosa. Urquidi cerró los ojos y suspiró profundo.

—Abre la puerta —le ordenó a Mauro y miró detenidamente el rostro triste de Delfino que no hallaba manera de iniciar el diálogo—. Ha llegado el momento. Sígueme.

El detective entró sin decir una sola palabra. La casa se encontraba totalmente oscura. Mauro encendió las velas de un candelabro y caminó unos metros adelante del cura y el detective. Llegaron hasta la habitación lujosa. Urquidi caminó a un escritorio y abrió un cajón, sacó una botella de vodka y un par de vasos de cristal, sirvió dos porciones y le ofreció uno al detective, quien sin pensarlo se lo bebió de un trago.

—Delfino.

—¡Mi nombre es Mauricio Ruisánchez Ibarra! —interrumpió el detective inmutable.

—No —respondió Urquidi con tranquilidad y le dio un trago suave a su vaso. Hubo un silencio largo. Urquidi bajó la mirada, hizo un gesto amargo, se puso de pie, se bebió el resto del vodka y se dirigió a la puerta—. Ven conmigo.

Gregorio Urquidi salió de la habitación y caminó por el pasillo de paredes apagadas y abandonadas. El detective lo siguió. Al abrir la puerta percibieron el mal olor que había en aquel lugar. Lo primero que vieron al entrar en aquella habitación vacía y oscura fue la silueta de un hombre bastante acabado y sucio, recostado en el piso en posición fetal, en dirección al muro. El detective sintió que se le desmoronaba el alma. Mauro permaneció a un lado de ellos sosteniendo el candelabro.

—¿Qué es esto? —preguntó el detective con las manos tiritando y haciendo todo lo posible para no derrumbarse en ese momento.

El anciano escuchó la voz; supo de quién era, y se dio la vuelta, temeroso. Tenía el torso desnudo. Sus brazos eran un par de huesos tapizados con pellejo arrugado. Sus costillas se hicieron evidentes con la luz de las flamas. En sus ojos se reflejó la danza del fuego en el candelabro. Ambas miradas se encontraron al instante y un vendaval de sentimientos les inundó la existencia al detective y al anciano que no encontraron forma de reaccionar en ese momento insoportable.

—Ahí lo tienes. Ese hombre que ves en el piso es don Manuel Ruisánchez... —Urquidi hizo una pausa que ni él mismo esperaba, pero se mantuvo erguido con la frente en alto; luego continuó con voz ronca—: O mejor dicho Salomón Urquidi Labastida, quien hace muchos años tuvo como esposa a una mujer de nombre Lucía Magdalena Montero de Urquidi y una amante llamada María Delfina Endoque de la Cruz y Garza. Cuando ella murió dejó huérfana a una hermosa joven, Joaquina Endoque de la Cruz y Garza, quien jamás recibió el apellido de su padre Salomón Urquidi, que cínicamente la llevó a vivir a la casa de su esposa. Entre los tres hijos de este hombre, que yace ahí tirado como mendigo, estaba un joven inmaduro y estúpido que se idiotizó con los ojos de la adolescente llena de rencor. Gregorio Urquidi, su medio hermano, aprendió junto a ella a repudiar los actos de este hombre que, sin escrúpulos, hizo todo lo que le vino en gana: mintió, robó, mató. Hay cosas de las que uno no es culpable, te puedo asegurar. Se heredan, y otras se aprenden. Joaquina y yo fornicamos. Y de esa relación nació un niño al que se le dio el nombre de Delfino Endoque de la Cruz y Garza. Joaquina prometió que en cuanto se recuperara del parto nos iríamos muy lejos para hacer una vida juntos. Mintió. Me engañó, y sin pensar en mí le confesó todo a mi padre, ése al que tanto quise de niño y que comencé a odiar al ser testigo del maltrato que recibía mi pobre madre. «Ahí tienes un nieto doble», le dijo Joaquina con risa mordaz y éste enfureció y la estranguló frente a mí. Yo fui testigo de su último suspiro. Aún tengo en la memoria el dolor en sus ojos. Su boca abierta implorando un poco de oxígeno. Luché contra las manos de este asesino, pero mi fuerza no fue suficiente, era un adolescente debilucho. Me dio un golpe con el codo en la boca que me derrumbó al piso. Cuando me incorporé Joaquina ya estaba muerta. Le di respiración de boca a boca con vano intento de volverla a la vida, pero fue imposible. Sus ojos miraban a la nada. El bebé lloraba en el cunero. Yo también comencé a llorar sobre su cuerpo inerte. Estaba destrozado. Ni siquiera me percaté del momento en que alguien tomó al recién nacido y se lo llevó. Luego hizo que mis hermanos y mi madre se fueran a una de las tantas casas que teníamos. Pese a que habían pasado varias horas no me percaté del tiempo. No podía creer que Joaquina estaba muerta. O más bien no quería aceptarlo. Más tarde entró este hombre y me dijo que también había matado a mi hijo y salió con toda tranquilidad. No dormí esa noche: permanecí todo el tiempo solo, junto con el cadáver de Joaquina; incluso hablaba con ella, tocaba su rostro frío. Al amanecer entraron varios de los peones y se la llevaron; yo me interpuse, pero fue imposible. La llevaron al jardín donde ya había un hoyo para enterrarla en un costal, y al supuesto cadáver del bebé. Después me obligó a entrar al seminario con la amenaza de que me inculparía de aquel crimen si no lo obedecía, y se fue a México con la excusa de que tenía negocios que atender. Mi madre enloqueció y él, con ayuda de sus abogados, logró adueñarse de toda su fortuna familiar. No volvimos a saber de él en muchos años. Mi madre murió en el abandono y mis hermanos desaparecieron. Uno de ellos se fue del país. Yo tuve que tragarme el coraje encerrado en un seminario, contando los días y las noches, esperando algún día encontrar algún paliativo para mi tristeza, cosa que sólo logré entregándome a Dios Nuestro Señor. Puse todo en sus manos y Él me iluminó con su sabiduría; comprendí que el bueno no siempre gana; y si gana es poco; o cuando gana mucho, aprende que no puede ser bueno todo el tiempo para salvaguardar lo obtenido, por consecuencia se vuelve malo, adjetivo no siempre empleado con justa razón. El poder tiene un costo. Y ése es no quedar bien con todos, al no darles la razón y ganarse su rencor. Al salir del seminario tuve tres opciones que Nuestro Señor puso en mi camino: la primera, olvidar lo sucedido y dedicarme a escuchar las confesiones de miles de cristianos y decirles cómo llegar al cielo; la segunda, abandonar los votos, buscar otro tipo de vida y ser un hombre cualquiera sin poder; y la tercera, seguir el camino de muchos, aprovechar el poder que nos da Nuestro Señor mediante Nuestra Santa Iglesia, ganarse el amor del pueblo. ¿Y qué crees que elegí? El poder. Ya siendo sacerdote tuve tiempo para investigar qué había sido de este hombre. Estuve al tanto de todos sus movimientos. Me llené de rabia al saber que para entonces ya era uno de los empresarios más ricos del país; luego supe que no habías muerto, como este pelafustán me hizo creer y que además se había cambiado el nombre con toda la tranquilidad del mundo, y que obligó a otra de sus amantes y más tarde esposa, Florencia Ibarra, a que te aceptara como hijo para que te dieran el nombre de Mauricio Ruisánchez Ibarra. Tuve tiempo de sobra para llenarme de aborrecimiento. Necesitaba vengarme, cobrarle todo el mal que le causó a mi madre, a mis hermanos, a Joaquina, a ti y a mí. Elaboré un plan, un crimen perfecto. Dios Nuestro Señor sabe que lo que hemos hecho es para limpiar la tierra, castigar a los malos cristianos. Primero reclamé la fortuna de mi madre. Me aparecí un día en su oficina, con todos los honores que se gana un sacerdote al entrar a cualquier lugar. Persuadí a la secretaria como el bandido que le promete amor eterno. «Soy su sobrino, al que no ha visto en varios años, quiero darle una sorpresa», le dije. Y ella con toda la ternura del mundo concertó una cita sin decir una palabra hasta el último momento. Al verme entrar no supo qué decir. Hubo un silencio como el de este preciso momento. Pronto preguntó arrogante qué era lo quería. Jugué con sus emociones por un largo rato. Me burlé de él. Lo humillé y le callé la boca diciéndole que si no me entregaba la fortuna de mi madre, su esposa y socios sabrían de su crimen y su falsa identidad. Yo ya no era el joven inmaduro e imbécil que había dejado en el seminario, sino un sacerdote que tenía peso político y religioso. Acepté. Usé ese dinero para nuestra venganza. Luego la fortuna estuvo de nuestro lado: conocí a un cristiano que necesitaba confesarse pues se sentía muy mal con algunos pecados que cargaba en la conciencia. Lo regañé y le dije que eso que hacía de traficar droga al otro lado estaba muy mal. Como penitencia le dije que tenía que hacer algo por su gente. Cumplió, ese año pavimentó casi todas las calles principales del pueblo donde había nacido, allá en Michoacán. No nada más eso, construyó escuelas y una parroquia más grande y más ostentosa. Eso no quiere decir que sea una buena persona, claro que no. Un día le comenté que tenía un asunto pendiente. «Usted nada más diga a quien tenemos que matar, padrecito», dijo intentando hacerse gracioso sin saber que eso era lo que estaba a punto de pedir. ¿Quién más tendría la habilidad de llevar acabo un crimen de tales magnitudes? Y como ya sabes, una noche un grupo de sicarios entró a la enorme casa donde vivían y acribilló a los guardias de seguridad, a su esposa e hijos, menos a uno, el mayor, al que se le permitió salir. ¿Recuerdas que uno de ellos te vio en las escaleras y luego en el pasillo? Era yo. Aquellos hombres te siguieron y te protegieron para que las autoridades no dieran contigo. Además, la ausencia repentina de este cabrón les hizo creer que este malviviente era el culpable del crimen. La muerte era un premio para él, y no era eso lo que yo había buscado, sino hacerlo pagar: lo encerré en la mazmorra de Atotonilco y lo hice firmar documentos donde hacía transferencias millonarias a cuentas en Suiza. Sus socios lo demandaron sin jamás poder recuperar lo perdido. Luego busqué la manera de acercarme a ti para darte una educación y tu verdadera identidad. Por eso este caso te resultó casi imposible, pues cada pista que encontrabas me la confiabas y me dabas herramientas para hacer cambios. Disculpa la espera, pero necesitaba que crecieras y acumularas deseos de venganza, esa que no te ha dejado ser feliz, ni siquiera con tu esposa Inés. Ahora todo está listo para que alcances tu objetivo. La primera parte de nuestra venganza ya está hecha. Es tu turno. Anda, tienes años añorando este momento. Muchas veces te escuché decir que acabarías con el que mató a tu madre. Pues bien, ahí está: ese hombre estranguló a Joaquina Endoque. Cóbrate toda la dicha que te robó.

El detective permaneció callado, mirando al anciano en el piso. Observó sus canas largas y su barba empolvada. Lo encontró enclenque y cansado. Tenía las uñas largas y negras. A un lado de él había un plato viejo (era obvio que jamás lo lavaban para darle de comer). Notó que el hombre había marcado en la pared números, palabras y dibujos. Lo miró a los ojos por un luengo instante, esperando que negara todo aquello que había dicho el cura. Y sin poder eludir el tormento del recuerdo vio a Claudia corriendo por la casa, escondiéndole los juguetes, «Claus, Clausi, hermanita»; y a Rodolfo, enorme aliado de la infancia. ¿Por qué de pronto su hermano dejó de ser su amigo al cumplir los once años? ¿Acaso Florencia le había confesado que él no era su hermano? Tal vez por eso ella también se mostró siempre enojada con él. Y don Manuel. ¿Qué hizo ese hombre por él? ¿Él? ¿Quién era él ahora? ¿Delfino o Mauricio? Aunque se llamase Juan, ¿quién sería a partir de ese día? ¿No era acaso eso lo que tanto había buscado? ¿No había sacrificado su matrimonio por tan maldita y estúpida venganza? ¿E Inés? ¡Inecita! ¿Era acaso cierto eso de que regirse bajo un instinto gregario era más saludable para la mente humana? Vivir como los demás, hacer todo lo que un ciudadano común y corriente hace por inercia, costumbre y herencia: por instinto gregario. De la casa al trabajo, siempre corriendo tras un objetivo trivial: saber lo establecido, hacerse fanático de un deporte y una religión, votar en las elecciones, estudiar como todos, obtener un título profesional, casarse, tener hijos, llevarlos a la escuela, darles lo necesario, comprar un carro y una casa, amueblarla, poner un negocio, jubilarse, envejecer y morir. Miles de encuestas y estudios científicos arrojan datos increíblemente incongruentes: que la gente ignorante dice (o por lo menos cree y quizás eso sea lo que cuenta) ser más feliz que la gente culta. ¿Es entonces el instinto gregario la receta secreta para obtener la felicidad? ¿Cómo adaptarse ahora a un mundo en el cual era incapaz de vivir? Se sintió muerto en vida.

—¿Qué esperas? —preguntó Urquidi.

El detective sacó su arma y apuntó al anciano. Lo vio temblar de miedo. Luego volteó a ver a Gregorio Urquidi. Estaba sereno. Mauro seguía de pie a un lado del cura. Bien podría matarlos a los tres; incluso pegarse un tiro para terminar con eso, eso que lo inundaba en un remolino de sentimientos irreprimibles. Tragó saliva. El anciano comenzó a sudar sin decir una sola palabra. Parpadeó e hizo un gesto afirmativo dándole a entender que disparara, que diera fin a esa historia, a ese tormento, a esa porquería de vida que había llevado los últimos veinte años. O quizá toda su existencia. Y si algo quería aquel anciano en ese momento era morir; que lo mataran porque él jamás tuvo el valor de suicidarse. Gregorio Urquidi sonrió. Mauro puso la mano en el arma que tenía tras el cinturón.

—De una vez —insistió Gregorio Urquidi—. Mata a este desgraciado.

El detective se dio la vuelta y salio de la habitación.

—¿Qué haces? —preguntó Urquidi—. No te puedes ir así. Tienes que terminar esto.

El detective siguió su camino sin responder.

—¡No te vayas! —insistió Gregorio en voz alta— ¡Tenemos que darle su merecido a este hijo de puta!

El detective lo ignoró. Entonces escuchó un disparo. Empuñó las manos y apretó los dientes; sintió deseos de volver, pero decidió que ya no valía la pena siquiera corroborar si habían matado al anciano. Al llegar a la puerta no pudo abrirla. Sacó su arma nuevamente para disparar al candado en el cerrojo, pero en ese momento sintió un cañón en la nuca.

—Ya te dijo mi Pastor que no te puedes ir —dijo Mauro con una sonrisa socarrona y le quitó el arma al detective que no opuso resistencia.

Caminaron de regreso a la habitación donde Gregorio lo esperaba de pie frente al anciano que aún seguía con vida.

—No puedes hacerme esto —dijo muy serio—. En verdad me has decepcionado. He puesto toda mi confianza en ti y mira cómo me pagas. Todo esto lo hice por ti. Termina esto. ¡Mátalo!

El detective se veía totalmente ausente. Ya no miraba a nadie. No hizo gestos de tristeza ni de enojo ni de preocupación.

—No me dejas otra salida —espetó Gregorio Urquidi—. No te puedo dejar ir. No así. Tenía muchos planes para ti. Un gran futuro. Pero viendo tu reacción mediocre no mereces nada. Imbécil. Cobarde —Urquidi caminó a él y le dio un beso en la mejilla. El detective no se movió—. Qué pena que siendo un gran detective y después de tanto no hayas aprendido. Me sorprendes y me avergüenzas. ¿Qué es lo que no entendiste? Has viajado, sabes cómo funciona el mundo, has leído, has tratado con todo tipo de políticos y sicarios. Sabes bien que el poder es la cúspide de todos los deseos. Perseguiste asesinos, narcotraficantes, políticos, ladrones, hombres y mujeres infieles, de todo. Has visto y vivido más de lo que un ser común y verdaderamente corriente alcanza a ver en cien años. Te encuentras fuera de esa esfera que encierra la mediocridad, de donde el jodido no quiere salir. No les interesa crecer, aprender ni conocer su historia. «¿Para qué?, si a fin y al cabo no voy a cambiar nada», dicen. Pregúntame a mí, que he confesado a miles de ellos, he escuchado sus pecados estúpidos. «Padre, confieso que he mentido, he engañado a mi mujer, he robado, fumo y bebo demasiado, yo sé que eso está mal, pero de algo tengo que morirme, ¿no cree usted?» Ninguno de ellos dice: «Sé que he pecado de ignorancia y holgazanería». No les interesa. Así son, o pretenden, o creen ser felices en su mundo ruidoso y hueco. Pero lloran y se quejan de la pobreza, culpan al rico, y salen todos los días a mendigar, a estirar la mano para que el dinero les caiga del cielo. Los no tan pobres se conforman con un puesto de tamales o la tiendita de la esquina, donde esperan a los clientes, siempre con una revista de espectáculos. No ocupan su tiempo en aprender, en educarse, ni en educar a sus hijos. No comprenden que padres ignorantes sólo hacen hijos ignorantes. Los de la clase media-pobre creen que con enseñarles a obedecer y mandarlos a una escuela pública es suficiente. La educación y la formación académica son dos cosas distintas. Y si la primera no es bien impartida la segunda difícilmente alcanza su objetivo. Muy pocos padres utilizan su tiempo en acompañar a sus hijos en sus estudios académicos hasta la universidad. Creen que basta con pagar la colegiatura. Algunos los apoyan en los primeros años de primaria y luego dejan la tarea. La pobreza es un arma infalible para justificar la falta de educación y formación académica. Excusas. Culpan al rico y le facturan el problema a Dios, a los santos y a la virgen. Mientras tanto se sientan todas las tardes a ver televisión: telenovelas, esas que inducen a las mujeres a vivir como criadas para encontrar a su príncipe azul; el futbol, que incita a los hombres a gozar, sufrir y enfurecerse con el triunfo y fracaso ajenos, aunque ellos sigan en la mediocridad; la música estridente, esa que canta que la vida es bella mientras bailen todos; o melancólica, la que dice que sin un amor la vida es insoportable, esa que enseña que la dependencia es el centro de la vida humana. «Si no tienes una pareja eres joto o pendejo», dicen por doquier. También desperdician las horas en fiestas superfluas: año nuevo, día de reyes, día de la candelaria, día de la bandera, día del amor y la amistad, semana santa, día de la madre, del niño, del padre, del abuelo, del alumno, de la mujer, de la secretaria, del albañil, del trabajo, de la independencia, de la revolución, de muertos (los gringos el día de gracias), navidad y nuevamente año nuevo. Para ellos la fiesta nunca termina. Pero eso sí, no hay un día en que digan hoy es el día de la cultura, todos a leer, por lo menos ese día. «¡Qué aburrido!» Luego está la clase media. Esa que cree que se está superando, que porque tiene un poco más de dinero ya se encuentra del otro lado. Qué feliz es el mundo mientras no les falte nada en casa, mientras tengan para viajar y mandar a sus hijos a una universidad de nivel medio. ¡Sí, todo es hermoso! Creen saber demasiado por ser gerentes. Pero también se contaminan con los medios de comunicación. Y los que llegan a saber un poco más se hacen de oídos sordos. Hacen como que ayudan al mundo creando fundaciones con las que lucran o dan donaciones mientras no les afecte a su bolsillo. Saben un poco de política y literatura y hacen alarde de ello en sus tantas tertulias sociales. Pero no aceptan que también son presas de la sociedad. Peones de los grandes empresarios. Esclavos de un instinto gregario. A su manera fanáticos de la religión. Luego viene la clase alta, algunos de ellos cultos, otros mediocres, pero a fin de cuentas indiferentes a la pobreza. Comprometidos con la riqueza. Ambiciosos, soberbios y viles. Aunque también hay uno que otro santurrón. También están los verdaderos dueños del mundo, magnates, narcotraficantes, políticos, presidentes, obispos, reyes, papas, todos ellos conscientes del lugar donde se encuentran. Verdaderos sabios del control. Los que deciden qué se debe hacer en los próximos años; fríos, calculadores, indiferentes y, primordialmente, grandes actores. Y sin despreciar a los verdaderos sabios, aquellos ignorados por la sociedad, filósofos, historiadores, conocedores de muchas verdades, y que muy poco pueden hacer por un mundo débil, inconsciente, inmune a las atrocidades de los mercadólogos y comerciantes de la vida mundana. La sociedad se rige bajo un instinto gregario. Cada nivel a su manera. Siempre siguiendo el mismo patrón. ¿Qué quieres?, el mundo es así y tú solo no podrás cambiarlo. El poderoso siempre muy por arriba del débil. El jodido siempre culpando al rico de su miseria sin hacer nada para luchar y el poderoso siempre en búsqueda de más poder. Pobres de aquellos que creen que el rico es infeliz con tanta riqueza. Vil mentira de telenovela. Si fuese así, cuántos magnates no habrían dado toda su fortuna a cambio de un chorrito de felicidad con una «gata», como ocurre en las telenovelas baratas. Así es el mundo, niño idiota. Confucio dijo que la felicidad consiste en querer lo que tienes y no tener lo que quieres; pero pregúntale a un obispo, a un diputado, a un magnate, y te dirán que la felicidad consiste en tener siempre lo que quieres, y cuando ya lo obtuviste, invéntate otra necesidad para perseguirla y ser feliz. La vida no termina obteniendo metas cortas. La vida comienza cada que logras una de las tantas metas. Ahí inicia; ése es el momento para comenzar una vez más. Si te conformas termina tu camino y dejas de existir. Si dejas de aprender dejas de vivir. Por eso muchos dejan de vivir a temprana edad. No piensan. Pensar no consiste en resolver trivialidades, sino analizar por qué están, dónde están y qué deben hacer para mejorar. Por eso los grandes imperios han caído. Todos cayeron porque no supieron ponerse de acuerdo. Por eso México sigue igual que hace cien años. La población no tenía idea de lo que estaba ocurriendo. Y por lo visto, tú tampoco. No aprendiste. Tendrás que quedarte aquí, junto con este hijo de puta. No me das otra opción. Yo tengo que salir del país. Voy a recibir un nombramiento muy importante. Y como te darás cuenta no puedo permitir que arruines esto maravilloso que me da nuestro dios celestial. Qué lástima que nunca comprendiste nada.

Gregorio Urquidi se dio la vuelta y salió de la habitación. En ese momento, Mauro esposó al detective y al anciano y salió detrás del cura cerrando a su vez la puerta que oscureció el lugar.

que me da nuestro dios celestial. Qué lástima que nunca comprendiste nada.

Gregorio Urquidi se dio la vuelta y salió de la habitación. En ese momento, Mauro espantó al detective y al anciano y salió detrás del para cerrando a su vez la puerta que protegía el lugar.

XXIV

L a habitación 14 del Hotel Tajín había resultado un verdadero paraíso para Saddam, hasta un par de horas atrás, pues ahora le parecía la peor de las mazmorras, el más aburrido y solitario de los calabozos. Jamás imaginó que el tiempo pudiese durar tanto. Aguardó impaciente sobre la cama contando los segundos. Maclovio no le quitaba la mirada de encima. Habían transcurrido tres horas con veintinueve minutos. Sostenía el radio en sus manos, deseoso de que el detective se comunicara con él y le indicara que ya no había peligro, que dejara de preocuparse, que se tomara un vaso de leche y que se acostara, pues mañana había muchas cosas por hacer. «Y por favor no te quedes viendo la televisión toda la noche», le habría indicado el detective.

En cuanto se terminó el tiempo no pudo contener el maremoto de emociones y salió corriendo bajo la lluvia, con Maclovio a un lado. No le preocupaba su futuro sino lo que le ocurriera a su mentor y amigo por el cual ya sentía una gran admiración y aprecio. Llegó a la plaza en el centro de Papantla. En pocos minutos ya se encontraba totalmente empapado. Buscó un teléfono y marcó el número que el detective le indicó.

—D-P —dijo en cuanto le respondieron.

—A-L —le respondió el hombre tras el auricular.

Saddam dudó por un momento y pensó en hacer más preguntas, pero recordó las indicaciones del detective: «Ni una pregunta más». Dio la ubicación exacta y colgó. Cuarenta minutos más tarde llegó al lugar un hombre:

«Sobrino», dijo y miró su reloj.

El niño sintió alivio y se presentó: «Me llamo Saddam». Maclovio movió el rabo con entusiasmo y dio un par de ladridos.

«Yo soy Diego Daza.»

«¿Conoce a Maclovio?», preguntó Saddam.

«Sí, y él también me conoce», respondió el arqueólogo forense y le acarició las orejas al perro empapado.

«Vamos, parece que la lluvia no va a cesar. ¿Tienes algo que darme?»

«Sí», Saddam le entregó una llave que le colgaba del pecho. Pronto abordaron un taxi que los esperaba y se fueron a Poza Rica. Por un momento Saddam no supo qué decir; Daza permaneció en silencio esperando a que el niño dijera lo que sabía. Al llegar a la casa en Poza Rica, Danitza, Ramos y Klingaman los recibieron preocupados. Les dieron unas toallas para que se secaran.

—Pequeño, ¿cómo estás? —preguntó Danitza y le secó el rostro.

Saddam se encontraba desconcertado. Luego supo que debía contarlo todo. No tenía idea de cómo empezar. Dudó por un instante. Miró alrededor. Los *Memoriales* se encontraban sobre la mesa.

—Fino está en peligro —afirmó Saddam—, tenemos que rescatarlo.

—Bien, pero tenés que decirnos dónde se encuentra —respondió Danitza.

—En una casa en la carretera. Yo los llevo.

—¿Quién se queda? —preguntó Daza.

—¿Cómo? —cuestionó Ramos.

—Sí. Alguien debe permanecer aquí, cuidando lo *Memoriales*. No podemos llevarlos con nosotros.

—Yo voy contigo.

—Si Israel va contigo yo también —añadió Danitza.

Hubo un silencio. Todos se miraron entre sí.

—Espero encontrarte aquí cuando regresemos —dijo Ramos al mirar a Klingaman.

—Tú puedes confiar en mí —respondió Perry Klingaman con un gesto—. Yo no soy un traicionero.

Pronto todos abordaron la camioneta que Endoque les había proporcionado y se dirigieron al lugar. Seguía lloviendo ligeramente. Ramos y Daza bajaron de la camioneta. Israel instruyó a Danitza para que manejara por el lugar. Saddam permaneció a bordo muy a pesar de sus pretensiones de acompañar a los arqueólogos, que caminaron sigilosos entre las hierbas. Ramos no temía a la oscuridad de la selva ya que de niño había pasado infinidad de noches con su padre inmerso en los cerros de Papantla. Al llegar, la puerta estaba abierta. Les intimidó la idea de que aquello fuese una trampa. Maclovio fue el primero en entrar. Olfateó con mucha atención y sin ladrar, tal cual se lo había enseñado su amo. Lo primero que encontró fue un cadáver en el piso. Tenía un tiro en la sien. No lo tocaron. Daza encendió una lámpara de mano y ambos entraron silenciosos. Aquello que debía ser la sala se encontraba totalmente vacía. La cocina de igual manera estaba sola. Recorrieron todas las habitaciones de la planta baja, hasta llegar a una elegantemente decorada; olía a cigarro y alcohol. Después de una revisión lerda llegaron a un cuarto que guardaba una pestilencia insoportable. Por el excremento y un plato de comida en el piso infirieron que ahí debió haber permanecido el detective y algún otro cautivo. Dedujeron que se trataba del prisionero de la mazmorra en Atotonilco. Revisaron el lugar entero sin encontrar rastros del detective. Poco después volvieron a la carretera y esperaron el regreso de la camioneta. Danitza, que llevaba más de una hora dando vueltas, pisó fuertemente el freno al verlos salir de entre los arbustos. La camioneta derrapó por el piso mojado. Al saber que ambos estaban a salvo, bajó rápidamente y se le colgó del cuello a Israel y lo besó, olvidándose del detective.

—No lo encontramos —dijo Ramos.

Todos abordaron la camioneta. Seguía lloviendo. Daza tomó el volante. Hubo silencio por un largo rato. De pronto, Danitza notó que el rumbo que seguían no los llevaría a Poza Rica.

—¿A dónde vamos? —preguntó.

—A México. No podemos regresar al mismo lugar. Debemos alejarnos.

—¿Y lo *Memoriales*? ¿Se los vas a dejar al gringo?

—El detective dijo que podemos confiar en él.

—Yo no confío en Klingaman.

—Yo tampoco, pero no tenemos otra salida.

—No podemos volver al mismo lugar.

—Pero tampoco podemos ir a México —añadió Ramos—. Nos encontrarán.

—No a donde pienso llegar. Nadie conoce ese lugar.

—¿Y tú crees que no nos van a buscar?

—¿A dónde quieres ir entonces?

—¿Y el detective? ¿No te importa?

—Claro que me importa. Estoy siguiendo sus instrucciones. Él me dijo exactamente a dónde llegar en caso de que algo así ocurriera.

Veinte minutos más tarde, ya en la sierra, el camino se encontraba bloqueado con un enorme tronco. Todos sintieron temor. Danitza cerró su ventana y puso el seguro de la puerta. Daza intentó echar la camioneta en reversa, pero otra camioneta apareció por detrás. Le hizo señas al conductor para que lo dejara darse la vuelta pero éste se bajó y caminó hacia ellos. En ese momento salieron más personas con machetes de entre los arbustos.

—Dispense asté, pero tenemos órdenes de revisar a todos los carros que pasen por aquí —dijo uno de ellos.

—Buenas noches —respondió Daza al abrir ligeramente la ventana. La lluvia le mojó el rostro—. Estamos de paso.

—Necesito revisar su camioneta —insistió el hombre.

No había de otra. La lluvia no cesaba. A esas horas de la noche resultaría catastrófico oponer resistencia. Ramos fue el primero en bajar. Dos hombres se le acercaron y le exigieron que pusiera las manos en el aire. Obedeció. Daza, Saddam y Danitza también descendieron sin oponerse.

—Van a tener que acompañarnos —dijo el hombre tras revisar la cartera y algunas identificaciones del arqueólogo.

—¿Por qué? —preguntó Diego.

—Ya saben por qué.

—No. No sabemos por qué. Dénos una explicación.

—Aquí dice que asté es el señor Diego Augusto Daza Ruiz. Ya debe saber que mi patrón, el señor Gastón Peralta Moya, los está buscando.

En ese momento Maclovio lanzó un gruñido, Saddam lo tranquilizó pero el canino sabía que algo no estaba bien. Los ataron de manos, los subieron a la otra camioneta y los llevaron a El Tajín. Ninguno de ellos hizo comentario alguno. Al llegar Peralta Moya los estaba esperando en la entrada. Dio la orden de que les quitaran las sogas de las manos.

—¿No me digan que ya se iban? —expresó el historiador indiferente a la fuerte lluvia—. ¿Y este niño, de dónde lo sacaron?

Saddam frunció el entrecejo. Maclovio ladró insistente. El niño lo acarició para que se tranquilizara.

—Es mi sobrino —respondió Ramos.

—¿También eres de Papantla?

—Sí —respondió Saddam sin titubear.

—Me parece fabuloso. Me encantaría charlar más tiempo con ustedes, pero no tenemos tiempo —Peralta Moya se dio la vuelta, se detuvo un instante y se dirigió una vez más a ellos—. No sé por qué, pero tengo un pertinaz presentimiento de que ustedes tienen los *Memoriales*. Entonces, tendré que buscar otras formas de sacarles la verdad —fingió una sonrisa—. Pero eso será más adelante. En este momento estamos a punto de presenciar un gran acontecimiento. La princesa Nimbe está a punto de dar a luz. Y ustedes son mis invitados especiales.

Todos caminaron entre la lluvia hacia el interior de la zona arqueológica. Frente a la pirámide de los Nichos había decenas de hombres y mujeres danzando en ceremonia con sus máscaras de cerámica, conocidas como caritas sonrientes y con sus flores de vainilla alrededor del tecomate. También había ofrendas: tabaco, aguardiente, gallinas y comida.

La danza de los Huahuas se llevaba a acabo en ese momento para agradecer los dones recibidos del cielo y por las lluvias fertilizantes. Los danzantes vestían pantalón de terciopelo rojo con adornos horizontales de tira bordada a la altura de la pantorrilla, espiguilla dorada, y botines. En la cabeza llevaban un penacho, conocido como *taknó*, con forma de abanico multicolor de sesenta centímetros, y una base cónica de armazón de carrizo forrado de satín rojo al que se le coloca un circulo de varillas de tarro delgado, donde se entretejen tiras muy angostas de papel metálico de diferentes colores formando vistosos diseños.[76]

Los presentes no quitaron la mirada de los danzantes que agitaban una sonaja (cuyo sonido aludía a la lluvia) y golpeaban la tarima con el talón de los botines al son de la flauta de carrizo y el tamborcito. Luego del zapateado, los oficiantes subieron al molinete que giraba sobre un eje vertical asentado en unas «tijeras» de madera o troncos, a manera de horqueta a cada lado, a una altura del suelo que permitía a los danzantes montar las aspas y hacerlas girar con los penachos puestos, convirtiéndose ellos en parte de un rito similar al de una rueda que giraba de las extremidades de una bicicleta. Cada brazo de madera de la cruceta tenía en el extremo superior, atravesada, una manija donde se sostenía el danzante, quedando los pies en el extremo del eje. La asombrosa velocidad del movimiento giratorio del molinete describe el signo de *Nahui ollin* (movimiento y vida) asociado al movimiento de los astros, al sol como deidad central, fundamento de la creación y generador de vida.[77]

Justo cuando finalizó el son del zapateado Huahuas, un totonaco hizo la señal de que el momento tan esperado se acercaba al soplar su caracol desde la cima de uno de los edificios, al que todos atendieron. El rasgueo de las cuerdas de una guitarra y el silbido de un flautín dio inicio al huapango de Nimbe:

Blanca como la luna, se pierde por la vereda; viene la totonaca a vender lo que al pueblo lleva. En su rostro moreno hay huellas de raza mía. Canta, totonaquita, Nimbe, princesa mía. Catlén cumale Tuskustya kin cumale Pakglcha, xanath, laksupín. Y así va la totonaca, con rumbo a cachiquín. Hasta chalí, cumale. Hasta chalí, Dios Kalín.

Ningún rito parecía tener más importancia que otro; todos recibían su respectiva atención. No era una fiesta en la que cada cual mantenía su conversación individual. Era una celebración en comunión. Todos presentes, todos entregados al gran acontecimiento. No había mercadeo de recuerditos o bisutería barata para los extranjeros. Todos, con excepción de la comitiva de Peralta Moya, eran totonacos. Cada uno de los presentes estaba consciente de que aquello no era un festín populachero o comercial, sino el más grande acontecimiento para su pueblo en los últimos siglos: la llegada de Limaxka, el nacimiento del hijo predilecto, el fin de una larga espera y del sometimiento de su pueblo. Limaxka regresaría para gobernar a su tierra. Para liberar a los papantecos, cansados de obedecer una religión ajena, de fingir que adoraban a un dios desconocido e impuesto por el catolicismo. ¡Basta! Nuestro pueblo sólo reconoce a una madre: Nimbe, la princesa del Anáhuac; no a esa virgen y su hijo crucificado impuestos por los frailes en la conquista. Fin a los diezmos y a las limosnas. Era hora de terminar con los abusos. La madre de un pueblo no está para exigirles tributos, sino para protegerlos y proveerlos. Fin a las confesiones obligatorias.

Y el momento había llegado. Nimbe daría a luz a su hijo esa noche. Y ellos estaban ahí para recibirlo. Uno de los voladores ya se encontraba sentado sobre el tecomate, listo para la primera ronda; luego se puso de pie y comenzó a tocar su flauta de carrizo y su tamborcito mientras danzaba sobre el tecomate. Se orientó en reverencia hacia los cuatro puntos cardinales, empezando por el oriente, por donde amanece el mundo y la luz, girando siempre a la izquierda. El vuelo de descenso de los cuatro voladores dio inicio. El sonido del tambor y el flautín, al unísono, pareció hipnotizar a todos los espectadores que en ese instante guardaron un silencio impresionante. Sólo se escuchó la música del *kosne* sobre el tecomate, el viento y la lluvia. Los voladores estiraron sus brazos al aire, cerraron los ojos y volaron con una tranquilidad indomable, envidiable. El viento y la lluvia golpearon ligeramente sus rostros. Era un privilegio indescriptible haber sido seleccionados para la danza de esa noche, ésa en que el hijo predilecto nacería, Limaxka. «Limaxka estamos aquí para venerar tu nacimiento. Limaxka, hemos aguardado tu llegada desde hace tanto tiempo. Tu gente añora tu llegada. Tus totonacos ansían vehementemente tu regreso. Nimbe y tus siervos no hemos hecho otra cosa que pensar en este instante. Limaxka, ven y salva a tu pueblo de la desgracia en la que ha caído por culpa del hombre blanco. Libéranos de las ataduras que nos han puesto los que se dicen católicos, obligándonos a venerar a un hombre colgado en una cruz. Limaxka estamos volando por ti. Tus voladores te esperan. Tus voladores no te olvidan. Limaxka, el Totonacapan te espera para que lo gobiernes.»

Al llegar los cuatro voladores a tierra firme, los totonacos encendieron docenas de antorchas.

Los doce ancianos, Peralta Moya, Daza, Ramos, Danitza y Saddam subieron hasta la cima de la pirámide de los Nichos donde una joven se hallaba a punto de dar a luz. El cielo se encontraba lleno de nubes. La joven empapada por la lluvia y sudor se encontraba acostada sobre una piedra con dos parteras que le sostenían los brazos. «Este dolor no se compara con la pena que ha cargado tu pueblo», le decía una de las mujeres. Danitza se percató de que la joven no estaba en condiciones para un parto natural.

—¿Le han dado algo a esta jovencita? —preguntó Danitza a Peralta Moya.

—Por supuesto que no —respondió tajante, sin quitar los ojos de Nimbe.

—¡Ella necesita que le pongan la epidural! —dijo Danitza al acercarse y revisarla rápidamente.

Gastón Peralta Moya la ignoró y se dirigió hacia el tumulto que esperaba ansioso al recién nacido.

—¡Esta joven va a morir si no hacen algo! —insistió Danitza.

—Si eso ocurre quiere decir que ella no era la elegida. Y ése será su sacrificio.

Nimbe lanzó un grito estruendoso. Danitza no pudo hacer otra cosa que permanecer junto a ella. Los arqueólogos también caminaron hacia la joven. Ambos se encargaron de sostenerle los brazos y la espalda mientras las parteras hacían su labor. Nimbe lloraba, sudaba y pujaba. «Este dolor no se compara con la pena que ha cargado mi pueblo», dijo la joven. El cielo estaba lleno de nubes. Nimbe dejó escapar otro baladro ensordecedor, enterró las uñas en los brazos de los arqueólogos. Una de las parteras tenía en la mano la cabeza del recién nacido que aún no salía del todo. «Este dolor no se compara con la pena que ha cargado nuestro pueblo», le repitió la mujer. La joven gritó y gritó. Un fuerte viento zarandeó los árboles alrededor. Peralta Moya permaneció de pie sin mover un solo dedo. Sonreía. Su ropa se encontraba totalmente mojada. Nimbe pujó y gritó. El viento golpeó con más fuerza. En ese momento se escuchó un trueno ensordecedor que cayó a lo lejos.

Se apagaron todas las hogueras, se oscureció el lugar por completo, hubo un silencio que sólo se rompió con un llanto: nació el hijo de Nimbe. Peralta Moya alumbró la noche cuando encendió el fuego nuevo; pronto cargó al recién nacido para que todos lo vieran.

—¡Totonacos! —dijo en voz alta—. ¡Los dioses nos han permitido morar sobre la tierra!

Los doce ancianos y la multitud se hincaron en señal de veneración al recién nacido.

—¡Limaxka ha nacido! ¡Limaxka ha nacido! ¡Totonacapan, tu hijo ha llegado!

La lluvia azotó feroz. La tormenta tan anunciada se dejó caer sobre El Tajín. Nadie se movió de su lugar. La joven tuvo una hemorragia debido a que cuando la placenta se desprendió del útero lesionó la arteria uterina. Danitza le pidió la camisa a Israel para detenerle el sangrado a la joven mientras le realizaba un masaje en el útero.

Los árboles se zarandearon indefensos ante el huracán que se acercaba. El viento levantó tierra y ramas. Los truenos se hicieron más insistentes. Los totonacos buscaron un lugar para protegerse de la tormenta que iniciaba. Daza y Ramos cargaron a la joven que no dejaba de sangrar. Peralta Moya entregó al recién nacido a una de las parteras. Todos bajaron rápidamente de la pirámide de los Nichos; excepto los doce ancianos que se rehusaron y permanecieron con sus bastones en el aire, como retando al cielo. Agradecían la llegada de Limaxka. El augurio se había cumplido. Limaxka había nacido justo en el momento del trueno. La joven que había realizado la danza de la serpiente meses atrás frente a su pueblo era la elegida. Nimbe era ahora la madre de todos los totonacos y recibiría veneración por el resto de su vida. Si bien era cierto que a partir de ese momento nada le faltaría, también debería dar su vida por ellos. Primero comerían los totonacos, primero dormirían los totonacos, primero ellos, siempre ellos y después ella, por ser la madre de su pueblo, por ser la elegida.

La lluvia castigaba con fiereza. El viento levantó una polvareda que dificultó la visión de los presentes. Enormes ramas seguían flotando por el lugar. El huracán tan anunciado por los meteorólogos en los últimos días tocaba las costas de Veracruz en ese momento. Y según las predicciones arrasaría con casas, árboles, vehículos y cualquier cosa que encontrara a su paso. La gente corrió por todo el lugar en busca de un refugio. La mayoría se cobijó en el edificio construido por el INAH. Los infantes gritaban asustados. Las mujeres le rogaban a Limaxka que les perdonara todos sus pecados. Otros agradecían su llegada.

Hubo muchos que decidieron sacrificarse en ese momento y permanecieron de pie frene al huracán. «Limaxka, dios Huracán, llévanos contigo, perdona nuestros pecados, pero no castigues a tu pueblo, perdónanos por adorar a otro dios, por obedecer a otras religiones, por no cumplir con lo prometido, por ausentarnos, por abandonar la ofrenda. Limaxka, tu pueblo te ama, dios Huracán.»

Peralta Moya abordó rápidamente una camioneta junto con las parteras y el recién nacido. Los guardias que debían custodiar a los arqueólogos —sin importar el destino de éstos— subieron aterrados a sus camionetas y huyeron en busca de refugio.

Los doce ancianos permanecieron en la cima de la pirámide de los Nichos dispuestos a ser llevados por los vientos. ¿Qué mejor forma de morir existía para ellos sino en los brazos del dios Huracán? Para ello habían dedicado sus vidas, para entregárselas al final del camino a Limaxka. Bien había valido la espera, el sacrificio de vivir a escondidas, la pobreza de sus familias. Aquello estaba dando fruto, sus descendientes tendrían ahora el privilegio de convivir con Limaxka. Ellos ya iban de salida. Su tarea en la tierra había terminado. «Dios Huracán, llévanos contigo. Invítanos a volar a tu lado, elévanos por los aires, permítenos ver, como tú, desde arriba la grandeza de El Tajín y luego azótanos como gotas de agua en cualquier rincón de esta tierra tuya, El Totonacapan.»

Los arqueólogos, Danitza y Saddam aprovecharon el desorden y se perdieron entre la multitud. Por un instante cavilaron en esconderse en el túnel bajo la pirámide de los Nichos, pero auguraron que la entrada podría quedar sepultada, lo cual los asfixiaría. Corrieron a la salida de la zona arqueológica. Había gritos y lloriqueos por doquier. Nadie les prestó importancia. Salieron sin que nadie los detuviera. Corrieron, corrieron mucho, corrieron sin importar el cansancio, lo más rápido posible por la carretera esquivando las ramas que volaban frente a ellos hasta llegar a una casa de concreto. Golpearon la puerta fuertemente hasta que alguien les abrió. Entraron sin pedir permiso y otro grupo de personas que los seguía también se introdujo a la pequeña y humilde vivienda. Había más de ochenta personas en su interior. Todos de pie, pues no había lugar para más. En el centro había una columna de concreto la cual abrazaban media docena de mujeres y niños; de ellas les seguían otras que se sujetaban de sus cinturas; y de ésas más personas se amarraron de igual manera hasta formar una enorme cebolla para evitar ser llevados por los vientos en dado caso de que éstos desprendieran el techo de la casa. Los arqueólogos, la grafóloga y Saddam hicieron lo mismo. Maclovio se escondió entre las piernas de los presentes. Otros se ocuparon de hacer peso contra los tablones que tapaban las ventanas y las puertas para que los ventarrones no las desprendieran. Aquello parecía ser el fin del mundo. El llanto y los gritos de los niños no cesaban. Las oraciones en totonaco y castellano eran insistentes. Cada estruendoso trueno daba la impresión de que golpearía aquella pequeña y humilde vivienda. Entre las preguntas que abundaban en sus cabezas estaban: ¿Dónde estará mi padre, mi hermana, mi hijo, mi amiga? ¿Estarán a salvo? ¿Sobrevivirán a esto que parece el fin del mundo? Pues es muy fácil leer los periódicos o ver las noticias en el televisor y enterarse de que alguna entidad pobre de México fue zarandeada por un huracán; pero no es lo mismo estar ahí, sufrir sus estragos en carne propia, saber que tu indefensa casa de cartón mañana no amanecerá en el lugar donde la dejaste, llorar por el que se encuentra indefenso, rogar para que el tormento termine, esperar minuto a minuto, contar segundo tras segundo, y sufrir meses para volver a una estabilidad económica, que muchas veces tarda años. Y lo peor de todo, escuchar cómo el viento y la lluvia sacuden, desgarran, arrancan, revolotean y azotan árboles, techos, láminas, o cualquier tipo de objetos.

Pronto escucharon que alguien golpeó la puerta; Ramos se apresuró e intentó mover a los que hacían fuerza contra ésta para abrirla, les pidió por favor, insistió al no recibir respuesta; les rogó, perdió la paciencia; los empujó para que se hicieran a un lado (alguien necesitaba refugio), pero uno de los guardianes de la puerta se lo impidió con un golpe en el rostro. Daza reaccionó rápidamente en apoyo de su amigo.

—¿Qué le pasa? —dijo sin lograr acercarse a la puerta—. Mi amigo sólo quiere ayudar a la gente que está afuera. Necesitan un refugio.

—No debe abrirla —espetó uno de ellos—. Es demasiado tarde. Si lo hace el viento entrará y desprenderá el techo y a nosotros nos llevarán los vientos tempestuosos de Limaxka.

Si algo hacía de Israel Ramos un gran ser humano era el sacrificio por lo demás. De niño y en medio de la penuria, había regalado decenas de pares de zapatos nuevos, camisas y comida a aquellos que encontraba más necesitados que él. En su juventud jamás logró concebir la idea de llegar a ser millonario si su pueblo seguía en la miseria. Ahora, siendo un hombre maduro, le irritaba, le dolía, le atormentaba encontrar un infante hambriento en su camino, un anciano descalzo, una madre sin alimento, un padre sin empleo, un joven sin progreso, un totonaco sin recursos, un compañero sin apoyo, una persona sin refugio en medio de un huracán. Para él, todos debían tener las mismas posibilidades, los mismos privilegios y oportunidades. Un mundo equitativo era su más grande anhelo. ¿Quién estaba detrás de la puerta? ¿Quién golpeaba con las palmas, los puños, y los pies aquella puerta? ¿Quién rogaba por auxilio? ¿Quién saldría volando entre los ventarrones del meteoro y terminaría sus días estrellado en el asfalto? ¿Un niño hambriento, una joven embarazada, una madre desahuciada, un futuro genio, un padre de familia, un ignorante, una anciana, un pariente, un asesino, un historiador, un arqueólogo? Eso era lo de menos. Para Ramos lo que importaba era que alguien, un ser humano en medio de un huracán, se encontraba tras la puerta pidiendo auxilio. Todos debían recibir la misma ayuda. Pero la cuestión era: ¿tenía él derecho de sacrificar a otras ochenta personas con tal de salvarle la vida a quien fuera que estaba tras la puerta?

—No —respondió el hombre que lo había golpeado en la cara—. Tú no vas a abrir esa puerta. Eso sólo causará nuestra muerte.

Tenía razón. No hubo otra más que entender, acceder, obedecer, esperar, llorar y escuchar tristemente cómo Papantla era violentada por el huracán.

XXV

uego de muchas horas la tormenta cesó. Seguía lloviendo ligeramente. Nadie salió. Esperaron. Cuando todo se encontraba en calma, las personas comenzaron a salir de sus refugios para afrontar el desastre que había dejado el huracán. Había mucho por hacer: rescatar heridos, buscar sobrevivientes bajo los escombros, limpiar los caminos, dar alimento a los niños, cobijar a los ancianos, reconstruir casas, recuperar lo poco de cosecha y reiniciar la siembra. Había deslaves en las carreteras, árboles caídos, casas desmoronadas, vacas, cerdos, perros, aves, cabras y caballos muertos, que habían sido azotados por los fuertes vientos. Luz y teléfono se encontraban fuera de servicio.

Poco más tarde se escuchó un par de helicópteros volando por la zona de desastre. Los reporteros de distintos medios iniciaron su labor. Anunciaban grandes pérdidas, mientras el gobierno alegaba todo lo contrario: «Todo está bajo control, no hay pérdidas humanas; sólo unas cuantas viviendas afectadas». El caos imperó. Hubo saqueos a los establecimientos. Mujeres lloraban por sus muertos y sus desaparecidos. ¿Qué había ocurrido? La tan anunciada llegada de Limaxka no había augurado tal destrucción. ¿Dónde estaban los doce ancianos? ¿Y Nimbe y su hijo? ¿Y Gastón Peralta Moya? ¿No se suponía que estaban para protegerlos?

La ayuda comenzó a llegar días más tarde. El ejército, protección civil y la Cruz Roja Mexicana e Internacional atendieron a los heridos. La comida y medicamentos eran insuficientes.

Israel Ramos ofreció albergue a los vecinos que se quedaron sin casa. Danitza hizo curaciones; Saddam y Maclovio ayudaron en las labores de rescate y Diego Daza apoyó en la identificación de cadáveres. Ningún otro huracán había azotado con tal fuerza al Totonacapan.

Días más tarde, cuando se consiguió más ayuda comunitaria e internacional, y la mayoría de los heridos fueron auxiliados y los muertos sepultados, llegó el momento de partir: Daza, Saddam y Maclovio volverían a la capital. Danitza e Israel viajarían quizás a Europa o algún lugar de África. ¿Qué más podían hacer? No sabían nada de Gastón Peralta Moya y del recién nacido, ni de la joven Nimbe ni de Delfino Endoque ni de Perry Klingaman ni del cura Gregorio Urquidi.

Había todo tipo de conjeturas y posibilidades; menos que cualquiera de ellos estuviera muerto. El historiador quizás estaba tras la esquina de un muro, espiándolos, contándoles los pasos; buscaría venganza, vendería su alma con tal de recuperar los *Memoriales*; Klingaman indudablemente estaría ya elaborando una publicación; Urquidi, por su parte, se encontraría procesando algún sermón para defenderse de las publicaciones de Klingaman y Peralta. ¿Y el detective?, se preguntaban, ¿cómo habrá escapado?

Sin duda alguna no imaginaban que Sergio, su ayudante, tras la salida de Urquidi y Mauro había lanzado una piedra a la puerta, el custodio salió y Sergio no titubeó al jalar el gatillo y dar en la sien del guardia que cuidaba la casa. Esperó un poco para ver si alguien más salía al rescate. Al saber que nadie había auxiliado al hombre decidió buscar al detective.

—¡Don Delfino! —gritó al entrar a la vivienda. Jamás había matado a alguien ni había vivido algo similar y por ello se encontraba desorientado, confundido, temeroso. Necesitaba que el detective le dijera que no habría problema, que las leyes no le harían nada, que él lo protegería—. ¿Dónde está, don Delfino?

Escuchó unos golpes al fondo del pasillo. La puerta tenía un candado.

—¿Sergio? —preguntó el detective.

—¡Don Delfino! La puerta tiene un candado.

—¡Camina unos pasos hacia atrás y dispárale!

¡Pum!

—¡Maté a un hombre! —tartamudeaba, sudaba, le temblaban las manos—. ¡Maté a un hombre! ¡Maté a un hombre!

—Mírame y guarda silencio. Necesitas tranquilizarte. No te preocupes. Todo va a estar bien. Salgamos de aquí —dijo y volteó la mirada hacia el anciano—. ¿Qué esperas? ¿Te piensas quedar aquí?

Salomón Urquidi caminó lento. Aún no podía creer que el fin de su enclaustramiento había llegado. Ya daba por hecho que ahí moriría de alguna u otra manera. Cualquier día de ésos. Cualquier noche. En cualquier minuto. De cualquier forma. Pensó e imaginó de todo, menos que a esa edad sería liberado por el hijo que le había arrebatado a Gregorio Urquidi y Joaquina Endoque. «Vaya que el mundo da vueltas», pensó al ver las estrellas después de dos décadas de encierro. ¿Cómo se empieza? ¿Qué se hace en estas situaciones? ¿Se busca venganza o se perdona? ¿Se busca el suicidio o el homicidio? ¿Ojo por ojo, diente por diente?

—¿Qué vas a hacer conmigo? —le preguntó al detective cuando abordaron la camioneta. Casi no abría los ojos, y cuando lo hacía, se tapaba con la mano.

—Nada —respondió con la mirada fija en la carretera.

—Patrón, va a caer un huracán, lo escuché en el radio. Necesito ver a mi señora —interrumpió Sergio—. Déjeme aquí en Papantla. Si quiere mañana lo veo en su habitación del hotel.

El detective detuvo la camioneta y sacó de la parte trasera un maletín con dinero. Le dio una fuerte cantidad al joven.

—Te ordeno que te vayas esta misma noche. Es por tu seguridad. No me busques.

—Sí, sí, sí —respondió Sergio sin saber qué decir. Y como un niño obediente corrió bajo la lluvia hasta llegar a su casa.

—¿A dónde vamos? —preguntó el anciano una vez que el detective encendió la camioneta.

La pregunta retumbó en sus oídos. «¿A dónde? ¿A dónde? ¿A dónde? ¿A El Tajín? Con esta tormenta, seguro ahí no ha de haber nada ni nadie—pensó—. ¿En busca de Gregorio Urquidi? ¿Para qué? Ya no tiene caso. ¿Por los arqueólogos?»

—¡Maclovio! ¡Saddam!

El anciano no entendió. El detective se dirigió a la casa donde debían estar escondidos. Bajó sin esperar a Salomón Urquidi. Al entrar no encontró a nadie, ni siquiera a Perry Klingaman. Asumió que habían seguido sus indicaciones. Y de ser así ya estarían en la carretera rumbo a México. «¿Y si no? ¿Y si se encuentran en peligro?», se preguntó. No tenía forma de saberlo, había dejado el radio escondido entre las hierbas.

—¿A quién buscas? —inquirió el anciano al entrar con los ojos casi cerrados y con las manos cubriéndose de la luz.

—A unos amigos —suspiró—. Pero, por lo visto ya no están. Salgamos de aquí.

Sin estar muy seguro de lo que estaba haciendo manejó en dirección a México. Por primera vez en muchos años sentía miedo. Mucho miedo. Tanto que sintió como si al doblar la esquina hubiese dado una vuelta al pasado y ahora él era el joven que huía de los sicarios. Volvió a su mente la imagen de su hermana. «¡Claudia, Claus!»

—¿Qué pasó? —preguntó el detective luego de un largo silencio. Un poco antes de llegar a México.

—Hice de Gregorio un monstruo y no me di cuenta. Fui un mal padre, un mal esposo, un mal amante, y un pésimo suicida. Nunca tuve el valor de ahorcarme.

—Te pregunté qué pasó.

—Mucho de lo que dijo Gregorio fue cierto. Tuve muchas amantes. Entre ellas a Delfina, una hermosa sinaloense. La conocí en un viaje de negocios. Le dije desde un principio que era casado. Ella no opuso resistencia. Nos enamoramos y tuvimos una hermosa hija, como su madre. Años más tarde murió Delfina. No tuve la fuerza de abandonar a Joaquina —Salomón Urquidi no pudo evitar el llanto. Era la primera vez que hablaba de eso con alguien. ¿Con quién más si había permanecido encerrado veinte años?—. Luego Gregorio y Joaquina se conocieron. Jamás imaginé que ella tuviera tanto rencor hacia mí, y mucho menos que sería capaz de fornicar con su propio hermano. Yo estuve ausente la mayor parte del tiempo. Y lo admito, ése fue el peor error de mi vida. Cuando volví, Magdalena ya había enloquecido. Llenó la casa de imágenes de santos y vírgenes. Colgó rosarios y escapularios en todas las puertas. Nadie quiso confesar lo que estaba ocurriendo hasta que llegué a una de las recámaras y me encontré con que Joaquina había tenido un hijo. Al principio no le di importancia, supuse que algún joven de la comarca la habría enamorado. Incluso me resigné rápidamente. Intenté sonreír. En fin, se trataba de una criatura. «Ah caray, un nieto. Tan joven y soy abuelo», pensé positivamente. Entonces dijo cuatro palabras: «Es tu nieto doble». Me quedé mudo. Pensé que se trataba de una broma de muy mal gusto. Luego la escuché decirlo una y otra vez. «Es hijo de tu hijo. Es tu nieto doble. Felicidades. Ahí lo tienes. Como a ti te gustan las cosas: dobles.» Enfurecí, perdí el control, le exigí que callara, pero seguía repitiendo lo mismo; tomé su cuello entre mis manos y la asfixié. Gregorio no movió un dedo. Es mentira que haya intentado detenerme. Parecía ausente. Incluso creo que disfrutó la escena. Cuando volví la mirada hacia él lo encontré pensativo como quien observa a las ranas en el río, o a las mariposas salir de su capullo. No encontré una sola lágrima en su rostro. Ni ese día ni ningún otro. Sin saberlo le enseñé a matar. Y lo demás ya lo sabes: cambié de nombre, te llevé a México, con Florencia. Le dije que eras mi hijo y que tu madre recién había muerto. En un principio te quiso mucho, pero cuando nacieron Claudia y Rodolfo, todo cambió para ella; jamás logró verte de nuevo con ojos de madre. Años más tarde Gregorio volvió, otro Gregorio, uno lleno de desprecio. Exigió que le devolviera la fortuna que dejó su madre. Accedí sin imaginar la magnitud de sed de venganza que lo había embrutecido ni la avaricia en la que flotaba. Pensé que jamás volvería a molestar. Pensé mal. El día de la masacre fue el último en que vi la luz del sol. Ese día tú y yo discutimos por una tontería, lo recuerdo bien, querías ir a una fiesta, te dije que no. Florencia me pidió que saliéramos de vacaciones. Claudia me mostró su boleta de calificaciones y Rodolfo me contó que estaba enamorado. Todo ocurrió tan rápido. Los tiros en la entrada, los golpes en las puertas, los gritos, la sangre, y el final. Pensé que a ti también te habían asesinado. E imaginé que asimismo lo harían conmigo, pero no fue así; luego cavilé que se trataba de dinero, supuse que pedirían alguna cantidad. Pasaron los días y yo seguía en silencio, en tinieblas, sin saber dónde me encontraba ni para dónde iba, ni qué ocurriría. Ninguno de los sicarios habló conmigo. Jamás vi al que me daba de comer. Siempre tuve algo que cubría mis ojos. En ocasiones alguien entraba y sin razón alguna me golpeaba a puño cerrado o me pateaba, o me escupía o me flagelaba. Jamás tuve idea de quién se trataba. Ahora supongo que fue Gregorio. Pasé años sin saber en qué día vivía. Perdí la noción del tiempo y de la vida.

—Lo vi todo —argumentó el detective—, observé desde la escalera. Me tiré al piso. Subieron, me escabullí, me persiguieron por los pasillos, me imaginé muerto. Corrí. Tomé las llaves de tu camioneta. Dispararon. Algunos tiros dieron en los vidrios de la camioneta. Me escondí en un motel. A la mañana siguiente los noticieros anunciaron la masacre y a ti y a mí como principales sospechosos. Una de esas noches bebí tanto que perdí el sentido. Aún no logro recordar qué fue lo que ocurrió. Como si ese día jamás hubiese existido. Desperté en una cama. Pensé que estaba en la cárcel. Había un hombre observándome: era Gregorio Urquidi. Jamás lo había visto. No tenía idea de quién era él ni qué era lo que buscaba. «No te preocupes, estás a salvo», me dijo. Le pregunté cómo había llegado hasta ahí. «Unas almas caritativas te encontraron tirado a media calle y te trajeron aquí, a la casa del Señor. ¿Cómo te llamas?» Todo parecía tan circunstancial y a su vez tan quiméricamente paliativo. Las iglesias no fungen como casas de asistencia pública. Los curas no recogen pordioseros de la calle. Pues ésa era la imagen que tenía antes de eso. Pero ése no era momento para dudar de la buena bondad de cualquiera que me ofreciera un poco de pan, un vaso de agua, un minuto de su tiempo, un oído, un alivio al duelo que me carcomía. Y ahí estaba ese ensotanado con bandera de beato. Caí en sus redes. Le conté todo lo que pude. Expliqué mis razones, di mi versión, confesé todos mis pecados, justifiqué mi inmadurez, rogué, imploré que no me entregara a las autoridades, que me extendiera su mano, si en verdad existía un dios, que me mostrara el camino para ir frente a él y exigirle una explicación. «No necesitas reclamarle ni pedirle explicaciones, Él todo lo ve y todo lo sabe. Y si así ocurrieron las cosas, Él sabe lo que hace.» ¡Pamplinas! ¡Patrañas de ese maldito desgraciado que me utilizó! «No necesitas pedir más. Yo soy el instrumento que Dios ha puesto en tu camino para que encuentres a los criminales que le hicieron eso a tu familia. Buscaremos justicia. ¡Haremos justicia!» Permanecí algunos meses escondido en esa iglesia. Poco a poco, día tras día, minuto a minuto se ocupó de convencerme de que lo más apropiado para mí en ese momento sería salir del país, cambiar de nombre, estudiar, convertirme en detective para encontrar a los sicarios. No hubo un solo día en que no aprovechara para sacarme la información y desviar las pistas. Él me dio, o no sé si deba decir, me devolvió, la identidad de Delfino Endoque y me hizo pasar por un sacerdote para que pudiera cruzar la frontera con todos los privilegios que goza un ensotanado. No hubo tiempo que perder. Se apresuró a inscribirme en las mejores escuelas. Me dio todo lo que necesitaba. Y le creí cada una de sus mentiras. Me envolvió completamente en una inmensa telaraña de falsedades. Y le creí, me hice su cómplice en muchos de sus crímenes. Se le acusó de pederastia, violación, corrupción, incluso en algunas ocasiones de los asesinatos de algunas mujeres. Lo encubrí siempre que lo pidió. Desaparecí pruebas contundentes. Me resultaba imposible creer que en verdad era un criminal, siempre acepté sus justificaciones: «Hijo, hay muchos que harán todo por destruir al clero». Fue el único que me dio la mano cuando más lo necesité y para mí eso era más que suficiente para defenderlo, para no cuestionar, para luchar por él, para cuidarlo. Era él la única persona que tenía como familia. Y literalmente así era. Pero jamás pasó por mi mente que él, Gregorio Urquidi, era el responsable de la muerte de quienes yo creía mi familia.

Justo al terminar esa frase entraron al departamento del detective. Todo estaba limpio y en orden. Salomón Urquidi caminó detrás de él. No había nada en el refrigerador. Sobre la mesa de la sala había un paquete de cartas sin abrir. Delfino infirió que la mayoría tenían como objetivo exigirle el pago de sus tarjetas, teléfono, luz, predial, entre otras tantas cosas que en ese momento no le interesaban. Se dirigió al baño. No había gotera. Doña Estelita había llevado al plomero. Regresó a la sala. El anciano seguía de pie.

—El baño está listo —Endoque señaló la puerta—, en un momento te doy ropa para que te cambies. Si quieres dormir puedes usar la habitación de la izquierda.

El anciano caminó con lentitud. Por primera vez en veinte años se miró en un espejo. No se reconoció. Experimentó una pena indomable. Cuántos años. Qué dolor verse así. Y sin controlarlo una lágrima recorrió su mejilla negra de tanta mugre.

—Necesito unas tijeras y un rastrillo —dijo al abrir la puerta.

Fino se los proporcionó. Y sin espera el anciano comenzó a cortar los largos y sucios hilos que le colgaban de la cabeza. Se afeitó. Se metió a la regadera y se lavó incansable. Le costó trabajo quitarse la mugre que lo había acompañado por veinte años. Por fin sentía el agua caer sobre su cuerpo. El agua que escurría por la coladera se veía negra. Se talló los brazos, se talló el cuello, se talló las piernas, se talló la espalda, se talló la cara, se talló todo y se talló y se talló hasta que el agua recuperó la transparencia. El olor del jabón era una exquisitez, la suavidad del agua era un privilegio, un manjar, un regalo de la vida que por fin le permitía sentirse limpio, humano, hombre, vivo. Si en realidad existía un cielo y un infierno él ya había pagado en vida todos sus pecados, ya se había ganado el cielo, la paz eterna, pues él se sentía en paz, se sentía limpio, había pagado todas sus faltas con veinte años de confinamiento, veinte años comiendo desperdicios, veinte años en la oscuridad, veinte años en soledad, veinte años de llanto, veinte años sin vida. Ya no habría juez ni jurado que pudiera condenarlo a un solo segundo de encarcelamiento.

Al salir de la regadera descubrió que Endoque ya se había ido. ¿Cuánto había permanecido en la ducha? ¿Una hora? ¿Dos? ¿Tres? No contó el tiempo. Por primera vez en veinte años disfrutó de cada segundo y cada minuto. Estaba libre. Pero era obvio que había pasado mucho tiempo, ya que al detective le dio tiempo para salir, comprar comida, regresar y partir. El refrigerador ahora se encontraba lleno. El anciano aprovechó la abundancia y comió jamón, pan, leche, agua purificada, ¡aleluya!, ¡qué delicia!, ¡agua en un vaso limpio!, verduras, frutas, galletas, comió de todo lo que encontró. Por fin había llegado el día en que dejaría de tragar las porquerías que le daban en la mazmorra. Se sentó en la sala, encendió el televisor. Había tantas cosas nuevas por ver. Increíble. Cuánto había cambiado el mundo: la música, las personas, la publicidad, los programas, las películas. Encontró un periódico viejo. Leyó las noticias pasadas para muchos pero nuevas para él. ¡Sorprendente! La política del país era otra. Los gobiernos, los partidos políticos, eran muy distintos a los que él había conocido. ¡Vaya que el mundo ha cambiado! Encendió la radio. Cuánto tiempo sin escuchar una sola melodía. En los recovecos de su memoria aún se escondían un par de notas musicales. Se habían borrado casi todos los nombres de sus intérpretes favoritos. Descubrió que no había discos LP. Ahora el detective tenía en su casa decenas de discos pequeños y plateados. Buscó la forma, apretó todo tipo de botones hasta lograr que el aparato funcionara al introducir un disco de Alberto Cortés:

En un rincón del alma donde tengo la pena que me dejó tu adiós, en un rincón del alma se aburre aquel poema que nuestro amor creó.

¡Carajo! Hacía tanto tiempo que no se inundaba de nostalgia con una melodía tan melancólica. Comprendió que lo dramático en el cine no era la escena sino el fondo musical. Y sin evitarlo pensó en todo lo que quedó atrás. Le dolió no haber podido amar a Magdalena de la misma forma en que amó a Delfina, Delfina, amor, mi amor, Delfina.

En un rincón del alma me falta tu presencia, que el tiempo me robó. Tu cara, tus cabellos que tantas noches nuestras mi mano acarició. En un rincón del alma me duelen los... te quiero, que tu pasión me dio. Seremos muy felices. No te dejaré nunca. Siempre serás mi amor.

Escuchó y pensó en Magdalena, ¡cuánto la engañó, cuánto le mintió!; y en Delfina, ¡cuánto le aguantó, cuánto lo amó!; y en Florencia, ¡cuánto le dio, cuánto calló! No había duda. Su más grande amor había sido Delfina, Delfina, Delfina. Y esa melodía no hacía más que revolcarlo en el fango de la nostalgia. Una nostalgia inservible, obsoleta, absurda y estúpida. Era una pérdida de tiempo. A esa edad ya no le quedaba tiempo para lamentarse. Estaban muertas; él seguía vivo con un futuro incierto y un presente aún inverosímil. «¿Qué habrá de nuevo en las calles? ¿Quién quiere dormir?» Se puso un saco y salió sin apagar la música y sin imaginar que esa misma canción era la que devolvía al detective a los años más felices de su vida, que precisamente con «En un rincón del alma», Delfino Endoque lloraba y pensaba en ese mismo instante en las calles de la ciudad.

En un rincón del alma también guardo el fracaso que el tiempo me brindó.
Lo condeno en silencio a buscar un consuelo para mi corazón.

En un rincón del alma el detective aún guardaba aquel poema que le había escrito a su gran amor. Manejaba su camioneta frente a la casa de Inés, Inés, Inecita, amor mío.

Me parece mentira después de haber querido como he querido yo. Me parece mentira encontrarme tan solo como me encuentro hoy. ¿De qué sirve la vida si a un poco de alegría le sigue un gran dolor? Me parece mentira que tampoco esta noche escucharé tu voz.

Se detuvo por un instante frente a la puerta. Pensó en bajar. Claudicó. No, ¿para qué? Déjala vivir. Déjala en paz. No tienes derecho de destruirle la vida. Tú fuiste quien decidió terminar con ese amor.

En un rincón del alma donde tengo la pena… que me dejó tu adiós, en un rincón del alma se aburre aquel poema que nuestro amor creó. Con las cosas más bellas guardaré tu recuerdo que el tiempo no logró. Sacarlo de mi alma; lo guardaré hasta el día en que me vaya yo.

Luego de permanecer más de dos horas frente al edificio, la vio llegar sola. La vio estacionar su auto. La vio abrir la cajuela y sacar un par de enseres. Encendió la camioneta. Era hora de partir. La vio, la observó, la percibió, la sintió, recordó su aroma, revivió las tantas ocasiones en que apasionados se envolvieron entre sábanas y sudaron al unísono. «¡Orgullo maldito! ¿Qué importa que admitas tu error? ¡De eso se trata la felicidad! De errar, de corregir, de admitir la verdad, aunque ésta sea relativa.» ¿Dónde estaba su felicidad? ¿Dónde? Ahí. A unos cuantos metros. Sólo bastaba con apagar la camioneta, bajar, caminar y decir: «Tú, sólo tú eres mi felicidad. ¿Y si ya se había casado? ¿Y si ya se le había acabado el amor? ¡Qué importa! ¡No pierdes nada con intentar! ¡Anda! ¡Búscala! ¡Intercéptala! ¡Dile cuánto la piensas, cuánto la amas, cuánto la extrañas! Dedícate a otra cosa. No necesitas este trabajo de detective. Ya encontraste al criminal. Tienes muchos conocidos que te pueden ofrecer un mejor empleo. Sólo falta que te lances».

Bajó de la camioneta, caminó rápidamente. No la alcanzó. Ella cerró la puerta. Bajó la cabeza. «Será en otra ocasión.» Regresó a la camioneta.

¡No! ¡Hoy es el día!

Se dio media vuelta. Tocó el timbre. Esperó.

—Sí, diga —respondió tras el altavoz.

—Soy Delfino.

Inés no respondió.

Delfino tampoco.

Hubo un largo silencio.

—Ya es tarde.

—No me importa.

Volvió el silencio.

—Ya es tarde.

El detective permaneció en la puerta varios minutos hasta que ella bajó. La encontró hermosa, mucho más linda, más sensual. Se miraron nostálgicamente.

—Hace frío. ¿Quieres entrar?

—Lindo departamento.

—¿Quieres un café?

—He leído tus columnas en el periódico.

—¿Con quién estoy hablando ahora? ¿Con Mauricio Ruisánchez, el prófugo de la justicia, o con Delfino Endoque, el detective privado?

El detective no esperaba esa respuesta.

—Te debo muchas explicaciones.

—No, ya es tarde.

—¡No! ¡Todavía hay tiempo! ¡Déjame explicarte!

—Ya es tarde. Demasiado tarde. Delfino, Mauricio, como sea que te llames ahora, ya no te amo. Tardaste mucho.

—Lo siento.

—Yo lo sentí mucho más. No tienes idea de cuánto sufrí. Te lloré, te extrañé, tanto que le pagué a un detective privado para que te investigara. Estúpida, pensé que tenías otra mujer. Hubiera preferido eso. Pero no. Tuve que enterarme de una historia inverosímil, patética. Estuve a punto de publicar en mi columna toda esa falacia. Pero, ¿qué crees? Nuevamente me encontré con piedras, troncos y muros en el camino de los periodistas. Recibí amenazas de muerte. Me incendiaron el departamento, le dieron de tiros a mi auto, me dejaron sin empleo, me secuestraron. ¿Y qué crees que se publicó en los periódicos? Que los narcos eran los responsables. ¿Y sabes quién estaba detrás de todo? Gregorio Urquidi y su innumerable lista de espías santurrones en el gobierno y en los medios. Jamás dio la cara. Pero hizo todo para hacérmelo saber. Terminé escribiendo columnas inofensivas, siempre inspeccionadas y corregidas por el clero. Me da gusto que leas mis columnas. Son buenas. Pecan de buenas. Santurronas. Mentirosas. Falsas. Condescendientes. Simplonas. Sí, es cierto, critico a los políticos, al presidente, a los gobernadores del mundo, a los magnates, a los usurpadores, a los mentirosos, menos al clero ni a su falsedad. Digo lo que cualquier otro columnista escribe: lo que está permitido. Jamás llego al ojo del huracán. No rebaso los límites estipulados por los dueños de la sociedad. Ahora soy feliz. Mucho. Ya no recibo amenazas de muerte, ni tengo que pagar por seguridad, puedo dejar la ventana abierta, puedo ir al supermercado, me puedo bañar o leer un libro sin temor. Puedo escribir. Pero debo borrarlo todo de mi computadora. No hay problema, porque lo tengo en mi memoria. Y en ésa no pueden indagar, no pueden hacer tachones ni correcciones, no la pueden anular. Quizás algún día logre publicar un libro en el que divulgue esta historia de serpientes, tuya y de tu padre y tu abuelo y mía. Porque aunque no me guste también soy parte de ella. Te debo tanto. No tienes idea. Y te estoy muy agradecida. ¿Qué te parece si la bautizamos como *La danza de la serpiente*? ¿Quién crees que es esa maldita serpiente? Tu padre, el cura Gregorio Urquidi. Ahora como ya te dije hace rato: es muy tarde. Y debo dormir.

Inés señaló la puerta sin agregar una sola palabra. El detective tardó en salir. No quería irse de esa manera. No había ido hasta ahí para eso, sino para amarla. Y por ese amor que todavía sentía por ella salió sin defenderse. Deambuló por las calles hasta el amanecer.

Al mediodía se dirigió a su departamento. No había nadie. Esperó al anciano. No llegó. Ni esa noche ni la siguiente. Salomón Urquidi no volvió. Se inundó en su soledad. Abrió una botella de vino y la que le siguió y se alcoholizó. Los estragos del pasado retumbaron en todo el departamento. Las ánimas del pasado flotaron sobre el sofá por un par de horas hasta terminar brindado junto a él, que se desapareció del mundo en varios días. Olvidó las fechas y obligaciones. Se sepultó con un manto de nostalgia.

Luego de unas cuantas noches de aislamiento despertó embrutecido y se descubrió totalmente barbado y maloliente.

Decidió darse un baño y dar por finalizada aquella breve secuela depresiva. Buscó al arqueólogo forense en su departamento (no lo encontró); luego, en el lugar donde le había indicado que se refugiaran (tampoco los encontró). Llamó a Papantla. No había líneas telefónicas debido al huracán. Perry Klingaman no respondía el teléfono. Los días pasaron y Delfino Endoque comenzó a perder la paciencia. Viajó a Papantla. Se enteró de los hechos en El Tajín. No había señas de Daza ni de Ramos ni de Danitza ni de Saddam ni de Urquidi ni de Peralta. Volvió al Distrito Federal.

Una mañana, una noticia lo estremeció a él y al pueblo mexicano. La Iglesia denunciaba el robo de la imagen de la virgen de Guadalupe y como presuntos autores intelectuales a los arqueólogos Diego Augusto Daza Ruiz e Israel Ramos Ramírez. De acuerdo con los datos dados por la prensa, el recién nombrado arzobispo primado de México, Gregorio Urquidi Montero, aseguraba haber permitido la entrada a un par de arqueólogos para hacer estudios de la imagen.

«Como debe ser un cristiano de buena fe, creí en estos hombres —dijo Urquidi ante la prensa—, y les permití bajar la imagen de su altar. Como todos sabemos desde hace muchísimos años, la imagen de nuestra madre santísima de Guadalupe ha sido motivo de investigación y de dudas. Nunca faltará quien asegure que la imagen de nuestra madre santísima es falsa. Pero como todos los mexicanos sabemos: el que nada debe, nada teme. Y con toda la fe en nuestra madre de Guadalupe les permití bajarla para llevar a cabo un estudio. Esta mañana al entrar en la habitación donde debía permanecer la santísima imagen descubrí que ni ésta ni los arqueólogos se encontraban ahí. Y sin esperar informé a las autoridades. Tampoco los he culpado directamente, dado el caso de que no tengo pruebas. Eso será tarea de las autoridades.»

—¿Ha pensado usted en interponer una demanda legal? —preguntó uno de los reporteros.

—No —respondió el arzobispo de México—. Recordemos que en alguna ocasión un grupo de personas se acercó a Jesús para pedirle que los ayudara, ya que el César les exigía altísimos impuestos. «¿Y qué es lo que ustedes quieren que yo haga?» preguntó Jesús. «Que hables con el emperador para que nos reduzca los impuestos.» «Muéstrame una moneda», añadió Jesús. «¿Qué es lo que ves ahí?» «El rostro del emperador.» «Entonces: lo que es del César al César y los que es de Dios a Dios.» Así —añadió el arzobispo de México, Gregorio Urquidi Montero, frente a las cámaras—, no pido a las autoridades más que la recuperación de la imagen de nuestra santísima virgen de Guadalupe del Tepeyac. Y lo que las leyes tengan que hacer será sin más tarea del César.

Ese día los noticieros anunciaron motines e incontrolables marchas por toda la ciudad. En menos de veinticuatro horas llegaron de todas partes del país innumerables peregrinaciones exigiendo la devolución de la imagen. Las avenidas calzada de Guadalupe, Misterios, Montevideo, Ferrocarril Hidalgo, Congreso de la Unión y calles aledañas se encontraban saturadas de camiones de donde bajaban centenares de peregrinos. Aunque había de todos los niveles sociales, étnicos y económicos, los que predominaban eran los pobres, lo pueblerinos, los iletrados, los crédulos, los incultos, los reprimidos, los temerosos a pensar por sí mismos, los seguidores de multitudes, los carentes de criterio propio, los que se resignan a que así giraba el mundo, los falsos, los hipócritas, los misóginos, los asesinos, los mentirosos, los revoltosos, los persignados, los mediocres, los enemigos del estudio y con ellos sus hijos condenados a seguir la misma historia, condenados a heredar la misma religión, el mismo equipo de futbol, el mismo partido político, las mismas costumbres, la misma filosofía, la misma música, los mismos temores, los mismos libros burdos y falsos de historia, las mismas carencias, los mismos pecados, la mismas enfermedades, los mismos paliativos, el mismo infierno, y a fin de cuentas el mismo fin, del cual nadie se escapa, cualquiera que sea su religión o creencia: la muerte. El Zócalo capitalino se inundó de carpas y anuncios que exigían castigo a los culpables. No faltaron los vendedores de estatuillas, crucifijos, rosarios, escapularios, medallas, libros religiosos, réplicas, discos de música guadalupana, productos con la imagen estampada: tarjetas postales, calendarios, vasos, platos, sombrillas, bolígrafos, cuadernos, videos, adornos, gorras, banderas en verde, blanco y rojo, con la morenita en lugar del escudo mexicano, y camisetas con la efigie de la virgen abrazando al papa Juan Pablo II. Centenares bloquearon Periférico, Circuito Interior, Insurgentes y Reforma exigiendo a las autoridades una solución al robo de la imagen de Guadalupe.

No bien había encendido el televisor Diego Augusto Daza cuando escuchó la nota. Y si el caso era que jamás le había temido a la muerte ahora tenía más que suficiente para buscarla. El suicidio parecía el mejor de los atenuantes o salidas de emergencia. No había peor castigo que enfrentarse a un pueblo herido, indignado, hipnotizado por las calumnias de un hombre con tanto poder como Gregorio Urquidi.

La pregunta era por qué desquitarse con él y su amigo. A quienes buscaba eran a Delfino Endoque, a Gastón Peralta, a Perry Klingaman. Él no tenía los *Memoriales*, él no había siquiera caminado frente a la imagen de Guadalupe, él no tenía intenciones de mover un dedo después de lo ocurrido. Sólo deseaba estar en paz, olvidar que alguna vez había aceptado aquel trabajo.

—Escucha bien, Saddam —le dijo sofocado por el miedo—. Tú sabes que eso que dicen en los noticieros es mentira.

Hemos permanecido en este cuarto de hotel desde que llegamos de Papantla, tú has estado conmigo todo el tiempo, sabes que Israel y Danitza están en algún lugar de Europa. Es imposible que nosotros seamos los responsables.

—Pero tenemos pruebas para comprobar que aquí estuvimos.

—Pero la gente no lo creerá. No puedo salir caminando, pero tampoco puedo permanecer aquí. Me denunciarán los encargados del hotel, si no es que ya lo han hecho, y pronto me arrestarán.

—Yo me quedo contigo.

—¡Escucha! Así no se solucionan estas cosas. Ve a esta dirección.

—¿Y luego qué hago?

—¿Te acuerdas de las instrucciones que te dio el detective?

—Sí.

—Bien. Con esta llave que él te dio entrarás a ese departamento. Con mucho cuidado. Si escuchas o notas algo raro no dudes en correr.

—¿Y por qué no fuimos ahí desde el principio?

—Porque no sabía qué tan seguro era llegar ahí. No tenía idea de lo que nos esperaba. Pensé que en cualquier momento sabríamos algo del detective.

—¿Qué hago cuando entre?

—Busca un clóset en una de las recámaras. No sé cuál. Delfino no me lo dijo. En el piso debe haber una puerta secreta o un cajón, no sé, madera, alfombra que tengas que quitar. Debe haber dinero y papeles. Busca bien. No te des por vencido. Lo más seguro es que no será fácil. Nos vemos en el metro Barranca del Muerto. Hoy en la noche. No me falles. Eres mi única salvación.

—¿Y si no encuentro nada?

—De cualquier forma ahí nos vemos.

Deambular por las calles era tarea fácil para un niño como Saddam. Y más en una ciudad como el Distrito Federal, donde abundan los niños indigentes. Lo primero que hizo al salir fue llenarse de tierra, romper su ropa y fingir que mendigaba. Se escabulló entre la gente. Nadie le dio importancia. Fue testigo de las interminables peregrinaciones que canturreaban: «la Guadalupana, la Guadalupana llegó al Tepeyac».

Al encontrar la dirección no tardó en entrar. Sintió temor por un instante. Maclovio se mostró inquieto. Agitó el rabo. Mostró una alegría incontrolable. Saddam abrió la puerta. Delfino Endoque estaba ahí. Esperando. Maclovio corrió hacia él, se paró en dos patas y jugueteó con su dueño que tanto lo extrañaba.

—Ven acá, escuincle del demonio —dijo el detective y lo estrujó fuertemente.

Saddam se sintió a salvo. Por fin. No pudo contener el llanto. Todo aquello era demasiado para un niño de su edad.

—Diego está en peligro.

—Lo sé. ¿Por qué no siguieron mis instrucciones?

—Cuando veníamos a México nos detuvieron y nos llevaron a El Tajín.

Endoque lo sabía, ya había investigado entre la gente de Papantla. Y por obvias razones y por ningún motivo Daza se arriesgaría. Saddam le contó lo ocurrido en un par de frases. No había tiempo que perder. Diego estaba en peligro. Se apresuraron a rescatarlo. Al llegar había un tumulto de gente. La calle estaba cerrada al tránsito. Había unidades policiacas, ambulancias por toda la zona. Era demasiado tarde. Una vez más era demasiado tarde para el detective. Dejó a Saddam y a Maclovio en la camioneta. Caminó lo más cerca posible. Escuchó lo que murmuraban los mirones. Se adhirió al chisme comunitario.

—¿Ya lo arrestaron? —preguntó a una de las señoras.

—¡Sí! Bendito sea el Señor que por fin detuvieron a ese maldito. Dicen que estaba armado. Y que mató a cuatro policías.

—¿Sigue vivo?

—Pos dicen que sí. Pero lo más seguro es que en la cárcel le van a dar su merecido; bueno después de que los judiciales le den sus tehuacanazos hasta que confiese dónde escondió la santísima imagen de nuestra señora de Guadalupe. Ya de por sí se lo llevaron todo ensangrentado.

—¿Cómo? ¿Usted lo vio?

—¡Claro! Hasta tuve la oportunidad de romperle una botella en la cabeza.

XXVI

A l tercer día apareció la imagen de la virgen de Guadalupe en la Basílica del Tepeyac. Los noticieros anunciaron que la pintura se encontraba escondida en una casa abandonada en la carretera de Pachuca. El arzobispo primado de México, Gregorio Urquidi Montero, agradeció públicamente al gobierno y al pueblo mexicano: «No tengo palabras para expresar la dicha que siento por tener a nuestra madrecita de vuelta en casa. Sé, y estoy seguro, que los hijos de la santísima virgen del Tepeyac también serán bendecidos por todo el amor y fe expresados en los últimos días».

—¿Tiene algo que comentar con respecto a uno de los presuntos responsables, ahora detenido por las autoridades? —preguntó uno de los reporteros.

—Hoy podemos estar seguros de que las leyes de nuestro país son justas y que se hacen respetar. Mi trabajo es cuidar la casa de Dios. El trabajo de las autoridades es proteger al pueblo de los maleantes. Salvaguardar a los desprotegidos, a los niños, a las mujeres, a los ancianos, a los hombres buenos. Con respecto al presunto responsable no puedo más que rogar por el perdón de su alma.

—Se rumora que usted quiere tener un encuentro con el arqueólogo Diego Augusto Daza Ruiz. ¿Es cierto eso?

—En efecto. He pedido a las autoridades respectivas el permiso para, luego de que este hombre haga su declaración formal, tener una conversación. Y si él así lo requiere, aceptaré y escucharé su confesión para darle en su momento el debido perdón que Dios no le negará, siempre y cuando él se arrepienta de su falta.

La rumorada visita del arzobispo de México al presunto responsable se llevó a cabo cinco días más tarde. Hasta que Diego Daza recuperó la conciencia. Tenía dos costillas fracturadas, veinticuatro grapas en la cabeza, tres dedos mutilados, dos heridas de arma punzocortante, media dentadura perdida, un ojo recién operado, y más de sesenta hematomas por todo el cuerpo.

Con dificultad recordaba la mitad de lo sucedido. O al menos eso pensaba. Sufrió de pesadillas que lo devolvían al momento exacto en que Saddam salió de la habitación. Desde la ventana vio al niño cruzar la calle con Maclovio a su lado. Tuvo tiempo para pensar un momento en su padre. ¿Dónde estaría? ¿Y su madre? Era obvio que con la noticia no querría verlo ni en su funeral. ¿Y su hermano? Menos. ¿Y sus amigos, Ramos y Danitza? No podían hacer nada, también corrían el mismo riesgo. Están mejor en el exilio. Sabía que el momento llegaría. En cualquier minuto lo encontrarían. Todo era irreversible. Todo es irreversible. Nunca se vuelve; siempre se va. El regreso no existe. Uno va a la tienda y va al lugar de donde salió, jamás vuelve. ¿Volver al pasado? Imposible. ¿Pasado? Siempre se está en contacto con el pasado. Cada segundo que pasa es pasado. Y no hay vuelta atrás.

Indudable e indiscutiblemente, para el arqueólogo no había forma de detener el tiempo. Ya no había tiempo. Saddam no llegaría a tiempo. Escuchó gritos en la calle. No quiso asomarse por la ventana. En ese momento derrumbaron la puerta. Alzó los brazos: «¡No disparen! ¡No disparen! ¡Estoy desarmado!». Cuatro agentes se le fueron encima. No pudo hacer otra cosa que cerrar los ojos y recibir en silencio cada patada, cada puñetazo, cada macanazo y esperar.

«Ahora sí, cabrón, le dijeron los agentes, ya te chingaste. No sabes la que te espera.»

No bien lo sacaron arrastrando de la habitación cuando decenas de personas comenzaron a escupirle y a gritarle y a golpearle con lo que tenían a su alcance. La travesía por el pasillo de aquel motel de quinta fue el momento más amargo y largo que vivió el arqueólogo Diego Augusto Daza Ruiz. Al llegar a la avenida, lo recibieron con más golpes, patadas, escupitajos y pedradas. Un hombre desquiciado se le acercó, le prensó la mano derecha, y mirándolo a los ojos le gritó: «¡Para que aprendas a no robar!» Y le cortó tres dedos de un navajazo. Con risa socarrona alzó los dedos mutilados en forma de trofeo. «¡Aquí tengo los dedos de este maldito ladrón!» Los agentes de la policía no movieron un dedo para defender al arqueólogo. Una mujer le reventó una botella en la cabeza mientras otros tantos lo bañaban en gasolina.

«¡Que lo quemen! ¡Que lo quemen! ¡Que lo quemen!»

Pronto llegaron los medios de comunicación. Tres helicópteros sobrevolaban la zona. Más de una veintena de reporteros y camarógrafos perforaban los amotinamientos para llevarse la nota del día. Cinco ambulancias de la Cruz Roja llegaron al momento. Y justo cuando ya lo tenían amarrado a un tronco, Daza perdió el conocimiento. Ya no vio más, no escuchó más, no sintió más. Si ésa era la muerte: bienvenida. ¿Quién querría vivir en un lugar donde sus mismos paisanos lo querían quemar vivo? ¿Después de algo así quién querría permanecer con un pueblo que no escucha y no ve? Entonces aplicaba aquello de la Santa Muerte. Santa Muerte, sácame de aquí. Santísima Muerte, libérame de este infierno. Salvadora de los moribundos, no te demores.

Sólo escuchó. O quiso escuchar un silencio total. Los gritos, chiflidos, sirenas y helicópteros enmudecieron. No tuvo oídos ni ojos ni conciencia para darse cuenta de que lo seguían golpeando, que de su mano y de su cabeza seguía chorreando sangre, que su cara estaba deformada, que por poco le sacaban los ojos, que su corazón estuvo a punto de entrar en paro. No lo vio. No lo escuchó. No lo sintió. Qué bueno. Se ausentó. Bendito cuerpo humano que sabe escudarnos del dolor por medio del desmayo.

Obligados por los medios de comunicación, los policías detuvieron el linchamiento. No por miedo a éstos, sino a aparecer en los periódicos y noticieros de televisión como cómplices de un crimen de tales magnitudes. Pronto cuatro paramédicos de la Cruz Roja entablillaron al arqueólogo, le introdujeron una cánula para entubarlo y darle oxígeno, le inyectaron suero, le detuvieron las hemorragias y lo subieron a una ambulancia que fue escoltada hasta el hospital en Polanco.

Al abrir el ojo izquierdo lamentó no estar muerto. Dos agentes de la policía permanecían de pie frente a su cama y otros dos cuidando los pasillos. Dos enfermeras le estaban cambiando los vendajes. No valía la pena intentar recordar lo ocurrido. Con la pesadilla de no poder mover sus dedos ausentes era más que suficiente.

—Ya recuperó la conciencia —dijo uno de los agentes por el radio.

Un par de horas más tarde apareció Gregorio Urquidi. A su lado un sacerdote. Daza sabía que ese rostro le era familiar. «Yo lo conozco», pensó al ver la silueta borrosa. ¡Era Mauro, ahora ensotanado y con el pelo corto! El mismo que se decía hombre fiel de Gastón Peralta Moya y que tras la tentación de llegar al trono, junto con el arzobispo de México, lo traicionó. Lo traicionó, según él, a medias, ya que jamás confesó al padre Urquidi que por años había sido espía de Peralta Moya, ni que él había encontrado la carta de Bustamante veinte años atrás, y mucho menos que la carta que tenía era falsa, tan falsa como los hábitos que tenía puestos en ese momento.

—Caballeros —dijo Urquidi a los agentes de la policía—. Les ruego nos permitan un momento para recibir la confesión y dar los santos óleos a este hombre que probablemente no pase de esta noche.

Los uniformados obedecieron. Urquidi sonrió. Le tocó una pierna al encamado e hizo presión.

Daza se quejó sin hacer mucho ruido.

—¿Duele? ¿Dónde están los *Memoriales*?

Mauro le tomó la mano izquierda y con un bisturí comenzó a cortar lentamente uno de los dedos.

—Te quedan dos dedos en una mano y cinco en la otra. Mauro irá cortando uno por uno, hasta que hables. No me obligues a dejarte sin dedos. ¿Dónde están Delfino, el anciano, Ramos, su noviecita estúpida y los *Memoriales*?

—No sé.

Mauro sumergió el bisturí en uno de los dedos. Daza lanzó un grito de dolor. Urquidi le tapó la boca.

—Habla.

—El manuscrito lo debe tener Perry Klingaman. De los demás no sé nada. Lo juro.

La amenaza se cumplió. De una sola tajadura le mutiló el dedo. El arqueólogo lanzó un grito mudo, ya que Urquidi nuevamente le había tapado la boca con un pañuelo.

—No grites. Y habla. No te quiero dejar sin dedos.

—Lo juro. No sé —Daza aprovechó el instante y gritó—: ¡Auxilio!

Mauro se provocó premeditadamente una herida en el brazo izquierdo y le puso el bisturí en la mano al arqueólogo. En ese momento entraron los agentes de la policía armas en mano.

—¡Este hombre es un peligro! —dijo Urquidi fingiendo un temor incontrolable—. ¡Intentó matar al padre Mauro! ¿Cómo es posible que hayan dejado un bisturí a su alcance?

En ese momento mandaron llamar a los médicos en turno. Un par de enfermeras le taparon la pequeña herida al padre Mauro, y le detuvieron la hemorragia al paciente.

—Tenemos que llevar a este hombre al quirófano —dijo un médico—. Aún podemos reinjertar el miembro.

—Les ruego —dijo solemnemente Urquidi a todos los presentes— que no digan nada de lo ocurrido a nadie. Esto debe permanecer aquí. Es por el bien de este hombre que ha perdido la razón —dirigió la mirada al paciente y levantó la mano—: Que Dios tenga misericordia de tu alma. En el nombre del Padre, del Hijo y del Espíritu Santo. Amén.

El médico sabía perfectamente que Diego Daza no tenía la fuerza física para atentar contra alguien. Y peor aún, que era imposible que él hubiera conseguido un bisturí siendo que tenía pocas horas de haber recuperado el conocimiento.

—No se preocupe —respondió el médico—. De aquí no saldrá una sola palabra.

—Me urge que encuentres a ese tal Perry Klingaman —susurró Urquidi al caminar por los pasillos del hospital, mientras la gente lo saludaba y le pedía la bendición. Fingía sonrisas a la perfección. Mauro escondió el vendaje de su herida bajo las mangas del hábito. La comitiva que lo acompañaba se encargó de abrirle paso. Al llegar a la puerta de salida ya lo esperaban los periodistas:

—¿Pudo hablar con el señor Diego Augusto Daza Ruiz?

—¿Ya confesó el arqueólogo?

—¿Está consciente?

—¿Es cierto que intentó herirlo?

Urquidi sacó de la manga una nueva sonrisa. Dio la bendición a los reporteros y a los mirones.

—No sé de dónde salió esa mentira. Véanme. Estoy completito. El pobre hombre con dificultad puede hablar. Hasta donde tengo entendido hubo un altercado con otro paciente que llegó pasado de copas.

—¿Qué le dijo Daza Ruiz?

—El pobre hombre no puede hablar. Pero por su mirada deduzco que ruega que interceda por él ante Dios en el cielo y las autoridades en la tierra.

—¿Va a interceder por él?

—Ante Dios puedo abogar. Pero en la tierra no tengo licencia en derecho. Habrá que esperar a que se recupere y haga su declaración ante las autoridades. Quiero aprovechar para recordar a todo el pueblo guadalupano que la violencia es el instrumento de los bárbaros y que nuestra madre celestial no acepta este tipo de acciones. Los problemas en la tierra no se solucionan con golpes sino con diálogos. Debemos ser prudentes, humildes, sensatos, y fieles a las santas escrituras que nos muestran el camino a la gloria eterna. Exhorto a quienes tuvieron el arrebato de expresar su enojo a que admitan que han fallado a uno de los mandamientos del señor; y a que se arrepientan y cumplan con su deber, que es ir a sus parroquias y en acto de confesión aceptar la penitencia que Dios les imponga.

Justo al terminar esa frase abordó una camioneta de lujo. Uno de sus acompañantes le sirvió una copa de vino. Ni el poder ni la riqueza ni los lujos ni la fama recién adquirida le satisfacían. Observó detenidamente su lujoso anillo de oro que lo distinguía de todos los demás sacerdotes del país, designándolo Trigésimo Octavo sucesor del arzobispo Juan de Zumárraga. El silencio en el interior de la lujosa camioneta sólo fue interrumpido por el sonido de su teléfono celular.

—Diga.

—Soy yo a quien buscas. Libera al arqueólogo.

Se cortó la llamada.

Esa noche no pudo dormir de tanto enojo, de tanta impotencia de no poder alcanzar su más anhelado deseo en la vida. Ahora no podía moverse por el país sin encontrar un reportero o alguien que lo reconociera y le pidiera una bendición. Tenía además un sinfín de tareas pendientes: revisión y firma de documentos, juntas, comidas, visitas, entrevistas, bendiciones. Y la más importante: la misa del domingo en honor a la virgen del Tepeyac y sus peregrinos que aún seguían en la ciudad. No habían viajado en balde. No dejarían sus limosnas sin escuchar la misa tan esperada. Había que celebrar que la morenita estaba nuevamente en casa. El pueblo lo exigía. A fin de cuentas ése era el negocio, la rentabilidad política de la fe: el enriquecimiento por medio de limosnas y diezmos; pagos por bautizos, confirmaciones, primeras comuniones, bodas, divorcios, bendiciones a casas, autos, negocios, misas, sepelios; el comercio de nichos a montos elevadísimos en la basílica del Tepeyac, la Catedral Metropolitana, y otros santuarios; la venta de indulgencias modernas; el monopolio de un pueblo hechizado y, por consecuencia, ciego, sordo, ignorante, crédulo y terco.

Intentó dormir. Falló. Al parecer, jamás volvería a disfrutar de tan mirífico manjar. «El sermón de la misa del domingo.» «Faltan tres días, Gregorio.» «Sí, señor arzobispo, pero mañana debe usted convocar a una conferencia de prensa.» «¿Conferencia, Gregorio?» «Así es, señor arzobispo. Debe usted hablar con los medios. Decirles que el autor intelectual no fue ninguno de los arqueólogos sino el mismísimo Perry Klingaman.» «Gregorio Urquidi, ¿te has vuelto loco? ¿Cómo se supone que a estas alturas del partido cambies tu versión de los hechos?» «Con su perdón, le recuerdo que usted es el arzobispo de México. Y que si la gente le creyó al padre Plancarte, que por milagro había desaparecido la corona de la virgen en 1895 (año en que cambió la antigua y muy deteriorada imagen por otra que yacía en el convento de Capuchinas en el Distrito Federal, sin percatarse a tiempo que a ésta le faltaba la corona), a usted, señor arzobispo por qué no creerle que ha tenido un sueño divino y que el nombre del verdadero ladrón se lo ha dado la mismísima morenita del Tepeyac.» «Gregorio, eso no es posible.» «Señor arzobispo, permítame insistir. O por lo menos déme la oportunidad de perfeccionar lo que dije.» «Eso me parece mejor, Gregorio.» «¿Qué le parece, señor arzobispo, si mañana hace usted otra visita al arqueólogo y le dice a los medios que él ha confesado?» «¿Confesado? Sí. Eso me parece más congruente, Gregorio. De tal manera que siendo éste inocente podremos liberarlo.» «Disculpe usted mi interrupción a sus pensamientos, señor arzobispo, pero creo que sería mejor que permaneciera en la cárcel unos días. Que haga su declaración, que se le permita la entrada a los medios de comunicación, que se presenten pruebas de su inocencia, testigos y que se le declare inocente.» «Eso es mucho tiempo, Gregorio.» «No si conseguimos testigos y un amparo, señor arzobispo. Y lo mejor de todo: que la Santa Iglesia ofrezca dar refugio al arqueólogo.

No faltará quien quiera matar a este hombre.» «Cierto, Gregorio. Si este maldito queda en total libertad no podremos hacer cumplir los designios de Dios.»

Al no lograr conciliar el sueño se puso de pie y se dirigió a su escritorio. Comenzó a redactar el sermón para la misa del domingo. En ese momento sonó su teléfono celular.

—Libera de toda culpa al arqueólogo.

—Te lo entregaré en la mazmorra.

—Donde tú quieras, pero libéralo.

—Quiero a los dos ahí.

Se cortó la llamada. Urquidi tuvo un arranque beligerante. Desgarró las cortinas de su habitación, derrumbó floreros, destrozó libros, se miró al espejo. «Gregorio. No pierdas el juicio.» «Lo siento, señor arzobispo.»

Las horas siguientes transcurrieron lentamente. Escribió un largo sermón para el domingo y el discurso que daría frente a las cámaras de televisión. Antes de las seis salió de su habitación y ordenó a la servidumbre que limpiara los destrozos. Luego mandó llamar al padre Mauro.

—¿Ya tienes la ubicación del tal Perry Klingaman?

—Así es, señor arzobispo. Se encuentra en Austin, Texas. Según mis fuentes, Joaquín García Icazbalceta fue quien tuvo la primera parte de los *Memoriales* de Toribio de Benavente. Luego de la muerte de Icazbalceta, su nieto los vendió en secreto a la Universidad de Texas en 1937. Hace poco menos de diez años, en 1987, comenzaron un estudio y con esto una búsqueda de la última parte de los *Memoriales*. Ahora que los tienen se encuentran finalizando su estudio y la redacción de un libro.

—Solicita su extradición.

—¿Y el arqueólogo?

—¡Haz lo que te ordeno!

«Permítame aplaudir su posición frente a este lacayo, señor arzobispo. Asimismo, le sugiero instruya a Mauro para que acuse a Perry Klingaman del robo de los *Memoriales*.» «¿Los *Memoriales*, Gregorio?» «Sí, señor arzobispo. Creo que es prudente que nos adelantemos a lo que este hombre intente hacer. Lo más seguro es que publicará algo en contra de la virgen y de la Iglesia.» «¿Lo culparemos de lo acontecido en la mazmorra, Gregorio?» «Le recuerdo que ésta es su idea y no mía, ya que yo soy un simple siervo a su disposición.»

—Mauro. No te vayas aún. Necesitamos hablar contigo.

—¿Quiénes?

—Yo.

Mauro no respondió y caminó a la oficina del arzobispo Gregorio Urquidi Montero. Luego de recibir instrucciones precisas salió complacido con el nuevo plan. Horas más tarde, Gregorio Urquidi visitó al arqueólogo forense en el hospital.

—No temas. Que no te voy a lastimar. Veo que ya te reinjertaron el dedo. Te voy a decir lo que vamos a hacer.

Daza no dijo una sola palabra. Respiraba con dificultad.

—Hoy voy a liberarte de toda culpa, pero deberás permanecer unos días en la cárcel hasta que se presenten todas las pruebas. Ofreceré una conferencia de prensa y luego tú darás tu declaración. Si dices otra cosa que no sea lo que te ordeno, no te mataré sino que te encerraré en una mazmorra igual que al anciano Salomón.

Tras escuchar detenidamente las instrucciones, el arqueólogo forense asintió con la cabeza. Ya no quería saber más de arqueología ni de historia ni de religión, sólo deseaba darse al exilio, rentar un departamento, trabajar como profesor, mesero, cocinero, cualquier cosa que lo liberara de ese infierno. Un infierno que aún no tenía puerta de salida.

—Así me gusta —dijo Urquidi ántes de salir.

—¿Pudo hablar con el presunto responsable? —le preguntaron los reporteros.

—¿Qué le dijo?

—¿Ya confesó?

—Como ya había declarado, no soy quien para culpar ni prejuzgar. Por eso no quise inculpar a este pobre hombre. Lo único que mencioné fue que les había permitido el estudio de la imagen a los dos arqueólogos y que al amanecer no los encontré. Desafortunadamente, Diego Augusto Daza Ruiz e Israel Ramos Ramírez fueron víctimas, como todos nosotros, de un crimen sin precedentes. Según dijo en acto de confesión ante Dios todo poderoso y un servidor, esa madrugada ambos fueron secuestrados por un hombre de nombre Perry Klingaman, quien presuntamente se llevó la imagen. Tampoco quiero culpar a este otro personaje ya que no tengo pruebas. Simplemente comparto con ustedes lo que el arqueólogo dijo en confesión.

—¿No está usted rompiendo el secreto de confesión al decirlo públicamente?

—Por supuesto que no, ya que el mismo Diego Daza me ha suplicado que comparta con ustedes todo esto que el pueblo mexicano tiene derecho a saber.

—¿Va a interceder por él ante las autoridades?

—Si es inocente haremos lo que sea necesario. Deberemos esperar a que se presenten las pruebas. Y si la ley está de acuerdo la misma Santa Iglesia le otorgará todo su apoyo, incluyendo un lugar donde dormir, para que no tenga que permanecer en prisión.

—¿Quién es Perry Klingaman?

—No sabemos mucho de él, sólo que desde hace algunos años ha estado realizando investigaciones en lugares arqueológicos del país sin permiso de las autoridades. Al parecer tiene en sus manos unos documentos muy importantes que le pertenecen a la Santa Iglesia.

—¿Qué tipo de documentos?

—De eso no puedo declarar sin tener pruebas fehacientes.

Y sin más abordó su lujosa camioneta dejando a los periodistas con la palabra en la boca. Esa misma tarde dio una conferencia de prensa y tuvo diversas entrevistas en televisión y radio en las que dio la misma información. Se reunió con senadores y legisladores. Logró acuerdos redituables para ambos: él controlaría y distraería a las masas para que los senadores y legisladores pudieran aprobar leyes nada favorables para las minorías ni para los pobres ni para los ignorantes, una gran mayoría; y ellos conseguirían la extradición de Perry Klingaman y detendrían cualquier publicación que intentase atacar a la Iglesia o a él. Había sido un día bastante productivo. Al anochecer sonó su teléfono celular.

—Eres toda una serpiente. Danzas al son que te toquen. No necesitas de una flauta. Maldita víbora.

—Tenemos la misma sangre.

—Por desgracia.

—No sabes cuánto deseo tenerte frente a mí.

—Libera al arqueólogo.

—Todavía no es tiempo.

—Entonces hablaremos.

Se cortó la llamada.

«Muy bien Gregorio Urquidi, estás moviendo tus piezas a la perfección.» «Gracias señor arzobispo, pero nada de esto sería posible sin usted.» «Déjate de halagos, Gregorio, y ponte a trabajar en lo que sigue.» «¿A que se refiere, señor arzobispo?» «Ya sabes.» «Cierto. Hay que excomulgar al tal Perry Klingaman.» «Falta Gastón Peralta Moya. Lo has olvidado.» «Por supuesto que no, señor arzobispo.» «En fin, ya tendremos tiempo para ese desgraciado. Sabes una cosa, Gregorio, he estado cavilando, mucho en eso de señor arzobispo. No sé. Siento que le falta algo. No en balde estudié filosofía, humanidades y teología dogmática.» «¿Cómo qué?» «Un adjetivo que le dé más poder, grandeza, altura.» «¿Su Alteza?» «Serenísima.» «Tiene usted toda la razón, se escucha mucho mejor Su Alteza Serenísima, el Arzobispo Primado de México, Gregorio Urquidi Montero. Pero, si me permite, su Alteza Serenísima, le comento que el ex presidente Antonio López de Santa Anna Pérez de Lebrón se autonombró de igual manera.» «¡Por obvias razones, Gregorio! Sólo aquel que tiene el poder para hacer lo que le dé la gana con una nación merece tal nombramiento.» «No olvidemos que Miguel Hidalgo, antes que Santa Anna, se hizo llamar Su Alteza Serenísima.» «Tienes razón.» «¿Quién fue el prelado que lo excomulgó?» «Manuel Abad.» «¿Se le puede devolver el derecho de comunión a Hidalgo?» «Creo que sí.» «Anota eso en la agenda, Gregorio. Tomaremos cartas en el asunto más adelante.» «Tiene, usted razón, lo que nos debe atañer es el asunto actual.» «Aunque no lo creas, Gregorio, eso ya no me tiene turbado. Ahora lo que no deja de dar vueltas en mi cabeza es una idea fenomenal.» «¿Cuál es ésa, su Alteza Serenísima?» «Lanzar una propuesta constitucional. Comprar a unos cuantos diputados y senadores. Proponer que nuevamente el clero tenga el derecho y libertad de ocupar puestos en el Congreso, en el Senado y en los gobiernos locales, estatales y federal. Incluso que un sacerdote haga campaña para las elecciones presidenciales. Debemos deshacer las porquerías de Gómes Farías y Juárez. ¿Qué te parece PCM: Partido Católico Méxicano?»[78] «¿A su Alteza Serenísima le gustaría llegar a la silla presidencial?» «¿Por qué no? Pedro Moya de Contreras, arzobispo de México, fue el sexto virrey de la Nueva España, al igual que el fraile García Guerra, décimo segundo virrey. Juan de Palafox y Mendoza, obispo de Puebla, en 1642, fue el número dieciocho. Marcos Torres y Rueda, obispo de Yucatán, fue el virrey número veinte en 1648. Diego Osorio de Escobar y Llamas fue el veinticuatro. La posición veintisiete fue de fray Payo Enríquez de Rivera, arzobispo de México. Juan de Ortega y Montañés, obispo de Michoacán y arzobispo de México, virrey número treinta y uno y treinta y tres. Juan Antonio de Vizarrón y Eguiarreta, arzobispo de México, número treinta y ocho. Alonso Núñez de Haro y Peralta, arzobispo de México, el cincuenta. Y finalmente Francisco Javier de Lizana y Beaumont, arzobispo de México, virrey cincuenta y ocho.» «Me entusiasman sus ideas, su Alteza Serenísima.» «Habrá que esperar, Gregorio, todo a su momento.»

Llegando a dicha conclusión, decidió que el sábado sería para él día de asueto. Le esperaba mucho trabajo por delante. Y tenía días que no descansaba, que no fornicaba. Pero las cosas ya no serían como antes. No sería tan fácil. O quizá sí. Ordenó a Mauro que consiguiera una par de damiselas para celebrar.

—No sé cómo le vas a hacer pero quiero que las traigas hoy mismo.

Antes de mediodía llegó el padre Mauro a su oficina con una cofradía de monjas que pedían ser bendecidas por el arzobispo.

—Te dije que no quería ver a nadie y mira lo que haces: me traes un manojo de brujas que no saben más que pedir bendiciones y dinero.

—Le ruego, señor que las reciba. Solo así sabrá que he cumplido mi tarea.

Gregorio Urquidi sonrió.

—Cabrón del demonio. Hazlas pasar.

Y en efecto eran monjas de ocho diferentes congregaciones. Tres por convento. Veintiséis en total. Tres por ocho veinticuatro.

Sobraban dos. Las más altas y esbeltas. Las que no levantaron la cara ni para recibir la bendición. La visita duró menos de dos minutos. Urquidi les agradeció la visita, les prometió apoyo en el futuro y las bendijo por su labor. Todas fueron saliendo conforme les iba dando la bendición individual y un saludo de mano. «Saludos a la madre superiora.» «Que se mejore nuestra hermana.» «Mi más sentido pésame por la pérdida.» «Besos y abrazos para los huerfanitos.» «Aquí las espero en la misa.» Y justo cuando sólo quedaron las dos monjas monumentales, el padre Mauro cerró la puerta. Nadie se percató de que aquellas mujeres no eran monjas y que de la oficina del arzobispo (que tenía una puerta directa a su habitación) no salieron hasta la madrugada, en que Mauro se ocupó de asesinarlas.

Antes de las nueve de la mañana todo estaba listo para la misa en honor a la virgen de Guadalupe. La basílica estaba saturada. Habían llegado periodistas y personalidades del medio artístico. Antes de la homilía se dio una larga serenata a la virgen del Tepeyac, se leyó la historia completa de la aparición de la morenita al indio Juan Diego y al arzobispo Juan de Zumárraga. Urquidi ofició la misa, dijo el sermón y entre él y otros sacerdotes dieron las hostias a los centenares de feligreses. «El cuerpo de Cristo. El cuerpo de Cristo.» Todo en una sincronía monótona y aburrida para Urquidi. Si algo le disgustaba era precisamente eso: repetir doscientas o trescientas veces «El cuerpo de Cristo», sabiendo que eso no era más que una oblea de pan ázimo; que bien podía darles un pedazo de tortilla y ellos así le obedecerían, se lo tragarían y rezarían. O fingirían estar rezando, mientras viboreaban al de enfrente, o miraban el reloj, o pensaban en sus problemas, tal cual él lo hacía mientras repetía lo que para él no tenía ningún significado.

La sorpresa del día, y de la semana, fue cuando apareció frente a él el historiador Gastón Peralta Moya, listo para recibir la hostia.

—El cuerpo de Cristo.

«Ahí está, su Alteza Serenísima.» «Ya los sé, Gregorio.» «¿Qué hacemos?» «No podemos ponernos a gritar.» «¿Y Mauro?» «Terminando una tarea.» «¡Se va!» «Gregorio, tranquilízate.» «¿Notó la burla en sus ojos?» «Sí. Pero no debes perder la prudencia. Si está aquí es por algo. Te aseguro que nos va a buscar. Va a hacer todo lo posible por interceptarnos en algún lugar.»

Al finalizar la misa todas las peregrinaciones que tenían más de una semana fueron a sus lugares de origen. Las calles se vaciaron y la tranquilidad en las calles aledañas se hizo presente. Los vendedores ambulantes descansaron después de once días de desvelo, con las bolsas llenas de dinero. Habían vendido toda la mercancía del año. Era justo que canonizaran a Diego Daza. O mejor dicho a Perry Klingaman. San Perry. Y que lo pusieran de cabeza para que así le saliera todo el dinero de los bolsillos. ¿Quieres ventas magníficas? Pon a Santo Perry de cabeza.

No bien cerró la puerta el arzobispo Gregorio Urquidi, cuando escuchó su nombre en el fondo de la habitación. Gastón Peralta Moya estaba ahí, esperándolo.

—Qué vueltas da la vida, padrecito.

—¿Sabes lo que acabas de hacer?

—Sí. Entré a sus sagrados aposentos sin permiso. ¡Vaya seguridad la suya!

—De hecho podría llamar a las autoridades en este momento y decirles que has atentado contra mi vida.

—Sí. Pero en el caso remoto de que eso sucediera, antes de que ellos llegaran yo me daría un tiro en la sien y tú te quedarías con la pena y la rabia de jamás saber qué decían los *Memoriales*.

—No lo harías.

—Tienes razón —Peralta Moya sonrió como un guasón.

—Creo que no te has enterado de algo —interrumpió Urqui-di—. Los *Memoriales* los tiene Perry Klingaman.

—Eso qué importa si yo supe desde muchos años qué había en ellos. Tuve una copia todo el tiempo. Sólo quería los originales.

—Bien. No llamaré a nadie. ¿Qué es lo que vamos a negociar?

—¿Negociar? Yo vengo a burlarme.

«Gregorio, no te alteres. Lo hace para que pierdas el control.» «Lo sé su Alteza Serenísima.»

—Bien. Estoy a tu disposición. ¿Qué quieres, que me tire al piso para que me escupas?

—No. Mis escupitajos son de otro calibre. Primero: te traje este ejemplar. Ya se está distribuyendo en Europa, donde no tienes palancas para detener su publicación. No revela nada nuevo. Simplemente muestra pruebas de que los religiosos, tus predecesores, no supieron armar la historieta de esa virgen a la que le acabas de oficiar una misa. Es más, que la imagen que según se robaron, y que aparentemente recuperaste, no es más que una nueva, pues la otra ya necesitaba una santa sepultura. Insisto, este libro no revela nada nuevo. Simplemente comprueba que ni fray Toribio de Benavente ni Zumárraga ni Bustamante ni Sahagún conocieron a ningún Juan Diego, como aseguran ustedes. Con decirte que ni lo mencionan. En lo que sí hace énfasis es que a su llegada, los españoles les derrumbaron su altar en el Tepeyac a los pobres inditos y les plantaron un estandarte de la virgen española, esa que dicen que era del río de Guadalupe, y que trajo el asesino Hernán Cortés. Pero como éstos se rehusaban a creer en esa virgen los comenzaron a matar. Luego no hubo otra más que inventarles una historia tan falsa como la creación de Adán y Eva, la existencia de Cristo, su sarta de milagros absurdos, su

Biblia incongruente y mal redactada. Claro, tenían que llegarles por el lado más débil: su madre. Les inventaron una madre. Morena como ellos.

—¿Te atreviste a escribir un libro *express*?

—Los libros de esa calaña los hace la Iglesia. Yo hago investigaciones a largo plazo. Insisto: los *Memoriales* los leí por medio de una copia que dejó José García Payón hace veinte años.

—Bien. Ya dijiste lo que querías. Poco. Y sin importancia. Hay algo que no has tomado en cuenta. La gente en este país no lee. Y los que leen son pocos. Y la mayoría de ellos son católicos. Y un buen católico no lee esto. Lo vomita, lo tira a la basura.

—Yo no escribo para ellos. No me interesa convencerlos ni discutir con ellos. No me importa siquiera saber qué opinan de mi libro. Yo escribo para gente pensante, con criterio propio. Y el que quiera creer bien y el que no, que lea otra cosa.

—Y qué tal el fracaso de tu secta en El Tajín. El dios Limaxka no vendrá a salvarlos.

—Necesitaba del apoyo de los totonacos para hacer investigaciones, y sí, también para recuperar los originales. Ellos querían creer en algo, yo se los di. Pero les entregué mejor información que la que reciben en tu Iglesia. Les enseñé a leer en castellano y en totonaco, a ganarse el pan sin tener que mendigar, a sumar fuerzas, a restar problemas, a dividir soluciones, a multiplicar el pan sin necesidad de milagros, a defender su tierra, a no humillarse frente a otros, a cantar por gusto y no por obligación, a mantener su cultura y su historia, por muy sosa que parezca. Ése ha sido el problema con tu Iglesia, que no saben respetar la creencia de los demás. Por eso han cometido el mayor genocidio de la historia.

—Muy bien. Ya me convenciste. A partir de mañana dejaré el arzobispado y me convertiré en monje tibetano. ¿O es que acaso quieres que me vaya a cultivar maíz con toda esa sarta de indios? ¿Qué quieres? ¿Para qué viniste?

En ese momento entró sin tocar la puerta el padre Mauro.

—Para ver a Mauro —Gastón Peralta Moya alzó las cejas y dirigió la mirada a la puerta.

Mauro no esperaba encontrar al historiador. Tragó saliva. Caviló en salir corriendo. Por primera vez mostraba un miedo incontenible. Las mandíbulas no le respondían. No estaba armado. ¡Carajo! Se había deshecho de su revólver para no dejar huellas de la muerte de las dos mujeres asesinadas esa mañana. Aún no sabía a quién le tenía más miedo: a Urquidi o a Peralta. Notó una incertidumbre en el arzobispo que aún no lograba comprender la actitud de ambos; y una burla en la sonrisa del historiador que disfrutaba enormemente la escena.

—¿No es así, mi queridísimo Mauro? ¿O debo decir padre Mauro?

Gregorio Urquidi enterró la mirada en el interfecto, quien no encontraba forma de responder.

—Creo que hay un par de cosas que no sabes, Gregorio. Este hombre que ves frente a ti es Mauro Hernández Pérez, uno de mis más fieles sirvientes desde hace más de veinte años. O mejor dicho hasta hace poco. Ya que, por lo visto, decidió dedicar su vida al clero. Pero eso no es lo que importa, sino lo que hizo durante tantos años. Entérate que fue enviado a Atotonilco con un solo objetivo: buscar la carta de Bustamante. Y la encontró. Gracias a que tu amigo Esteban Castro Medina le pidió que construyera un cuartito para sus fiestas. Me facilitaron el trabajo. Gracias. Yo tuve la carta desde entonces. Mauro me la entrego personalmente. Habíamos llegado a nuestro objetivo. Teníamos programado que él volvería a Papantla en cuestión de días. Pero ocurrió lo inesperado: llegó un inquilino a la mazmorra, Salomón Urquidi Labastida. Mira nada más. Encarcelar a tu propio padre y dejarlo ahí veinte años.

Gastón Peralta aprovechó el silencio de Mauro y disparó con una mentira:

—Pero hay un Dios que todo lo ve y que pone cámaras de video para que la justicia haga su labor. ¿Cómo fue eso que dijiste el otro día en televisión? Lo que es del César al César. A mí ni me digas nada. Quien grabó todo fue él. Incluso tus orgías y asesinatos. Compréndelo, era fiel a su amo. Que luego se llenó de mañas y de malos hábitos, como ese que tiene puesto. Ahí los dejo para que platiquen. No creo que quieras acompañarme a la puerta, conozco el camino. Una sugerencia: no te metas conmigo porque puedes salir quemado.

El historiador salió de la habitación con una tranquilidad impresionante, incluso se despidió de ambos con una sonrisa y con la mano, como niño a bordo de un barco. Urquidi se abstuvo de desquitar el indómito vendaval de ira que le revolvía el estómago y sin mirar a Mauro dijo:

—No te voy a matar, Mauro, pues sé que estás arrepentido y que querrás corregir tu falta. Ya sabes lo que tienes que hacer. Vete de aquí. No te quiero ver en este momento. Empieza a solucionar esto. No me importa lo que tengas que hacer.

Mauro salió de la habitación sin decir una palabra. A partir de ese día sufrió de una paranoia indomable. Caviló en huir. Total, tenía dinero suficiente para vivir bien el resto de su vida. Pero estaba seguro de que, en cualquier momento, lo encontrarían Urquidi o Peralta y lo matarían. O peor aún, lo torturarían igual que al anciano Salomón. No pudo comer en los días siguientes. Todo lo que se llevaba a la boca le provocaba náuseas y terminaba vomitándolo de inmediato. Aseguraba que tarde o temprano lo envenenarían. Sentía que alguien lo perseguía en todo lugar y en todo momento. Sufrió de insomnio. Permanecía de pie todas las noches. Tres semanas más tarde amaneció muerto en su celda. Se dio un tiro en la sien. De su muerte no se supo en ningún periódico ni noticiero.

Por esos días, luego de recuperarse de la golpiza, Diego Augusto Daza Ruiz fue llevado al Reclusorio Norte, donde permaneció menos de cinco días, suficiente para conocer la devoción de los prisioneros hacia la Guadalupana. Una semana después, salió libre por falta de pruebas. En la puerta lo esperaba una escolta que lo llevó con el arzobispo de México.

XXVII

«E speranza: ilusión, expectación, expectativa, espera, anhelo, aguardo, confianza.» Ninguno de los sinónimos encontrados en su diccionario mental le daba lo que tanto deseba en esos últimos instantes de vida. Ya no había esperanza para el fraile Francisco de Bustamante. El momento culminante estaba a unos cuantos suspiros. Ya no valía la pena numerar ladrillos, ubicar a los frailes muertos, buscar alimento, gritar, pedir ayuda ni siquiera llorar. Sólo se preguntaba si valdría la pena haber dicho aquel sermón en contra de las veneraciones a la virgen de Guadalupe.

—¿Cuál era vuestro propósito con este sermón? —insistió el segundo arzobispo de México.

Sabía que discutir con Montúfar era como intentar deshacer un nudo a gritos. Permaneció en silencio. Pero en el fondo deseaba confesarle su descontento. Hacerle saber a fray Alonso que su pensar difería del de la misma Iglesia. Que si bien creía en un Dios no era precisamente el mismo que aparecía en las imágenes que se difundían, que para él Dios no tenía rostro, ni un hijo único, pues si ese dios era el padre no debía tener preferidos y que si era el todopoderoso no necesitaba esconderse tras la imagen de una trinidad. Le apenaba pensar que en un futuro, las próximas generaciones terminaran adorando decenas de imágenes falsas, como ya estaba ocurriendo en esos tiempos.

«Esperanza: ilusión» Si el sinónimo era éste, también se podía interpretar como *sueño*. Una triste y vaga ilusión con la que llegó al Nuevo Mundo de cambiar el patrón del cristianismo, enseñar a los indios a leer y escribir, para que tuvieran criterio propio, libertad de pensamiento y expresión, que la educación fuese para todos: obligatoria desde la niñez hasta la adolescencia. Libre y gratuita en el ámbito universitario. El objetivo con el que había viajado era educar a los indígenas, hacer de ellos una especie pensante. Luego descubrió que lo que había escuchado antes de llegar a la Nueva España era totalmente falso; ellos tenían razonamiento, cultura, conocimiento y criterio propio. Si bien sus creencias no eran afines a las de los cristianos, eran similares en muchas otras cosas. Ambos creían en la creación de la tierra como un milagro, responsabilizaban a un dios por los acontecimientos terrenales, aceptaban los sacrificios (el cristianismo en el sacrificio de Jesús y los indígenas en los sacrificios humanos), adoraban imágenes falsas (los unos a vírgenes y santos, y los otros a los dioses labrados en piedra), y perdían el piso al no tolerar el pensamiento ajeno. A fin de cuentas todo era lo mismo. Sólo cambian los actores.

«Esperanza: expectación» —pensó Bustamante mientras Alonso Montúfar seguía alegando—: A la humanidad debe guiársele para tenga *interés* por algo que debe suceder. Algo real y no una vil mentira manipuladora de mentes ignorantes. Expectación por el progreso, por el aprendizaje, por la sabiduría. Una *expectativa*, una posibilidad de conseguir una cosa deseada o positiva. Mostrar a los feligreses que se deben tener fundamentos. No se pueden tener expectativas si no se ha trabajado por algo. De nada sirve tener expectativas en santos espurios. Eso simplemente promueve la *espera*, el asentamiento de la mente y del criterio, la comodidad de no hacer algo por uno mismo, esperar a que los demás solucionen los problemas, la absurda espera del milagro.

«Esperanza: anhelo.» El anhelo de Bustamante era quimérico, irreal para su tiempo. A destiempo. Demasiado adelantado. Delirante para el lugar donde se encontraba, donde la lucha por el poder estaba en su apogeo, donde la tierra era *tierra de nadie*, un país al que todavía le faltaba mucho por recorrer, mucho por sufrir, mucho por perder, y muchísimo más por aprender. Un anhelo por un cambio que después de 451 años desgraciadamente no ocurriría, pues los descendientes de aquellos indios que en 1556 seguían venerando a Tonantzin, lo harían de igual manera y en el mismo lugar por la virgen de Guadalupe, esa que él mismo vio en manos del indio Marcos Cípac.

Sólo le quedaba *aguardar*. Si ése era un sinónimo de esperanza. Aguardar mientras el arzobispo de México decidía qué hacer con él. Bustamante debía guardar silencio y esperar en aquella celda. No tenía idea de lo que le aguardaba. Quizá de haberse enterado habría salido por la ventana antes de ser llevado a una mazmorra de la cual no saldría jamás, pues indudablemente era presa de una inquisición que apenas comenzaba en aquellos rumbos.

Y si el último de los sinónimos en que pensó fue *confianza* fue porque no le parecía útil en ese momento. Ya no confiaba en el Espíritu Santo ni en la Biblia que tanto había leído. Ya no tenía confianza. Que podría utilizarse como fe, esa que tanto había divulgado su religión. «El que tenga fe podrá mover montañas.» ¡Mentira! Confió en que alguien iría por él y lo rescataría. ¡Mentira! Una vez más se cometía una injusticia, como tantas que él había presenciado en España y en el Nuevo Mundo. Injusticia contra un hombre que simplemente buscó orientar a los feligreses, hacerles ver que aquello de adorar imágenes era absurdo, que la gloria no se encontraba en el cielo sino en la misma tierra si ellos querían, que la vida eterna era un mito, que el pecado era como la ética y la verdad: relativas. Pecado del latín *pacatum*, ética del griego *ethika* y verdad del latín *veritas*. Todas víctimas de un juicio comunitario e inicuo. Cada cual con su versión.

Y lograr que toda la humanidad se pusiera de acuerdo con el significado del *pacatum*, la *ethika*, y la *veritas*, era como intentar mover una montaña. ¿Por qué Jesús jamás movió una montaña? ¿Carecía de fe? Bustamante también admitió que carecía de fe y de confianza y de esperanza y de todo lo que tuviera que ver con tal adjetivo. La muerte estaba ahí, frente a él. Levantó un brazo y la llamó, le rogó que no demorara en llevárselo, que si ése era el precio de tener criterio propio y compartir su pensar se lo cobrara de una vez por todas. Ya no quería permanecer en esa ergástula pestilente y escalofriante.

Perdió la noción del tiempo. Perdió la cordura y comenzó a delirar. Divagó entre la realidad y la demencia. De pronto vio una luz. Quiso pensar que era su salvación. ¿Quién sería? ¿Su madre? ¿Su padre? ¿Dios? ¿Algún fraile? No. Era tan sólo su demencia que le hizo creer que la salvación había llegado pues él, él que tanto había luchado por los indios y sus derechos como humanos, ya se encontraba frente al precipicio de la muerte.

XXVIII

T ras la traición y muerte de Mauro, el arzobispo Gregorio Urquidi Montero no pudo confiar en nadie más. No podía permitir que cualquier pelele ensuciara su imagen pública, pero tampoco podía vivir sin culminar su venganza. Para ello había esperado tantos años. Cuando la escolta llevó al arqueólogo a su oficina había media docena de periodistas esperando una entrevista que el mismo arzobispo había preparado. Debía mostrar al mundo el perfil del hombre bueno que jamás pudo ser. Fingió sonrisas y buenos modales frente a las cámaras, como siempre.

«Por nuestra parte te ofrecemos una disculpa por el mal momento que tuviste que pasar. Ya eres un hombre libre de culpa y el pueblo guadalupano lo sabe ahora. Ten la seguridad de que nadie atentará contra tu vida.»

—¿Qué sigue ahora, señor Daza? —preguntó uno de los periodistas.

—Pues pienso salir del país por unos meses, tomar una vacaciones y tratar de recuperarme.

Al terminar la entrevista los reporteros esperaron en la puerta hasta que el arqueólogo abordó una camioneta que lo llevaría a su casa. Los cuestionamientos fueron abundantes. Desde la pregunta más trivial hasta la más incomprensible. «¿Tienes novia? ¿Qué haces en tus tiempos libres? ¿Cómo describes la política nacional en nuestros días? ¿Tienes miedo a represalias? ¿Eres católico?» Se atrevió a responder algunas preguntas que consideró inofensivas. Ya dentro de la camioneta vio tras el cristal cómo los reporteros se empujaban entre sí para hacer más preguntas. Jamás se imaginó estar tras la lupa, ser el centro nacional de atención. Y mucho menos de esa manera. Entendió el papel de los famosos. Aquello era atosigante. Y en su lugar, doloroso. Se sintió como un espécimen raro, de circo. Sólo buscaba un poco de paz. Por fin todo aquello había finalizado. Al llegar a casa haría su maleta y se iría del país. Y como estaban las cosas, no pensaba volver en lo que le quedara de vida.

El hombre que manejaba no sabía realmente a lo que iba, sólo que recibiría una muy buena cantidad, al terminar el trabajo. Urquidi le iba dando instrucciones por teléfono. La camioneta dio varias vueltas por la ciudad. Daza se percató de la desviación.

—¡Éste no es el camino a mi casa! —dijo en voz alta y con desesperación—. ¡Pare!

Había una reja que le impedía tocar al conductor. Intentó abrir la puerta, pero ésta estaba arreglada: sólo se podía abrir por fuera. Golpeó el cristal con la mano. Gritó.

—¡Deténgase!

El hombre no le hizo caso. Siguió manejando hasta llegar al estacionamiento de un edificio.

«Ahí encontrarás un auto negro —dijo Urquidi por teléfono—. Las llaves están en la guantera de la camioneta. También hay unas esposas.»

El hombre bajó de la camioneta y abrió la puerta trasera. El arqueólogo forense soltó una patada evitando el acercamiento del hombre. Éste sacó su arma y apuntó.

—Máteme —Daza no estaba dispuesto a vivir un día más de martirio. Prefería morir en ese instante antes de volver al cadalso al que lo habían sometido.

El hombre le dio un derechazo a Daza, quien no pudo defenderse por la posición en que se encontraba dentro de la camioneta. El hombre le tomó el brazo y con un ágil movimiento lo movió como a una marioneta; esposó al arqueólogo y lo obligó a abordar otro auto con vidrios polarizados. Daza temió lo peor. No era posible que el calvario siguiera. Pensó en su padre, en su madre, en su hermano, en sus amigos, en el momento cuando conoció a Endoque y se arrepintió tanto por haber aceptado aquel ofrecimiento que parecía ser la escalera al éxito. Salieron de la ciudad sin que los medios de comunicación se percataran de la mentira. Ya en la carretera se introdujeron en uno de los caminos empedrados y esperaron frente a una pequeña caballeriza abandonada el arribo del arzobispo què llegó sin sotana y sin compañía.

«Su Alteza Serenísima, debo recordarle que este hombre lo puede traicionar.» «Es cierto, Gregorio. ¿Qué sugieres que hagamos?» «Que lo terminemos.» «¿Cómo?» «Pídale que ponga al arqueólogo en su camioneta. Yo me encargo de lo demás.»

—Tu pago te lo entrego en el interior de las caballerizas. No podemos arriesgarnos a que alguien nos vea —Urquidi hizo una seña para que el hombre caminara frente a él.

El hombre accedió. Si alcanzó a dar tres pasos fue mucho. Urquidi le dio un tiro en el occipucio. Luego el tiro de gracia. Se apresuró a volver a su camioneta. Manejó sin precaución. Daza no le quitaba la mirada. Jamás había sentido tanto odio por una persona. Deseó tener la oportunidad para estrangularlo él mismo. Comprendió que a diferencia del asco y la vergüenza, la venganza no era enseñada o inculcada como lo había platicado con Danitza. El deseo de venganza no se aprende; se adquiere, nace en los humanos igual que el miedo. De nada habían servido los sermones de su madre a lo largo de los años. La semilla de la revancha había germinado bajo el manto del dolor, de la humillación, de la agresión a su persona. El odio y el desquite iban de la mano. Sentía odio por el hombre que manejaba la camioneta. Vio sus ojos en el retrovisor. Sintió una desesperación incontrolable. ¿A dónde se dirigían? Lo descubrió poco después. Estaban en Atotonilco. No era posible que volvieran ahí. ¿Acaso planeaba encerrarlo en la mazmorra? Qué fin tan tortuoso para su vida.

Al llegar el padre lo obligó a bajar a jalones.

—¡Máteme de una vez! —gritaba Daza, pues sabía que un tiro sería menos retorcido que una estancia en aquella miserable mazmorra. Había pasado largas horas investigando en el interior de aquel lugar y jamás imaginó que ahí terminaría su vida siendo tan joven. No así. Él no planeaba morir de esa roñosa manera. No se lo deseaba a nadie. A nadie. ¿A nadie? ¿Ni siquiera a Urquidi? Quizá sí. A él sí. En ese momento su odio era más fuerte que cualquier otro sentimiento.

El lugar se encontraba vacío.

Entrar al monasterio fue una tarea maratónica para Urquidi ya que el arqueólogo no dio un solo paso y él tuvo que arrastrarlo con las pocas fuerzas que la edad le dejó en sus débiles músculos.

—¡Ya estamos aquí! —gritó Gregorio Urquidi al estar con el arqueólogo forense frente al hueco de la mazmorra en Atotonilco, justo donde inició la historia.

—Déjalo libre —se escuchó la voz del anciano dentro de la mazmorra.

Urquidi sonrió y apuntó su arma. Perdió la cabeza. Ya no le importaba otra cosa que acabar con eso que tenía pendiente. Le quitó las esposas al arqueólogo que corrió sin esperar un solo minuto.

—Déjalo libre —escuchó nuevamente en el fondo de la mazmorra.

—¡Ya está libre, anciano imbécil! —respondió Gregorio y sin perder tiempo bajó por la misma escalera vieja de madera. Apuntó con su revólver en varias direcciones. Había oscuridad. No vio a nadie. Dio unos cuantos pasos. No había nadie. Observó de arriba a abajo. No vio a nadie. No había nadie. Encontró una grabadora:

—Déjalo libre.

—Déjalo libre.

Alguien jaló la escalera de madera.

—Déjalo libre.

Soltó un par de tiros sin ver quién estaba arriba.

—Déjalo libre.

Notó algo diferente: la viga que había derrumbado Mauro estaba de nuevo en su lugar.

—Déjalo libre.

Intentó escalar el muro. Enterró las uñas en las piedras como gato. Era imposible.

—Déjalo libre.

Le disparó a la viga.

—Déjalo libre.

Alguien comenzó a tapar el hueco con tablones de madera. No pudo ver a nadie.

—Déjalo libre.

Siguió disparando hasta que se le acabaron las balas. Pronto el hueco quedó totalmente sellado. Buscó algo para poder escalar. No encontró nada. El lugar estaba limpio. Imposible salir de ahí. En una vuelta de tuerca perdió la razón por completo. Ése no era el final que había esperado para él mismo. El final que había planeado para su padre. No para él, el arzobispo de México, el magnífico Gregorio Urquidi. Su Alteza Serenísima. Quiso darse un tiro pero ya no tenía balas.

—¡No crean que se saldrán con la suya! ¡En unos cuantos minutos vendrán por mí! ¿Acaso creen que estoy solo? ¡México me adora! ¡Tengo a miles de cristianos a mi disposición! ¡Me sacarán de este hoyo miserable y los buscarán y los matarán como ratas!

Del otro lado estaban Delfino Endoque y Salomón Urquidi claveteando los tablones. Daza sólo los observó. Ésa no era su venganza. Ya no le interesaba inmiscuirse en nada que tuviera que ver con el padre Urquidi ni con los *Memoriales* ni con el historiador ni con el detective ni con el anciano. Sólo ansiaba salir de ahí. Tenía mucho temor. Sintió tristeza por el final de Urquidi. Pensó en lo que ocurriría después. Buscarían al sacerdote. ¿Quién sería el inculpado? Ya no quiso pensar y comenzó a tararear una canción que cantaba en su niñez. «Éste era un oso carpintero»...

El anciano sacó fuerzas de lo imposible para terminar con lo que lo había llevado hasta ahí: asegurarse de que Delfino pudiera pasar el resto de su existencia sin la preocupación de ser perseguido. Delfino sólo pensaba en Inés.

«Inecita, es por ti, por lo que te hizo este desgraciado. Nunca más te lastimarán. Eres y serás el amor de mi vida aunque pase el resto de mi vida arrepintiéndome de mi idiotez.»

Al finalizar volvieron a México. La carretera se encontraba vacía. Hacía frío. Nadie habló. Llegaron al departamento del detective y Daza decidió no entrar.

—Yo mejor me voy.

Delfino le dio un sobre con dinero.

—¿Qué piensa hacer ahora? —preguntó el arqueólogo al detective.

—No sé —respondió el detective—. Dedicarme a otra cosa.

—¿Y usted? —preguntó Daza al anciano.

—Vivir lo que me queda.

—¿Y Saddam?

—Entrará a la escuela. ¿Y tú?

—Me voy del país.

Una semana más tarde Diego salió rumbo a Francia, donde Ramos y Danitza lo recibieron. Se abrazaron fuertemente. Platicaron largo y tendido. El arqueólogo les contó lo sucedido. También hubo mucho llanto. Al llegar al departamento Daza decidió tomar un baño. Se quitó la camisa. Israel notó que tenía un tatuaje de la virgen en el hombro. Se sorprendió enormemente. Jamás imaginó que su amigo se hubiera hecho algo así en el cuerpo pues sabía que detestaba cualquier cosa que violara la naturaleza de su cuerpo.

—¿Qué es esto?

—Me lo hicieron en la cárcel… para que nunca olvide que soy mexicano.

Nota del autor

A fray Toribio Paredes de Benavente, Motolinía, se le atribuyen dos obras: sus *Memoriales* e *Historia de los indios de la Nueva España*. Edmundo O'Gorman menciona en 1969, en su estudio crítico de la *Historia de los indios de la Nueva España*, número 129 de la Editorial Porrúa, que en un principio se creía que los *Memoriales*, desaparecidos, eran una copia de fecha tardía e incompleta; pero concluye que hay suficientes fundamentos para afirmar que la relación histórica conocida con el nombre de *Historia de los indios de la Nueva España* no fue escrita por Motolinía; y que probablemente fue compuesta en España no antes de 1565 por un autor anónimo y con un propósito desconocido.

Hoy en día se sabe que los *Memoriales* permanecieron en manos de Joaquín García Icazbalceta, y que tras su muerte fueron vendidos por su nieto y heredero en 1937 a la Universidad de Texas con la «recomendación» de que se callara cualquier noticia de la venta de la colección para evitar repercusiones en México.

En febrero de 1987, la doctora Laura Gutiérrez Witt, directora de la Benson Latin American Collection de la University of Texas, Austin, puso en manos de Nancy Joe Dyer, el *Libro de Oro*, que incluye los *Memoriales* de fray Toribio, para que llevara a cabo un estudio de la obra, patrocinada por las distintas divisiones de la Texas A&M University y el Colleage of Liberal Arts.

En 1996, El Colegio de México, publicó los *Memoriales* de fray Toribio de Benavente, Motolinía, con edición crítica, introducción, notas y apéndice de Nancy Joe Dyer.

La presente novela no pretende desmentir a los eruditos que han elaborado grandes investigaciones sobre la escritura de fray Toribio de Benavente. Por lo mismo es imperativo recalcar que el personaje Perry Klingaman no tiene ningún nexo con la edición de 1996 de El Colegio de México ni con las distintas divisiones de la Texas A&M University y el Colleage of Liberal Arts; que fray Toribio Paredes de Benavente no tuvo relación con Tenixtli; que no transcribió la historia de la princesa Nimbe; y que lo que aquí se presenta es una novela, producto de la creatividad de un novelista que ha considerado el tema de los *Memoriales*, extraviados y vendidos a la University of Texas, como argumento para que el personaje de Gregorio Urquidi dé rienda suelta a sus atrocidades.

No obstante, la novela contiene una cantidad de citas, notas y datos de importancia histórica, como el hecho de que Toribio de Benavente jamás tuvo contacto con un indio de nombre Juan Diego y que por obvias razones no evangelizó ni bautizó, como dicen algunos libros católicos; y que tampoco menciona las apariciones de la virgen de Guadalupe, el sermón de fray Francisco de Bustamante en contra de la virgen de Guadalupe y la procedencia de la imagen de Guadalupe.

Cabe mencionar que en Papantla, Veracruz, hay entre tantos mitos, que viajan de boca en boca en los callejones, tres que sobresalen: la leyenda de la vainilla, la leyenda del trueno viejo y la leyenda de Nimbe, a las cuales aludí para llevar a cabo esta novela, evitando en lo posible cambiar su esencia. De la última debo decir que obtuve referencias por medio del pueblo y no de la novela *Nimbe, leyenda del Anáhuac* de Rodolfo González Hurtado, que según tengo entendido hoy en día sólo quedan, por alguna parte, esperemos que a salvo, unos cuantos ejemplares.

México D.F., a 22 de noviembre de 2007

Notas

1. «En tiempo previo al cristianismo, el significado griego original del vocablo *herejía* era "preferencia", "cosa escogida", y por lo general se aplicaba al apoyo de alguna escuela filosófica en particular, y a sus principios o doctrinas.» Para más detalle, véase: John Edwards, p. 13.
2. En 1556, Carlos I de España y V de Alemania, hijo de Felipe el Hermoso y Juana la Loca, nieto de los Reyes Católicos, Fernando de Aragón e Isabel de Castilla, abdicó las coronas imperiales alemana y austriaca a favor de su hermano Fernando y dejó a su hijo Felipe II las coronas españolas y americanas; y se retiró a un monasterio donde murió en 1558. Se dice que su renuncia no fue aceptada por muchos hasta 1558 y no en 1556 cuando su hijo Felipe II tomó el poder.
3. *Tau* la última letra del alfabeto hebreo, decimonona letra del alfabeto griego, y correspondiente a la *te* del castellano, y a la que San Francisco de Asís profesaba una profunda devoción, y de la que hablaba expresamente el profeta Ezequiel y el Apocalipsis.
4. México, Instituto Nacional de Antropología e Historia (INAH).
5. México, Escuela Nacional de Antropología e Historia (ENAH).

6. Se le consideraba *infiel* al individuo que no conocía y por lo mismo no practicaba la religión; *hereje* al que consciente de ella renegaba.

7. El papa Alejandro VI fue hijo del papa Calixto III.

8. Alejandro VI ha sido hasta el año 2007 el tercer y último papa español.

9. El papa Alejandro VI le vendió, por una enorme cantidad de dinero, a España el derecho de conquistar las nuevas tierras en América.

10. El doctor Staedler ha demostrado con gran fuerza, que la propia Santa Sede consideraba la cédula en 1493 como un instrumento de investidura feudal. Porque en los archivos papales la bula alejandrina quedó registrada finalmente en la *Colección Leonicus*, que fue compilada por Leonicus de Este según órdenes del papa Pablo V (1605-1621), para reunir exclusivamente aquellos documentos (unos mil), referentes al dominio secular feudal de la Santa Sede sobre varios países, comenzando con el pontificado del papa Gregorio VII (1073-1085). La incorporación de la bula alejandrina en esa colección prueba sin lugar a duda que la misma administración papal consideraba a las Américas como fundamentalmente dependientes de la Santa Sede. Ahora, de manera independiente por completo, el doctor Weckmann ha probado que esta pretensión papal al señorío se derivaba de la doctrina omni-insular. Por lo tanto, las investigaciones de ambos estudiosos se sostienen una a la otra de la manera más conveniente: las "Américas" tratadas como una "Isla": como isla dependían feudalmente de Roma, y los documentos se registraban de acuerdo con ello. [...] Además (p. 29), la sentencia papal es aun más explicable, [...] al momento de la promulgación de las Bulas, en la primavera y verano de 1493, la tierra firme americana aún no había sido descubierta ni su existencia razonablemente supuesta, ni aun por el mismo Colón. [...] (p. 30) En realidad, sólo gracias a un desconocimiento de los antecedentes y espíritu de las Bulas Alejandrinas, así como las circunstancias históricas que las vieron nacer, es posible derivar de ellas cualquier pretensión de soberanía, española o portuguesa, sobre la tierra fir-

me del continente americano. Las Bulas Alejandrinas no fueron destinadas a lo que hoy en día llamamos América. Y tales pretensiones no encontrarían en el derecho papal, base legal sobre la cual fundarse. [...] Probablemente, de haberse descubierto el Nuevo Mundo de la misma manera, cien años antes, en 1382 bajo Bonifacio IX, o doscientos años antes, en 1292 bajo Nicolás IV, y dado que tal descubrimiento hubiera seguido cronológicamente al de las islas portuguesas del África, la redacción de las bulas pontificias pertinentes hubiera sido, básicamente, la misma y la única probable alteración, además del nombre de los monarcas destinatarios y del pontífice signatario, hubiera sido la sustitución del nombre de Cristóbal Colón por el de otro descubridor. Para más detalle, vease: Luis Weckmann, p. 14.

11. *Diccionario Enciclopédico Espasa,* tomo 13, p. 93: Imagen de la virgen María, hallada en la segunda mitad del siglo XIII, según consta en documentos, por el vaquero Gil Cordero a orillas del río Guadalupe, en uno de los estribos de la sierra de Villuercas, provincia de Cáceres (España). Esta preciosa imagen María pequeña y morena tiene por autor, según algunos, a San Juan Evangelista, que la copió directamente de la virgen. El monarca Alfonso XI mandó levantar en 1338 el grandioso templo gótico-mudéjar. Dos años más tarde atribuyó a la virgen de Guadalupe la victoria en el Salado, visitando su templo y declarando a la puebla de patrimonio real. Asimismo, creó un priorato secular que rigió los destinos del ya famoso santuario hasta 1389, en que Guadalupe pasó a la Orden de los Jerónimos, que lo tuvo hasta la exclaustración de 1835. Como santuario mariano, Guadalupe fue visitado por una incontable galería de personajes: reyes de España y Portugal, como los Reyes Católicos que estuvieron veinte veces, y dónde la reina quiso se conservase su testamento original. El 12 de octubre de 1928 fue coronada como la reina de la hispanidad. En 1957 Extremadura fue consagrada oficialmente a la virgen de Guadalupe. (Véase también *Enciclopedia Británica 2005*): «Guadalupe town, Cáceres province, in the

Extremadura comunidad autónoma ("autonomous community"),
southwestern Spain. It lies on the southeastern slopes of the Guadalupe Mountains near the Guadalupejo River east of Cáceres city.
The town is famous for its monastery, which had its origins as a
small hermitage built in the early 14th century on the spot where
a shepherd had found an image of the Virgin. This shrine became
known as Our Lady of Guadalupe and became a centre of pilgrimage. Alfonso XI of Castile visited the shrine in 1337, and in 1340
he founded a monastery there. In 1389 the Hieronymites (Hermit
Order of St. Jerome) took over the monastery, and their first pri-
or built the church with its Moorish-style cloisters and hospices;
later, Henry IV of Castile and his mother, María of Aragon, were
entombed there. The Flamboyant Gothic chapel of Santa Ana, the-
Gothic cloister, the chapter hall, and the library were added to the
monastery later. The Monastery of Guadalupe became one of the
richest and most important in Spain and achieved great renown
for its architectural splendour and its artworks and other treasures.
The monks of Guadalupe were skillful miniaturists, ironworkers,
and silversmiths, and their surviving works are ondisplay along
with some notable paintings by Francisco de Zurbarán and Luca
Giordano. The monastery was abandoned after the secularization
of monasteries in 1835 but was occupied by the Franciscans in
1908. The modern town retains its function as a pilgrimage centre
and serves as an agricultural market for vegetable oils, chestnuts,
and cork. Pop. (1981) 2 765.

12. Fray Toribio de Benavente, «Motolinía». Su apellido era Paredes;
    adoptó el de su villa natal en la orden franciscana de Benavente
    (Zamora, España) El 13 de mayo de 1524, después de más de tres
    meses de navegación, llegaron a las costas de Veracruz doce misio-
    neros franciscanos que marcarían profundamente la evangelización
    de México: Martín de Valencia, Francisco de Soto, Martín de Jesús,
    Juan Suárez, Antonio de Ciudad Rodrigo, Toribio de Benavente,
    García de Cisneros, Luis de Fuensalida, Juan de Ribas, Francisco

Jiménez, Andrés de Córdoba y Juan de Palos. Con razón se los llama «los doce apóstoles de México», que se añadían a fray Pedro de Gante y sus dos compañeros, llegados en 1523. Para más detalle, véase: Esquerra, pp. 572-573.

13. México, Instituto Nacional de Bellas Artes (INBA).

14. Texto leído en el Auditorio de la Unión Progresista de Obreros Petroleros Papantecos, la noche del viernes 8 de septiembre de 1995, durante la velada con motivo del segundo aniversario luctuoso del compositor papanteco Nemorio Martínez Pasarón.

15. Esta bula fue dictada por el papa Pablo III, Alessandro Farnese o Farnesio, hermano de Giulia Farnesio, amante de Rodrigo Borgia, el papa Alejandro VI. El 2 de junio de 1537, con la bula *Sublimis Deus*, declaró que los indios tenían derecho a su libertad, a sus posesiones y a ser cristianizados con métodos pacíficos, evitando la crueldad. En 1540 aprobó la fundación de la Campaña de Jesús, las órdenes religiosas de los Capuchinos, los Teatinos, los Barnabitas y las Ursulinas. En 1542 estableció el Santo Oficio. Puso en marcha la elaboración del primer índice de libros prohibidos, publicado en 1559.

16. Motolinía, Porrúa, pp. XIII y XIV.

17. Motolinía, Porrúa, p. XVIII.

18. Motolinía, Porrúa, p. X.

19. Carlos I de España y V de Alemania fue educado primero por Guillermo de Croy y luego por Adriano de Utrecht, obispo de Tortosa y futuro papa Adriano VI y por su tía la archiduquesa Margarita de Austria. A Adriano de Ustrecht lo hizo nombrar papa en 1522.

20. Montell, p. 117.

21. Dyer, p. 27.

22. Dyer, p. 413.

23. Motolinía, Porrúa, p. XXXII.

24. *Gaceta de México,* 1785.

25. Román, pp. 8-11.

26. *La leyenda de la vainilla.*

27. *La leyenda de la vainilla.*

28. Dyer, p. 24.

29. Hamilton, 1992.

30. Hamilton, 1992.

31. Dyer, p. 119, I-1.

32. O'Gorman, p. XXIII. La provincia de San Gabriel fue establecida en 1517, anteriormente la Custodia del Santo Evangelio. Para más detalle, véase: O'Gorman, p. XXIII.

33. Rodríguez de Almela, p. 143r.

34. «*Fue edificada la çibdad de los Ángeles en el año de mill y quinientos y treynta, en las ochauas de pasqua de flores, a diez y seys días del mes de abril, y día del bienauenturado Sancto toriuio, vno de los gloriosos sanctos de nuestra España, obispo que fue de la cibdad de Astorga. El qual edificó la yglesia Sant Saluador de Oviedo, en la qual puso muchas rreliquias que él mismo traxo de Jerusalém*». Para más detalle, véase: Dyer, p. 364.

35. Mendieta, pp. 52-53.

36. Karttunen, *The Art of Nahuatl Speech. The Bancroft Dialgues*, 1987.

37. Historia de la Humanidad, tomo 3, p. 269.

38. Historia de la Humanidad, tomo 3, p. 270.

39. Villalpando y Rosas, p. 202.

40. Para más datos sobre los papas ver: *Historia de los papas, desde San Pedro hasta Benedicto XVI, Historia del cristianismo, Puré de papas, Enciclopedia Católica,* e *Historia de la humanidad.*

41. *Revista Arqueología Mexicana*, vol. I, núm. 5, p. 55.

42. En 1993 aún no había el cambio de moneda de hoy en día ya que mil pesos eran el equivalente a un peso hoy en día.

43. Copiado textualmente de los *Memoriales* de Fray Toribio Motolinía. No obstante, con el objetivo de facilitar la lectura, muchas palabras fueron escritas de acuerdo con las actuales reglas gramaticales de la Real Academia de la Lengua Española ya que la ortografía de fray Toribio Motolinía difería en el uso de algunas letras como: *v* en lugar de *u, avnque; n* en lugar de *m, tanbién; g* en lugar de *j, mugeres; ç* en lugar de *c, traición;* entre otras diferencias.

44. Dyer, p. 129, I-23.

45. Zaleta, p. 114.

46. Dyer, p. 132, I-30.

47. Rivera Carrera, p. 35.

48. Rivera Carrera, p. 35.

49. Nebel, p. 141. (Véase también: Del Río, Ruis, *El mito guadalupano*, Rivera Carrera, o Zumárraga, *Regla cristiana breve*.)

50. Zumárraga, pp. 58-63. J. Almoina, el editor de la mencionada *Regla cristiana*, en la p. l de la misma sostiene la opinión de que estas palabras del obispo no son compatibles con las actividades que el mismo obispo realizó para fomentar la veneración de la guadalupana después de las apariciones de la virgen de Guadalupe.

51. Nebel, p. 142.

52. Rivera Carrera, p. 29.

53. Nebel, pp. 40, 41, 45 y 46.

54. El origen de la palabra castellana *Guadalupe* proviene del árabe *guad* que significa ríos y corrientes de agua. Los especialistas en lengua árabe traducen *Guadalupe* como *río de lobos, corriente de agua escondida, río de grava obscura, río de amor.*

55. La basílica de Guadalupe en la ciudad de México es el santuario católico más visitado en el mundo, con diez millones de visitantes al año, seguida por el santuario de la virgen de Fátima y la basílica de San Pedro.

56. Carreño, pp. 357-382.

57. Nebel, pp. 138-139. (Véase también "Testimonio de Juan de Salazar", *Información de 1556, ordenadas realizar por Alonso de Montúfar, arzobispo de México,* Ernesto de la Torre Villar y Ramiro Navarro de Anda, *Testimonios históricos guadalupanos,* FCE, México, 1982, p. 51.)

58. Fray Francisco de Bustamante, provincial de los franciscanos de México, mostró una irremediable desavenencia con el arzobispo dominico Alonso de Montúfar con respecto a las apariciones y la devoción a la virgen de Guadalupe, afirmando que era falsa, promotora de la idolatría y, por lo mismo, demoniaca.

59. Del Río, p. 111.

60. Villalpando y Rosas, p. 41.

61. Rivera Carrera, p. 12.

62. No se sabe de qué manera llagaron los *Memoriales* a manos del antiguo oidor Alonso de Zorita, pero sí se tiene certeza de que Mendieta, historiador franciscano amigo y discípulo de Motolinía obtuvo de Alonso de Zorita los *Memoriales,* quizás en 1574, para iniciar su obra. Relación de la Nueva España, edición de la Universidad Nacional Autónoma de México, introducción de Nicolau d'Olwer, México, 1956, p. XLVII.

63. Piña y Castillo, pp. 63-65.

64. Piña y Castillo, p. 113.

65. Williams García, *Trueno Viejo; Chac Mool,* publicado por la CNCA-IVEC, 1997. (Véase también la leyenda plasmada en un fragmento del mural de Teodoro Cano en bajorrelieve a la entrada de la zona arqueológica de Tajín.) A continuación el texto original: *Un huérfano errante por el monte espeso vio un hacha suspendida en el aire que por propio impulso cortaba leña. La leña se hizo un atado y por veredas fue rodando, rodando, y tras ella el muchacho. El fardo se adentró en la pirámide de los Nichos, morada de los doce tajines, doce viejitos, quienes tomaron al joven a su servicio. Los doce viejitos, cuando salían a trabajar, sacaban de un baúl capas, botas y espadas. Las capas revoloteadas producían vientos y golpeando con las botas los truenos y al desenvainar las espadas los relámpagos: ésas eran las tareas de los doce viejitos. Durante una ausencia de los tajines, el muchacho tomó el traje más poderoso y empezó a retozar en el cielo, provocando una tormenta pasmosa. Los viejitos salieron a capturarlo; le echaban montañas de nubes y el joven se escabullía; le pidieron un cabello a la virgen que, arrojado, se volvió cadenas. Alguien dice que los viejitos como atadura usaron el arco iris. Al joven lo precipitaron en el mar; en el fondo yace, ahí ha envejecido. Por el día de San Juan (24 de junio) se revuelve, se oyen sus voces roncas, graves. Quiere saber la fecha exacta de su santo para poder celebrarlo, pero lo engañan, pues de saberlo desataría un diluvio.*

66. Zaleta, p. 112.

67. Chavero, tomo I, p. 116.

68. *Historia de la humanidad*, tomo 3, p. 269.

69. *Historia de la humanidad*, tomo 3, p. 521.

70. Para más información, véase: López Ruiz, pp. 19-33.

71. Torquemada, Universidad Nacional Autónoma de México, pp. 92-93.

72. Torquemada, *Monarquía Indiana*, tres tomos, pp. 260-263.

73. Torquemada, *Monarquía Indiana*, pp. 262-263.

74. Sahagún, Porrúa, pp. 704-705.

75. Álvarez, pp. 25-27. Para más información, véase: Germán Rubio, *Historio de Nuestra Señora de Guadalupe*, Barcelona, 1926.

76. Zaleta, p. 58.

77. Zaleta, p. 60.

78. Aunque se sabe que en México antes de la Reforma la mayoría de los gobernantes fueron católicos, cabe mencionar que después existió un partido político católico con el nombre el Partido Católico Nacional. El 6 de noviembre de 1911, Francisco I. Madero y José María Pino Suárez ganaron las elecciones presidenciales de México con el Partido Católico Nacional.

Bibliografía

Álvarez, Arturo. *Guadalupe, arte, historia y devoción mariana*, Madrid, 1964.

Archivos del Auditorio de la Unión Progresista de Obreros Petroleros Papantecos.

Benavente, Fray Toribio (Motolinía) de. *Relación de la Nueva España*, Edición de la Universidad Nacional Autónoma, introducción de Nicolau d'Olwer, México, 1956.

Carreño, Alberto María. *Don fray Alonso de Montúfar, segundo arzobispo de México, y la devoción a Nuestra Señora de Guadalupe*, en Ábside, 11, 1947.

Chavero, Alfredo. *México a través de los siglos*, tomo I.

De la Torre Villar, Ernesto y Ramiro Navarro de Anda. *Testimonios históricos guadalupanos*, FCE, México, 1982.

Del Río García, Eduardo. *Puré de papas, historia secreta del Papado Vaticano*, Editorial Grijalbo, Random House Mondadori, 1993.

Diccionario Enciclopédico Espasa, tomo 13.

Domínguez, José de Jesús Núñez y *La leyenda de la vainilla*. (Sin editorial.)

Dyer, Nancy Joe. *Motolinía, Fray Toribio de Benavente, Memoriales*, edición crítica, introducción, notas y apéndice de Nancy Joe Dyer, El Colegio de México, 1996.

Edwards, John. *La Inquisición, la verdad detrás de mito*, Grupo Editorial Tomo, S.A de C.V., México, 2006.

Enciclopedia Británica, 2005.

Enciclopedia Católica.

Esquerra, Ramón. *Toribio Motolinía*, en AA. VV., *Diccionario de Historia de España*, Madrid, Revista de Occidente, 1952.

Gaceta de México, 1785.

García, Roberto Williams. *Trueno Viejo; Chac Mool*, publicado por la CNCA-IVEC, 1997.

Hamilton, Alastair. *Heresy and Mysticism in the Sixteenth-Century Spain. The Alumbrados*, University of Toronto Press, Toronto, 1992.

Historia de la humanidad, Editorial Planeta de Agostini, S.A., 2004.

Johnson, Paul. *Historia del cristianismo*, Ediciones B, S.A., 2004.

Karttunen, Frances. *The Art of Nahuatl Speech. The Bancroft Dialgues*, UCLA Latin American Studies, núm. 65, UCLA Latin American Center Publications, Los Ángeles, 1987.

Laveaga, Gerardo. *El sueño de Inocencio,* Editorial Planeta Mexicana, S.A. de C.V., 2006.

López Ruiz, José María. *Los seres más crueles y siniestros de la historia,* 2005, Coedición: Edivisión Compañía Editorial, S.A. de C.V. de México, Grupo Editorial Diana, y Editorial Libsa.

Melgar, Luis Tomás. *Historia de los papas, desde San Pedro hasta Benedicto XVI*, Editorial Libsa, Madrid España, 2007.

Mendieta, Jerónimo. *Historia eclesiástica indiana,* Ed. Joaquín García Icazbalceta. 4 vols., Antigua Librería, México, 1870.

Montell, Jaime. *México: El inicio (1521-1534)*, Editorial Joaquín Mortiz, S.A. de C.V., México, 2005.

Motolinía, Fray Toribio. *Historia de los indios de la Nueva España*, Editorial Porrúa, 2001, número 129.

Mural de Teodoro Cano en bajorrelieve a la entrada de la zona arqueológica de Tajín.

Nebel, Richard. *Santa Maria Tonantzin virgen de Guadalupe, continuidad y transformación religiosa en México,* Fondo de Cultura Económica, México, 1995.

Piña Chan, Román y Patricia Castillo Peña. *Tajín, la ciudad del dios Huracán,* Fondo de Cultura Económica, México, 2001.

Revista Arqueología Mexicana, vol. I, núm. 5.

Rivera Carrera, Norberto Cardenal. *Juan Diego, El águila que habla*, Plaza & Janés México, S.A. de C.V., 2002.

Rodríguez de Almela, Diego. *Valerio de las historias eclesiásticas y de España*, Archivo Digital de Manuscritos y Textos Españoles, Transcr. Karl W. Fisher. 1992. (1ª edición, Murcia, 1487.)

Rubio, Germán. *Historia de Nuestra Señora de Guadalupe*, Barcelona, 1926.

Sahagún, Fray Bernardino de. *Historia general de las cosas de la Nueva España*, edición parcial en facsímil de los códices *Matiteses* en lengua mexicana, 5 vols., Madrid, 1905-1907.

Sahagún, Fray Bernardino de. *Historia general de las cosas de la Nueva España*, Editorial Porrúa, num. 7, 1956, 1982.

Torquemada, Fray Juan de. *Monarquía Indiana,* Universidad Nacional Autónoma de México, selección, introducción y notas de Miguel León-Portilla, 1964.

Torquemada, Fray Juan de. *Monarquía Indiana*, 3 tomos, Editorial Juan Álvarez del Mármol, Sevilla, 1615, t. II, lib. 10, cap.VII.

Villalpando, José Manuel y Alejandro Rosas, *Historia de México a través de sus gobernantes*, Editorial Planeta Mexicana, S.A. de C.V., 2003.

Weckmann, Luis, *Las Bulas Alejandrinas de 1493 y la teoría política del papado medieval, Estudio de la supremacía papal sobre islas 1091-1493*, México, Universidad Nacional Autónoma de México, Instituto de Historia, 1943.

Zaleta, Leonardo, *Postales de Papantla*, 2001. (Sin editorial.)

Zumárraga, Juan de, *Regla cristiana breve* (México, 1547), edición, introducción y notas de José Almoina, México, 1951.